BASTEI
LÜBBE

Von Alexandra Raife erschien bei Bastei Lübbe

14330 Stürmische Heimkehr

Alexandra Raife

Das Cottage am See

Roman

Aus dem Englischen
von Karin Diemerling

BASTEI LÜBBE

BASTEI LÜBBE TASCHENBUCH
Band 14399

1. Auflage: August 2000

Vollständige Taschenbuchausgabe

Bastei Lübbe Taschenbücher ist ein Imprint der
Verlagsgruppe Lübbe

Deutsche Erstveröffentlichung
Titel der englischen Originalausgabe: THE LARACH

Umschlaggestaltung: Quadro Graphik, Bensberg
Titelillustration: E. Heilmann
Satz: hanseatenSatz-bremen, Bremen
Druck und Verarbeitung: AIT, Trondheim
Printed in Norway
ISBN 3-404-14399-X

Sie finden uns im Internet unter
http://www.luebbe.de

Der Preis dieses Bandes versteht sich einschließlich
der gesetzlichen Mehrwertsteuer.

Für Sue

KAPITEL 1

An dem Morgen, als sie aufwachte und sich weder an den Namen noch an das Gesicht des Mannes erinnern konnte, der ihr Bett erst vor wenigen Stunden verlassen hatte, wußte Clare, daß es höchste Zeit war für eine radikale und unumkehrbare Veränderung in ihrem Leben.

Lediglich seinen schmalen, schlaffen Rücken hatte sie noch im Gedächtnis, die hervortretenden Wirbel, als er auf der Bettkante saß und sich mit den Fingern durch die Haare fuhr, vermutlich, um etwas Bewußtsein in seinen verkaterten Kopf zu massieren. Sie hatte ihn angezischt, er solle Magda nicht aufwecken, mit der sie die Wohnung im obersten Stockwerk des Hotels teilte, doch abgesehen davon hatten sie kein Wort mehr miteinander gewechselt. Wieder ein Gast, der ihrem Blick ausweichen würde, wenn er seine Rechnung bezahlte. Seine Hände waren klein gewesen, wie die einer Frau, mit dünnen, gierigen Fingern. Sie schauderte, als sie daran dachte, daß sie ihren Körper berührt hatten.

Ein Ekel vor sich selbst erfüllte sie, der stark genug war, diesen Moment zu einem wirklichen Wendepunkt zu machen. Ihr war schon seit geraumer Zeit klar, daß sie auf einen Weg geraten war, den sie nicht gehen wollte, und dabei zu einem Menschen wurde, der sie nicht sein wollte. Aber es war einfacher gewesen, in das hektische Leben des Carlini einzutauchen, als sich mit den Erinnerungen und offenen Fragen der Vergangenheit auseinanderzusetzen. Außerdem hatte sie nicht gewußt, wohin sie sonst gehen sollte.

Doch jetzt würde sie sich etwas Neues suchen, sie würde aufhören, sich zu drücken, und all die Dinge aufgeben, mit denen sie bislang den Schmerz und die Schuldgefühle abzutöten versucht hatte. Im Laufe des geschäftigen Tages – dieses Jahr sollte ein ambitioniertes Weihnachtsprogramm für die Gäste auf die Beine gestellt werden – kehrten ihre Gedanken immer wieder zu ihrem Entschluß zurück, der jedesmal noch so fest war wie zuvor.

Aber wie sollte sie Magda beibringen, daß sie fortgehen wollte? Magda betrachtete Clare als ihr persönliches Eigentum, genau wie die große georgianische Villa am Fluß, die sie in ein höchst erfolgreiches Hotel und Restaurant verwandelt hatte. Sie glaubte zu recht, daß sie Clare aus der selbstzerstörerischen Trägheit errettet hatte, in die sie nach Martins Tod versunken war, indem sie sie zwang, ihren Verstand wieder zu gebrauchen. Magda dachte sicher, daß Clare ihr etwas schuldete, und erwartete langjährige Treue und Dankbarkeit, doch Clare hatte nun zwei Jahre mit vollem Einsatz im Hotel gearbeitet, und das jeden Tag in der Woche, genau wie Magda. Die harte Arbeit war zwar befriedigend, aber auf Dauer bekam ihr dieses Leben nicht. Es hatte zu einer Abwärtsspirale aus Alkohol und Sex mit ständig wechselnden Partnern geführt. Magda würde natürlich auch sofort an das Geld denken, das Clare in das Hotel gesteckt hatte. Falls es überlebenswichtig für das Unternehmen war, würde sie es vorläufig darin belassen; Überlegungen dieser Art konnten sie jedenfalls nicht zum Bleiben bewegen. Sie hatte immer noch die Möglichkeit, ein paar Aktien zu verkaufen, auch wenn deren Bestand erschreckend zusammengeschrupft war, wie sie nach Martins Tod festgestellt hatte ...

Nicht daran denken; es galt, sich auf die Gegenwart zu konzentrieren.

Zwei Tage später flog sie nach Glasgow und durchquerte am Nachmittag bereits in einem gemieteten Escort das Rannoch Moor. Sie war viel zu sehr in Gedanken versunken, um auf die unwirtliche Landschaft zu achten.

Magda war erbost gewesen, als sie ihr mitgeteilt hatte, daß sie sich zwei Tage frei nehmen würde. Für Magda zählte nur, daß sie sich mitten in den Weihnachtsvorbereitungen befanden, alles andere hatte zurückzustehen.

»Oh nein, Clare! Kann das nicht bis nach Neujahr warten, was immer es ist?«

»Es geht doch nur um zwei Tage.«

»Aber warum ausgerechnet jetzt? Läßt du eine Abtreibung machen oder so was?«

»Nein, Magda, ich lasse keine Abtreibung vornehmen.« Die Frage war jedoch nicht unberechtigt, mußte Clare zugeben, in Anbetracht ihrer zahlreichen Bettgeschichten in letzter Zeit.

»Also, dann weiß ich nicht, was so furchtbar dringend sein kann ...« Magda wollte es auf einen Streit ankommen lassen, aber ein Anruf aus der Küche – eine Krise, bei der es um irgendeinen Fasan ging, der nicht richtig abgehangen war – hatte sie fortgerufen. Im Hotelgeschäft konnte man einfach kein privates Wort wechseln, wußte Clare, und es wäre auch nicht der richtige Zeitpunkt gewesen, Magda zu erklären, daß sie sich von den unablässigen Anforderungen dieses Geschäfts frei machen mußte, um in Ruhe über ihr Leben nachzudenken. Am nächsten Tag hatte sie zwei neue Anläufe zu einem Gespräch mit ihrer

Freundin genommen, aber Magda hatte abweisend, geradezu aggressiv reagiert.

»Du bist überarbeitet, das ist alles. Natürlich brauchst du mal Urlaub, wer nicht? Nimm dir zwei Wochen im Januar frei, geh Skilaufen. Aber jetzt ist wirklich die ungünstigste Zeit ...«

»Magda, ich muß einfach ...«

Während Clare noch nach Worten gesucht hatte, die nicht zu banal klangen, hatte sich Magda weiter über sie aufgeregt: »Ich verstehe nicht, wie du im Moment überhaupt daran denken kannst wegzufahren. Du weißt genau, daß wir Personal einstellen, all diese Bewerbungsgespräche führen müssen ...«

»Am Freitag. Bis dahin bin ich wieder zurück.«

Wie sehr hatte Clare sich nach einem Drink gesehnt, sich durch die vergangenen beiden Tage gequält. Sie fühlte sich regelrecht krank durch den plötzlichen Entzug, alles um sie herum wirkte seltsam verändert und verunsichernd. Doch gleichzeitig pulsierte in ihr ein Strom aus Aufregung und Erwartung und gab ihr Kraft, und sie wußte, daß der erste Schritt getan war. Nicht, daß die Abstinenz ihr bisher irgendwelche Vorteile gebracht hätte. Als sie zusammen mit den anderen Passagieren in den Flieger nach Glasgow geschleust worden war, hatte sie festgestellt, daß sie sich ohne den üblichen Kampf gegen den Kater wie in einer anderen Haut fühlte, und zwar in einer sehr dünnen, verletzlichen. Es war, als hätte sie ihren Schutzpanzer verloren; alles schien ihr zu nahe, zu grell und zu laut.

Nördlich von Onich wand sich die Straße in endlosen Kurven an einem See entlang. Schilder warnten vor Steinschlag, gegen den man, wie Clare mürrisch dachte, im Fall des Falles ja sowieso nichts unternehmen konnte. Links von ihr sah das Wasser des Loch Linnhe oder Leven – sie wußte nicht mehr, welcher es war, und es interessierte sie auch nicht besonders – trübe und kalt aus, und dahinter verschwanden die Hügel in gelblich-grauem Dunst.

Die Anwalts- und Notarskanzlei, denn Anwälte und Notare fungierten in Schottland auch als Hausmakler, wie sie herausgefunden hatte, war in der einzigen nennenswerten Straße von Fort William leicht zu finden. Diese eine Straße wirkte heruntergekommen und deprimierend. Die Hälfte der Geschäfte schien gerade den Besitzer zu wechseln, und die Schaufenster der restlichen waren mit »Ausverkauf«-Schildern beklebt. Clare konnte sich jedoch kein Urteil erlauben, genausowenig, wie sie sich gestattet hatte, die Trostlosigkeit der Landschaft, durch die sie gerade gefahren war, zu registrieren, das nichtssagende, wässerige Moor, die dunklen Felsen und dicht gedrängten Bergkämme von Glencoe. Wenn sie genau hinsähe, würde sie den Mut verlieren; und wenn sie ihren Plan nicht durchführte, was dann?

»Clare Somerville. Ich hatte angerufen.« Ihre schroffen Worten begegneten einer warmen, willkommenheißenden Freundlichkeit, die sie beschämte und dazu brachte, die grauhaarige Sekretärin in der Strickjacke richtig wahrzunehmen. Die Frau begrüßte sie über einen altmodischen Empfangstresen hinweg.

»Mrs. Somerville, Sie haben uns also gefunden, wie schön. Hatten Sie eine gute Reise hier herauf? Es ist leider kein besonders schöner Tag heute, aber vielleicht wird es morgen besser. Ich fürchte, Mr. Watts hat gerade schon einen Besucher, aber es dauert bestimmt nicht mehr lange, wenn Sie einstweilen dort Platz nehmen möchten ...«

Clare nahm Platz, ließ sich in eine braune, kunststoffbezogene Grube eines Stuhls mit gerader Lehne sinken. Den düsteren Vorraum schmückten ein Schirmständer mit einem lecken Zinkboden und eine Pflanze mit einem einzigen Blatt – hier versuchte man nicht, sich durch das Ambiente bei den Klienten einzuschmeicheln. Amüsiert entspannte sie sich zum ersten Mal an diesem Tag. Die Anstrengung der Reise fiel von ihr ab; jetzt brauchte sie nur noch zu warten, bis sie aufgerufen wurde.

Mr. Watts war wohlwollend, konnte sie jedoch als potentielle Käuferin eines abgelegenen, einsamen Cottages offenbar nicht ganz ernst nehmen. Möglicherweise lag das daran, daß ihre Figur mehr oder weniger einer Stricknadel ähnelte, sie kaum sechzig Kilo wog und ihr blondes Haar und der helle Teint den Eindruck von Schwächlichkeit und Unstetigkeit noch verstärkten. Dennoch räumte er ein, das eine oder andere zum Verkauf stehende Objekt anbieten zu können, und Clare entfloh so schnell sie konnte mit der Liste, wobei sie sich plötzlich des unangenehmen Zitterns bewußt wurde, mit dem ihr Körper nach der gewohnten Dosis Alkohol verlangte.

Der Abend in ihrem Hotel in Fort William verlief wenig bemerkenswert. Die Räume waren in allen vorstellbaren Schattierungen von Schlammbraun dekoriert. Die mit Sperrholz ausgekleideten Flure wurden von trüben, tellerflachen Lampen beleuchtet, und ihre einzige Möblierung bestand aus Aschenbechern auf staubsaugerzerkratzten Ständern. Clare hoffte bloß, sie würde nicht in die Verlegenheit kommen, die vergilbten Brand- und Katastrophenfallhinweise entziffern zu müssen.

Eine Weile lag sie angekleidet auf dem harten Bett und kämpfte gegen das starke Bedürfnis, hinunter an die Bar zu gehen, und das seltene Bedürfnis zu weinen. Doch sie hatte schon vor langer Zeit gelernt, daß es nichts half, tauben Wänden etwas vorzuheulen.

Dann las sie begierig die Kurzbeschreibungen der angebotenen Häuser und vermied es dabei, auf ihren gesunden Menschenverstand zu hören, ganz zu schweigen von den zynischen Kommentaren, die ihr in den Sinn kamen.

Das half ihr, die Nacht zu überstehen, nützte aber wenig, als sie am nächsten Tag mit der Wirklichkeit konfrontiert wurde.

Sie wurde der Obhut eines großen, rothaarigen jungen Mannes namens Sandy Maitland anvertraut. Er trug einen erstaunlichen Anzug aus rötlichgelbem Tweed, der aussah, als sei er für seinen Vater – oder seinen Großvater – geschneidert worden, und der sich schmerzlich mit der Farbe seiner Locken und seinem rosigen Gesicht biß. Er schien jedoch leicht lenkbar zu sein, und Clare hatte ihn bald so weit, daß er sie zu dem abgelegensten der Anwesen fuhr, obwohl er es offensichtlich als seine Pflicht ansah, Zeit und Benzin zu sparen und ihr die anderen zuerst zu zeigen.

»In einer Highland-Schlucht von großer landschaftlicher Schönheit gelegen, mit weitläufigem Gartengrundstück.« Dies war die Beschreibung zu einem verwitterten, schindelgedeckten Gemäuer mit Fensterrahmen aus Metall und einer morschen Veranda. Ein dichtes Fichtengehölz machte den Eindruck, als wollte es das Cottage von hinten überrennen. Wenn sich gelegentlich eine Lücke in der Wolkendecke auftat, konnte man die landschaftliche Schönheit durchaus erahnen, doch selbst Sandy war schnell bereit zuzugeben, daß das Haus »vielleicht nicht ganz das richtige« für Clare sei.

Kurzfristige Hoffnung schien ein besser ausgestatteter, bungalowartiger Bau in ihm zu wecken, den nur die beiden angepriesenen Autostellplätze von der stark befahrenen A82 und einem Motel trennten. Clare weigerte sich strikt hineinzugehen.

Auch das nächste Angebot wollte sie nicht von innen begutachten, obwohl es ein ansprechendes, traditionelles Cottage war, wie sie es sich vorgestellt hatte, mit Blick über den Loch Leven. Doch es lag am Rand eines der deprimierendsten Dörfer, die sie je gesehen hatte, eingezwängt zwischen hochaufragenden, düsteren Bergen und dem nördlichen Zipfel des Sees. Clare, die eigentlich nicht besonders empfänglich für atmosphärische Einflüsse war, konnte nicht schnell genug von dem klaustrophobischen kleinen Ort wegkommen. Auf der Rückfahrt am Seeufer entlang teilte ihr Sandy in aller Unschuld mit, daß die Sonne das Dorf im Winter mehrere Wochen lang nicht erreiche, und wurde rot, als sie ihn darauf mit einem kalten Blick durchbohrte.

Zwei zögerlich vorgeschlagene Objekte am wenig attraktiven Ortsrand von Fort William wurden rundheraus abgelehnt, und danach war die Liste der Angebote zu Ende, und Clare stand wieder vor einem beängstigenden Nichts. Mit beginnender Panik ging sie die gesehenen Häuser im Geiste noch einmal durch. Eines davon mußte doch in Frage kommen. Warum kaufte sie nicht das Cottage in Kinlochleven, zog erst einmal ein und sah sich dann in Ruhe nach etwas Besserem um? Aber der Gedanke an das gruselige Dorf verursachte ihr eine Gänsehaut, und sie wußte, daß sie nicht einen einzigen Tag dort leben könnte.

»Es muß doch etwas geben«, sagte sie ärgerlich zu Sandy und starrte zum Beifahrerfenster hinaus, damit er nicht bemerkte, wie ängstlich und hilflos sie sich zu fühlen begann. »Hier in der Gegend stehen doch bestimmt Hunderte von Cottages leer. Erzählen Sie mir nicht, daß das alles ist, was Sie vorzuweisen haben.«

»Oh, es gibt ausreichend Cottages«, stimmte Sandy sofort mit seiner sanften, nicht zu einem Immobilienmakler passenden Stimme zu, »aber die meisten davon liegen auf Grundstücken, die selbst die Besitzer für unverkäuflich halten. Schwer zugänglich, Probleme mit der Wasserversorgung, der Bodennutzung und so weiter. Außerdem sind in der letzten Zeit viele Leute aus dem Süden hierhergekommen und haben alles aufgekauft, was ihnen in die Finger kam ...«

»Sagen Sie mir jetzt bloß nicht, was für günstige Gelegenheiten sie mir vor der Nase weggeschnappt haben. Ich will es nicht wissen«, unterbrach ihn Clare ungeduldig. »Kommen Sie, es muß doch noch etwas geben, denken Sie nach. Etwas Abgelegenes, Einfaches, Kleines, etwas, das normale Hauskäufer gar nicht in Betracht ziehen würden. Bis jetzt haben Sie nur meine Zeit verschwendet.«

»Nun, da wäre noch etwas«, gab Sandy aus reiner Notwehr nach. »Aber Mr. Watts wird nicht begeistert sein, wenn ich Sie für nichts und wieder nichts dort hinausfahre.«

»Warum, was stimmt damit nicht?«

»Mit dem Haus selbst stimmt alles, aber es führt keine Straße bis dorthin, es gibt keine Elektrizität. Ist im Grunde völlig indiskutabel.«

»In dem Fall müßte Ihrem Chef doch sehr daran gelegen sein, es loszuwerden.«

Nach einem eiligen und vor Fett triefenden Mittagessen machten sie sich wieder auf den Weg, ließen den häßlichen nördlichen Ortsrand hinter sich und fuhren in westlicher Richtung über ein Moor, in dem ähnlich trübe Beigetöne vorherrschten, wie in dem Hotelzimmer der letzten Nacht – außer dort, wo sich schwarze Moorlöcher auftaten.

Clare sah nicht hin, sie konnte es sich nicht leisten hinzusehen. Nach der Entscheidung, daß sie einen Schlußstrich unter ihr derzeitiges Leben ziehen mußte, hatte sie in ihrem Gedächtnis nach Erinnerungen und Assoziationen gegraben und war auf etwas gestoßen, das sie rückblickend mit einer glücklichen Zeit verband – das Cottage in Rosthwaite, die Bergwanderungen, wunderbare Sommer. Den Umstand, daß sie dort auch Martin kennengelernt hatte (bei ihrem letzten Aufenthalt in Rosthwaite), hatte sie schnell beiseite geschoben.

Doch der Lake District war mittlerweile schrecklich überlaufen und außerdem zu nah und zu vertraut. Es wäre sicherlich ein Fehler, in ihrer jetzigen Situation dorthin zurückzukehren. Aber eine ähnliche Umgebung sollte es sein. Nordwales? Wieder sprach eine Erinnerung dagegen. Dann also Schottland, und Fort William war ihr als bekannter Ausgangspunkt für Bergtouren als erstes in den Sinn gekommen und schien auch der naheliegendste Ort zu sein, um mit ihrer Suche zu beginnen. Deshalb saß sie also in diesem Auto und versuchte, möglichst nicht nachzudenken, wie jemand, der ganz stillhält, weil er Angst hat, eine gebrochene Gliedmaße anzustoßen. Sie tat ihr Bestes, das brennende Bedürfnis nach einem Drink niederzukämpfen, während sie sich in Sandys gemächlichem Fahrtempo durch die regenverschleierte Ödnis schaukeln ließ. Die einzigen Geräusche neben denen des Motors waren das rhythmische Schleifen der Scheibenwischer und das leise Sirren der Reifen auf dem nassen Asphalt. Und ihre einzige Gewißheit war, daß sie nicht mehr zurückkonnte.

KAPITEL 2

Sie fuhren in steilen Serpentinen ohne Begrenzungsmauern ins Tal hinunter. Die Fahrt nahm Clares ganze Aufmerksamkeit in Anspruch, und sie erreichten das Dorf und hatten es auch schon wieder hinter sich gelassen, ehe sie es richtig bemerkte.

»Inverbuie«, verkündete Sandy, der unterwegs nichts mehr gesagt hatte, entweder weil ihn Clares brütendes Schweigen einschüchterte oder weil er darüber nachgrübelte, warum er sich auf ein weiteres hoffnungsloses Unternehmen eingelassen hatte. »Die nächste Einkaufsmöglichkeit, Post und so weiter.«

Im Vorbeifahren sah man nur einen pfützendurchsetzten, leeren Parkplatz, dahinter eine weite Wasserfläche, eine ungleichmäßige Reihe von nassen Schieferdächern, verstreute Cottages und schließlich eine hohe Bogenbrücke. Ein reißender Bach floß darunter hindurch; auf der rechten Seite stürzte er in eine Schlucht, und zur linken wand er sich durch feuchte Wiesen bis zum See hinunter. Die Straße stieg zwischen Hügeln an, die von Wolken und dunklem Baumbewuchs verdeckt waren. Clare spürte Frustration in sich aufsteigen wie eine große Blase – auch dieser letzte kühne Versuch würde nicht von Erfolg gekrönt sein.

Die Mauer von Bäumen zu ihrer Linken endete abrupt, und sie fuhren an brachliegenden Feldern vorbei, bis Sandy in einen Schotterweg mit regengefüllten Schlaglöchern zwischen Drahtzäunen einbog. Was ist eigentlich aus den guten alten Trockenmauern geworden? fragte sich Clare mißmutig. Vor ihnen tauchte eine kleine Ansammlung von Gebäuden auf.

»Was ist das hier?«

»Ein Gehöft, das heute zu Rhumore gehört, der Farm am Ende der Landzunge. Das Wohnhaus steht leer, aber die Wirtschaftsgebäude werden noch benutzt. Früher war es einmal ein Teil des Gutes von Glen Righ – das Cottage, zu dem wir wollen, gehört immer noch dazu. Ein alter Schäfer wohnte darin, und die Familie wollte es nicht verkaufen, bis er gestorben war.«

»Wann war das?«

»Vor zwei Jahren, glaube ich. Wie gesagt, das Cottage ist nicht jedermanns Geschmack.«

»Wir werden es besichtigen, also hören Sie jetzt auf mit Ihren Unkenrufen, ja?«

»Vergessen Sie nicht, daß Macrae, dem Rhumore gehört, das Vorkaufsrecht hat. Es muß zuerst ihm angeboten werden ...«

Clare hörte nicht mehr zu. Sandy hatte ihr das schon zweimal erklärt. Es war ermüdend, schon im voraus mit möglichen Komplikationen belastet zu werden.

Sandy parkte auf einem schlammbedeckten Hof. Riesige Heuballen stapelten sich in einer offenen, gemauerten Scheune, die Fenster des Hauses waren verrammelt. Ein schneidender Wind fuhr unter Clares Rock. Sandy zog sich monströse grüne Gummistiefel über und eine schwere Jacke mit ausgebeulten Taschen. Clare sah, wie er einen zweifelnden Blick auf ihre Stiefel warf, die ihr auf einmal selbst absurd elegant vorkamen.

»Es ist ein ganzes Stück zu gehen«, sagte er unglücklich und nicht zum ersten Mal.

»Mein Gott, regen Sie sich ab.«

In Wahrheit beunruhigte sie der weite Weg zusehends, während sie den Hang hinaufkletterten und dabei gegen den heftigen naßkalten Wind ankämpfen mußten. Sandys Gesicht hatte die unvorteilhafte Farbe von rohem Fleisch angenommen, und Clare war froh, daß der rotgelbe Tweedanzug von der Jacke verdeckt wurde. Es war doch sicher unmöglich, Vorräte hier heraufzuschaffen, dachte sie. Aber die vorigen Bewohner hatten es auch getan, es mußte also einen Weg geben.

Sie konnte nicht behaupten, einen dieser blitzartigen Momente plötzlichen Wiedererkennens und absoluter Gewißheit zu erleben, als sie das Haus mit dem Namen ›The Larach‹ zum ersten Mal sah. Keine innere Stimme flüsterte: ›Das ist es!‹, als sie auf den Felsen stand, die das Rückgrat der Landzunge bildeten, und das graue Cottage vor der Hügellandschaft erblickte. Trotzdem ging etwas Anziehendes von dem Häuschen aus, wie es friedlich und ohne Umzäunung in sicherer Entfernung von einer kleinen Sandbucht hockte und den See in südwestlicher Richtung überblickte. Wenn es auch keine Gewißheit war, was Clare verspürte, so war es doch ein Anflug von Hoffnung, ein leises Herzklopfen, ein ›Das könnte vielleicht gehen‹.

Sandy dagegen wurde immer nervöser und pessimistischer, als sie den Hügel auf der anderen Seite hinunterstapften. »Es würde ein Vermögen kosten, eine Straße bis dorthin bauen zu lassen ... Es gibt noch nicht einmal ein Telefon, wissen Sie ... Bei schlechtem Wetter ist man dort vollkommen abgeschnitten ...«

»Ich dachte, es sei ihr Job, Häuser zu verkaufen.«

»Ja, schon, aber ...«, protestierte er, zwischen beruflichem Auftrag und seiner unleugbaren Gutherzigkeit hin- und hergerissen.

»Niemand wird Ihnen vorwerfen, mich den weiten Weg hierher gefahren zu haben, wenn sie das Haus losschlagen, oder?«

»Aber das ist kein Haus für eine Frau wie Sie«, platzte er schließlich heraus. »Jedenfalls nicht, um das ganze Jahr über darin zu wohnen. Als Ferienhaus käme es vielleicht in Frage.«

»Ich will kein Ferienhaus«, entgegnete Clare kurzangebunden.

Aus der Nähe wirkte das Cottage abweisend, sein schiefergedecktes Dach pflaumenfarben unter dem bedrohlichen Himmel. Könnte ich mich wirklich in diese primitive Steinbehausung zurückziehen? fragte sich Clare auf einmal ängstlich. Mit all meinen Unzulänglichkeiten und Hoffnungen und Bedürfnissen? Kann ich erwarten, dort Geborgenheit, ein Zuhause zu finden? Verrückter Gedanke, und doch gab es da dieses kleine ›Vielleicht‹. Vielleicht war es möglich ...

Ihr erster Blick ins Innere des Hauses wurde halb von Sandys Schulter verdeckt, mit der er die direkt ins Wohnzimmer führende Eingangstür aufstemmen mußte. Zwei dunkle Blöcke beherrschten den Raum. Der eine war ein großer Kamin komplett mit offener Feuerstelle, Kamineinsatz und gemauertem Ofen und der andere ein hoher Geschirrschrank, der aussah, als könnte er jeden Moment nach vorne kippen und jeden Eindringling erschlagen. Die Farben Braun und Schmutzigweiß dominierten. Türen, Schränke und andere Möbel, die Nut-und-Feder-Täfelung, die bis auf halbe Höhe der Wände reichte, die rauchverdunkelte Decke, der Kaminsims und der undefinierbare Fußbodenbelag waren durchgängig von einem stumpfen Braun.

Auf der linken Seite führte eine Tür in ein Schlafzimmer mit einem Kleiderschrank, der ein enger Verwandter des gefährlichen Geschirrschranks zu sein schien, einer mit Kerzenwachs bespritzten Kommode und einem eisernen Bettgestell samt fleckiger, schwarzweiß gestreifter Matratze, die Clare schaudern machte. Aus dem Maul eines winzigen gußeisernen Kamins wurde Ruß über die blanken Holzdielen geweht.

»Die gesamte Einrichtung ist im Preis inbegriffen«, sagte Sandy mit einem Blick auf seine Notizen.

»Großartig. Es gibt wohl keine Möglichkeit, den Kram hier herauszuschaffen, schätze ich.« Wie waren die Sachen überhaupt ins Haus gekommen? »Ich hoffe, das ist nicht ebenfalls inbegriffen ...« Zuerst vorsichtig, dann gewaltsam zog sie an einer klemmenden Kommodenschublade. Der Schäfer des Gutes war wahrscheinlich in diesem Zimmer gestorben. Hatten sie ihn einfach rausgetragen und alles gelassen, wie es war? Nur vergilbtes, feuchtes Zeitungspapier, Haare, ein Hemdknopf.

Im Wohnzimmer, gegenüber der Eingangstür, führten

zwei Stufen durch die dicke, ursprüngliche Außenwand in einen schmalen Anbau, der Küche und Bad enthielt. Hier hatte man sich offenbar nicht um diesen hygienischen Unsinn geschert, der vorschrieb, daß diese beiden Räume nicht miteinander verbunden sein sollten. Der Geruch von Feuchtigkeit und Moder stieg Clare scharf in die Nase – nasser Zement, verfaulendes Holz, Erde, Schwamm.

Im Bad war es praktisch finster, das Rauchglasfenster wurde von Schmutz und Moos und übergeschmierten Farbschichten verdunkelt. Sandys Taschenlampe beleuchtete eine Toilette mit kaputtem Plastiksitz und eine Badewanne mit widerlichen blau-grünen Flecken unterhalb eines gelben Randes. Der Fußboden bestand aus rohem Beton.

Die Küche war mit einem wenig vertrauenerweckenden Gaskocher ausgestattet – die Gasflasche stand direkt daneben – sowie einer Speisekammer, deren Regalbretter mit eingerissenem Wachstuch bezogen waren, und, überraschenderweise, einem sauberen Edelstahlspülbecken in einer billigen, modernen Küchenzeile. Aus dem Fenster sah man auf ein schmales Stück Land zwischen Haus und Hügel, offenbar eine Art Müllabladeplatz für zerrissene Fischernetze, Draht, zerbrochene Schieferplatten, löcherige Eimer.

Clare achtete nicht auf den nörgelnden Sandy, der sich inzwischen noch nicht einmal mehr den Anschein gab, als wollte er ihr das Haus verkaufen, und ging zurück ins Wohnzimmer. In der Mitte stand ein solider Holztisch, unter den zwei Küchenstühle geschoben waren. Auf einen solchen Tisch konnte man seine Ellbogen stützen, man konnte Sachen vor sich ausbreiten und Entscheidungen treffen. Zwei Sessel mit hohen Lehnen rahmten den Kamin ein, die Holzelemente des einen waren hübsch geschnitzt, und die schmierigen Polster gaben noch die

Körperform seines letzten Besitzers wieder. Clare wagte einen zweiten Blick auf den Geschirrschrank. Wie wunderbar würden sich Bücher auf seinen Regalbrettern machen. Wie wenig wunderbar war der Geruch, der ihr entgegenstieg, als sie die unteren Schranktüren öffnete.

Den Kamin übersah sie bewußt, so wie man jemanden auf einer Party übersieht, mit dem man sich nicht unterhalten möchte.

»Sie müßten Ihr heißes Wasser damit bereiten«, bemerkte Sandy genau im falschen Moment und fummelte an einem Griff, wodurch eine Kaskade von Zweigen und Schafswollknäueln ausgelöst wurde, die den Kaminschacht hinunterprasselte. »Und die Dohlen nisten im Schornstein, wie es aussieht.«

»Er muß ja wohl mal funktioniert haben«, antwortete Clare knapp.

Wußte sie in diesem Moment schon, daß sie dieses unmögliche kleine Haus kaufen würde?

Sandy trat hinaus und ging mit mißbilligender Miene auf und ab, bis sie ihm folgte. Er sagte, die Schornsteine müßten neu gesetzt werden, räumte aber widerwillig ein, daß die Traufen in Ordnung seien, womit er wohl die Dachrinnen meinte. Er entdeckte ein paar fehlende Schieferplatten am Dach, rüttelte an den Fensterbrettern und grummelte ein wenig vor sich hin, dann ging er wieder hinein und untersuchte den Dachboden, aber das Haus schien seiner unbewohnten Zeit gut standgehalten zu haben. Ein X-beiniger Schuppen, der wetterfester sein mußte, als er aussah, da er noch nicht in sich zusammengefallen war, enthielt mehr von der Sorte Müll, wie sie auch hinterm Haus lag.

Weil er sich sonst keinen Rat mehr wußte, zerrte Sandy Clare den Hang hinauf, um nach dem Wasserspeicher zu sehen, der allerdings randvoll war.

»Wir hatten natürlich auch sehr viel Regen in letzter Zeit«, bemerkte er und sah niedergeschlagen in die schwarze Tiefe, die von einem munteren kleinen Bach gespeist wurde.

»Natürlich.«

»Der Filter wird verstopfen, bei all dem Mist, der vom Hügel heruntergespült wird.«

Sie wußte nicht, wovon er redete.

»Wahrscheinlich ist er schon verstopft«, beharrte er verstimmt, und Clare mußte laut loslachen.

»Bekommen Sie denn keine Provision?« neckte sie ihn.

»Sie können doch nicht ernsthaft daran denken ...«

»Hier haben doch schon Menschen gewohnt. Mindestens ein Jahrhundert lang, würde ich sagen.«

»Mag sein, aber das ist etwas anderes ...«, murmelte er und machte seinen Gefühlen Luft, indem er den Deckel zurück auf den Wassertank knallte.

Der Nebel sank tiefer, die Dämmerung kam schnell. Schweigend schlossen sie das Haus ab und suchten sich einen Weg zurück über die unwegsame Landzunge.

»Wissen Sie überhaupt, was ›The Larach‹ heißt?« fragte Sandy schließlich, und sein bissiger Ton sagte Clare, daß sein freundliches Wesen am Ende aller Geduld angelangt war.

»Nein, was?«

»Alte Ruine.«

Sie mußte lachen und konnte nicht mehr aufhören, und nach einer Weile stimmte er mit ein, so daß sie wie zwei Verrückte über den vollgesogenen torfigen Boden taumelten. Clare wußte, daß ihre Stiefel nie wieder wie vorher sein würden.

»Sie wollen mir doch wohl nicht weismachen«, sagte sie, als sie sich erholt hatten, »daß jemand ein Haus gebaut und es dann ›Ruine‹ getauft hat.«

»Na ja, genau genommen heißt es ›die Stätte einer Ruine‹«, erklärte Sandy. »Es muß einmal ein viel älteres Gebäude an der Stelle gestanden haben, vor langer Zeit. Wäre nicht verwunderlich in dieser geschützten kleinen Bucht.«

Auf der Rückfahrt nach Fort William herrschte eine freundschaftliche Stimmung, und sie sprachen offener über die Vor- und Nachteile, wenn Clare auch der unvermeidlichen Frage auswich, warum sie überhaupt dort leben wollte. Das Haus war bewohnbar, die Wasserversorgung ausreichend, und die sanitären Anlagen waren vermutlich noch funktionstüchtig.

»Aber wie um alles in der Welt haben die Leute Vorräte dorthin geschafft?« fragte sie. »Heizkohle, Lebensmittel und so weiter?«

Sandys Kopf fuhr erstaunt zu ihr herum. »Mit dem Boot natürlich. Haben Sie den Bootssteg nicht gesehen?«

Ein Bootssteg? Sie erinnerte sich vage an eine Ansammlung von Steinen am Strand, der Wind und Wasser jedoch so zugesetzt hatten, daß sie wie eine natürliche Formation und nicht wie etwas von Menschen Gebautes wirkte. Auf jeden Fall hatte sie das nicht mit dem Cottage in Verbindung gebracht.

»Über den See ist es ein Katzensprung nach Inverbuie«, sagte Sandy, ehe er erschrocken hinzufügte: »Aber Sie wollen doch wohl kein Boot kaufen?«

Darüber brauchte er sich nun wirklich keine Gedanken zu machen. Sich auf das unbekannte, düstere Wasser des Sees zu begeben war als Teil ihres Abenteuers nicht vorgesehen.

Nachdem Sandy sie mit der dringenden Bitte, alles noch einmal vernünftig zu überdenken, am Hotel abgesetzt hatte, verlangte Clare die Rechnung und ging sofort hinauf in ihr Zimmer, um zu packen. An der Rezeption sagte man ihr entschuldigend, sie müsse leider für zwei Nächte bezahlen. Man hatte wohl das Gefühl, sie auszunehmen. Was waren diese Einheimischen doch für Unschuldslämmer, dachte sie großmütig.

Eine halbe Stunde später befand sie sich wieder auf dem Weg nach Inverbuie. Am Nachmittag hatte sie im Vorbeifahren festgestellt, daß es dort ein Hotel mit Blick auf den Hafen gab. Nicht bemerkt hatte sie allerdings, daß es von Oktober bis Ostern geschlossen war. Die Lichter, die sie gesehen hatte, gehörten zu dem angegliederten Pub, der das ganze Jahr über geöffnet hatte.

»Nun ja, wir haben eigentlich geschlossen, das stimmt«, sagte Ina Morrison in ihrer ruhigen, umsichtigen Art, die sich unsterblich in Clares Erinnerung eingraben sollte. »Aber das bedeutet nicht, daß wir kein Zimmer für Sie hätten.«

Das Zimmer war grauenvoll, noch viel schlimmer als das in Fort William. Wo trieben sie bloß so trübe Glühbirnen, so winzige Waschbecken und so schauderhafte Tagesdecken auf, fragte Clare sich verzweifelt, und spürte, wie die muffige Nachsaisonkälte des Raums in ihre Knochen drang.

»Sie können den hier später anmachen, wenn Sie wollen«, sagte Ina und deutete auf einen elektrischen Ofen mit einem einzigen Heizstab und einem Pelzbesatz aus Staub. In ihrer Stimme schwang überdeutlich die Hoffnung mit, daß Clare dies nicht tun werde. »Sie werden etwas zu Abend essen wollen.« Die Leute hier hatten die Eigenart, Feststellungen zu treffen, statt Fragen zu stellen, das war ihr schon aufgefallen.

»Ist nicht so wichtig«, sagte Clare. Sie wäre lieber verhungert, als noch einmal zurück über dieses Moor zu fahren. Hätte sie von der Wirtin eine Mahlzeit verlangt, wäre ihr diese womöglich verweigert worden, denn die Highlandbewohner reagierten recht empfindlich auf Fremde mit englischem Akzent und städtischem Aussehen, wie sie später herausfand. Aber daß sie offenbar keine Umstände machen wollte, rief sofort Inas herrische Fürsorglichkeit auf den Plan.

»Wenn es Ihnen nichts ausmacht, mit der Familie zu essen, können Sie sich gerne zu uns setzen, es ist reichlich für alle da. Es wäre allerdings in der Küche ... und ich müßte Ihnen natürlich etwas berechnen«, fügte sie hastig hinzu, um keine Mißverständnisse aufkommen zu lassen. »Es ist auch gerade fertig.«

Clare sehnte sich nach einem heißen Bad, fast genauso dringlich wie nach einem Gin Tonic, aber sie hatte gerade noch Zeit, gereizt zu überlegen, ob es unangenehmer wäre, ihre nassen Stiefel anzulassen oder ihre Beine der kalten Luft auszusetzen. Sie behielt die Stiefel an, doch als sie wenige Minuten später die Küche betrat, warfen sie die Wärme, der Lärm, das grelle Licht und der Fettgeruch beinahe um.

Aus einem riesigen Fernseher mit einem unnatürlichen orange-grünen Bild tönten Nachrichten, die Clare irgendwie unvertraut vorkamen, bis sie bemerkte, daß es sich um eine lokale schottische Sendung handelte. Der Raum schien voller Menschen zu sein. Zwei junge Männer in Overalls saßen am Tisch, während Ina und zwei Mädchen zwischen Mikrowelle, Backofen und Bratpfanne hin- und herliefen.

Die Jungen nickten Clare kurz zu und starrten dann wieder auf den Tisch, wo ihre Unterarme die Stelle markierten, auf der der Teller landen sollte. Die Mädchen sagten ›hallo‹ und bedachten sie mit langen, neugierigen Seitenblicken, wobei sie jede Einzelheit ihrer Erscheinung in einer Art visueller Saugwirkung in sich aufnahmen, ohne dabei die Köpfe zu heben.

Ina kippte eine Lawine von Pommes frites in einen Frittierkorb, schüttelte ihn, daß es spritzte, und senkte ihn unter lautem Zischen in eindeutig nicht mehr frisches Fett, während sie gleichzeitig über die Schulter hinweg einen Schwall von Anweisungen erteilte.

»Setzen Sie sich doch, Mrs. Somerville. Morag, hol einen Stuhl herbei – rück mal ein Stück Lachy, was ist denn mit dir los? Karen, gib mir diesen Teller rüber, sei so gut, und behalt den Grill im Auge. Sag mal einer eurem Vater Bescheid, daß sein Abendessen auf dem Tisch steht. Und wer hat eigentlich meinen Schaumlöffel stibitzt ...?«

Die ganze Küche war so vollgestopft, unordentlich und schmutzig, daß Clare versuchte, die einzelnen Widerwärtigkeiten gar nicht erst wahrzunehmen. Auf einem riesigen Kühlschrank zwischen einem Metalldorn, auf den vergilbte Rechnungen gespießt waren, und einem Karton mit Saucenwürfeln lag eine Katze und starrte hämisch auf sie herab, als wüßte sie, wie bitter Clare es bereute, Inas Einladung angenommen zu haben.

Obwohl Clare ein zahlender Gast war, wurden die Söhne des Hauses zuerst bedient und bekamen von einer unwilligen, aber sich fügenden Schwester einen vollgehäuften Teller mit einem Rand aus dunkler, fettiger Sauce hingeknallt. Sie machten sich sofort mit gesenkten Köpfen darüber her. Ein ähnliches Gericht wurde vor Clare hingestellt, wenn auch mit weniger Nachdruck. Frikadellen, gegrillte Tomaten, ein Haufen blasser Pommes frites und kieselharte Erbsen. Das angebotene Tomatenketchup aus einer beschmierten Flasche und die Essigurken aus dem Familienglas lehnte sie höflich ab. Sie mußte an Magda denken und unterdrückte ein Kichern, während sie überlegte, welchen Teil dieses Strafgerichts sie zuerst in Angriff nehmen sollte. Es wäre sicher nicht klug, die Einheimischen gleich zu Anfang zu beleidigen.

Will Morrison kam aus dem Pub herüber, um mit würdevoller Gelassenheit den Vorsitz an dem vollgestellten Tisch einzunehmen. Hin und wieder richtete er das Wort an Clare. »Sie sind auf Urlaub hier. Sie sind aus London.«

Sie bestritt diese Feststellungen nicht.

Von Zeit zu Zeit ertönte irgendwo eine Türglocke, wahrscheinlich das Zeichen, daß ein Gast, der seine eigene Abendmahlzeit bereits beendet hatte, im Pub eingetroffen war. Will kümmerte sich nicht darum, und bald hörte man durch die angelehnte Küchentür eine Stimme: »Bist du gerade beim Essen, Will? Alles klar, dann bedien ich mich selbst.«

»Aye, mach das nur«, erwiderte Will gemütlich und hielt seine Tasse hin, damit eine seiner Frauen ihm Tee nachschenkte.

Im Fernsehen gab es nun eine Kochsendung in einer unbekannten Sprache. Clare bemühte sich, durch das Familiengeplänkel hindurch zuzuhören, und kam erstaunt zu dem Schluß, daß es sich um Gälisch handelte. Doch nach der geringen Aufmerksamkeit zu urteilen, die die Morrisons dem Programm schenkten, schienen sie davon genauso wenig zu verstehen wie sie selbst.

Nachdem sich die Jungen mit einem Nicken in Clares Richtung verzogen hatten und Will majestätischen Schrittes zurück in seine Kneipe stolziert war, stellte sich das Problem, was mit dem unerwarteten Gast anzufangen sei. Es ließ auf Inas Meinung von ihr schließen, dachte Clare ironisch, daß die Lösung darin bestand, sie mit einer Tasse Milchkaffee in den kalten Aufenthaltsraum zu verbannen, wo sie allein inmitten von unbequemen Stühlen und zu niedrigen Tischen voller Bierdeckel saß.

Es war so schrecklich, daß es schon wieder komisch war, und plötzlich überkam sie das Bedürfnis, Magda von ihrem Tag zu erzählen. Sie hatten schließlich so lange alles miteinander geteilt. Ein öffentliches Telefon hing am Ende eines schwach beleuchteten, zugigen Wintergartens, und sie hatte schon begonnen, die Nummer einzutippen, als ihr klar wurde, daß sie Magda jetzt unmöglich anrufen konnte. Zum einen steckte sie zu dieser Stunde mitten in den Dinnervorbereitungen, und Anrufe von Leuten, die es besser wissen sollten, versetzten sie zu recht in Rage. Aber was noch schwerwiegender war: Wie konnte sie von Magda erwarten, sich mit ihr darüber zu freuen, daß sie vier Wände um einen Haufen Schmutz und Moder herum gefunden hatte, für die sie die Eleganz und Bequemlichkeit des Carlini und damit das Unternehmen, das Magda mit so viel Leidenschaft betrieb, aufgeben wollte?

Von einem lähmenden Gefühl der Einsamkeit überkommen, verweilte Clare im eisigen Halbdunkel. Der auffrischende Wind drückte gegen die Glasscheiben, die Luft war feucht und roch nach abgestandenem Zigarettenrauch. Kälte fraß sich vom Fußboden durch die Sohlen ihrer Stiefel.

Die Vorstellung von Magda in der betriebsamen Küche des Carlini brachte andere Erinnerungen mit sich – Bilder von einfacher Behaglichkeit, angenehmer Wärme, dicken Teppichen, sanftem Licht, üppigem Blumenschmuck. Sie hatte den frühen Abend immer besonders gemocht, den Moment, wenn sie die Treppe hinunterkam und das Hotel wohlorganisiert in den Abendbetrieb überwechselte. Geschlossene Vorhänge, hell brennende Kaminfeuer, Kellner in frisch gestärkten weißen Hemden, die sich geschmeidig durch den noch leeren Speisesaal mit seinem schimmernden Kristall und Tafelsilber bewegten. Die Bar war noch wenig besucht, ihre Tische glänzten frisch poliert, die Sektkühler waren mit Eis und die Knabberschalen mit Nüssen gefüllt, und der Barkeeper polierte in aller Ruhe die Gläser. Sie selbst kam frisch aus dem Bad, frisiert und geschminkt, bereit für den langen Abend, und hatte bereits vergessen, daß sie schon den ganzen Tag auf den Beinen war. Sie machte ihre übliche Runde durch die Räume, sah nach dem Rechten, zog den Vorhang vor dem Fenster in der Damentoilette zu, der immer vergessen wurde, pflückte ein verwelktes Blatt von einer Pflanze ab, ordnete Zeitschriften. Durch diese gewohnheitsmäßigen, aber zärtlichen Gesten gab sie ihrer Zufriedenheit mit ihrer Umgebung Ausdruck.

Doch dann dachte sie an den weiteren Verlauf des Abends, an das hektischer werdende Tempo während des Dinners, den vollbesetzten Speisesaal, den stetig ansteigenden Lärmpegel, die überquellenden Aschenbecher, den bedeutungslosen Small-talk mit Fremden, auf dessen glatter Oberfläche sie nur entlanggleiten konnte, indem sie ihr Glas immer wieder nachfüllte. Und damit kam die Erinnerung an das Gefühl des Gefangenseins, an ihren Widerwillen gegen die erdrückende Atmosphäre von Überfluß und Extravaganz. Wieder ekelte sie sich vor sich selbst, weil sie trotzdem jeden Abend bis zum Ende blieb, sich an gleichgültige Gespräche und gleichgültige Gesellschaft klammerte, nur um nicht allein in ihrem Bett liegen zu müssen. Meistens ging sie dann auch nicht allein ins Bett ...

Aber damit war es jetzt vorbei, sie hatte das alles hinter sich gelassen. Morgen würde sie sich das Cottage noch einmal ansehen. Wenn sie es schaffte, an diesem einsamen Ort zu leben, konnte sie nichts mehr von einem langen, nüchternen Blick auf sich selbst ablenken, auf all das, was die gegenwärtige Krise herbeigeführt hatte.

Allerdings sollte sie zuvor so viel wie möglich über ›The Larach‹ herausfinden. Dazu war der Pub der geeignetste Ort. Konnte sie das aushalten? Es verlangte sie mit einem nagenden körperlichen Bedürfnis nach Alkohol, aber der

Gedanke an das verwunschene kleine Haus machte ihr Mut. Sie öffnete die Verandatür und schritt resolut auf den Pub zu. Der salzige Wind vom Seeufer trieb sie voran.

KAPITEL 3

Der Wind war noch stärker als erwartet, und Clare knurrte vor sich hin, weil er ihre Haare zerzauste und durch ihre zu dünnen Kleider schnitt. Nun, sie hatte ja vor, in diesen Breiten zu leben, sagte sie sich selbstironisch.

Erst Wochen später konnte sie ihren Auftritt im Pub in dieser stürmischen Nacht mit den Augen der Einheimischen sehen – eine schlechtgelaunte, atemlose Frau, der die Städterin auf die Stirn geschrieben stand, platzte in die feierabendliche Männerrunde mit gemächlichem Biertrinken, Dart- und Dominospielen herein. Nach der ersten Überraschung wurden die ihr zugewandten Gesichter wieder ausdruckslos, obwohl ihr viele neugierige Blicke folgten, als sie zum Tresen ging. Sie sah sich ebenfalls um und war nicht weniger beeindruckt – ein schwarzbärtiger Riese in weiten Knickerbockern und einer Tweedmütze mit hochgebundenen Ohrenklappen hätte geradewegs einem Kostümfilm entsprungen sein können.

Will Morrison, ganz Gentleman, bewegte seinen massigen Körper mit erstaunlicher Flinkheit um den Tresen herum und zog einen Barhocker an eine Stelle, wo er sie im Auge behalten konnte. Clare nahm den angebotenen Platz ein und sah halb gereizt, halb amüsiert zu, wie er versuchte, eine festgefrorene Flasche Orangensaft aus dem Eisfach des Kühlschranks zu befreien. Sie wollte lieber nicht wissen, wie lange sie schon darin gelegen hatte.

Hinter ihr wurde es an den Tischen allmählich wieder belebter.

Natürlich kam sie irgendwann mit den Männern ins Gespräch. Was konnte eine einzelne Fremde an einem Dezemberabend in Inverbuie verloren haben? Und dann stellte sie auch noch Fragen über ›The Larach‹, das nicht viel mehr als eine Schutzhütte war. Ein guter Witz, der weiteren Spaß versprach, wenn sich wieder einmal ein Snob aus England hier zum Narren machte. Sie bestellten Whisky, als Clare dran war, eine Runde auszugeben. Der Geruch verursachte ihr beinahe Übelkeit vor Verlangen.

Sie erzählten ihr, was sie hören wollte, oder von dem sie glaubten, daß sie es hören wollte, und verschleierten dabei höflich die einhellige Meinung, daß sie nicht alle Tassen im Schrank hatte. Dennoch konnte sie ein paar nützliche Dinge erfahren. Der Bach, der den Wassertank speiste, sei noch nie ausgetrocknet, soweit sie wüßten (wobei sie allerdings nicht erwähnten, daß er häufig zufror); der Schornstein sei ein ›gut ziehender‹ Schornstein; das Dachgebälk sei vor ›noch nicht allzu langer Zeit‹ erneuert worden. Nach einer ausgedehnten, immer hitziger werdenden Diskussion wurde diese vage Angabe auf fünfundzwanzig Jahre eingegrenzt.

Clare hörte außerdem, daß Angus vom Lebensmittelladen ihr alles, was sie brauchte, per Boot liefern würde. Allerdings würde er warten, bis genug zusammengekommen war, damit sich die Fahrt lohnte, und er ließ sich seinen Service auch gut bezahlen. Donald Macrae von Rhumore fuhr jedoch mehrmals die Woche über den See und würde dafür sorgen, daß sie nie ganz abgeschnitten war.

Als sie in ihrem Zimmer unter den dünnen Decken beider Betten lag, die sie gegen den Geruch von verbranntem Staub aus dem Heizlüfter bis über die Nase gezogen hatte (ob Ina jeden Moment wie eine Rachegöttin hereinstürmen und ihn ausschalten würde?), grübelte Clare über alles nach, was sie erfahren hatte, und versuchte, sich mit positivem Denken in den Schlaf zu wiegen. Vergebens. Zu einem angespannten, unglücklichen Knäuel zusammengerollt dämmerte sie zwischen wirren Phantasien und kurzen, beredten Träumen: wie sie hinunterging und die Bar plünderte, wie sie die Wirtin weckte und sich krank stellte, damit diese ihr große Mengen heilsamen Brandys einflößte, wie sie sich im Carlini inmitten von unbekannten Gesichtern sinnlos betrank.

Als sie am nächsten Morgen allein zum Cottage fuhr, erschien ihr alles verändert. Ihre Sinne waren schärfer, die Farben klarer und kontrastreicher: dunkle, nasse Steine vor hellbraunem Wintergras, tiefgrüne Nadelbäume unter einer blassen Sonne, die langsam hinter dem Nebel hervorkam. Sie konnte das Gurgeln unsichtbarer Bäche unter dem Torfboden hören und – das hatte ihr doch gestern unmöglich entgehen können? – das endlose Branden der Wellen am Kiesstrand.

Vom Cottage aus blickte man in einer diagonalen Linie über den langgestreckten See. Am anderen Ufer, jenseits eines schmalen Saums von Feldern mit verstreuten Höfen, stiegen steile, farnbedeckte Hänge auf und verloren sich in den Wolken. Links vom Cottage schnitt ein Vorgebirge den Blick auf das Dorf am oberen Ende des Sees ab; rechts konnte Clare die Stelle sehen, wo die Landzunge und das südliche Ufer sich fast berührten.

Sie hatte diesmal keinen Schlüssel und rieb an den blinden Fenstern, um in die dunklen Zimmer zu spähen.

»Du mußt von allen guten Geistern verlassen sein«, sagte sie laut, aber mit einiger Selbstzufriedenheit, weil sie nun sicher war, was sie tun würde.

Sie sollte diesen Satz in den folgenden Wochen noch öfter sagen, wenn auch mit deutlich mehr Besorgnis in der Stimme.

Der Kampf gegen das Trinken nahm während dieser Zeit ihr ganzes Denken und Sein in Anspruch. Alkohol war lange ein fester Bestandteil ihres Lebens gewesen, ein notwendiges Stimulans, ein willkommener Begleiter zu gutem Essen, ein gesellschaftliches Ritual, das sie stets genossen hatte, bis es zu einer gefährlichen Sucht wurde. Niemand unterstützte sie bei ihrem Entzug, noch nicht einmal Magda. Alle fanden es irgendwie anormal, daß sie alkoholische Getränke ablehnte, geradezu lächerlich und auf eine obskure Weise sogar beleidigend.

Magda beharrte darauf, ihre Abstinenz als eine vorübergehende, ein wenig lästige Marotte abzutun, und Clare vermutete, daß sie vielleicht anders nicht damit umgehen konnte. Es war ein Wunder, daß ihre Freundschaft nicht darunter zerbrach, aber sie waren sich in den vergangenen beiden Jahren durch die gemeinsame Arbeit sehr nahe gekommen, was sich jetzt als gute Basis erwies.

Als Magda Clare ›fand‹, hatte sie selbst Hilfe und Unterstützung gebraucht. Zwar nicht so dringend wie Clare, die lange überhaupt nicht erkannt hatte, daß eine gegenseitige Abhängigkeit bestand, aber Magda war nicht blind für das Glück gewesen, welches sie an diesem Tag mit Clare zusammengeführt hatte.

Sie begegneten sich in einem Pub in der Nähe des Flusses Grafham. Clare hatte nach einem ihrer einsamen Spaziergänge am kalten Flußufer Glühwein getrunken, und Magda wollte die Speisekarte unter die Lupe nehmen, von der ihr irgend jemand vorgeschwärmt hatte. Nebenbei hoffte sie, obwohl sie das niemals zugegeben hätte, ein wenig Personal abzuwerben.

Als jüngster Sproß einer großen und bekannten Familie

italienischer Restaurantbesitzer, der jedoch den größten Teil seiner Kindheit in der Heimat der englischen Mutter verbracht hatte, hatte Magda beschlossen, sich lieber in England auf eigene Füße zu stellen, als im Schatten ihres Vaters und ihrer Brüder dahinzuvegetieren. Sie hatte eine Ausbildung in Genf absolviert und dann mehrere Jahre eine gutgehende Weinbar in einer Seitenstraße der Edgware Road in London geführt, ehe sie sich mit kräftiger Unterstützung ihrer Familie auf das Hotelfach verlegte.

Als sie Clare kennenlernte, gehörte ihr das elegante Haus aus dem späten achtzehnten Jahrhundert in Godmanchester seit über einem Jahr. In dieser Zeit hatte sie, begleitet von heftigen Streitereien, dramatischen Entlassungen und Streiks, schon mehrmals das Personal neu- und umbesetzt. Sie war zu dem Schluß gekommen, daß sie die Leitung der Küche (ihre eigentliche Passion) selbst übernehmen und jemand anderen für das Hotelmanagement einstellen sollte.

Magda verlor nie viel Zeit, wenn sie anderen Informationen entlocken wollte. Auf einem Barhocker neben Clare sitzend hatte sie innerhalb von wenigen Minuten herausbekommen, daß diese als Sekretärin gearbeitet hatte und Französisch und Italienisch sprach. Genau das, was Magda brauchte, da die meisten ihrer Angestellten Italiener waren und sie, was die Gäste betraf, besonders auf den italienischen und französischen Markt abzielte. Obwohl Clare nicht in bester Verfassung war, hatte Magda sie schnell als geeignet eingestuft. Außerdem stand sie offensichtlich zur Verfügung, und ihr Widerstand konnte leicht gebrochen werden.

Clares Einwände, daß sie nichts vom Hotelgewerbe verstehe, hatte Magda einfach beiseite gewischt. »Gesunder Menschenverstand genügt«, behauptete sie. »Der Rest lernt sich schnell. Man braucht nur ein wenig Anpassungsvermögen.« Was sie natürlich vor allem gewollt hatte, war jemand, den sie nach ihrem Belieben leiten und formen konnte.

Sie wurden ein gutes Team und hatten eine Menge Spaß zusammen. Magda war eine launische und rücksichtslose Person, aber sie verfügte über eine ansteckende Lebendigkeit und viel Enthusiasmus, und Clare entwickelte großen Respekt vor ihrem Fachwissen und ihrer kreativen Energie. Zu Anfang mußten sie bei fast allen Aufgaben selbst mit anpacken, es blieb ihnen gar nichts anderes übrig. Magdas Führungsstil war nicht der versöhnlichste, und während die meisten ihrer italienischen Angestellten ungehemmt zurückbrüllten, aber zur nächsten Schicht wohl oder übel wieder auftauchten, weil sie den Job brauchten, stolzierten die englischen Mädchen im Vertrauen auf das soziale Netz einfach zur Tür hinaus. Einmal verschwand ein Tellerwäscher und ließ das gesamte Geschirr vom Abendessen stehen, weil er beide Spülbecken mit Fett verstopft hatte und nicht in der Lage war, den Schaden zu beheben. Magda und Clare waren es, die am nächsten Morgen um sechs Uhr früh das stinkende Abwaschwasser ausschöpften, die angesammelten Erbsen, Zwiebelringe und Karottenwürfel aus dem Ausguß fischten, kochendes Wasser hineinschütteten und das Abflußknie aufschraubten und säuberten. Danach nahmen sie den Stapel verkrusteter Pfannen in Angriff, damit ein anderes Mitglied des Küchenpersonals mit der Zubereitung des Frühstücks beginnen konnte.

Gleich zu Anfang ihrer Zusammenarbeit hatte Clare einmal allein die Bar übernehmen müssen, weil Magda zu einem Familienfest gefahren war. Der Abend versprach zunächst ruhig zu werden, doch dann herrschte auf einmal viel Betrieb. Sie war ins Schwimmen gekommen, kannte die Preise und die Maßeinheiten nicht und wußte oft noch nicht einmal, welches Glas sie nehmen sollte. Das alles unter den verächtlichen und zunehmend verärgerten Blicken der betuchten Gäste, die besseren Service gewöhnt waren und ihn bei den Preisen des Carlini auch erwarten konnten. Diese Erfahrung hatte sie nicht noch einmal machen wollen.

An manchen Tagen hatte früh morgens ein Kellner an die Tür ihrer Wohnung geklopft und mit selbstgefälliger Stimme verkündet, der Koch für die Frühstücksschicht sei mal wieder nicht erschienen, so daß sie und Magda sich stöhnend und fluchend aus dem Bett quälen und für ihn einspringen mußten. Sie hatten auf gut Glück Bierfässer ausgewechselt und ahnungslos, aber hoffnungsvoll, in zischende Toilettenspülkästen geblickt. Einmal war ein Gast mit einem fünfzehn Zentimeter langen Wurm in seinem Zahnbecher zum Frühstück erschienen und hatte gedroht, sie zu verklagen; ein anderer war an einem Herzinfarkt gestorben und mußte diskret um halb sechs Uhr morgens durch die Hintertür in einen wartenden Leichenwagen verladen werden. Sie hatten jedes Bett im ganzen Hotel gemacht und jedes Zimmer gereinigt, hatten abgeschnittene Nägel und Hornhaut eines besonders angenehmen Gastes vom roten Zimmerteppich gesaugt, während Magda im Duett mit Pavarotti neapolitanische Liebeslieder geschmettert hatte.

Die Hektik und die hohen Lernanforderungen (einer von Martins Ausdrücken) des Hotelbetriebs waren genau das richtige für Clare gewesen. Sie hatte keine freien Tage und keinen Urlaub gewollt. Sie hatte genug leere Stunden durchlebt, in denen sie der nackten Tatsache ins Gesicht sehen mußte, daß es nichts gab, das sie tun wollte, und keinen Ort, an dem sie sein wollte. So etwas wie ein Zuhause, das Zuhause ihrer Kindheit, existierte nicht mehr. Ihre Mutter war tot, das Haus verkauft, und durch einen unbewußten psychischen Schutzmechanismus betrachtete Clare ihren Vater mittlerweile ebenfalls als tot. Das war weniger schmerzhaft als die Wahrheit.

Dagegen hatte sie es als das Abwerfen einer verhaßten Last empfunden, ihr eigenes Haus zu verkaufen und all die Habe loszuwerden, die sie an Martin und ihre Ehe erinnerte – das grüne Ledersofa mit den passenden Sesseln, die Designervorhänge mit den exakten Falten, der nachgemacht antike Eßtisch, dieser ganze aufeinander abgestimmte Kram, gegen den Martins Vorgesetzter nichts einzuwenden haben konnte, wenn er seinen jährlichen vertraulichen Bericht schrieb.

Ein paar wenige Möbelstücke aus ihrer Londoner Wohnung, aus der Zeit vor Martin, hatte sie behalten, und sie paßten gut in den gemütlichen Rückzugsort, den Magda und sie sich im obersten Stockwerk des Hotels eingerichtet hatten und den sie viel zu selten genießen konnten. Diese alten Freunde würde sie jetzt jedoch zurücklassen. Ihr Bedürfnis, sich von allem zu trennen, was zu ihrem gegenwärtigen Leben gehörte, war nicht rational erklärbar, aber nur so konnte sie einen neuen Anfang wagen.

Die feierfreudige Vorweihnachtszeit machte es ihr schwerer denn je, abstinent zu bleiben, aber zumindest ließ sie ihr keine Zeit zum Grübeln. Außerdem war sie vernünftig genug, professionelle Hilfe in Anspruch zu nehmen, und obwohl sie Angst hatte, von einer Abhängigkeit in die andere zu geraten, verschafften ihr die verschriebenen Schlaftabletten immerhin genug Ruhe, um neue Energie tanken zu können.

Einen unerwarteten Pluspunkt gab es allerdings – den Sex vermißte sie nicht. Sie hatte befürchtet, er sei für sie zu einer ebenso wichtigen Droge wie der Alkohol geworden, aber das Bedürfnis nach Sex schien eng mit dem Trinken verknüpft gewesen zu sein. Ohne den Verlust an

Selbstachtung, den der Alkohol mit sich brachte, war sie nicht im mindesten versucht, Zuflucht bei dieser anderen Quelle des Vergessens und eitler Selbstbestätigung zu suchen. Sie hatte erwartet, daß ihr Körper protestieren und seinen eigenen Willen kundtun würde, aber alles blieb ruhig, fast träge.

Etwas verspätet hatte sie einen AIDS-Test machen lassen und Heidenängste ausgestanden, während sie auf das Ergebnis wartete. Sie konnte es im Nachhinein nicht fassen, daß sie vor dieser Gefahr die Augen verschlossen hatte. Als das Ergebnis negativ war, wußte sie, daß sie mehr Glück als Verstand gehabt hatte und bekam vor Erleichterung weiche Knie.

Der Gedanke an das Cottage ließ sie durchhalten und bewahrte sie vor allem davor, der unablässigen Versuchung nachzugeben, sich einen kleinen Drink, nur einen, zu genehmigen. Sie hatte kein klares Bild des Hauses mehr vor Augen und hätte auch nicht sagen können, was sie dort zu tun gedachte, aber es stellte einen wichtigen Schritt nach vorn dar, und es würde ihr gehören. Dem Kauf stand nichts mehr im Wege. Der Farmer Macrae hatte sein Vorkaufsrecht nicht in Anspruch genommen, und Sandy Maitland konnte sie beruhigen, was die Wasser- und Wegerechte anging. Außerdem besaß sie genug Geld, um das Häuschen zehnmal zu kaufen.

»Aber warum mußt du es gleich kaufen?« wollte Magda wissen, die sich ausnahmsweise einmal zwei Minuten Zeit für Clares Belange nahm. »Du kannst es doch für ein, zwei Monate mieten, solange eben, wie du brauchst, um mit dir ins Reine zu kommen oder was immer du vorhast.«

»Magda, ich werde nicht zurückkommen.« Clare hatte konsterniert festgestellt, daß Magda nichts unternahm, um einen Ersatz für sie zu suchen.

»Aber *warum*? Ich meine, wenn du hier, wo die Versuchung dich ständig anspringt, mit dem Trinken und Herumvögeln aufhören kannst, warum um alles in der Welt mußt du dich dann noch in der hintersten Pampa verkriechen? Außerdem war es dieses Hotel, das dir überhaupt erst wieder auf die Beine geholfen hat, vergiß das nicht.«

Magda hatte stets angenommen, daß Clare durch Martins Tod in diesem Zustand von Schock und Apathie geraten war, in dem sie sie angetroffen hatte. Clare hatte ihr nie die ganze Wahrheit erzählt, oder das, was sie für die Wahrheit hielt.

»Du wirst es ganz schnell satt haben«, beharrte Magda. »Was willst du denn bloß mit dir dort anfangen? Du bist einfach nur urlaubsreif. Wir haben beide viel zu hart gearbeitet, das steht fest, aber das Schlimmste ist jetzt vorüber. Jetzt, wo wir's geschafft haben, wird der Laden praktisch wie von selbst laufen.«

Die aufputschende Zeit der Notfälle und Krisen, bei denen sie ständig selbst mit einspringen mußten, mochte vorbei sein, aber kein Geschäft, das Magda führte, würde je wie von selbst laufen. Ihre derzeitigen Pläne sahen vor, die Ställe zu Personalunterkünften umzubauen, die Terrasse zu erweitern und an den Speisesaal ein Gewächshaus anzubauen.

Eingedenk dieser Pläne hatte Clare zögernd angeboten, ihren Kapitalanteil im Hotel zu belassen. Doch nachdem Magda klar geworden war, daß Clare sich damit nicht ihre Position sichern, sondern ihr nur helfen wollte, hatte sie dies brüsk abgelehnt. Clare war erleichtert gewesen, weil sie es vorzog, wirklich frei zu sein, ohne verbleibende Bindungen.

Durch all die Ereignisse dieser Zeit – das üppige Weihnachtsprogramm, die Silvesterpartys, das traurige Nachspiel, als Magda ihr Fortgehen endlich ernst nahm und es zu einigen häßlichen Szenen kam – zog sich die Rettungsleine ihrer Verbindung mit einer anderen Welt. Während ihrer Telefonate mit Sandy Maitland stellte sie amüsiert fest, daß der Klang seiner Stimme, mit dem sie stets Feuchtigkeit, Kälte, Nebel und Schmutz verband, sie trotzdem jedesmal beruhigte. Er kümmerte sich mit fröhlicher Gelassenheit um die Probleme und Fragen, die ihr in den frühen Morgenstunden, wenn sie nicht mehr schlafen konnte, Sorgen bereiteten.

»Kohlen? Da müssen Sie sich an Eck Geddes wenden, Jean hat bestimmt seine Nummer, Moment.« Rufe im Hintergrund, offenbar zog man diese Art der Kommunikation einer Telefonanlage vor. »Hier ist sie: 702242. Er wird die Kohlen ins Haus liefern, aber geben Sie ihm rechtzeitig vorher Bescheid, damit er mehrere Lieferungen über den See zusammenfassen kann.«

»Aber er kennt mich doch gar nicht.«

Lachen. »Er kennt ›The Larach‹, oder?«

»Also, wenn das alles so einfach ist, wie steht es mit einer Matratze? Könnte die auch geliefert werden?«

»Kein Problem«, versicherte er ihr.

Und es war tatsächlich keins. Ruhige, freundliche Highlandstimmen antworteten ihr: »Ah, ›The Larach‹. Ja natürlich, das geht in Ordnung. Bis wann brauchen Sie die Sachen? Sehr schön, wird gemacht, keine Ursache.«

»Brauchen Sie einen Vorausscheck?« hatte Clare die mütterlich klingende Frau beim Kohlenhändler gefragt.

»Das ist nicht nötig.« Die Stimme wurde ein wenig kühler, und Clare merkte, daß sie einen Fauxpas begangen hatte. »Angus wird einen Zettel dalassen.«

Was hatte das nun wieder zu bedeuten?

Für die Matratze einigte man sich auf eine Proformarechnung. Clare bewahrte ihre Durchschrift mit der lakonischen Notiz: »Somerville, ›The Larach‹, Inverbuie. Lieferung durch Angus' Boot« für lange Zeit auf.

Während sie packte und ausmistete, dachte sie an die Dinge, auf die sie in Zukunft würde verzichten müssen, und versuchte, sich innerlich darauf einzustellen. Würde ihr Gehirn ohne einen Computer noch funktionieren? Würde das Fehlen eines Telefons eine unerträgliche geistige Isolation bedeuten? Würde sie sich ohne Auto wie eine Gefangene fühlen?

Der Verkauf des Autos war ein großer Einschnitt. Clare wollte es zuerst behalten, um ihre restlichen Sachen nach Norden zu schaffen, aber sie traute sich selbst nicht über den Weg. Wenn sie es erst einmal dort oben hätte, würde sie es vielleicht nicht mehr verkaufen. Und wenn sie über ein Auto verfügte, war die Gefahr zu groß, daß sie nicht durchhielt und früher oder später die Flucht ergriff.

Es war ein seltsames Gefühl, den Autohändler zu Fuß wieder zu verlassen. Sie fühlte sich ganz leicht, als hätte sie nach einer langen Tageswanderung einen schweren Rucksack abgeworfen. Wie vor langer Zeit an Freitagnachmittagen oder am letzten Schultag vor den Ferien. Doch gleichzeitig spürte sie eine beängstigende Unsicherheit. Wer war dieses schutzlose Wesen ohne Gehäuse, das über stark befahrene Straßen huschte, unsichtbar für das Heer der arrogant Vorbeirasenden?

Magda fand diese Tat so unglaublich verrückt, daß Clare sich schon fragte, ob die Freundin sie überhaupt zum Bahnhof fahren würde. Sie tat es natürlich, und es war schrecklich. Sie standen fröstelnd auf dem ungeschützten Bahnsteig, dessen unfeine Gerüche ihnen in die geröteten Nasen stiegen, und paßten schon von der Aufmachung her nicht mehr zusammen. Magda in ihrem roten Wildledermantel über schwarzem Pullover und Rock, Clare wie aus einer Anzeige für Freizeitmode in karierter Bluse, dunkelgrünem Kaschmirpullover, Moleskinhosen und Barbourjacke, alles auffallend neu.

Es gab nichts mehr zu sagen. Als ihnen die Scherze und flapsigen Bemerkungen ausgegangen waren, suchten sie vergeblich nach ein paar herzlichen, ernst gemeinten Worten. Sie hatten sich nie viel aus Umarmungen und Küssen gemacht. Clare war schon eingestiegen, ehe sie sich berührten, und dann geschah es in Form einer verlegenen, verzweifelten Geste, bei der Magda ihre Hand wie ein Klaue umfaßte, als der Zug sich in Bewegung setzte.

»Versprich, daß du mich besuchen wirst, versprich es!«

Ein breites, strahlendes Lächeln von Magda. »Ich verspreche es.«

Clare saß steif und mit brennenden Augen auf ihrem Sitz und atmete tief und regelmäßig. Sie konnte diese lange Reise unmöglich mit Tränen beginnen.

KAPITEL 4

Clare konnte das Gefühl des Gestrandetseins nicht unterdrücken, als sie zusah, wie das Boot ablegte und die beiden Männer darin grüßend die Arme hoben, bevor es hinter einem Felsvorsprung verschwand.

»Ich bin nicht auf einer Insel«, sagte sie laut, aber es klang bemüht munter. Sie drehte sich zu dem wie wartend dastehenden Cottage um und empfand keinerlei Verbindung zu ihm. Als sie eben zum ersten Mal von der Wasserseite darauf zugekommen war, hatte es kleiner und einsamer denn je gewirkt vor dem gewaltigen Hintergrund der Berge. Unvorstellbar, daß sie darin essen und schlafen und Stunden und Tage zubringen sollte. Ein Anfall von Feigheit ließ sie innerlich zusammenschrumpfen. Es war kein schöner Moment.

Genau genommen hatte es bisher überhaupt noch keine schönen Momente gegeben. Außer einem vielleicht – der Anblick Sandy Maitlands, der grinsend und mit gräßlich lilafarbenen Ohren unter seinen roten Haaren im Neonlicht des Bahnsteigs stand, als der Zug mit über einer Stunde Verspätung in Fort William einfuhr.

Er hatte sie in das Hotel gefahren, das sie schon von ihrem ersten Aufenthalt kannte, und sich ein paar Sandwiches mit ihr geteilt, die so appetitlich aussahen wie Pappschachteln, aber etwas anderes wollte man ihnen dort nicht servieren. Dann war er mit der ersten schlechten Nachricht herausgerückt.

Clare hatte telefonisch einige grundlegende Installationsarbeiten im Cottage in Auftrag gegeben und von Zeit zu Zeit knappe Mitteilungen auf vergilbtem Briefpapier mit dem Aufdruck: Thos McCosh, Klempner, Fort William, gegr. 1904, Tel. 79, (was seit mehreren Generationen nicht mehr stimmte) erhalten. Diesen hatte sie entnehmen können, daß der Wassertank der Zisterne ersetzt, einige Bleirohre gegen Kupferrohre ausgetauscht, eine neue Badewanne und ein neuer Toilettensitz bestellt und die Dachtraufen gesäubert worden waren. (Mit den Traufen hatten sie es irgendwie.) Außerdem war sie informiert worden, daß die Wasserversorgung ›prächtig‹ sei und man sich den Faulbehälter ›besser nicht so genau ansehen‹ solle.

Auf ihre ängstliche Nachfrage, was dieser rätselhafte Kommentar zu bedeuten habe, hatte Sandy gelacht und ihr versichert, daß sich nichts Unheilverkündendes dahinter verberge.

Nun brachte er ihr allerdings schonend bei, daß die neue Badewanne nicht installiert worden war. »McCosh sagt, die alte sei noch völlig in Ordnung.«

»*Was*? Völlig in Ordnung? Sie ist absolut widerlich! Sieht

aus, als sei sie nie saubergemacht worden. Ich könnte mich im Leben nicht in dieses Ding legen.«

»Sie ist aus Gußeisen«, warf Sandy vermittelnd ein.

»Sie ist abstoßend. Es ist auch völlig egal, was sie ist oder woraus sie besteht, ich habe diesen Klempner beauftragt, sie herauszureißen und eine neue einzubauen. Ich bin die Kundin, ich bezahle, ich entscheide.«

»Diese alten Wannen sind ziemlich wertvoll.«

»Sandy, das tut überhaupt nichts zur Sache. Wo hat dieser verdammte McCosh sein Geschäft, wenn man das überhaupt so nennen kann, und ab wann ist er morgens erreichbar?«

Thos McCosh, der inzwischen Alex hieß und Thos' Enkel war, ließ sich von ihren Protesten und Schimpfkanonaden nicht einschüchtern.

»Nein, nein, nein«, sagte er mit sanftem Tadel, während seine blaßblauen Augen über das Durcheinander auf seinem Werkstatthof wanderten (zweifellos, um seine Belustigung darüber zu verbergen, daß sie zwei Minuten nach acht an einem eiskalten Märzmorgen kampfeslustig bei ihm hereinmarschiert war, dachte Clare). »Es macht wirklich keinen Sinn, eine gute Badewanne wie diese herauszureißen und irgendein billiges, modernes Plastikding einzusetzen. Als ich hörte, daß Sie sie rausnehmen wollen, dachte ich, sie sei gesprungen, aber Kenny sagt, sie ist noch prima in Schuß.«

»Heißt das, Sie weigern sich, den Auftrag auszuführen?« fragte Clare scharf, aber eine Warnglocke begann in ihrem Kopf zu läuten. Wenn sie jetzt davonstürmte, wo würde sie den nächsten Klempner auftreiben?

»Och nein, so würde ich es nicht gerade ausdrücken«, wich Alex aus und gestattete sich den Anflug eines Lächelns. »Ich hab' schon so ein Mittel für Sie bereitgelegt – wie heißt es noch gleich? Egal, ich kann mich gerade nicht erinnern, aber wenn Kenny das nächste Mal in Ihrer Nähe ist, wird er die Wanne damit schön saubermachen, und Sie werden sie nicht wiedererkennen, glauben Sie mir ...«

Clare biß bei ihm auf Granit und konnte ihre Niederlage immer noch nicht fassen, als sie mit dem ›Dienstagsbus‹ die Stadt wieder verließ. Dieser Bus war unter der Woche die einzige Alternative zum Schulbus um vier Uhr nachmittags, und ihre gesamte Expedition hatte von ihm abgehangen. Sie war zu wütend wegen der Sache mit der Badewanne, um viel von der Fahrt mitzubekommen, aber sie registrierte, daß die Frau hinter ihr einen bellenden Husten hatte und es fünfmal so lange bis Inverbuie zu dauern schien wie mit dem Auto.

Dort angekommen eilte sie sofort in den örtlichen Kramladen und erfuhr von Angus, daß die Haushaltssachen, die sie vorausgeschickt hatte, nicht im Cottage auf sie warteten, sondern ›hinter‹ dem Hotel zwischengelagert worden seien, wo Ina freundlicherweise Platz für sie gefunden habe. Es kam noch schlimmer. Als sie schlecht gelaunt durch Fort William streifte, um die Zeit bis zur Abfahrt des Busses totzuschlagen, hatte sie über den garstigen Wind geschimpft, der an ihr riß und zerrte, Abfall aufwirbelte und die Möwen herumsausen ließ, deren nach Sommer und Strand klingende Schreie in der winterlichen Luft ganz unpassend klangen. Aber sie hatte ihn nicht mit sich selbst und ihren Angelegenheiten in Verbindung gebracht. Selbst als sie die weißen Schaumkronen auf dem Loch Buie gesehen hatte, die immer näher kamen, während der Bus sich auf der Serpentinenstraße vom Moor herunterwand, war sie nicht aufgewacht. Sie hatte alles geplant und organisiert, und wenn sie etwas organisierte, lief es wie am Schnürchen.

»Aber diese Sachen sollten schon längst beim Haus

sein«, beschwerte sie sich ärgerlich bei Angus und beachtete die wartende Kundin kaum, die gleich ein kleines Drama gerochen und ihr großmütig den Vortritt gelassen hatte. »Es wird eine Ewigkeit dauern, sie ein- und auszuladen.«

»Je nun, 's ist halt nicht das richtige Umzugswetter«, erwiderte Angus mit einem Grinsen, das sie sowohl verschlagen als auch herablassend fand, und fuhr fort, in aller Ruhe Kartoffeln abzuwiegen.

»Aber wann werden Sie fahren können?«

Clare meinte, um welche Uhrzeit.

»Zwiebeln auch, stimmt's, Sheila? Vier Stück? Sie sind nicht besonders groß heute. Je nun«, ging er auf Clare ein und beugte leicht die Knie, damit er durch die Plakate an seinem Schaufenster auf einen schmalen Streifen vom See blicken konnte, »man weiß halt nicht, wann dieser Wind sich legen wird. Könnte einen Tag dauern oder zwei, aber ich habe ihn zu dieser Jahreszeit auch schon eine Woche so blasen sehen.«

»Was?« Clare sperrte den Mund auf. »Eine *Woche*? Wie soll ich eine ganze Woche lang ohne die Sachen zurechtkommen? Das ist doch schon vor langer Zeit abgesprochen worden, es war alles organisiert ...« Erschöpfung und Frustration (und wachsende Zweifel) stiegen in ihr auf wie eine Rakete, und sie baute sich zornesbebend vor dem kräftigen, nicht aus der Ruhe zu bringenden Angus auf. Gerade noch rechtzeitig wurde ihr bewußt, was für eine typische Szene sich da abspielte – wieder so eine oberschlaue Engländerin, die den trägen Highlandbewohnern beibringen will, was Tüchtigkeit heißt.

Sie riß sich mit aller Kraft zusammen. »Wenn Sie mir bitte Bescheid geben würden, sobald die Anlieferung möglich ist ...«, sagte sie steif.

»Oh, sicher, natürlich werde ich das«, antwortete Angus

ernst, aber nicht unfreundlich. Seine Kundin jedoch platzte voll genüßlicher Empörung heraus: »Hat man denn so was schon gehört?« als sie Clare nachsahen, wie sie zum gischtüberspülten Ufer hinunterging und ihr Gesicht in den böigen Wind hielt.

»Sie muß noch viel lernen«, nickte Angus, aber er klang eher nachsichtig als beleidigt.

Sie konnten nicht ahnen, daß Clare nicht nur ihre Wut niederkämpfte, sondern auch das schreckliche Gefühl, fremd und hilflos in einer feindlichen Umgebung zu sein. Sie glaubte, sich ganz gut im Griff zu haben, als sie zum Hotel ging und ruhig um ein Zimmer bat, das Ina natürlich schon für sie fertig hatte. Doch die Wirtin warf nur einen Blick auf ihr Gesicht und ersetzte die neckende Bemerkung, die ihr auf der Zunge gelegen hatte: »Na, Sie haben Angus wohl nicht weichgekriegt?« durch ein versöhnliches: »Ich bringe Ihnen etwas zu Mittag hinüber in den Pub.«

Clare war hinterher völlig schleierhaft, wie sie die lange Wartezeit überbrückt hatte. Sie ging ständig in den Laden und fügte den Vorräten, die Angus bereits für sie in Kisten verpackt hatte, noch weitere hinzu, blieb aber mißtrauisch und glaubte ihm nicht, daß er die für sie so wichtige Fahrt über den See so bald wie möglich unternehmen würde. Das Ladensortiment konnte sich zwar so obskurer Angebote wie Sägeblätter und Mittel zur Ausräucherung von Maulwürfen rühmen, aber das Lebensmittelangebot war noch kläglicher, als sie befürchtet hatte.

Sie machte ziel- und lustlose Spaziergänge entlang der drei Straßen, die aus dem Dorf führten, und fluchte über den beständigen Wind und Regen. Sie aß mit den Morrisons in der Küche – und hätte schwören können, daß immer noch derselbe Berg Bügelwäsche dort wartete, und auch die Katze, die sie schlitzäugig von ihrem Platz auf dem brummenden Kühlschrank aus beobachtete, schien sich nicht vom Fleck gerührt zu haben.

Dennoch hatte sich an der allgemeinen Stimmung ihr gegenüber etwas verändert. Auch wenn man es nach wie vor für mehr als verrückt hielt, ›The Larach‹ zu kaufen und dort einzuziehen, hatte Clare inzwischen den Status einer Nachbarin, und noch dazu einer, die für reichlich Unterhaltung und Gesprächsstoff sorgen würde.

Ina und die Mädchen beschäftigten vor allem Fragen wie: »Werden Sie sich denn nicht fürchten dort draußen, so ganz allein?«, während Lachy und Ewan, nachdem sie das wichtige Geschäft des Essens erledigt hatten, ihre Stühle zurückschoben, in ihren Zähnen herumstocherten und erkennen ließen, daß sie sich über praktischere Dinge Gedanken gemacht hatten.

»Das wird einiges kosten, Strom legen zu lassen.«

»Und ein Telefon«, warf Morag ein.

»Die erheben nur die normale Anschlußgebühr«, wischte Lachy ihren Beitrag gewohnheitsmäßig beiseite.

»Aber es gibt noch nicht einmal eine Straße dorthin, das Cottage liegt mitten im Nichts«, ließ Morag sich nicht unterkriegen.

»Es ist egal, wo es liegt, du dumme Kuh, du weißt überhaupt nicht, wovon du redest.«

»Eine Straße wäre aber gar kein großes Problem«, behauptete Ewan zuversichtlich. »Dougie Stewart hat gesagt, eine Baufirma bräuchte bloß ein paar Tage, höchstens eine Woche.«

»Ich werde weder eine Straße, noch ein Telefon, noch Strom legen lassen«, verkündete Clare knapp.

Sie starrten sie mit offenen Mündern und fast feindselig an, so sehr ging diese Haltung über ihren Verstand, und Ina mischte sich schnell mit ein paar haushaltsorganisatorischen Überlegungen ein.

»Das Cottage muß sicher von oben bis unten gründlich saubergemacht werden. Bleiben Sie doch die Woche über hier, dann können Morag und Karen am Wochenende zu Ihnen kommen – oh doch, das könnt ihr, ihr müßt wirklich nicht jeden Samstag nach Luig fahren, weiß der Himmel, was ihr dort eigentlich treibt – und alles einmal ordentlich durchschrubben. Es wird auch genug unbrauchbaren Kram geben, mit dem man nur noch ein Feuer auf der Wiese veranstalten kann, nach allem, was ich über den alten Murdo weiß.«

Clare wußte nur, daß sie so bald wie möglich in ihr neues Heim gelangen mußte, und zwar allein, egal wie schmutzig, kalt oder unbequem es sein mochte. Sie mußte ihre Reise zu Ende bringen.

Doch als sie sich vom Anleger abwandte und dem Pfad, der auf dem schwammartigen Untergrund kaum mehr zu erkennen war, zum Cottage hinauf folgte, empfand sie keine Erleichterung, kein Gefühl der Geborgenheit. Sie wußte, daß sie sich glücklich schätzen durfte, nicht noch eine weitere Nacht im Inverbuie-Hotel verbringen zu müssen. Sie wußte nur zu gut, welche Anstrengung es die Männer wegen des Windes gekostet hatte, die Kisten auf die Anlegestelle zu verfrachten. Angus wurde von ihr für die Lieferung und das Boot bezahlt, aber Donald Macrae schien es als seine nachbarliche Pflicht anzusehen, ebenfalls mit anzupacken. Sie hatte erwartet, daß sie gehen würden, sobald sie alles im Haus abgeladen hatten, aber sie waren weiter ruhig herumgestapft, ohne sie zu beachten.

Sie hatten den Ruß im Schlafzimmer zusammengefegt, während sie sich immer noch mit der Tatsache abzufinden versuchte, daß es keinen Staubsauger gab, und hatten die Plastikhülle von der neuen Matratze gezogen.

Angus erklärte, er habe keinen Sinn darin gesehen, sie früher zu liefern, nur damit sie im ungeheizten Cottage feucht wurde. Die abstoßende alte wurde hinterm Haus abgeladen. Dann hatten sie die Abdeckung vom Kamin im Wohnzimmer entfernt und einen Blick in den Schornstein geworfen.

»Das hat Kenny jedenfalls in Ordnung gebracht«, bemerkte Angus, und beide verbissen sich ein Grinsen.

Kenny? Ach ja, der Handlanger des eigensinnigen Mr. McCosh.

»Am besten werfen wir ihn gleich an.«

»Denke ich auch.«

Sie holten Kohlen aus dem Schuppen und errichteten ein Feuer aus Papier und Spänen, die Angus ihren Kisten hinzugefügt hatte, während Clare hinter ihnen den Hals reckte, um zu sehen, was sie taten. Die Kohlen waren immerhin anstandslos geliefert worden, ohne daß jemand ihre Pläne für sie geändert hatte.

»Ich habe sie noch gar nicht bezahlt«, fiel Clare ein.

»Der Zettel liegt dort.«

Der ominöse Zettel, eine winzige, zerknitterte, feuchte und mit Kohlenstaub beschmierte Rechnung.

Angus und Donald stellten das Wasser an und zeigten ihr, wo sich der Haupthahn befand und wohin sie den Schlüssel dazu legten.

»Ich dachte, ich hätte den Klempner damit beauftragt«, sagte Clare.

»Es hat keinen Zweck, zu dieser Jahreszeit das Wasser anzulassen, wenn kein Feuer im Haus brennt«, hatten sie ihr geduldig erklärt, um dann die Hähne zu überprüfen und die Toilettenspülung zu betätigen. (Der neue Sitz war zu Clares Erstaunen angebracht.)

»Das ist eine feine Badewanne«, bemerkte Angus unschuldig.

Wie zum Teufel hatte er davon erfahren?

»Dieser unverschämte Kerl«, schimpfte Clare und spürte den Ärger wieder in sich aufwallen. »Ich hätte ihn umbringen können.«

»Ich habe gehört, daß er vor ein paar Tagen früh morgens Besuch bekam«, kommentierte Angus augenzwinkernd.

»Ja, ja. Warum will mir bloß jeder weismachen, daß das eine so tolle Badewanne ist?« stöhnte sie und spähte in die fleckige Tiefe. »Ich finde, sie sieht absolut scheußlich aus.«

»Oh, aber so einen Emailbelag bekommen Sie heutzutage gar nicht mehr«, gab Angus zu bedenken.

Was kümmerte sie das, wenn er so aussah?

»Und sehen Sie sich nur mal an, wie lang sie ist. Obwohl das für Sie wahrscheinlich keinen großen Vorteil bedeutet«, ergänzte Donald, der von seinen ein Meter fünfundachtzig oder mehr auf sie herunterblickte.

Er schloß die Gasflasche an den Herd an, doch nach einem Blick in Clares Gesicht klemmte er sie wieder ab und ließ es sie selbst tun. Sie hackten Feuerholz für ›morgen früh‹, das ihr mindestens zwei Wochen reichen würde, und Donald zerteilte etwas Bruchholz mit dem Fuß über einem Stein, ›damit sie Vorrat hatte‹.

Clare schwankte zwischen überraschter Dankbarkeit und dem Wunsch, sie endlich loszuwerden.

Wenigstens dachte sie daran, ihnen Tee anzubieten, den sie höflich annahmen. Whisky wäre wohl angemessener gewesen, vermutete sie, aber es war keiner im Haus, was ihr selbst komisch vorkam, obwohl sie seit fast drei Monaten keinen Tropfen angerührt hatte.

Warum sah in den späteren Erinnerungen an diesen ersten, furchtbaren Abend alles so dunkel aus? Donald hatte die Petroleumlampe angezündet, ehe er gegangen war, und das Feuer brannte gut. Vermutlich war es der krasse Gegensatz zu dem, was sie gewöhnt war. Schmutz und durchdringende Kälte statt Ordnung und Wärme. Und Furcht. Sie hatte all ihre Energie darauf verwendet, ihren selbstzerstörerischen Lebenswandel hinter sich zu lassen, doch jetzt schien es ihr, als hätte sie die Brücken allzu gründlich abgebrochen. Mit Schrecken wurde ihr bewußt, daß sie hier vollkommen auf sich selbst gestellt war.

Die glänzenden schwarzen Augen der Fenster beobachteten sie, als sie umherging und zusammensuchte, was sie für eine Mahlzeit und die Nacht brauchte. Es gab keine saubere Ecke, wo sie etwas abstellen konnte, kein heißes Wasser zum Putzen, außer dem wenigen, was sie auf dem Gaskocher erhitzen konnte, was unerträglich lange dauerte. Sie spürte, wie die vertraute Wut in ihr aufstieg, eine Wut, vor der in den letzten Wochen selbst Magda auf der Hut gewesen war.

Nervös lauschte sie der Stille oder vielmehr der Abwesenheit menschlicher Geräusche, denn der Wind hatte seine eigene, unheimliche Stimme, und daneben konnte sie das Geräusch der gegen die Mole schlagenden Wellen hören. Sie holte ihren Kassettenrekorder hervor und legte eine Kassette ein, doch dann stellte sie auf einmal fest, daß sie sich anstrengte, durch die Musik hindurchzulauschen. Auf was? Es war zu zermürbend, und sie schaltete das Gerät wieder aus.

Wenn sie eine Flasche Gin zur Hand gehabt hätte, hätte sie sie aufgemacht und getrunken und bedenkenlos ihre lange Abstinenz aufgegeben. Sie hatte geglaubt, es würde den Verzicht leichter machen, nichts Alkoholisches im Haus zu haben, doch statt dessen löste es in ihr nur zornigen Trotz aus.

Einen Trotz, den sie gegen nichts und niemanden richten konnte. Draußen vor dem Fenster erstreckte sich meilenweit der dunkle See, und hinterm Haus erhob sich das Vorgebirge, ohne Wege oder Pfade. Sie könnte es trotzdem irgendwie überwinden – und was dann? Zu dieser späten Stunde würden keine Autos mehr auf der Straße vorbeikommen. Sie konnte zu Fuß gehen. Aber wohin? Zu dem stillen, schlafenden Dorf, seinen windgepeitschten, geteerten Plätzen, dem geschlossenen Hotel. Und dann? An Türen hämmern, um Hilfe rufen, um menschlichen Kontakt, den Klang menschlicher Stimmen flehen?

Sie schob die panikerfüllten Phantasien beiseite. Der einzige Trost, der ihr blieb, war die prosaische Aussicht auf ihr Bett und ein wenig Wärme, falls das möglich war.

Zwei Wärmflaschen, ein heißes Getränk und die zweite Bettdecke, die sie für den Fall von Magdas Besuch mitgenommen hatte, würden dafür schon sorgen. Sie wog das Fläschchen mit Schlaftabletten in der Hand. Sie wollte sie nicht mehr so häufig nehmen, aber dies war eine Nacht, in der sie die Gewißheit des Schlafs wirklich brauchte.

KAPITEL 5

Die Tabletten hatten keine Chance gegen die Kälte. Clare träumte, daß sie schwamm und den Kopf nicht über Wasser halten konnte. Sie wachte auf, und ihr Gesicht schmerzte vor Kälte, ihre Nase war ein Eiszapfen, und ihre gesamte Körpertemperatur lag deutlich unter einer für Warmblüter angenehmen Marke. Ihre Füße waren gefrorene Klumpen, und sogar ihre Kniescheiben fühlten sich eiskalt an, ein Phänomen, das sie ihres Wissens noch nie zuvor erfahren hatte. Die zweite Decke war verschwunden. Als sie nach der Taschenlampe griff und sich aufsetzte, um sie zu suchen, bibberte und fluchte sie. Sie konnte ein Bettlaken auftreiben und die Decke damit irgendwie feststecken, aber allein die Vorstellung, das bißchen Wärme im Bett zu verlassen, war ausgesprochen abschreckend. Sie stopfte die Decken um sich fest und begann zu strampeln, um sich aufzuwärmen, wie sie es immer in ihrem Schlafsack auf lange zurückliegenden Expeditionen in Wales getan hatte. Nebenbei versuchte sie sich einzureden, daß die Wärmflaschen noch etwas Wärme abgaben.

Dann durchfuhr sie ein Schreck. In einer Ecke des Zimmers war lautes Kratzen und Scharren zu hören, dann ein Rattern und Fallen, als habe sich irgendwo ein Stein gelöst. Oh Gott! Sie setzte sich voll Panik auf, die Kälte war vergessen. Was befand sich da mit ihr im Zimmer? Eine Ratte? Raschelnde Geräusche hinter dem Kleiderschrank. Mehr als eine? Oh nein, das hielt sie nicht aus. Aber sie mußte wissen, was es war. Mit zitternden Fingern schaltete sie die Taschenlampe wieder an, und zwang sich, den Strahl systematisch durch den Raum wandern zu lassen. Nichts. Sie beugte sich über die Bettkante und sah unter dem hohen Bett nach. Sie würde auch unter dem Schrank nachsehen müssen. Und wenn sie etwas fand? Wenn sie kleine Augen aus der Dunkelheit anglitzerten? Es half nichts, sie mußte aufstehen, denn jetzt war ihr noch kälter als zuvor in ihrem dünnen Nachthemd, und außerdem hatte die Kälte eine gewisse drängende Wirkung auf ihre Blase.

Resolut schwang sie die Beine aus dem Bett und tastete mit den Füßen nach ihren Hausschuhen. Auf keinen Fall würde sie die schmutzigen Dielen dieses ungeheizten Raumes barfuß betreten. Die Hausschuhe waren wattierte Stoffslipper mit dünnen Sohlen, ihr Morgenmantel nur eine leichte Hülle. Warum hatte sie nicht daran gedacht, etwas Praktischeres zu kaufen? Weil sie geglaubt hatte,

März bedeute Frühling, beantwortete sie die Frage grimmig. Sie holte tief Luft und ließ sich auf ein Knie nieder, um mit der Taschenlampe unter den Schrank zu leuchten, wobei sie ihre Haare mit der anderen eiskalten Hand aus ihrem Gesicht hielt. Sie mußte es wissen. Nichts. Im schwankenden Licht der Taschenlampe sah das Zimmer kahl, aber nicht bedrohlich aus, keine verdächtigen, dunklen Löcher zeigten sich in den Fußleisten. Die Geräusche mußten aus der Wand gekommen sein, und dort konnte nichts hineingelangen. Etwas anderes wollte sie nicht glauben.

Schaudernd ging sie in die modrig riechende Küche und füllte den Kessel. Lief das Wasser immer so langsam? Ihre Finger waren beinahe zu steif, um ein Streichholz aus der Schachtel zu fummeln und das Gas anzuzünden. Das Streichholz wollte nicht brennen. Sie hielt die Schachtel unter die Taschenlampe. War sie schon feucht? Das konnte doch nicht sein. Ohne Streichhölzer war sie verloren. Dann fiel ihr ein, daß eine weitere Schachtel auf dem Kaminsims liegen mußte.

»Dummkopf«, murmelte sie, als sie die Hölzer erleichtert geholt hatte und die Gasflamme blau züngelte. Sollte sie versuchen, die Lampe anzuzünden? Aber ihre Finger waren so starr vor Kälte, daß sie Angst hatte, den Glasaufsatz zu zerbrechen oder den Docht in die falsche Richtung zu drehen. Sie ließ es lieber bleiben. Selbst wenn sie die ganze Batterie der Taschenlampe aufbrauchte, Angus hätte sicher Ersatz auf Lager.

Die eisige Berührung des Toilettensitzes war ein weiterer Schock, mit dem sie nicht gerechnet hatte.

Ihr mitgebrachter Kessel war ein viel zu schweres Designermodell. Die schwache Flamme brauchte eine Ewigkeit, um den dicken Boden zu erwärmen, ganz zu schweigen vom Wasser. Mit einem kleinen, frustrierten

Schluchzer griff sie nach der Kasserolle, mit der sie die Milch erhitzt hatte. Während sie sie füllte, kam ihr die Idee, das noch halbwegs warme Wasser aus den Wärmflaschen zu benutzen, damit würde es schneller gehen. Sie war froh, daß niemand sie dabei beobachtete, wie sie mühsam ein paar Grundregeln für das Überleben jenseits der Zivilisation lernte. Der Herd hatte drei Gasringe, fiel ihr auf. Sie fand einen zweiten Topf in einer der Kisten. Aber würde sie dadurch nicht ihr Gas zu schnell verbrauchen?

»Hör auf, dich wie eine Schwachsinnige zu benehmen! Es ist die Menge des erhitzten Wassers, die zählt, nicht die Anzahl der benutzten Gasbrenner.« Ein wenig gesunder Menschenverstand wirkte sehr beruhigend. Wieso stand sie überhaupt hier herum und wartete mit klappernden Zähnen darauf, daß das Wasser kochte, während die Kälte vom Zementboden durch ihre dämlichen Slipper drang?

Sie eilte ins Schlafzimmer, zog einen weiten Pullover und dicke Socken über. Jetzt paßten ihre Füße nicht mehr in die Slipper.

»Dann ziehe ich eben die Stiefel an.« Mittlerweile kichernd stapfte sie zur Haustür, wo sie die Stiefel abgestellt hatte, und schlüpfte hinein. Ihre Wachsjacke hing an der Wand darüber. Was soll's, hier drin ist es genauso kalt wie draußen, wahrscheinlich noch kälter, dachte sie und zog die Jacke ebenfalls an. Was würde ein guter Überlebensexperte noch tun? Was würde Joe tun? In dieser Extremsituation scheute sie nicht vor den Erinnerungen zurück, die sich mit diesem Namen verbanden, dachte nur an den praktischen Joe, den erfahrenen Bergführer. Bring die Blutzirkulation in Gang, würde er zweifellos sagen.

Clare stellte die Taschenlampe hochkant, so daß sie die rußige Decke beleuchtete, und begann um den Tisch herumzutanzen, stampfte mit ihren Stiefeln auf, drehte sich und sang und mußte husten, weil sie soviel Staub aufwirbelte. Wenn nun ein Fischer draußen auf dem See diese verrückte Szene beobachtete? Würde er ein Polizeiboot schicken, damit man sie wegbrachte? Eine ausgezeichnete Idee. Als der Kessel zuerst dünn, dann immer durchdringender in ihren Gesang miteinstimmte, erschien ihr alles auf einmal ganz einfach. Niemand zwang sie, auch nur einen Tag länger in diesem eisigen, dreckstarrenden, primitiven Loch auszuharren. Es hatte seinen Zweck erfüllt. Der entscheidende Durchbruch war geschafft. Nichts hielt sie hier. Sie konnte nach Inverness oder Edinburgh gehen, sich eine Wohnung mieten, alles überdenken, vernünftige Pläne machen. Auch wenn sich kein anderer Schwachkopf fand, der ihr das Cottage wieder abkaufen würde, konnte sie es sich leisten, es einfach abzuschreiben, es zu vergessen.

Verflixt, sie hatte überhaupt kein frisches Wasser für Tee heiß gemacht, merkte sie, als sie die Wärmflaschen neu füllte. Egal, es war alles egal. Sie konnte den Staub in ihrer Kehle auch mit kalter Milch hinunterspülen. Nur war sie so kalt, daß ihr die Zähne schmerzten – hier brauchte man wirklich keinen Kühlschrank. Aber es war vorbei, die Dunkelheit und der Schmutz und die Ratten und die Einsamkeit, die sie so naiv herbeigesehnt hatte, lagen bereits hinter ihr. Außerdem war eine Stadt anonymer, sie würde unbeobachteter sein als hier.

Aufgewärmt und fast fröhlich hüpfte sie ins Bett, zog nur die Stiefel und die Jacke aus. Wo würde sie morgen um diese Zeit sein? Es kümmerte sie nicht.

Die Kälte weckte sie von neuem, aber diesmal war es draußen hell. Die schreckliche Nacht war ausgestanden; jetzt mußte sie nur noch alles wieder zusammenpacken, damit es abgeholt werden konnte, das Nötigste mitnehmen, und dann nichts wie weg. Als sie ins Wohnzimmer ging, in der Hoffnung, es dort vielleicht wärmer zum Anziehen zu haben (eine vergebliche Hoffnung), war sie über den Anblick des verwahrlosten Raums im grauen Morgenlicht entsetzt. Selbst der Gedanke an ihren wilden Tanz in der letzten Nacht rief nur ein schwaches Lächeln hervor, und auch die Entdeckung, daß fast heißes Wasser aus dem Hahn kam, konnte sie nicht fröhlich stimmen. Sie hatte den mit dem Kamin verbundenen Boiler ganz vergessen, hatte noch nicht einmal versuchsweise den Hahn aufgedreht und wie eine Schwachsinnige Wasser in Töpfen heiß gemacht. Auch auf die Tatsache, daß ihre Zahnpasta gefroren war (oder zumindest eine ungewöhnlich harte Konsistenz aufwies), war sie nicht vorbereitet, genauso wenig wie auf die Neigung ihrer Nase zum ständigen Tropfen oder die Weigerung der Butter, sich vom Messer zu lösen.

Kein Laut von den anderen Bewohnern des Cottages. Nun, sie würde ihnen das Revier, auf das sie offenbar Anspruch erhoben, gern wieder überlassen. Wenn es mir nur darum geht, den Ballast meiner vergrabenen Erinnerungen abzuwerfen, die mir das Leben vergiften, und ein paar Pläne für die Zukunft zu machen, dachte Clare pragmatisch, kann ich das genauso gut an einem warmen, sauberen Ort tun.

Das Problem war nur, daß selbst die Zeit, die sie zum Packen brauchte, ohne irgendeine Form von Heizung unerträglich sein würde, und was das betraf, gab es nur eine Möglichkeit. Sie starrte zweifelnd auf die erloschene Glut im Kamin. Alles, was sie brauchte, war vorhanden.

Sie zog Gummihandschuhe über, kniete sich mit ihren rehbraunen Moleskinhosen in den Dreck und machte sich an die Arbeit. Schwungvoll nahm sie den Aschekasten heraus und stellte fest, daß er durchlässig war wie ein Sieb. Fluchend sah sie zu, wie die Asche in einer Wolke um sie herumstob. Ein Eimer? Es mußte doch etwas Brauchbares in diesem blöden Schuppen geben.

Sie trat in einen hellen Morgen hinaus, dessen Schönheit ihr den Atem raubte. Während sie stur wie ein Maulwurf herumgebuddelt hatte, war die Sonne aufgegangen und hatte einen glasklaren Glanz über eine Landschaft geworfen, auf die sie zwei Tage lang von Inverbuie aus gestarrt hatte, ohne sie zu sehen. Der See schimmerte, seine Wellen glänzten wie flüssiges Silber, die Gipfel am anderen Ufer waren schneebedeckt, und die Luft, die sie gerade erstaunt in ihre Lungen gesogen hatte, versetzte sie in Hochstimmung.

Wie kann ich nur so dumm sein, fragte sie sich ungläubig, nur zu stöhnen und zu jammern und aufgeben zu wollen, bevor ich überhaupt angefangen habe? Ich brauche nur durch diese Tür zu treten, meine eigene Tür, und all diese unglaubliche Pracht liegt vor mir.

Sie ging wieder hinein, schälte die schwarz gewordenen Handschuhe von den Fingern und warf sie in den Kamin. Dann schnappte sie sich ihre Jacke und ging hinunter zum Ufer. Sie spürte ein berauschendes Gefühl der Freiheit, ein neues Leben voll Einfachheit und aufregender Möglichkeiten entfaltete sich in ihrer Vorstellung.

Die Aufgabe des Feuermachens wartete allerdings immer noch auf sie, als sie zurückkam. Sie konnte es nicht zum Brennen bringen. Die Kaminboden war bereits mit Streifen angesengten Papiers, angekohlten Zweigen, zu großen Kohleklumpen und der einen oder anderen Wutträne bedeckt. Sie hatte an jedem sichtbaren Knauf und Hebel gedreht und konnte sich nicht mehr erinnern, wie sie zu Anfang gestanden hatten.

Wenn ich den verdammten Kamin nicht anbekomme,

kann ich hier sowieso nicht leben, dachte sie verzweifelt. So einfach ist das.

Sie schob ungeduldig die Haare zurück, die ihr immer wieder ins Gesicht fielen, und fragte sich, warum sie nie zuvor bemerkt hatte, wie störend das war.

Plötzlich fuhr sie heftig zusammen. Eine Stimme hinter ihr bemerkte im Plauderton: »Ein herrlicher Morgen, nicht wahr?«

Sie hatte sich so an den Gedanken gewöhnt, hier draußen völlig isoliert zu sein, daß sie einen richtigen Schock bekam und einen Schrei ausstieß, der ihren Besucher sichtlich aus der Fassung brachte.

»Oh, ich bitte Sie«, prostestierte er und wich in übertriebener Manier einen Schritt zurück, »so schrecklich sehe ich doch nicht aus, oder?«

Er trug eine rote Windjacke über einem schwarzweiß gemusterten Rollkragenpullover, und auf seinem Hinterkopf saß etwas, das Clare jetzt als Postbotenmütze erkannte.

»Mein Gott«, sagte sie zittrig, »ich wäre fast in den Kamin gefallen.«

»Liegt an den Stiefeln«, erklärte er. »Sie sind so leise, daß die meisten Leute mich nicht kommen hören.«

Und sie hatte gedacht, sie sei von jeder menschlichen Gesellschaft abgeschnitten.

»Sie scheinen ein kleines Problem zu haben«, stellte er fest, und seine Augen wanderten von ihrem Gesicht (gerötet und rußbeschmiert, wie sie feststellte, als er gegangen war) zu der Bescherung im Kamin.

»Ich habe schon alles mögliche versucht«, sagte Clare mürrisch.

»Aye, das sehe ich.« Er nahm die Mütze ab und enthüllte einen fast kahlen, gewölbten Schädel, von dem ein paar einzelne graue Strähnen abstanden.

Unter mißbilligendem Zungeschnalzen baute er ihren letzten Scheiterhaufen wieder ab und errichtete einen neuen. »Luft, sehen Sie, Luftzufuhr ist das wichtigste. Und was haben wir hier? Sie haben ja den Abzug ganz dicht gemacht. Das dort ist die Klappe, und mit diesem kleinen Griff öffnet und schließt man sie. Warten Sie, ich zeig's Ihnen.« Er zog ein schmuddeliges Taschentuch hervor und rieb damit über den fraglichen Knauf, der aus Messing war, wie sich herausstellte und die Worte ›Auf‹ und ›Zu‹ trug.

»Das hier ist für heißes Wasser, und darauf können Sie kochen. Sie haben doch Ihren Rauchfang gereinigt?« fragte er mit plötzlicher Strenge, und Clare mußte dies verneinen.

Er begann mit einer weiteren Demonstration und beendete diese mit der scheinbar zusammenhanglosen Bemerkung: »Wenn ich diesen Kenny sehe, werde ich mal ein Wörtchen mit ihm wechseln.«

»Aber ist Kenny nicht der Klempner?«

»Und ist es nicht die Aufgabe eines Klempners, für heißes Wasser zu sorgen? Vorsicht, ich trage mal eben den Ruß raus – und vielleicht setzen Sie inzwischen den Kessel auf?«

Clare mußte in sich hineinlächeln, während sie das Gas anzündete und nach ein paar Keksen kramte.

»Ist Murdos Kessel nicht hier irgendwo?« fragte der Postbote von den Stufen zum Wohnzimmer aus. Er kam in die Küche, ging an ihr vorbei und warf einen Blick in die noch unerkundete Speisekammer. »Ha, dacht' ich's mir doch, daß er nicht weit sein kann«, rief er zufrieden und postierte ein schwarzes Monstrum auf das Ablaufbrett der Spüle. »Den können Sie auf den Kamineinsatz stellen, das spart Gas.«

Er schien es nicht eilig zu haben, verbreitete sich ausgiebig über das Wetter und den Zustand des Hauses. Clare wartete förmlich darauf, daß er sich nach den Dachtraufen erkundigte.

»Ich hätte nicht gedacht, daß ein Postbote bis hierher kommt«, unterbrach sie seinen dahinplätschernden Monolog.

»Oh nein, ich kann Ihnen die Post nicht bis ins Haus bringen«, wehrte er ab. »Das würde man mir nicht erlauben.«

»Aha.« Inzwischen hatte sie genug über die einheimischen Gepflogenheiten gelernt, um zu wissen, daß die Frage »Und was machen Sie dann hier?« als äußert unhöflich aufgefaßt würde.

»Aber ich könnte Ihre Briefe bis zur Farm mitnehmen, das würde Ihnen ein Stück Weg ersparen. Ich habe mich mit Angus unterhalten, der sagt, Sie haben kein Auto, deshalb würde ich auch Ihre Milch mitbringen. Natürlich nicht jeden Tag, aber dreimal die Woche wäre machbar.«

Clare sah ihm nach, wie er mit beeindruckender Geschwindigkeit die Landzunge erklomm, flink wie ein Ziegenbock, seine Jacke blähte sich im Wind.

Sie hatte ihn am Ende nach seinem Namen fragen müssen, was ihm nicht zu behagen schien. Kein Wunder, dachte Clare grinsend. Wer hieß schon gerne Nicol McNicol?

Ihr nächster Besucher klopfte immerhin an. Sie hatte gerade den Kopf in den Schrank unter der Spüle gesteckt und bezweifelt, daß sein undefinierbarer Geruch durch Auswaschen zu vertreiben war. Bei dem unerwarteten Geräusch stieß sie sich, kroch stöhnend heraus und überlegte, ob ihr Herz dieses ruhige Leben verkraften würde.

Kenny, der Klempner, den Angus auf einer seiner Lieferfahrten über den See abgesetzt hatte, stand bereits im Wohnzimmer. Breitschultrig und muskulös, mit zottigem dunklen Haar und einem frechen Grinsen, schien er sich ganz zu Hause zu fühlen.

Mit Unschuldsmiene bewunderte er Nicols Säuberungsaktion am Rauchfang. »Aye, da hat er gute Arbeit geleistet. Darum brauchen Sie sich eine Weile nicht mehr zu kümmern.« Dann nahm er ein paar Sachen von dem großen Sessel, der vor dem mittlerweile hell lodernden Kaminfeuer stand, und ließ sich mit einem freundlichen »Gut gepolstert, was?« darin nieder. Er beugte sich noch einmal kurz vor, um die Luftzufuhr zu regeln und das laute Prasseln des Feuers mit der Bemerkung zu dämpfen: »Sie wollen doch kein Brennmaterial verschwenden«, bevor er seine massige Gestalt bequem zurücklehnte.

Es schien unhöflich, gleich von Arbeit zu sprechen. Clare ging und setzte den Kessel auf.

Als Kenny sich schließlich erhob, um Alex McCoshs Wundermittel an der Badewanne auszuprobieren, spülte sie den alten, schwarzen Kessel aus und stellte ihn auf den Kamineinsatz. Sie würde ja doch noch ein Weilchen bleiben, so wie es aussah.

»Sie werden wohl alles hier renovieren«, behauptete Kenny, als sie nachsah, wie er vorankam. Rechtzeitig bemerkte sie, daß er aus beruflichem Interesse fragte und verbiß sich eine scharfe Antwort.

»Nein, ich denke nicht.«

»Ach so?«

»Wirklich nicht.«

»Och, die Engländer sind sonst immer ganz wild aufs Renovieren und Modernisieren.«

»Ich nicht.«

»Sie werden schon bald nach mir schicken, warten Sie's ab«, sagte er fröhlich mit einem abschließenden Wischen über die Badewanne. »Na, wie gefällt es Ihnen?« Der Boden der Wanne war jetzt von einem helleren Blau, der ekelhafte gelbe Rand fast ganz verschwunden. »Jetzt werden Sie mir nicht mehr die Mühe machen, eine neue Badewanne bis hier raus zu transportieren, oder?«

»Ach, darum geht es also. Von wegen tolles Email!«

»Oh, ganz so war es nun auch wieder nicht«, wehrte Kenny mit einem schlauen Grinsen ab.

Er aß seine mitgebrachte Schnitte, während er auf Angus wartete, und Clare verzehrte ein ausgesprochen fades Käsesandwich. Wo sollte sie nur anständiges Brot herbekommen – und Angus mußte doch sicher schon von anderen Käsesorten als Scottisch Cheddar gehört haben? Der große, alte Kessel pfiff eine gerade Dampfsäule in die Luft, so daß sie den Kaffee aufbrühen konnte. Kenny machte keinerlei Anstalten, nach der Thermosflasche in seiner speckigen Segeltuchtasche zu greifen.

Nach einem kurzen Vortrag über die Geschichte der sanitären Anlagen von ›The Larach‹ und der Mitteilung, daß er beabsichtige, vor dem nächsten Winter die Isolierungen zu verbessern, begab er sich in den Schuppen und begann dort, Holz zum Verfeuern auszusortieren.

»Sie brauchen eine Kettensäge«, verkündete er, »und einen Buschmann.«

Clare wollte schon entgegnen, sie fühle sich eigentlich nicht von Buschmännern angezogen, aber das konnte vielleicht falsch aufgefaßt werden.

»Einen Buschmann?« fragte sie also brav.

»Wissen Sie nicht, was das ist? Eine Art Säge.«

Auf einmal fand sie es beruhigend, von nichts eine Ahnung zu haben und alles lernen zu müssen. Es befreite sie von Verantwortung.

»Oben am Hang gibt es genug Holz«, fuhr Kenny fort. »Nicht schwer, es von dort herunterzuziehen.«

»Aber wem gehört es?«

Er sah sie erstaunt an. »Donald glaube ich, aber er wird es bestimmt nicht haben wollen.«

Angus, der kurz darauf eintraf und den Tee gerne annahm, den Clare zu bereiten allmählich müde wurde, fragte mit einem langen Seitenblick: »Sie wollen also nicht, daß ich Sie wieder mitnehme?« und sie schämte sich, weil sie so nahe dran gewesen war aufzugeben.

Auf die Frage nach der Existenz von Ratten lachten die beiden Männer nur. »Es werden Mäuse sein«, sagten sie.

»Dann müssen sie Stiefel tragen, bei dem Lärm, den sie machen«, erwiderte Clare eingeschnappt.

»Sie sind jedenfalls nicht hier unten. Wahrscheinlich in den Wänden und oben auf dem Dachboden.« Ohne weitere Diskussion standen sie auf, um nachzusehen.

»Wenigstens müssen Sie sich keine Sorgen um durchgenagte Elektroleitungen machen«, tröstete sie Kenny.

Was bin ich doch für ein Glückspilz, dachte Clare.

Irgendwann wurde sie die beiden schließlich los. Als sie vom Anleger zum Haus eilte, fühlte sie wieder Ungeduld und Ärger in sich aufwallen. Sie war hier, weil sie sich von den Einmischungen und Anforderungen anderer freimachen wollte, und jetzt war schon der halbe Tag vergangen, und die Herkulesaufgabe, Sauberkeit und Ordnung in das Cottage zu bringen, hatte sie kaum in Angriff nehmen könen.

»Hallo!«

Erschrocken und verwirrt sah sie sich um.

»Wir sind hier oben!«

Mit offenem Mund sah Clare zu, wie ein weißhaariges und ganz in Tweed gekleidetes Paar sich einen Weg von dem klippenartigen Hang hinunter suchte und dabei immer wieder zwei Labradors aus dem Weg scheuchte, die sklavisch bei Fuß gehen wollten.

»Das glaube ich nicht«, sagte Clare zu sich selbst. »Das kann einfach nicht sein.«

Sie trafen sich an der Hausecke, und Clare hoffte, daß die Hunde gut erzogen waren.

»Also, wir wollen Sie nicht stören ...«

»Sie haben bestimmt furchtbar viel zu tun, wo Sie gerade eingezogen sind ...«

»Wir wollten nur mal kurz vorbeischauen ...«

»Ich bin Lilias Markie, guten Tag.«

»Gerald Markie. Bei Fuß, Poppy, sei nicht so eine Nervensäge.«

»Ich weiß, es ist unverzeihlich, daß wir einfach so hereinplatzen, aber Sie haben natürlich auch noch kein Telefon ...«

Schmerzhaft kräftiges Händeschütteln, begleitet von durchdringend abschätzenden Blicken aus zwei Paar wäßrig-blauen Augen.

»Da wir ja Ihre nächsten Nachbarn sind ...«

»Abgesehen von den Stewarts natürlich ...«

»Unsinn, wir wohnen viel näher als die Stewarts ...«

»Was für eine absurde Behauptung ...«

Sie widmeten sich einem kurzen Gerangel, wie zwei junge Hunde, und kehrten dann zur gemeinsamen Attakke zurück.

»Also, wir wissen, wie lästig Besuch ist, wenn man gerade versucht, sich einzurichten ...«

»Aber falls Sie irgend etwas brauchen ...«

»Scheuen Sie sich bitte nicht ...«

Clares Antworten, die sich notgedrungen auf höfliche Geräusche beschränkten, hörten sie gar nicht.

»Wir haben Ihnen ein kleines Willkommenspräsent mitgebracht.« Zwei Marmeladengläser wurden Clare in die Hand gedrückt.

Sie konnte sie nicht einfach wieder wegschicken, wie sie es gern getan hätte. Nach ein paar gebrüllten Kommandos an die Hunde, die sich zu Clares Erleichterung von vorneherein keinen Hoffnungen hingaben, ins Haus gelassen zu werden, standen die Markies im Wohnzimmer. Sie versicherten zwar weiterhin, nicht stören zu wollen, ließen sich aber trotzdem am Tisch nieder (»Geralds Rücken, wissen Sie, ärgerliche Sache«), so daß Clare die Gegenstände, die Kenny vom Sessel dorthin gepackt hatte, beiseite räumen mußte. Sie bot ihnen Tee oder Kaffee an.

»Tee wäre wunderbar, chinesischer, wenn Sie haben.«

Clare hatte zufällig keinen. Während sie die Teebecher in der Küche spülte, hörte sie, daß eine neue Kabbelei im Gange war, aber als sie zurückkam, begegnete sie einem einhelligen, ermutigenden Lächeln.

»Ich muß sagen, Sie haben Ihr Feuer wirklich großartig in Gang gebracht.«

Hatte sich das etwa schon herumgesprochen?

»Diese alten Kamine heizen hervorragend ein.«

»Oh, vielen Dank, meine Liebe«, sagte Mrs. Markie, als sie ihren Tee entgegennahm. »Es macht uns überhaupt nichts aus, aus Bechern zu trinken. Man sucht sich tot, nicht wahr, bis alles ausgepackt ist?«

»Schön, daß Sie den Geschirrschrank behalten«, bemerkte ihr Mann wohlwollend.

Was glaubten sie denn, wie sie ihn rausbekommen sollte?

»Und Murdos wunderbaren Sessel. Es ist immer so traurig, wenn diese schönen, alten Sachen einfach weggeworfen werden.«

Sie schienen nicht eine Minute lang stillsitzen zu können, wiederholten, noch während sie ihren Tee tranken, sie müßten gleich wieder gehen, sie wollten Clare nicht von der Arbeit abhalten, oder sprangen auf, um den völlig reglosen Hunden draußen Disziplinarisches zuzubrüllen.

Es lag ihnen offenbar sehr am Herzen, Clare bei der Eingewöhnung zu helfen, und zu diesem edlen Zweck sparten sie nicht mit guten Ratschlägen und Anweisungen.

»Sie müssen einen Garten anlegen. Ohne Garten ist es hier oben absolut trostlos.«

»Kommen Sie bloß nicht auf die Idee, Ihr Gemüse bei Angus zu kaufen, miserable Qualität und völlig überteuert.«

»Pflanzen Sie Kartoffeln, legen Sie Beete an.«

»Haben Sie Ihre Wasserversorgung überprüft?«

»Hat ihr Dachboden Holzdielen? Irgendwelche Anzeichen von Holzwürmern?«

Clare widerstand der Versuchung, sofort nachzusehen.

Nachdem sie endlich zur Tür hinaus waren, wobei sie sich und die Hunde anschnauzten, bis ihre Stimmen über dem Hügel verklangen, inspizierte sie die Gläser, die sie mitgebracht hatten. Brombeermarmelade und Vogelbeergelee. Ja, Lilias Markie war sicher eine Frau, die Vogelbeergelee machen würde.

Neue Wut brodelte in ihr. Die Arbeit, die auf sie wartete, kam ihr plötzlich so schwer und unangenehm vor, daß sie sich für einen Moment außerstande sah, sie in Angriff zu nehmen. Würde bloßes Saubermachen in diesem tristen, kleinen Loch überhaupt etwas bewirken? Aber was sie noch mehr erzürnte – würden die Leute sie jemals lange genug in Ruhe lassen, damit sie die Ärmel aufkrempeln und anfangen konnte? Ein mysteriöses Rumpeln, gefolgt von Gurgeln und Klopfen, unterbrach abrupt ihre Gedanken. Oh Gott, der Heißwassertank. Sie machte einen Satz zum Hahn in der Küche, um etwas Wasser abzulassen, fluchte über ihre Vergeßlichkeit und flitzte ins Bad.

Oh, Thos McCosh, Alex McCosh, Kenny und ihr alle, ich vergebe euch, ich vergebe euch hundertmal! Sie kümmerte sich nicht um die Gänsehaut, die sie bekam, als sie ihre Kleider von sich warf, oder um den feuchten Zementfußboden oder die dichten Dampfwolken, die sie erst wegwedeln mußte, um den Wasserhahn finden und abdrehen zu können. Sie sank in die himmlisch tiefe, perfekt geformte und angenehm glatte Badewanne und schwor sich, die Erinnerung an dieses erste Bad für immer in Ehren zu halten.

Die wunderbare Wärme besänftigte sie und vertrieb ihre schlechte Laune, so daß sie allmählich deren Ursache ins Gesicht sehen konnte. Sie hatte sich vorgemacht, über die Prozession von Besuchern verärgert zu sein, die durch ihr Haus zog, während sie glaubte, einen Hort vollkommener Einsamkeit gefunden zu haben. Aber im Grunde wußte sie, daß es die plagenden Zweifel und Ängste waren, die ihr zu schaffen machten. Sie hatten nichts mit den konkreten Problemen und Unbequemlichkeiten zu tun, mit denen sie sich konfrontiert sah, sondern gingen tiefer, drehten sich um die Frage, was aus ihr werden sollte, ob es ihr gelingen würde, etwas aus diesem Neuanfang zu machen. Besaß sie genug Mut, diese drastische Abkehr von allem, was sie gewohnt war, durchzuhalten? War sie am Ende vielleicht zu weit gegangen? Doch die Wärme, die alle Fasern ihres Körpers durchdringende Wärme des heißen Bades (nur das Herauskommen war ziemlich unangenehm), die sie sich erhielt, indem sie eifrig mit dem vernachlässigten Auspacken begann, ließ diesen Abend ganz anders verlaufen als den vorigen. Und weil andere Menschen sich darin aufgehalten hatten und sie schon einmal darin geschlafen hatte, kam ihr das Cottage längst nicht mehr so fremd und abweisend vor. Sie zog sich am Feuer aus (sie mußte irgendwelche Vorhänge anbringen, da auf dem See mehr Verkehr zu herrschen schien, als sie gedacht hatte), ging in voller Survivalausrüstung ins Bett und schlief bald ein. Ein- oder zweimal wurde sie von den Mäusen geweckt, die lautstark ihrem Geschäft nachgingen, und schrie sie an, sie sollten verschwinden, was eine kurze, erschreckte Stille bewirkte, aber sie konnte nun wenigstens sicher sein, daß die Tierchen nicht im Zimmer um sie herumtanzten.

Morgen würde sie ernsthaft mit dem Putzen beginnen. Inzwischen hatten ja alle einen Blick auf sie geworfen. Da die Neugier der Nachbarn vorläufig gestillt sein durfte und sie sich nicht allzu entgegenkommend gezeigt hatte, würden sie sie jetzt sicher eine Weile in Ruhe lassen. Das hektische Gefühl des Getriebenseins würde verschwinden, und sie würde sich endlich etwas entspannen können.

KAPITEL 6

Clare stand vor einem Dilemma. Wenn sie die Bücher auspackte und auf die frisch polierten Regalbretter des Geschirrschranks stellte, würden sie eingestaubt werden, sobald sie sich des Rechtecks aus eingetretenem Schmutz annahm, das sich Teppich nannte. Andererseits konnte sie erst an den Teppich gelangen, wenn sie die Bücherkisten ausgepackt hatte, die sie nicht bewegen konnte, solange sie voll waren. Soviel zu den Freuden des Alleinlebens. Die aufbrausende Wut, die in letzter Zeit zu einer regelrechten Gewohnheit geworden war, begann sie zu überwältigen. Beinahe hätte sie angefangen zu weinen. Ständig mußte sie auf etwas warten, war auf die Hilfe anderer angewiesen. Automatisch sah sie auf die Uhr; es war ihr in Fleisch und Blut übergegangen, im ständigen Kampf gegen die Zeit durch den Tag zu hetzen.

Doch dann fing sie sich wieder. Hier gab es keine Börsenspekulanten, denen man es recht machen mußte, keinen straffen Zeitplan, der sich nach den Mahlzeiten richtete und den Tag unterteilte. Das Problem mit den Büchern war nebensächlich, nur eine kleine, organisatorische Hürde. Und da es niemanden außer ihr gab, der dieses Problem lösen würde, war es lächerlich, sich so aufzuregen. Sie konnte die Bücher auspacken und vorübergehend im Schlafzimmer aufstapeln, oder, falls das zu mühselig war, sie in den Schrank stellen und mit irgend etwas abdecken. Aber vor allem konnte sie es tun, wenn sie Lust dazu hatte. Ihre Schultern schmerzten, weil sie jeden Quadratzentimeter des Bads und der Küche geschrubbt hatte. Die Speisekammer mit ihrem Modergeruch und ihrem Sammelsurium unappetitlich aussehender Gerätschaften wartete allerdings noch auf sie.

Sie nahm ihre Armbanduhr ab, holte den Wecker aus dem Schlafzimmer und legte beides in eine Schublade des Geschirrschranks. Dann fiel ihr Blick auf die noch ungetragenen Wanderstiefel, die neben den ebenfalls neuen, glänzend grünen Gummistiefeln unter einer Reihe schmiedeeiserner Kleiderhaken standen. Für einen kurzen Moment war sie unentschlossen. Die Stiefel sahen so echt und bodenständig aus, und sie fühlte sich zur Zeit alles andere als das. Außerdem waren sie nicht eingelaufen.

»Dann lauf sie eben ein.«

Würde sie hier wunderlich werden und ständig mit sich selbst reden?

Die Stiefel waren aus handschuhweichem italienischem Leder und mußten gar nicht eingelaufen werden. Während sie auf ihre Füße herabsah, die sicher den schmalen Schafspfad durch das Heidekraut erklommen, fühlte Clare sich nach Rosthwaite zurückversetzt – die Landschaft, die Gerüche, der gesamte Eindruck waren ähnlich. Diese Ähnlichkeit hatte sie unter anderem hierhergebracht, daher war es nur natürlich, daß gewisse Erinnerungen auftauchten, doch auf deren Lebhaftigkeit war sie nicht gefaßt.

Ihre Begeisterung für das Wandern hatte während der Universitätszeit angefangen, als sie ihrer arroganten ersten Liebe auf jeden Berg in North Wales und dem Lake District gefolgt war, auf den er sie gnädig mitgeschleppt hatte. (Schade, daß die Erinnerungen an beide Landschaftsgebiete durch Martin getrübt waren, aber das kam erst später.)

Die Liebschaft hatte nicht lange gedauert, dafür aber länger andauernde Auswirkungen gehabt. Nach ihrem Examen wurde sie von Marchant, einer international anerkannten Agentur für Fremdsprachensekretärinnen, Übersetzer und Dolmetscher, angenommen. Sie hatten sie für drei aufregende Jahre zuerst nach Paris, dann nach Mailand geschickt. Als sie nach London zurück kam, hatte sie ein Mädchen kennengelernt, das sich mit anderen ein gemietetes Wochenendhaus in Rosthwaite, Borrowdale, teilte und jemanden suchte, der ihren Anteil übernahm.

Nach dem Tod ihres Vaters war ihr Elternhaus zu einem frostigen Ort geworden, in dem strengste Ordnung herrschte, und die Beziehung zu ihrer Mutter hatte sich mit jedem pflichtgemäßen Besuch verschlechtert. Somit bot ihr das Rosthwaite-Cottage einen willkommenen Zufluchtsort, an dem sie von Freunden umgeben war.

Leider hatte sie dort auch Martin kennengelernt. Er hielt sich in einem Militärlager ein paar Meilen talaufwärts auf, wo er eine Übung für Offiziersanwärter durchführte. Er und die anderen Fliegeroffiziere hatten die Gruppe aus dem Cottage in einem Pub getroffen, und Clare war von Martin sofort mit schmeichelhafter Zielstrebigkeit umworben worden.

Sie hatte lange nicht mehr an den Martin gedacht, wie er damals war, in körperlicher Bestform, voller Energie – und glücklich. Sie konnte nicht ahnen, daß er den rauhen Naturburschen nur spielte, aber später stellte sie sich oft vor, mit wieviel Spott die anderen Offiziere seine Posse beobachtet haben mußten.

Sie war damals ebenso glücklich gewesen wie er – zum ersten Mal seit langer Zeit war sie ehrlich genug, sich dies einzugestehen. Erst in der Rückschau war ihr klar geworden, daß er sie auf ihre Fähigkeiten und Möglichkeiten hin begutachtet hatte, genau wie Magda es später aus ähnlichem Selbstinteresse tun sollte. Nur daß Martin sie auf ihre Eignung zur Ehefrau eines hochrangigen Offiziers prüfte, der er seiner Überzeugung nach bald sein würde.

Schon ein paar Wochen später war sie als seine offizielle Freundin nach Cranwell zu einem Jubiläum des Geschwaders gefahren und hatte die Air Force im besten Gewand erlebt – die kultivierte Atmosphäre des Royal Air Force Colleges, eine strahlende Parade, die Band, eine Flugschau, sogar annehmbarer Sherry wurde kredenzt. Alles hatte einen ganz erträglichen Eindruck gemacht.

Ihre Hochzeit wurde kein großes Fest, aber dennoch ein recht protziges. Martin hatte auf der abgedroschenen Tradition des Spaliers der gekreuzten Schwerter bestanden. Clares Mutter benahm sich weniger frostig als gewöhnlich, da sie Martins Ehrgeiz mit Wohlwollen sah und froh war, ihre Tochter »unter die Haube« gebracht zu haben. Martins Eltern dagegen war es »leider nicht möglich« gewesen zu kommen.

Wie habe ich das bloß hinnehmen können? hatte Clare sich seitdem immer wieder schuldbewußt gefragt. Martin hatte sie einmal zu seinen Eltern mitgenommen, nachdem die Verlobung bekannt gegeben worden war, und es war ein furchtbar anstrengender Besuch gewesen. Martins Mutter war das reinste Nervenbündel und konnte kaum sprechen vor Aufregung. Sie machte sich Sorgen wegen des Mittagessens und hatte Angst, einen schlechten Eindruck zu machen und Martin zu enttäuschen. Sein Vater versuchte die ganze Zeit, seine Frau zu beruhigen, und war ebenfalls sehr schweigsam, aber sein Schweigen sprach von tiefer Enttäuschung. Sie hatten erwartet, daß Martin und Clare über Nacht bleiben würden, und waren sehr enttäuscht, als die beiden darauf bestanden, wieder fahren zu müssen und sich mit allzu offensichtlicher Erleichterung verabschiedeten. Clare schämte sich immer noch, wenn sie daran dachte. Sie hatten sich soviel Mühe gegeben, hatten alles auf Hochglanz gebracht, das beste Geschirr hervorgeholt und die Speisekammer mit besonderen, sorgsam ausgesuchten Genüssen gefüllt.

Warum habe ich nicht auf ihrer Teilnahme an der Hochzeit bestanden? fragte sie sich jetzt. Habe ich mir wirklich einreden lassen, daß sie solche Feierlichkeiten haßten? War mir nicht klar, daß sie vor Stolz geplatzt wären? Habe ich wirklich so getan, als wüßte ich nicht, daß Martin sich ihrer schämte?

Die Hochzeit selbst war nur noch eine verschwommene Erinnerung. Das ging anderen vielleicht genauso, aber in ihrem Fall war die Feier so von der Air Force dominiert gewesen, daß sie die ganze Zeit das Gefühl hatte, sich auf der falschen Party zu befinden. Martin hatte sich mehr um seine zahlreichen anwesenden Vorgesetzten gekümmert als um sie, außer, daß er nervös darauf achtete, ob sie sich bei der Zeremonie richtig verhielt. Kein anderer hätte sich deswegen viele Gedanken gemacht, wie sie heute wußte.

Die Flitterwochen – ihre Gedanken scheuten davor zurück. Alles in ihr sträubte sich dagegen, diese Zeit ehrlich und nüchtern zu betrachten, aber sie hatte die Gefahren des Verdrängens zu sehr am eigenen Leib erfahren, um sich diesmal zu drücken.

Sie war davon ausgegangen, daß sie nach Rosthwaite oder an einen ähnlichen Ort fahren würden. Sie hätten das Cottage für sich haben können, das romantische Häuschen, in dem sie zum ersten Mal miteinander geschlafen hatten. Clare stöhnte, ihr Gesicht wurde hart. Martin hatte sich über die bloße Idee lustig gemacht. So etwas kam für ihn überhaupt nicht in Frage. Wieso war es ihr nicht aufgefallen, daß sie während ihrer gesamten Verlobungszeit nie wieder nach Rosthwaite gefahren waren? Die Wochenenden hatten sie entweder in ihrer Wohnung in London verbracht oder in einem Hotelzimmer in der Nähe von Cranwell, das Martin ihr besorgte. Er wollte nicht, daß sie in die Kaserne kam, wie die Freundinnen mancher Kameraden.

Also waren sie in den Flitterwochen nach Amalfi gefahren, wo sie die ganze Zeit über das seltsame Gefühl nicht loswurde, keinen Kontakt zu ihrer Umgebung zu bekommen. Sie wollte die Gegend zu Fuß erkunden und die Bars und Cafés besuchen, in denen die Einheimischen verkehrten. Aber Martin hatte ein Auto gemietet, und wenn er nicht gerade auf seiner Liege am Swimmingpool lag und in den empfohlenen Dosen an seiner Bräune arbeitete, wollte er nach Neapel und Capri fahren, die üblichen Touristenziele abklappern. Die Tatsache, daß Clare fließend Italienisch sprach, wurde zu einem unerwarteten Anlaß von Spannungen. Offenbar hatte Martin Amalfi deshalb ausgesucht, weil es ein standesgemäßer Ort für Flitterwochen war, mit dem man später angeben konnte, wobei es ihn überhaupt nicht interessierte, in welchem Land dieser Ort lag. Clares Sprach- und Landeskenntnisse schienen ihn beinahe zu beleidigen, als hätte sie ihm etwas verheimlicht oder wollte sich überlegen zeigen. Es war schwer gewesen, damit umzugehen.

Aber die ersten beiden Ehejahre waren gar nicht so übel, dachte sie und wollte mit ihrer gewohnten Oberflächlichkeit darüber hinweggehen.

»Oh doch, das waren sie, verdammt, das waren sie!« rief

sie auf einmal laut aus und blieb abrupt stehen, finster entschlossen, ausnahmsweise einmal vollkommen ehrlich zu sich selbst zu sein. Doch als sie aufsah, nahm die Landschaft um sie herum ihre Aufmerksamkeit völlig in Anspruch.

Sie war mit gesenktem Kopf bergauf gestapft und hatte fast die höchste Stelle der Landzunge erreicht. Nach ein paar weiteren Schritten kam sie bei dem zusammengefallenen Steinhaufen an, der den Gipfel markierte. Atemlos betrachtete sie die Aussicht, die sich ihr durch den kurzen Aufstieg eröffnet hatte. Zu ihrer Linken zwängte sich der See durch eine Nehrung hinaus in den Meeresarm mit seinen verstreuten kleinen Felsinseln. Am anderen Ufer stieg steil die rauhe Moorlandschaft über den Feldern und Farmen an, und die blauen Falten höherer Gebirgszüge erstreckten sich endlos in die Ferne. Zu ihrer Rechten führte eine Schlucht zu dramatisch geformten Hügeln hinauf, die sie nicht so nahe an ihrem neuen Zuhause vermutet hätte. Sie drehte sich um und schnappte aufgeregt nach Luft beim Anblick der binnenwärts gelegenen Bergkette, deren Gipfel noch mit Schnee bedeckt waren.

In was für eine gewaltige Landschaft war sie da mehr oder weniger durch Zufall geraten. Sie mußte sich eine Karte besorgen, Erkundungstouren unternehmen. Sie verbannte Martin energisch aus ihren Gedanken und ging beschwingt weiter, folgte dem Kamm, der zur Spitze der Landzunge abfiel, bis unter ihr Dächer, ein solides Steinhaus, Ställe und Scheunen auftauchten. Das mußte Rhumore sein. Was für eine Lage, dachte sie, mit diesem umwerfenden Blick. Zu diesem Zeitpunkt wußte sie noch nicht viel über die von Westen heraufziehenden Stürme.

Als sie das ebene Stück Weg oberhalb des Seeufers zum Cottage zurückging und bereits den beginnenden Muskelkater in ihren an hohe Absätze und dicke Teppiche gewöhnten Beinen spürte, sah sie ein Boot auf ihre Anlegestelle zuhalten.

»Oh nein«, stöhnte sie. Würden diese verdammten Einheimischen sie nie in Frieden lassen? Wer war das denn nun schon wieder? Selbst sie konnte erkennen, daß es sich nicht um Angus' ausladenden Lastkahn handelte, obwohl der Mann am Ruder ihr vertraut vorkam. Donald Macrae, der dafür sorgen würde, daß sie niemals abgeschnitten war? Nun, sie hatte eine ellenlange Einkaufsliste und wußte nicht, wie sie die Sachen vom Dorf zum Cottage transportieren sollte. Außerdem mußte da noch die langatmige Schilderung ihrer Abenteuer an Magda zur Post gebracht werden. Vielleicht konnte dieser neue Eindringling ihr ja nützlich sein.

Sie wechselte die Richtung und ging hinunter zum Ufer, dem Boot entgegen. Donald machte bereits fest, ein schwarzweißer Collie tollte um seine Beine herum. Clare zögerte, sie war noch nie eine große Hundefreundin gewesen.

»Haben Sie sich ein wenig umgesehen?« Donalds Blick schweifte über ihre Stiefel und die Barbourjacke. Er selbst war zumindest vom Stil her ähnlich gekleidet, in eine vom Alter dunkel gewordene Wachsjacke mit ausgebeulten Taschen. Sie war stark zerknittert, an seine breite Gestalt angepaßt und schätzungsweise doppelt so groß wie Clares.

»Ist Ihnen das recht?« Zu spät fiel ihr ein, daß sie über seinen Besitz gegangen sein mußte.

»Sie dürfen herumstreifen, wo Sie möchten«, versicherte er ihr. Man konnte nicht unbedingt sagen, daß er lächelte; sein Gesicht sah lediglich für einen Moment weniger streng aus. »Vom Gipfelpunkt hat man einen schönen Blick.«

Er hatte sie also gesehen. Daran würde sie sich wohl gewöhnen müssen.

»Ich bin auf dem Weg ins Dorf«, fuhr er fort. »Vielleicht haben Sie inzwischen festgestellt, daß sie noch das eine oder andere brauchen.«

»Das eine oder andere, oh ja«, nickte sie, und diesmal lächelte er tatsächlich.

»Also, Sie können mir eine Liste mitgeben oder auch mitfahren, wenn Sie möchten.«

Da ihre Liste ziemlich lang war, schien es ihr nicht richtig, einen fremden Menschen damit zu belasten. »Ich fahre gern mit, danke«, antwortete sie. »Ich hole nur eben eine Tasche und ziehe mir andere Stiefel an.«

»Haben Sie sich schon ein wenig eingewöhnt?« fragte Donald, als das Boot die Felsnase umschiffte und auf das Dorf zutuckerte.

Etwas an seinem auffällig unverbindlichen Ton veranlaßte Clare, ihm einen schnellen Seitenblick zuzuwerfen. »Jetzt, da ich gelernt habe, wie man Feuer im Kamin macht, meinen Sie?«

»Das hilft«, bemerkte er mit ausdrucksloser Miene.

»Vielleicht haben Sie auch schon gehört, daß meine Badewanne sauber ist.«

»Tatsächlich?« fragte er höflich nach.

»Und daß Mr. und Mrs. Markie zum Tee da waren.«

»Colonel Markie.« Kurze Pause. »Dann wissen Sie ja jetzt, was Sie zu tun haben.«

Clare lachte. »Ich soll einen Garten anlegen.«

»Sollen Sie das?«

Sie merkte, wie sie sich entspannte. Dieser Baum von einem Mann, dessen große Hand so leicht auf dem Steuer ruhte, besaß offenbar Humor, selbst wenn sein grimmiger Gesichtsausdruck das nicht erwarten ließ.

Und warum hatte sie es überhaupt immer so eilig mit allem? Was konnte es Schöneres geben, als an diesem klaren Nachmittag auf dem See zu sein, während die Wolkenschatten über die Hänge rasten und diese weite Landschaft mit der hervortretenden und wieder verschwindenden Sonne ständig ihre Farben wechselte? Sie brauchte sich noch nicht einmal Sorgen wegen des Hundes zu machen, der sie nach kurzem Beschnuppern nicht weiter beachtete. Er stand vorn am Bug, die Nase im Wind, mit wehendem Fell und zu Schlitzen zusammengezogenen Augen.

»Verkauft Angus auch Farbe?«

»Tut er«, bestätigte Donald, »und noch vieles andere mehr. Was brauchen Sie sonst noch?«

»Mausefallen«, sagte sie rachsüchtig, was ihm ein Grinsen entlockte.

»Kaufen Sie nicht den ganzen Laden leer. Bei mir zu Hause liegen auch ein paar davon nutzlos herum.«

Im Laden von Angus wurde Clares Liste als schwache Leistung betrachtet, da auf ihr vieles fehlte, was sie nach Angus' und Donalds Ansicht und der aller vorbeikommenden Kunden unbedingt brauchte. Ein Ersatzzylinder für die Petroleumlampe, eine neue Rauchfangbürste – als sie die glänzenden, dichten Borsten sah, verstand sie erst, was für einen Geist von einer Bürste sie zu Hause hatte –, eine Säge, ein Teppichklopfer, Mausefallen und eine Gaslampe, deren weiße Helligkeit ihr an Ort und Stelle vorgeführt wurde, hatte Angus schon für sie zusammengestellt.

Das Lebensmittelangebot war ein Trauerspiel, wie sie schon zuvor festgestellt hatte. Die meisten Sachen sehnten sich schwitzend danach, aus ihrer Plastikfolie befreit zu werden. Speck, der schon wässerig aussah, bevor er die Pfanne erreicht hatte, blasse, runde Scheiben sogenannten Schinkens, kleine Häufchen einer verdächtig rosafarbenen Paste. Das Brot war weiß und in Scheiben abgepackt. An Obst gab es Golden Delicious und schwarzgefleckte Bananen. Die Gemüseauswahl bestand vorwiegend aus Tiefkühlerbsen, einigen sehr blassen und weichen Tomaten und ein paar großen, knorrigen Dingern, von denen sie gar nicht gewußt hätte, was sie mit ihnen anfangen sollte – Weiße Rüben, oder waren es Schwedische Rüben? Früher oder später würde sie wohl doch einen Gemüsegarten anlegen müssen.

Donald schlug ihr vor, bei Ina vorbeizuschauen, während er etwas in der Autowerkstatt zu erledigen hatte. Clare dachte verdrießlich, sie habe in letzter Zeit eigentlich genug vom Inverbuie-Hotel gesehen, aber es war wirklich der einzige Ort, an dem sie warten konnte. Sie schämte sich ihrer unfreundlichen Gedanken, als ihr mit frisch gebrühtem Tee und einer Art Mohrenkopf ein herzlicher Empfang bereitet wurde. Ihr war noch nicht klar, welch hohen Unterhaltungswert sie für die Dorfbewohner besaß.

Ina erkundigte sich eifrig nach dem Schmutz, der Kälte und der Einsamkeit in ›The Larach‹ und schien eher amüsiert als beeindruckt, daß Clare bis jetzt überlebt hatte. »Ich habe Sie jeden Moment zurück erwartet. Sagte noch zu Morag, es würde sich kaum lohnen, Ihr Bett frisch zu beziehen.«

Clare verkniff sich die Bemerkung, daß sie Inas spartanisches Etablissement kaum als Verbesserung gegenüber dem Cottage ansehen würde.

»Aber vielleicht haben Sie jetzt auch erstmal genug von uns«, deutete Ina verschlagen an und schien ihre Gedanken besser lesen zu können, als ihr lieb war. »Ich muß oft daran denken, wie wütend Sie waren, als Sie ankamen und nicht über den See fahren konnten. Gott, das war vielleicht komisch! Sie hätten mal Ihr Gesicht sehen sollen ...«

Clare, die drauf und dran war, beleidigt zu reagieren, merkte rechtzeitig, daß Ina es nicht böse meinte. Sie wollte einfach nur mit ihr über etwas lachen, was sie ungeheuer lustig gefunden hatte. Mit heilsamer Klarheit erkannte Clare, wie lächerlich sie sich an diesem frustrierenden Tag und den beiden folgenden benommen hatte. Sie war unfähig gewesen, die Situation zu akzeptieren, hatte sich verärgert von allen ferngehalten und mußte wie die letzte Närrin gewirkt haben. Wenn sie bedachte, wie verbohrt und ungeduldig sie gewesen war, mußte sie zugeben, daß sich alle ihr gegenüber ausgesprochen tolerant verhalten hatten. Zerknirscht stimmte sie in das Lachen ein und beglückte Ina mit ein paar von den Scheußlichkeiten, auf die sie so gespannt war – Moder, randalierende Mäuse, das in einer Schlafzimmerecke wachsende Binsenbüschel.

Ina hatte Gruseliges hören wollen; Donald wollte Fakten. Glücklicherweise besaß er nicht die regionale Angewohnheit der Aussage-Fragen, die für Clare immer einen Unterton von leisem Spott hatten.

»Funktioniert denn alles im Haus? Haben Sie es auch warm genug?« wollte er wissen, als das Boot wieder über den See schipperte und das Dorf hinter ihnen außer Sicht glitt.

»Eigentlich nicht«, gestand Clare. »Zu verwöhnt von all den Jahren mit Zentralheizung, schätze ich. Ich trage eine Menge merkwürdiger Sachen im Bett. Natürlich habe ich schon daran gedacht, im Schlafzimmer zu heizen, aber der Schornstein ist verstopft.«

»Die Dohlen. Das Problem kann ich beheben, aber die beste Lösung für sie wäre eine Gasheizung.«

»Die von einer Gasflasche gespeist wird? Daran hatte ich noch gar nicht gedacht. Aber verbraucht so etwas nicht eine Menge Gas?«

»Darüber brauchen Sie sich keine Sorgen zu machen. Es wäre ein Leichtes, Sie mit Nachschub zu versorgen. Und diese Öfen kann man heutzutage spottbillig bei Auktionen erstehen, weil sich alle Zentralheizung legen lassen.«

»Wo gibt es hier ein Auktionslokal?«

»In Luig, am nächsten See in Richtung Süden gelegen. An jedem zweiten Montag im Monat finden dort Auktionen statt.«

Konnte sie nicht einfach ein solches Heizgerät über Angus bestellen? Alle schienen ganz darauf versessen zu sein, ihr Geld für sie zu sparen, und sie wußte nicht, ob das an dem berühmten schottischen Geiz lag oder einfach aus Freundlichkeit geschah, weil sie dachten, daß jemand, der in ›The Larach‹ einzog, nicht sehr wohlhabend sein konnte. Ihr kam nicht in den Sinn, daß dies in den Augen der Einheimischen eher für sie sprach.

»Wie ist es, auf einmal so ganz ohne Elektrizität zu sein?«

»Recht gewöhnungsbedürftig. Nicht einfach einen Schalter bedienen zu können, um es warm zu haben, ist schon hart, aber ohne die üblichen elektrischen Geräte um einen herum finde ich es weniger frustrierend als einen Stromausfall. Es hat etwas von Camping, das Leben im Cottage, und außerdem war ich ja darauf eingestellt, daß hier oben alles ziemlich primitiv sein würde.«

Da Donalds Gesichtsausdruck sich nicht im mindesten veränderte, bemerkte Clare nicht, wie taktlos diese Bemerkung war.

»Und einen Fernseher vermissen Sie gar nicht, obwohl Sie allein dort leben?« fragte er nach einer Weile höflich.

»Ich habe sowieso nie viel fern gesehen. Bevor ich hierherkam, habe ich ein Hotel geleitet, da blieb wenig Zeit für so etwas.« Sie konnte sich kaum mehr vorstellen, daß es erst ein paar Tage her war, daß sie diese mit allem Komfort ausgestattete Umgebung verlassen hatte.

»Wo war das?« Er war der erste, der sich für sie als Person und ihr Leben vor Inverbuie interessierte, und Clare stellte bald überrascht fest, daß sie ihm ausführlich vom Carlini und von Magda erzählte, angeregt durch seine ruhigen Fragen. Er fragte jedoch nicht, was sie nach Schottland geführt hatte, wofür sie ihm dankbar war.

Er selbst zeigte sich nicht besonders mitteilsam.

»Ich habe vorhin vom Hügel aus Ihre Farm gesehen«, sagte Clare. »Was für eine wunderbare Lage.«

»Wie man's nimmt.«

»Leben Sie schon lange dort?«

»Lange genug.«

»Lebt Ihre Familie gern an einem so abgeschiedenen Ort?«

»Ich habe nur eine Tochter, und die hat geheiratet und wohnt jetzt in Perthshire.« Auch darüber schien er sich nicht näher auslassen zu wollen. Er mußte älter sein, als er aussah, überlegte Clare. Sie hatte ihn auf Anfang Vierzig geschätzt, aber die Menschen hier hielten sich offenbar besser als im Süden, ihre Gesichter wirkten weniger gehetzt, ihre Haut sah frischer und gesünder aus, und die praktisch-lässige Kleidung verbarg die Körperformen auf ungewohnte Weise.

Donald half ihr nicht nur, ihre Einkäufe zum Haus hinaufzuschleppen, sondern installierte auch noch die beiden Mausefallen und überwachte ihren ersten Versuch, die Gaslampe anzuzünden.

»Sie ist mir noch ein bißchen unheimlich«, gestand sie, »aber was für ein phantastisches Licht.«

»Ist besser, um all die Bücher zu lesen, für die Sie nun endlich Zeit haben.«

»Wie haben Sie das erraten? *Krieg und Frieden*. Ich habe es nie zu Ende geschafft. Das verfolgt mich seit Jahren.«

»Auf mich wartet *Der Kampf um Europa*.«

Sie hatte diesen Mann voreilig zur selben Kategorie wie Angus und Kenny gezählt – war das ihrem Verhalten anzumerken gewesen?

»Apropos Bücher ...« Gemeinsam schoben sie die schweren Kisten ins Schlafzimmer, so daß sie an den Teppich gelangen konnte.

»Wollen Sie ihn saubermachen?« fragte Donald.

»Eher vernichten, denke ich.«

»Dann helfe ich Ihnen besser. Dieser Tisch muß inzwischen regelrecht mit ihm verwachsen sein.«

»Aber haben Sie denn nicht selbst furchtbar viel zu tun?« fiel Clare ein.

»Nicht, bevor das Lammen beginnt.« Donald hob mühelos Murdos schweren Sessel an und trug ihn ins Schlafzimmer.

Meinte er das ernst oder verstand sie einfach seine Art zu scherzen nicht? fragte sich Clare, während sie ihm die Hintertür aufhielt, damit er die unansehnliche, unangenehm riechende Teppichrolle hinauszerren konnte.

»Sie könnten eine neue Wäschespinne gebrauchen«, bemerkte Donald, nachdem er den Teppich hinterm Haus abgeladen hatte. Er rüttelte an dem verwitterten wackeligen Pfahl und zog ihn ganz aus dem Boden. »Der ist ziemlich abgenutzt«, sagte er und deutete auf das Mittelstück, das wie poliert aussah.

Clare fuhr über die glatte Oberfläche. »Woher kommt das?«

»Meine Schafe«, antwortete er trocken. »Sie schaben sich gern daran. Ich schulde Ihnen einen neuen.«

Alles in allem hatte sie großes Glück mit ihrem Nachbarn, dachte Clare, als sie in das viel heller und größer wirkende Wohnzimmer zurückkam, nachdem sie Donald an der Mole verabschiedet hatte. Ob sie wohl noch genug Energie besaß, den Fußboden zu schrubben? Sie sah nach dem Heißwasservorrat und verbrannte sich dabei fast die Finger. Es würde für den Fußboden und ein ausgiebiges Bad danach reichen. Also an die Arbeit.

Im Hotel war sie zwar an den meisten Abenden wie tot ins Bett gefallen, aber seit Jahren hatte sie nicht mehr diese befriedigende körperliche Erschöpfung gespürt oder diese wunderbare Schläfrigkeit, die nur viel frische Luft hervorrufen kann. Sie entschied sich nicht gegen eine Schlaftablette, denn sie konnte die Augen nicht einmal so lange offenhalten, um überhaupt daran zu denken, eine zu nehmen.

KAPITEL 7

Zwei Tage später kam der Regen. Nichts Dramatisches, nur ein feines, beständiges Nieseln, hinter dem die Landzunge, auf der Rhumore lag, und die Berge jenseits des Sees verschwanden, so daß Clare das Gefühl bekam, am Ufer eines grenzenlosen Meeres gestrandet zu sein.

Der See lag grau und glatt da, wie gehämmertes Metall, und die Feuchtigkeit war überall und durchdrang alles.

Sie stand spät auf, weil das dämmrige Licht im Zimmer nicht nach Morgen aussah, und stellte fest, daß die Kleider, die sie am Abend zuvor um das Kaminfeuer herum verteilt hatte, sich klamm anfühlten. Schaudernd zog sie sich wohl oder übel an, denn sie konnte nichts trocknen, bis das Feuer brannte, und sie konnte kein Feuer machen, bis sie hinausgegangen war, um Holz und Kohlen zu holen. Im Wohnzimmer war die Feuchtigkeit geradezu sichtbar, und es roch wieder moderig. Auf der frischen Politur der Regalbretter lag ein feiner Film. Die Wände im Bad schwitzten, der Boden war dunkel vor Nässe. In der Küche, wo sie mit solch grimmiger Befriedigung Schimmel von den Wänden gescheuert hatte, zeigten sich wieder gelbliche Flecken mit einem hellgrau-durchsichtigen Überzug.

Zuerst das Feuer. Das würde die tödliche Trostlosigkeit aus dem Haus vertreiben. Blöderweise hatte sie alle Zeitungen in den Schuppen geschafft und die Papiertüten und -verpackungen von ihren Einkäufen verbrannt; wieder eine Lektion. Dann fiel ihr ein, daß Angus, der gute Mann, ihr ein Päckchen Anzünder mit eingepackt hatte, wenn auch begleitet von dem Seitenhieb: »Wir wollen doch nicht, daß Sie Probleme mit Ihrem Feuer haben, oder?« Doch selbst mit Hilfe der Anzünder wurde es nur ein klägliches Flackern, der Rauch zog schwer ab, und es dauerte lange, bis sich die Raumtemperatur merklich veränderte.

Gezwungen, den Tag im Haus zu verbringen, überdachte Clare ihre Lage. Was hatte sie sich vorgestellt, was hatte sie tun wollen, wenn Regen oder Sturm sie im Haus einsperrten, oder sogar Schnee, falls sie lange genug blieb, was im Moment nicht sehr wahrscheinlich war. Sie hatte es sich als eine Wohltat ausgemalt, allein zu sein, friedlich, gemütlich, mit ausreichend Beschäftigung. Nun, an Beschäftigung mangelte es nicht. Zum Beispiel mußte diese Holztäfelung abgebeizt werden. Die rauchgeschwärzten Lackschichten mußten herunter, bevor sie die weiße Farbe auftragen konnte, die sie so gern überall sehen wollte. Sie hatte noch nie Abbeize benutzt, aber die Gebrauchsanweisung las sich einfach.

Voller Entschlossenheit stürzte sie sich auf die Arbeit, die sich als langer, zäher Kampf erwies. Das größte Problem war der Mangel an Licht. Trotz Donald Macraes Beteuerung, daß der Nachschub an Brennstoff kein Problem sei, fürchtete sie, ihre Vorräte zu schnell aufzubrauchen.

Sie war nicht sicher, wieviel Öl die Lampen verbrauchten oder wie oft er vorbeikommen würde, und war sich der Unmöglichkeit, schwere Vorräte ohne Hilfe herbeizuschaffen, nur allzu bewußt. Doch selbst dort, wo das Licht am besten hinkam, sah sie nicht gut genug, um die Rillen der alten Täfelung zu reinigen. Sie öffnete die Haustür, wodurch bloß noch feuchtere Luft hereinströmte, so daß sie sie schnell wieder schloß. Außerdem mußte sie feststellen, daß ihre optimistische Annahme, mit einer einzigen Anwendung saubere Holzflächen zu erhalten, sich nicht mit der Realität deckte. Der angesammelte Dreck entlang der Fußleisten konnte nur mit einem Messer abgekratzt werden. Sie rieb und schrubbte und kratzte, brach sich die Fingernägel ab und scheuerte sich die Knöchel wund, stand auf, um sich mit einem Band die Haare zurückzubinden und sah, daß die Knie ihrer Hosen bereits völlig verdreckt waren. Wie sollte sie die bloß wieder sauber bekommen, und warum hatte sie nicht daran gedacht, daß Reinigungen in dieser Gegend dünn gesät waren? Was war nur in ihrem Kopf vorgegangen, als sie ihre sogenannten Pläne gemacht hatte?

Wie sie sich von der Flasche fernhalten konnte, das war darin vorgegangen. Gott, was würde ich jetzt für ein Glas gut gekühlten Weißwein geben, dachte sie sehnsüchtig. Aber genau deswegen bin ich ja hier. Um wieder zu mir selbst zu finden, meine Kräfte zu erproben.

»Was für Kräfte?« höhnte sie, schleuderte den Kratzer in die Ecke und beschloß, sich wenigstens etwas zu Mittag zu machen, wenn es schon keinen Wein gab. Der Kessel summte auf dem Kamineinsatz. Sie hatte den ganzen Tag Zeit für diese Arbeit – und wahrscheinlich noch ein paar Tage mehr, verbesserte sie sich nach einem Blick auf den grauen Schleier draußen, der das Cottage wie schmutziges Musselin einhüllte.

Sie tat ihr Bestes, bearbeitete das dunkle Holz nach Kräften und war froh, daß ihr ein ganzes Stück erspart blieb, weil der Geschirrschrank nicht vom Fleck zu bewegen war. Sie bekam ihren Lieblingssender zwar nicht herein, legte aber eine Kassette ein, und in den Pausen saß sie am Feuer und trank schwarzen Kaffee, denn der Gedanke, bei diesem Wetter über den Hügel zur Farm zu wandern, um Milch zu holen, war alles andere als verlokkend. Außerdem versuchte sie zu lesen.

Es war zwecklos. Schon nach ein paar Zeilen schweiften ihre Gedanken ab, sprangen von einer geringfügigen Sorge zur nächsten. Sie konnte es nicht glauben, sie war immer eine begeisterte und ausdauernde Leserin gewesen. »Ich bin eine Leseratte«, verkündete sie laut, aber nur das Zischen und Prasseln des Feuers und das leise Lied des Kessels antworteten ihr. Stimmte das denn überhaupt noch? Ihre Leselust war wie so vieles andere im hektischen Hotelleben untergegangen.

Das Gefühl, ihre neu gewonnene Freiheit und Unabhängigkeit schon wieder weggeworfen zu haben, nahm mit jeder Stunde zu. Das hier war das Gegenteil von allem, was sie erwartet oder beabsichtigt hatte. Sie fühlte sich gefangen, eingeengt, ruhelos und zunehmend wütend. Nur war außer ihr niemand da, gegen den sie ihre Wut richten konnte. Der Tag kam ihr endlos vor, und doch zögerte sie es hinaus, ins Bett zu gehen, so wie jeden Abend im Carlini, aus Angst vor den Gedanken, die kommen würden, sobald das Licht gelöscht war. Der Wunsch nach etwas Starkem zu trinken begann von ihr Besitz zu ergreifen. Ein guter Sherry vor dem Essen, der sofort ins Blut ging und wärmte, genau der richtige Drink an einem so scheußlichen Tag. Ein Glas Wein, um die langweilige Fleischpastete herunterzuspülen, deren Rand der Gasofen schon hübsch schwarz verbrannt hatte, ehe sie innen richtig heiß war. Und die restliche Flasche, um ihr durch den langen Abend zu helfen.

Am nächsten Morgen war draußen alles unverändert, und sie erwachte mit einer düsteren Vorahnung, die sich nicht auf ihre Umgebung bezog, sondern auf das, was in ihrem Kopf ablief. Das Fenster war beschlagen, und sie fröstelte mehr denn je. In der Küche glänzten die Türen des Schranks unter der Spüle naß, das Besteck in der Schublade und die hölzerne Salzmühle waren mit Wassertröpfchen bedeckt. Die Flecken an den Wänden hatten sich ausgebreitet und waren dunkler geworden. Auf dem Fußboden sammelten sich Pfützen.

Draußen fiel nadelfeiner Regen vom Himmel, als wolle er nie mehr aufhören, und eine Nebelwand hing zwischen dem Cottage und der übrigen Welt. Grimmig begann Clare, die Asche auszuräumen und Feuer im Kamin zu machen, wobei heute immerhin trockenes Papier und Anmachholz bereitlagen.

Keine einzige Arbeit reizte sie. In diesem Moment haßte sie das Cottage, und zutiefst bereute sie die blinde Sturheit, die sie dorthingeführt hatte. Das Haus war so abstoßend, als hätte sie nie all die erschöpfenden Stunden des Putzens, Scheuerns und Polierens hineingesteckt. Alle hatten sie recht gehabt, von Magda bis Ina Morrison. Wenn Magda sich doch nur melden würde. Wenn sie nur mit ihr reden könnte. Seit einer Woche war sie jetzt weg; innerhalb einer Woche hätte Magda ihr längst schreiben können. Vielleicht wartete in der Farm ein Brief auf sie, obwohl die Freundin keine begeisterte Briefschreiberin war, wie Clare sehr wohl wußte. Das Bedürfnis nach Kontakt zu der Welt, die für sie eine Art Zuhause dargestellt hatte, wurde zu einer schmerzlichen Sehnsucht und das Fehlen eines Telefons zu einer ungeheuren Entbehrung. Wenn sie den Kampf aufgab, diesen Raum zu renovieren, wo sollte sie dann einen Handwerker finden und wie es arrangieren, daß er zum Cottage gelangte? Und wenn sie selbst weitermachte, wie sollte sie an Farbe und anderes Material gelangen? Die Abbeizlösung war schon beinahe verbraucht. Würde sie tagelang warten müssen, bis ein Nachbar mit dem Boot vorbeikam?

Was ihr wirklich Angst machte, war jedoch eine andere, entscheidendere Frage. Wenn sie ›The Larach‹ aufgab, wohin sollte sie dann gehen? Eine bessere Wohnmöglichkeit zu finden, warm, trocken und sauber, war sicher nicht schwer. Doch sie wäre wieder allein in einer fremden Umgebung, und diesmal würde sie obendrein die Last des Versagens mit sich herumschleppen. Ins Carlini konnte sie nicht zurückkehren, das war unmöglich. Sie wußte, daß es richtig war, ihr Leben dort aufgegeben zu haben. Doch die verrückte Idee, ins andere Extrem zu verfallen und sich dieser elenden Bruchbude auszuliefern, hatte ihren Mangel an innerer Stärke sehr schnell zutage treten lassen. Ihre Rastlosigkeit, ihre Unfähigkeit, sich auf ein Buch zu konzentrieren oder bei einer Arbeit zu bleiben, ihre Gereiztheit über den Zustand ihrer Hände, ihrer Kleidung und ihrer Haare entsprangen alle der Angst vor ihrer eigenen Unfähigkeit. Sie hatte sogar ihre Armbanduhr wieder angezogen, um eine Form von Kontrolle über die langen, zähen Stunden zu haben.

Was sollte sie hier tun, wochenlang, monatelang? Was wollte sie überhaupt tun? Sie hatte es doch so geplant, es sollte keinen schützenden Puffer zwischen ihr und ... und was geben? Irgendeiner Art von Selbstfindungsprozeß? Nun, sie hatte sich gefunden. Sie war eine normale, ängstliche Frau, die ohne ein Gerüst von alltäglichen sozialen Kontakten, beruflichen Anforderungen, Gewohnheiten und vertrauten Dingen nicht zurechtkam – und die unbedingt einen Drink brauchte. Und die sich von dem einzigen Ort, an den sie zumindest halbwegs gehörte, abgeschnitten hatte.

Sie gab jeden Versuch zu arbeiten auf, kauerte sich in dem großen Sessel am Feuer zusammen und versank in dem Gefühl der Hoffnungslosigkeit und Sinnlosigkeit, das sie in dieser Form noch nicht einmal nach Martins Tod erfahren hatte. Es gab nur eines, was ihr aus diesem schwarzen Loch heraushelfen könnte.

Sie hielt bis zum frühen Nachmittag durch, doch dann setzte ein Ablauf ein, den sie sehr gut kannte und vier Monate lang mit aller Kraft bekämpft hatte. Es war, als würde ein isolierter Teil von ihr, der stärker war als ihre Intelligenz, stärker als ihr Gewissen oder sogar ihre Wünsche, die Oberhand gewinnen. Wie sehr ihr Verstand auch protestierte, er besaß keinen Einfluß auf ihre Handlungen mehr. Sie nahm ein Bad, zog eine saubere Cordhose, Hemd und Pullover an. Sie stopfte ein paar notwendige Kleinigkeiten in ihre große Ledertasche und schloß die Kaminabdeckung. Dann stieg sie in ihre Gummistiefel, packte ein zusätzliches Paar Schuhe ein, merkte, daß die Tasche zu weit offenstand und es hineinregnen würde, und suchte eine Plastiktüte. All das tat sie ganz ruhig und methodisch, ohne die Verzweiflung oder die Wut von vorher. Sie zog ihre Wachsjacke an und schlug die Kapuze hoch. Es lag etwas Unbekümmertes und Befreiendes darin, dem Haus einfach den Rücken zu kehren, angetrieben von einem einzigen, unwiderstehlichen Bedürfnis.

Allerdings gab es einen kurzen Moment des Innehaltens, in dem sie ihre Entscheidung vielleicht hätte rückgängig machen können. Als sie in die Nässe hinaustrat, stellte sie fest, daß die Luft mild war, der Regen in ihrem Gesicht weich und nicht unangenehm. Statt sich im Haus zu verkriechen, hätte sie lieber spazierengehen sollen, wenigstens bis zur Farm. Schließlich war sie schon oft unter viel schlechteren Wetterbedingungen gewandert. Es war ein Augenblick, in dem sich alles in der Schwebe befand, aber die alte Sucht siegte über ihre Vernunft. Mit gebeugtem Kopf und finsterem Stirnrunzeln machte sich Clare auf den Weg, nicht zur Farm, sondern zur Straße hinauf, die am Talhang über dem Dorf verlief.

Bald wurde ihr sehr warm in der hochgeschlossenen Jacke, vor allem weil sie immer wieder auf Hindernisse stieß und nach einer gangbaren Route suchen mußte, so daß der Weg über die Farm am Ende der kürzere gewesen wäre. Zuerst mußte sie den nassen, schlüpfrigen Steilhang hinter dem Cottage überwinden, dann einen Maschendrahtzaun mit Stacheldraht umgehen, wodurch sie weit von der eingeschlagenen Richtung abkam und plötzlich vor einer Schonung stand. Die Schonung war dicht und von einem Wildzaun umgeben und blockierte ebenfalls ihren Weg. Als sie von dort eine direkte Linie zum Dorf einschlug, wurde sie von dem durch den Regen stark angeschwollenen Bach aufgehalten, der die ebenen Felder am oberen Ende des Sees durchschnitt. Ärgerlich blieb sie stehen, um Atem zu schöpfen, schob die Kapuze zurück und hielt ihr Gesicht in den kühlen Regen. Wenn sie nicht so versessen auf dieses eine Ziel in ihrer Vorstellung gewesen wäre, hätte sie die meisten Hindernisse vorzeitig erkennen und vermeiden können, aber sie war stur wie ein Maulesel vor sich hingestapft.

Nachdem sie sich endlich zur Straße durchgekämpft hatte, winkte ihr zum ersten Mal seit Tagen – so schien es ihr jedenfalls in ihrem selbstmitleidigen Zustand – wieder das Glück. Ein Handwerker der Firma ›Hotpoint‹ kam in seinem Lieferwagen um die Kurve und hielt an. Er hatte oben in Glen Righ neue Schläuche an eine Waschmaschine montiert, weil es ihm nicht gelungen war, die Hausherrin zu überreden, eine neue zu kaufen. Ein Mann wie er würde niemals an einer hübschen, kleinen Blondine vorbeifahren, sei sie auch noch so durchnäßt, die ihn mit einem derart flehenden Blick ansah.

Als Clare das bekannte Firmenzeichen auf der Seite des Lieferwagens erkannte, glaubte sie, aus den Nebeln eines Alptraums aufzutauchen. Die Normalität existierte noch.

Sie ließ sich nicht bis ins Zentrum von Fort William fahren, sondern beim ersten Hotel am Ortsrand absetzen. Wahrscheinlich hatte sie sich bei dem Fahrer bedankt, aber als sie die geteerte Auffahrt zu dem häßlichen, einstöckigen Gebäudekomplex hinaufeilte, konnte sie sich bereits nicht mehr daran erinnern.

Ein Anflug von Panik stellte sich ein, weil sie fürchtete, die gähnend leere Bar könnte noch nicht geöffnet sein. Aber die dicke, unordentlich wirkende Frau, die von irgendwoher auftauchte, nahm ihre Bestellung ohne weiteres entgegen: »Ein großer Gin Tonic, sofort. Möchten Sie ihn mit Eis und Zitrone?«

Es war der reinste Nektar, eine Linderung für ihre zerrütteten Nerven, eine beruhigende Medizin für die ängstlichen Gedanken, die in ihrem Kopf hin- und herflitzten wie Tiere in einer Falle. Ein friedliches Gefühl durchströmte sie, während sie mit geschlossenen Augen dasaß und die kalte, köstliche Flüssigkeit die Kehle hinuntergleiten und ihre Wirkung entfalten ließ.

Sie trank nicht schnell, sie mußte diese Wohltat genießen. Die Bar war ein nüchterner, rechteckiger Raum mit dunkelroten Vorhängen, Möbeln in Eichenfurnier und einer Reihe kleiner Fenster über den Sitznischen. Clare war damit vollkommen zufrieden; es hätte jede Bar an jedem beliebigen Ort sein können. Als weitere Gäste hereinkamen, zog sie an einen Tisch mit Sitzbank im hinteren Teil um, weil sie Gesprächen aus dem Weg gehen und in Ruhe trinken wollte. Sie lehnte sich zurück, entspannte sich bewußt und überließ sich formlosen Gedanken, die nicht über die unmittelbare Gegenwart hinausgingen.

Nach einer Weile trat ein Barkeeper in rosa Hemd und Fliege mit Schottenkaro seinen Dienst an und betrachtete sie mit einem professionell-abschätzenden Blick, der bei ihr ein Grinsen hervorrief. Immer mehr Leute kamen auf einen Feierabenddrink herein, Speisekarten wurden verteilt, Grüppchen ließen sich an den Tischen nieder, die Barhocker waren fast alle besetzt. Gerade wurde wieder dieselbe Kassette mit schottischen Volksliedern abgespielt, die schon gedudelt hatte, als Clare eingetroffen war. Der Barkeeper kam, um ihre Essenbestellung entgegenzunehmen, bei welcher Gelegenheit sie auch gleich ein Zimmer reservieren ließ. Die anderen Gäste, um diese Jahreszeit fast alles Einheimische, warfen ihr neugierige Blicke zu, die bei den Frauen mit Mißbilligung, bei den Männern mit Interesse gemischt waren. Auf ihrem ersten Gang zu der schmuddeligen Toilette hatte sich Clare ein wenig zurechtgemacht, Make-up aufgelegt, andere Schuhe angezogen und die Gummistiefel in ihre Plastiktüte gesteckt.

Irgendwann im Laufe des Abends, als es in der Bar immer lauter wurde und der Zigarettenrauch sich verdichtete und mit den Gerüchen von Bier und gebratenem Essen vermischte, setzte sich ein junger Mann zu Clare. Er war wohlgenährt und trug einen zu engen Anzug mit zu kurzen Ärmeln und einen Siegelring am falschen Finger. Sie hatte gewußt, daß das passieren würde, er hatte sie schon länger beäugt. Sie ließ es geschehen, sie wollte nicht allein sein. Er war sauber, frisch rasiert, mit glatt gekämmten Haaren; er hatte harmlose braune Augen und war längst nicht so selbstsicher, wie er gern wirken wollte. Seine Art, sie anzusprechen und sich mit ihr zu unterhalten hatte etwas rührend Amateurhaftes. In einer seltsam fatalistischen Stimmung, durchsetzt mit kalter, aber völlig wirkungsloser Selbstverachtung, begann Clare das übliche Spiel. Im Gegensatz zu ihr wußte der Junge vielleicht noch nicht, was geschehen würde. Wahrscheinlich gab er sich irgendwelchen Phantasien über den Ausgang seines Flirtversuchs hin, aber sie hätte ihm sofort sagen können, daß er an diesem Abend das große Los gezogen hatte. Die Sätze kamen bei der vertrauten Szene wie von selbst aus ihrem Mund, und zugleich machte sich schon Enttäuschung breit, noch ehe etwas zwischen ihnen vorgefallen war.

Er hieß Lennox und war Vertreter für Fotokopiergeräte aus Dundee. Sehr gut, dachte Clare weinselig. Der Barkeeper servierte ihr inzwischen fast reines Tonicwater und machte ein gutes Geschäft dabei, aber sie hatte trotzdem schon eine Menge getrunken und sehr wenig gegessen. Dennoch sagte ihr ihre innere Stimme, daß dieser Abend von der Welt jenseits der Bar völlig losgelöst sein sollte. Er stellte eine Auszeit, eine Ausschweifung dar, die, wie sie hoffte, bald von der Selbstvergessenheit gekrönt werden würde, die Sex mit sich brachte, von der Erlösung und Erfüllung, die ihr den traumlosen Schlaf schenken würde, den sie so bitter nötig hatte.

Lennox sprach eine Weile über Fotokopierer, und Clare war es egal. Warum sollte man sich nicht über Fotokopierer unterhalten? Sie wußte, daß er das für sein Selbstbewußtsein brauchte, und außerdem mußte man ja etwas Zeit verstreichen lassen. Ihre Gedanken trieben herum wie die warme Luft und der Zigarettenrauch. Wo war wohl ihr Zimmer? Sie würde es schon bald genug herausfinden. Irgendwo unerreichbar existierte eine andere Clare und sah sich angewidert zu, aber heute würde sie ihrem Körper und seinen Bedürfnissen nachgeben.

Lennox begann mit einer Mischung aus Erregung und Furcht zu begreifen, daß er sich womöglich übernommen hatte. Er war es nicht gewohnt, fremde Frauen anzusprechen, obwohl er bei seinen langen Autofahrten oft davon träumte. Diese hier war nicht ganz seine Kragenweite, und sobald sie den Mund aufmachte, war er sich sicher, daß er einen überteuerten Gin Tonic an sie verschwendet hatte. Aber dann hatte sie eindeutige Signale ausgesandt, und jetzt sandte sie noch stärkere aus, die ihn ziemlich nervös machten. Was soll's, nutz die Gelegenheit, sagte er sich, als er kurz wegging, um zu pinkeln und nachzudenken. Was hast du schon zu verlieren? Er hatte eine Freundin in Wormit, die ihn umbringen würde, wenn sie es je herausbekäme, aber wer sollte es ihr erzählen?

Wie die Bar selbst hatte auch Lennox keinerlei Verbindung zu Clares sonstigem Leben. Er war ganz anders als die aalglatten Charmeure, die im Carlini mit ihr geflirtet hatten, und mit seinem billigen Anzug, dünnen Schuhen und blassen Vertreterhänden auch ganz anders als die Männern von Inverbuie. Aber er hatte freundliche Augen; er würde zumindest zärtlich sein. Sein gesund aussehender, stämmiger Körper gefiel ihr, und sie wollte ihn, wollte einfache Nähe ohne Worte, ohne sich Gedanken über Beweggründe oder Reaktionen oder den nächsten Morgen machen zu müssen.

Obwohl es schon fast Sperrstunde war, wurde ein Tisch in der Ecke abgewischt und mit Tellern bestückt, auf denen sich Sandwiches in klebriger Plastikfolie türmten. Der Hintergrundlärm der Bar schwoll plötzlich deutlich an, als eine Gruppe von Frauen hereinschwirrte, die mit lautem Palaver ihre Mäntel auszogen, berieten, wo sie sitzen sollten und sich schließlich wie die Glucken niederließen, die Handtaschen sorgfältig neben ihre Füße gestellt. Irgendein Frauenkomitee oder Kolleginnen auf gemeinsamer Amüsiertour, dachte Clare träge, da Lennox' Ausführungen über die irrige Annahme, Faxkopien seien ein Ersatz für richtige Kopien, sie nur begrenzt zu fesseln vermochte. Ob sie wohl alle zu demselben Friseur gingen? fragte sie sich beim Anblick der vielen grauen Dauerwellen. Doch auf einmal platzte die aus Zeit und Raum herausgehobene Kapsel, in der sie sich so sicher geglaubt hatte. Eine dieser schnatternden Frauen, die sich so gierig auf die Thunfischsandwiches stürzten, hatte sie schon einmal gesehen. Aber wo? In Angus' Laden, vor ein paar Tagen, sie hatte freundliches Interesse an Clares Einkäufen gezeigt. »Mit dem Bleichmittel sollten Sie vorsichtig umgehen, es ist nicht gut für den Faulbehälter, das predigt mir jedenfalls mein Mann ständig ...«

Kaum hatte Clare das Gesicht eingeordnet, da sah die Frau herüber, und sie beobachtete, wie sich ihr Gesichtsausdruck von Wiedererkennen, offener Freundlichkeit, dann Zweifel und Distanziertheit veränderte, als sie die Situation erfaßte und beschloß, daß sie nichts damit zu tun haben wollte.

Das rüttelte Clare auf. Sie dachte an die Freundlichkeit, mit der man ihr begegnet war – angefangen von Sandy und Jean und Mr. Watts an jenem ersten Tag, über Ina und Will Morrison, bis zu Angus, Donald, Kenny, den Markies, Nicol McNicol ... Alle, denen sie bisher begegnet war, hatten ihr geholfen und sie gutmütig akzeptiert, egal, was für persönliche Vorbehalte sie haben mochten. Sie war hier nicht an einem anonymen, fremden Ort, sie befand sich in Fort William, nur ein paar Meilen vom Dorf entfernt, eindeutig noch in seinem näheren Umkreis. Diese Frau wußte, wer sie war, und würde bestimmt herumerzählen, wo sie sie gesehen hatte.

Statt sich über die Einschränkung ihrer Privatsphäre zu ärgern, betrachtete Clare den Zwischenfall als glückliche und rechtzeitige Mahnung, die ihr sagte, daß sie bereits eine Verbindung zu dieser Gegend und ihren Menschen geknüpft hatte, sei sie auch noch so lose. Sie hatte zuviel Gin getrunken, um das alles in klare Gedanken zu fassen, aber sie war aufgewacht. Mit der Erinnerung an die Hilfsbereitschaft und den freundlichen Humor der Einheimischen kam das Bewußtsein von bestimmten Werten zurück, die ihr wichtig waren. Sie dachte an den letzten Mann, mit dem sie das Bett geteilt hatte, dachte an ihren Überdruß und Selbstekel.

»Lennox ...« Sie drehte sich unvermittelt zu ihm um und schnitt ihm das Wort ab. »Ich kenne eine von diesen Frauen.« Das war die einfachste und netteste Art, einen Rückzieher zu machen. Er würde das verstehen, es würde ihm vollkommen einleuchten, daß es ihr nicht egal war, was andere von ihr dachten.

»Du gehst?« Er besaß genug männlichen Stolz, um beleidigt zu klingen, es sogar einen Augenblick lang zu sein, aber im Grunde war er erleichtert. Er erholte sich schnell – die Frau hatte ihn eben an der Nase herumgeführt, sie hielt sich für etwas Besseres, hatte ihr Spielchen mit ihm getrieben. Außerdem hätte er Pam ja doch nicht betrügen können, wenn es ernst geworden wäre.

»Es tut mir leid«, sagte Clare und legte ihm eine Hand auf den Arm, damit er sie ansah. »Wirklich. Ich habe mich mies benommen, aber es war einfach ... ich wollte ...« Sie konnte es ihm nicht erklären. Tränen schossen ihr in die Augen. »Ich gehe jetzt besser.« Sie schlang ihre Tasche über die Schulter, tastete unsicher nach der Plastiktüte auf dem Boden und richtete sich schwankend wieder auf. Der Gin zeigte erst jetzt seine volle Wirkung.

»Alles in Ordnung?« Lennox stand ebenfalls auf und stützte sie, sein Ärger war vergessen.

»Hmm. Muß mehr getrunken haben, als ich dachte.« Sie vermied es, zu den Frauen hinüberzusehen, stellte sich die ablehnenden Gesichter vor. »Ist schon gut.«

»Komm, ich helfe dir. Wo ist dein Zimmer?«

»Weiß nicht.« Alles drehte sich, die Bargeräusche hallten unangenehm in ihrem Kopf wider, die miefige Wärme ließ sie beinahe ohnmächtig werden.

»Komm«, wiederholte Lennox. »Gleich geht es dir besser.«

Plötzlich kühlere Luft, ein grelles Deckenlicht, eine schwankende Wand neben ihr. Eine andere männliche Stimme. Der Barkeeper? Ein starker Arm, der sie hielt, ein Schlüssel, der eine Tür aufschloß.

»Hier sind wir, setzen Sie sich einen Augenblick, beugen Sie sich nach vorn.«

Ob das eine so gute Idee war?

»Ich muß zurück, es ist sonst niemand in der Bar.«

»Schon gut, geh nur, ich kümmere mich um sie.«

»Sie kommt wieder in Ordnung, wenn sie ein Schläfchen gemacht hat.«

»Ich werde ihr die Schuhe ausziehen. Ist das alles, was sie bei sich hatte, ein Paar Gummistiefel?«

»Mehr hatte sie nicht mit in der Bar. Ich muß los.«

»Alles klar, bis dann.«

Clare merkte noch, daß sie hochgehoben und auf ein hartes Bett gelegt wurde. Dann breitete sich eine Decke über sie, sanft wie der alles auslöschende Schlaf.

Als sie in dem schmalen Bett in einem schmalen Raum mit purpurroten Tweedvorhängen erwachte, dachte Clare trotz benebeltem Kopf zuerst daran, wie wenig machohaft und unbedrohlich der Austausch zwischen den beiden Männern gewesen war. Sie hatte sich aufgehoben und umsorgt gefühlt. Das schien hier zum guten Ton zu gehören, überlegte sie stirnrunzelnd. Die Leute halfen sich gegenseitig, sie akzeptierten sich. Sie war an einen Ort geflohen, den sie für unpersönlich gehalten hatte, aber Inverbuie und ›The Larach‹ hatten sie nicht losgelassen. So etwas wie Anonymität gab es hier nicht. Es hätte auch Jean vom Anwaltsbüro sein können oder sonst jemand, der überrascht und betrübt beobachten mußte, wie Clare betrunken einen Mann an der Bar aufgabelte.

Noch etwas anderes wurde ihr in diesen peinlichen Momenten des Erwachens klar. Sie würde ins Cottage zurückkehren. Sie hatte erste Beziehungen geknüpft, Bekanntschaften geschlossen, die sie dringend brauchte; sie wollte nicht schon wieder ganz von vorn anfangen.

Sie richtete sich vorsichtig auf, ließ ihrem pochenden Kopf einen Moment Zeit und verließ dann das Bett, um den Vorhang aufzuziehen. Das milchige Morgenlicht spiegelte sich im glänzenden Asphalt und dem See und blendete sie.

Der Nebel war heute höher und eher silbrig als grau. Es hatte aufgehört zu regnen. Trotz der großzügig aufgedrehten Heizung fröstelte Clare, als sie sich auszog und unter die Dusche ging.

Draußen war alles ruhig, die Luft sehr feucht. Nur drei Autos standen auf dem Parkplatz. Das zittrige, elende Katergefühl wurde durch den trüben Morgen noch verstärkt, ihr Magen war leer und schmerzte. In der Stille machten ihre Gummistiefel leise, glucksende Geräusche.

Was sollte sie tun, wenn noch niemand auf war? Sie mußte ihr Zimmer bezahlen und hatte keine Lust, noch länger zu warten. Sie wollte sich sofort auf den Weg machen, die glänzende, verlassene Straße entlang, um wieder an den Ort zu gelangen, den sie zögernd und eher in Ermangelung eines Besseren als ihr Zuhause betrachtete.

Als sie um die Ecke des Hauptgebäudes bog, sah sie ein erleuchtetes Fenster und hörte gedämpfte Radiomusik. Eine Frau in einer rotweiß karierten Schürze und einer weißen Haube auf dem dünnen gelben Haarschopf sah fragend auf und winkte Clare dann zur Tür.

»Sie wollen schon los?« fragte sie sachlich. »Ich kann Ihnen Frühstück machen, wenn Sie möchten.«

Clare lehnte dankend ab. »Aber eine Tasse Kaffee wäre wunderbar.« Sie mußte innerlich über ihren bescheidenen Tonfall grinsen. Glaubte sie wirklich, diese Frau wußte oder interessierte sich auch nur im mindesten dafür, daß sie eine harte Nacht gehabt hatte und sie zutiefst bereute?

»Sie können ihn hier drin trinken, wenn es Ihnen recht ist«, sagte die Frau. »Dann muß ich nicht erst rüberlaufen und einen Tisch decken. Ein bißchen Toast? Frische Brötchen? Ich habe sie selbst mitgebracht. Der Bäckerwagen kommt meistens erst hier vorbei, wenn das Frühstück längst vorbei ist. Blöd, nicht?«

Sie stellte keine Fragen, summte nur vor sich hin, während sie eine Bratpfanne hervorholte und einige Scheiben Frühstücksspeck aus einer Vorratspackung nahm. Clare setzte sich und ließ das Koffein durch ihre Adern strömen, eine ähnliche Wohltat, wie es gestern abend der Gin gewesen war. Was tat sie hier in dieser Motelküche? Irgendwo in dieser langen Reihe von Zimmern war Lennox mit seinem zerknitterten Anzug. Aber wie gut er zu ihr gewesen war. Sie hatte sich unfair verhalten, und er hatte sich trotzdem ganz selbstverständlich um sie gekümmert.

»Ob Sie mir wohl die Rechnung machen könnten?« fragte sie die freundliche Köchin, nachdem sie drei Becher Kaffee in sich hineingeschüttet hatte.

»Aber nein, das geht nicht. Und die Rezeption macht erst um acht auf.«

»Was kostet eine Übernachtung?«

»Ob Sie's glauben oder nicht, ich hab' keine Ahnung. Hab' nie danach gefragt. Aber Sie müssen noch nicht mal mehr eine Stunde warten.«

»Könnte ich Ihnen einen Scheck dalassen?«

»Ja, das wäre wohl machbar. Wenn Sie Ihre Adresse auf die Rückseite schreiben.«

Als sie ging, dachte sie hochzufrieden: Ich habe gerade einer Frau, die ich bis vor einer halben Stunde noch nie gesehen habe, einen unterschriebenen Blankoscheck gegeben. Das gehört zum Leben hier, es ist meine Antwort auf das Verhalten der Leute mir gegenüber. Ich wette, Lennox und der Barkeeper haben gestern nacht noch nicht einmal meine Handtasche geöffnet. Und wenn sie mich mit dem Scheck ausnehmen, dann geschieht es mir recht.

Sie hinterließ Lennox eine Nachricht und klemmte sie unter den Scheibenwischer seines Autos mit den Kisten auf der Rückbank. Er würde es wahrscheinlich vorziehen, ihr nicht zu begegnen. Dann marschierte sie los, erstaunlich energiegeladen angesichts der Mengen, die sie gestern abend getrunken hatte. Ein paar Lieferwagen und Handwerkertransporter kamen ihr entgegen, aber keiner fuhr in ihre Richtung. Es machte ihr nichts aus, sie war beschwingt vor Erleichterung und Dankbarkeit, daß der Zufall sie davor bewahrt hatte, ihren unsicheren Neuanfang zu untergraben.

Sie hatte vergessen, daß der Schulbus um diese Zeit nach Glen Righ fuhr, um die Kinder abzuholen. Der Fahrer kannte sie noch von ihrer Fahrt nach Inverbuie vor einer Woche und hielt an, sobald er sie sah.

»Sie sind ja ziemlich früh unterwegs«, bemerkte er, und man sah ihm an, daß er im Geist die möglichen Gründe durchging.

»Ja, das bin ich«, stimmte ihm Clare fröhlich zu.

KAPITEL 8 Der Nebel hatte sich noch nicht ganz gelichtet, als sie den Schotterweg zur Farm entlangging – über das Moor war der Bus die meiste Zeit in dichter Suppe gefahren –, aber langsam schien er sich mit Helligkeit zu füllen. Sie holte ihre Milch ab und einen Versandhauskatalog, der ihr vom Carlini nachgeschickt worden war. Zuerst ärgerte sie sich über den Katalog, doch dann fiel ihr ein, daß es hier sehr praktisch, wenn nicht sogar überlebensnotwendig sein könnte, per Bestellung einzukaufen. Vielleicht hatte Magda daran gedacht, als sie ihn neu adressierte.

»Blödsinn, mach dir nichts vor«, schimpfte sie laut. Es war noch nicht einmal Magdas Handschrift. Wahrscheinlich hatte das Mädchen, das jetzt im Büro aushalf, ihr diesen kleinen Gefallen getan. Magda dagegen hatte nichts von sich hören lassen. Das war der eigentliche Grund für ihre Verärgerung.

Wie würde das Cottage sie empfangen? fragte sie sich beim Weitergehen. Sie wußte, daß ihre heutige Ankunft ein noch wichtigerer Test sein würde als jene erste, blauäugige Inbesitznahme, nachdem Angus und Donald sie alleingelassen hatten.

Erstaunlich, was ein Abend unter Fremden, eine Nacht in einem öden Motelzimmer bewirken konnte. Als sie zur Tür hereintrat, überkam sie ein zaghaftes Gefühl von Vertrautheit, von Zuhausesein. Die in die Zimmermitte gerückten Möbel, die ausgebreiteten Zeitungen auf dem Boden mit den Pinseln, dem Kratzer und den Lappen darauf, der wunderbare Geschirrschrank mit den Bücherreihen bis zur Decke, die Abdeckung über dem inzwischen erloschenen Feuer (ein Feuer, das sie in der schlimmsten Feuchtigkeit selbst anbekommen hatte!) – all diese Dinge gehörten ihr, riefen nach ihr. Hier war ihre Zuflucht vor der Beinahe-Katastrophe der letzten Nacht, vor den kritischen Augen, die ihren armseligen Rückfall beobachtet hatten. Sie konnte kaum noch glauben, daß sie sich so hatte gehen lassen.

Würde sich ihre Eskapade in Inverbuie herumsprechen? Sie war sich dessen sicher – und zu ihrem eigenen Erstaunen machte es ihr etwas aus. Trotz der bisher nur kurzen Begegnungen mit ihren neuen Nachbarn merkte sie, daß sie den Respekt von Leuten wie Ina Morrison und Lilias Markie und Donald Macrae nicht verlieren wollte. Nun, etwas mehr Selbstachtung wäre vielleicht ein guter Anfang. Schön, zuerst ein Feuer, dann Schlaf, dann Arbeit. Was für ein tugendhaftes, löbliches Programm, spottete sie. Aber sie betrachtete den dämmrigen, unordentlichen, ungeheizten Raum mit neuer Zuneigung.

Als Donald Macrae in der folgenden Woche früh morgens vorbeikam, um sich zu erkundigen, ob sie etwas aus dem Dorf brauche, war er von ihrer Leistung beindruckt. Überschwenglichkeit war nicht seine Art, aber sein langsames Nicken, während er sich überall umsah, drückte Anerkennung aus. An seinem Verhalten ihr gegenüber hatte sich nichts verändert, stellte Clare erleichtert fest, auch wenn sie selbst auf einmal ungewöhnlich befangen war. Er hatte nichts von ihrer Flucht nach Fort William gehört, entschied sie, obwohl diese ausdruckslose Miene natürlich alles mögliche verbergen konnte.

Ihr Bedürfnis nach Läuterung war jedenfalls mit großem Arbeitseifer einhergegangen. Am Tag nach ihrer Rückkehr hatte sie lange geschlafen, worauf die Ereignisse der vergangenen vierundzwanzig Stunden ihr fern und unwirklich erschienen waren. Als sie aufwachte, hatte sich die Sonne noch nicht ganz durch die Wolken gekämpft, aber der Tag war heller, die Luft mild. Sie hatte die verbleibenden Stunden Tageslicht dazu genutzt, das Chaos hinterm Haus in Angriff zu nehmen und überwucherte Zaunstücke, zerbrochene Eimer und rostigen Eisenschrott zusammengetragen und auf einen Haufen geworfen. Sie hatte zerbrochenes Glas und Geschirr und Schieferplatten eingesammelt und sich mit halb vergrabenen Möbelfragmenten und verrotteten Zaunpfählen abgeplagt, an denen stets irgendwo noch verhedderter Draht hing. Es war eine gute Therapie, zu der sie in den schönen Abschnitten des wechselhaften Wetters zurückkehrte. Zwischendurch hatte sie weiter alte Farbschichten abgekratzt, Löcher zugespachtelt, allerlei überflüssige Nägel herausgezogen und sich mutig auf die Speisekammer gestürzt. Wie und wo sie den angesammelten Müll loswerden sollte, wußte sie nicht, doch während sie darin vor ein paar Tagen noch ein unüberwindliches Problem gesehen hätte, vertraute sie jetzt darauf, daß irgend jemand schon eine Lösung dafür finden würde.

Sie hatte immer noch mit der alles durchdringenden Feuchtigkeit zu kämpfen, aber auch dieses Übel schien sich zu verringern, als sie die Tür offenlassen konnte und sich das düstere Wetter verzog. Es hatte jedoch auch einige schlimme Momente gegeben, zum Beispiel als sie den alten Wachstuchbezug von den Regalbrettern in der Speisekammer gezogen hatte und abscheuliche dunkle Flekken, gesprenkelt mit einem frisch aussehenden, weißorangenen Pilzbewuchs, zum Vorschein kamen. Noch viel schlimmer war, daß sie plötzlich mit dem Fuß durch die Dielen krachte, als sie ein Regal in einer Nische des Wohnzimmers abschmirgeln wollte.

Danach hatte sie eine unruhige Nacht verbracht, im Wachen und im Traum verfolgt von Schreckensvisionen, in denen der Fußboden einbrach, das ganze Haus von Moder und Holzwürmern zerfressen wurde, das Dach über ihr zusammenbrach, die Fenster herausfielen. Diesmal allerdings hatte sie am nächsten Tag nicht die Flucht ergriffen, was wohl ein Fortschritt war.

»Ich habe irgendwo noch ein paar Bretter, die passen könnten«, war alles, was Donald sagte, als sie ihm die Katastrophe zeigte.

»Aber was ist, wenn er noch an anderen Stellen einbricht?«

»Der restliche Boden ist stabil. Wenn Sie etwa einen Fuß tief Erde rund um die Außenwände wegräumen, wird das gegen die Feuchtigkeit helfen. Auch in der Küche, obwohl dieser Zementboden bei nassem Wetter immer eine Plage sein wird.«

Wenn die Lösung so einfach war, verstand sie nicht, warum Murdo nicht schon darauf zurückgegriffen hatte. Aber sie war bereit, alles zu versuchen.

»Der Regen hat erst einmal aufgehört«, fuhr Donald fort und stemmte weitere Dielen heraus, die Clare vorläufig noch an Ort und Stelle belassen hätte. »Mit dem Feuer im Kamin und reichlich Lüften wird bald alles durchgetrocknet sein, vor allem, wenn wir einen halbwegs anständigen Sommer kriegen.«

»Ich kann kein einziges Fenster aufbekommen«, gestand Clare, die sich unnütz fühlte.

»Das wundert mich nicht. Sie sind ja auch seit Jahren nicht mehr bewegt worden. Ich werd' mal sehen, was ich tun kann.«

»Meinen Sie, es wäre ein großes Problem, ins Badfenster klares Glas einsetzen zu lassen? Wen könnte ich damit beauftragen? Ich mag dieses Rauchglas nicht, und das Moos und den Dreck an der Außenseite bekommt man sowieso nicht ab. Obendrein ist es auch noch übermalt worden. Kommen Sie, sehen Sie sich das mal an.«

»Nicht gerade fachmännisch ausgeführt«, räumte Donald beim Anblick der abgeplatzten grünen und braunen Farbschichten ein. »Es ist eine Sache von zehn Minuten, die Scheibe zu ersetzen. Soll ich Ihnen zeigen, wie das geht?«

Während sie über den See zum Dorf fuhren, wobei die Liste in Clares Tasche noch länger war als beim letzten Mal, fragte sie ihn, was sie wegen des Müllhaufens hinterm Haus tun könnte. Er war besorgniserregend angewachsen, seit sie mit dem Ausmisten des Dachbodens begonnen hatte.

Donald wußte auch darauf eine Antwort. »Machen Sie sich keine Sorgen, den können wir ganz leicht wegschaffen. Eigentlich sollte sich die Ortsverwaltung von Glen Righ um so etwas kümmern, aber es hat nicht viel Zweck, sich bei denen zu beschweren.« Sein Ton war leicht verärgert und gleichzeitig amüsiert.

»Aber was wollen Sie damit tun?« fragte Clare.

»Ihn wegfahren und vergraben. Bürgerselbsthilfe«, fügte er hinzu, als er sah, daß sie immer noch besorgt guckte.

Sie fand das nicht sehr beruhigend.

Donald hatte einen neuen Wäschepfahl mitgebracht, sauber abgeschmirgelt und mit einem Aufsatz gegen den Regen und einem kleinen Querholz versehen. Außerdem eine Rolle Plastikwäscheleine mit kleinen Ösen daran für Bügel.

»Aber die hätte ich doch bei Angus kaufen können. Ich werde sie Ihnen bezahlen«, hatte sie protestierend ausgerufen.

»Ich hatte sie sowieso zu Hause. Sie wird bei uns nicht gebraucht«, sagte Donald knapp. Es stimmte, auf der Landzunge von Rhumore flatterte nie Wäsche im böigen Wind.

Er hatte seine Kettensäge im Boot, und nach der Einkaufstour kletterten sie zusammen den Hang hinterm Haus hinauf und zerrten Äste zum Cottage herunter. Clare reichte ihm das Holz an, während er es auf einem alten Sägebock zerteilte, den sie im Schuppen gefunden hatte.

»Ich bin froh, daß das Zeug weggeräumt ist«, bemerkte er zwischen dem Aufheulen der Säge.

Clare konnte beim besten Willen nicht verstehen, wieso ein paar heruntergefallene Äste dort am Berg störten, aber ihr sollte es recht sein.

Nachdem Donald ihr ein paar Sorgen abgenommen hatte, kehrte ihr Optimismus zurück, und es machte ihr Spaß, gemeinsam mit ihm zu arbeiten und ein paar grundlegende Fähigkeiten zu lernen, sogar als er sie dafür tadelte, daß sie die Holzflächen vor dem Streichen nicht ausreichend vorbereitet hatte. Allerdings endete diese schöne Zusammenarbeit mit einem dummen Mißverständnis, wegen dem sich Clare noch tagelang innerlich wand, sobald sie daran dachte.

Sie hatte die besten Absichten gehabt. »Donald, es ist wirklich furchtbar nett von Ihnen, daß Sie mir soviel helfen«, sagte sie, während sie zusah, wie er das Küchenfenster nach einigem Rütteln endlich freibekam. »Ich weiß nicht, was ich ohne Sie anfangen würde. Es war so anstrengend, diese Dorftrottel dazu zu bringen, etwas für mich zu tun.«

Sie hatte es leichthin gesagt, ohne Bosheit, als würde sie mit einem Freund reden. Sie fühlte sich so vertraut mit ihm, und diese gedankenlose Bemerkung war ihr einfach herausgerutscht.

»Nun, ich denke, das eine oder andere haben sie schon für Sie getan«, erwiderte Donald nach kurzem Schweigen und während er prüfte, ob das Fenster sich wieder problemlos öffnen und schließen ließ. Clare bemerkte bestürzt, wie sein Hals sich unter der wettergegerbten Bräune verfärbte.

»Oh Gott, so habe ich das nicht gemeint. Ich wollte nicht ...«

»Ich weiß, was Sie meinten«, entgegnete er brüsk, wischte etwas abgeblätterte Farbe von der Fensterbank in seine Handfläche und warf die Brösel in den Treteimer. Dann richtete er seinen langen Rücken gerade auf und sah ihr mit einem Blick ins Gesicht, der sie rot werden ließ. Sie hätte nie gedacht, daß der ruhige, gelassene Donald so böse werden konnte.

»Donald, ich ...«

Er ließ sie nicht ausreden. »Soweit ich weiß, sind Sie freiwillig hierhergekommen«, sagte er, sammelte dann sein Werkzeug zusammen und ging hinunter zum Anleger. Trim, der Collie, klebte brav an seinen Fersen, als spüre er seinen Ärger, und Clare blieb erschrocken und wütend auf sich selbst zurück und fragte sich, ob es jetzt mit den freundlichen Besuchen und der Hilfsbereitschaft vorbei sein würde.

Das mit den Dorftrotteln hatte sie doch wohl nicht wirklich gesagt – wie konnte sie nur?

»Ich habe oft an Sie gedacht, wie sie dort ganz allein in diesem kleinen Cottage sitzen. Kommen Sie auch wirklich zurecht?«

Clare, die wegen ein paar Besorgungen nach Fort William gefahren war, wollte nur kurz im Anwaltsbüro vorbeischauen, um Sandy zu fragen, ob er Zeit für einen Kaffee habe. Sie war überrascht, als man sie dort wie eine verlorene Tochter begrüßte. Jean, die Sekretärin, strahlte sie über den Empfangstresen hinweg an, Sandy wurde hochrot vor Freude, und selbst Mr. Watts nahm sich Zeit für eine väterliche Bemerkung, nachdem er einen Klienten verabschiedet hatte. Ihr Leben muß wirklich ziemlich ereignislos sein, dachte Clare, war aber trotzdem gerührt.

»Wie sind Sie nach Fort William gekommen?« fragte Sandy.

»Fragen Sie lieber nicht.«

»Mit dem Schulbus?«

»Ein Alptraum.«

Die Fahrt war nicht mit dem stillen Schaukeln übers Moor vor zwei Wochen zu vergleichen gewesen. Sie hatte geradezu einen Kulturschock erlitten, als der Bus sich nach und nach mit seinen ungestümen Fahrgästen füllte. Der Lärm war ohrenbetäubend, und sie schien die einzige zu sein, die nicht rauchte. Aber sie wurde durch phantastische Ausblicke entschädigt und verstand nicht, warum sie von all dieser Schönheit bis heute nichts bemerkt hatte.

Sandy grinste. »Dann sollten Sie es so einrichten, daß Sie den früheren Bus zurück erwischen.«

Sie machten einen Treffpunkt aus, und Clare stürzte sich mit übertriebenem Optimismus ins Einkaufsgetümmel. Teppiche und Vorhänge standen ganz oben auf ihrer Liste, aber die schreienden Farben und wilden Muster schreckten sie ab. Mit Büchern und Kassetten sah es ähnlich hoffnungslos aus, aber sie fand immerhin ein Lebensmittelgeschäft, das ihr nach Angus' Laden wie das Schlaraffenland vorkam.

Auch das Bekleidungsangebot stellte sie zufrieden. Sie hatte sich von Sandy den Weg zu einem großen Sportgeschäft erklären lassen und verbrachte dort eine angeregte Stunde, ehe er sie in der Kartenabteilung aufspürte, wohin sie sich inzwischen vorgearbeitet hatte.

Sie gingen in ein Café, und sie führte stolz ihre Ausbeute vor: weite Pullover, Flanellhemden, Jeans, eine wattierte Weste, Turnschuhe – die Garderobe einer Person, die sie kaum kannte.

»Wo ist die Überlebensausrüstung?« scherzte Sandy gutmütig.

»Herrlich, endlich richtig warme Sachen.«

»Wie wollen Sie das alles nach Hause schaffen? Ich könnte es Ihnen heute abend vorbeibringen, wenn Sie möchten.«

»Oh Sandy, wie nett von Ihnen, aber Angus muß heute nachmittag sowieso eine Lieferung über den See fahren und wir haben ausgemacht, daß er mich mitnimmt.« Würde es keine Einkaufsausflüge mit Donald mehr geben?

Sandy sah aus, als fühle er sich zurückgewiesen und aß noch ein Cremetörtchen. »Ich hätte nicht gedacht, daß Sie es so lange aushalten«, bekannte er.

Es wunderte sie selbst. Fast hätte er recht behalten, fast hätte sie sich von den ersten ernsthaften Schwierigkeiten unterkriegen lassen. Aber das mußte sie ihm ja nicht erzählen, und sie mußte ihm auch nicht verraten, daß sie ›The Larach‹ nur als vorübergehenden Rückzugsort betrachtete und bis zum Herbst wahrscheinlich wieder weg sein würde. Er wäre sicher schockiert, wenn er wüßte, daß all diese Ausgaben nur dazu dienten, sie durch die letzten kalten Frühlingswochen zu bringen.

»Aber ist Ihnen denn nicht langweilig?« bohrte er. »Was tun Sie denn den ganzen Tag dort draußen?«

»Was wohl? Kitten, spachteln, streichen. Graben, sägen, verbrennen.«

Er lachte. »Ich muß sagen, ich hätte nie geglaubt, daß jemand wie Sie an so etwas Gefallen finden könnte.«

Manchmal glaube ich es selbst nicht, mein Lieber. »So? Wie bin ich denn?« fragte sie laut.

»Na ja, Sie wissen schon, gebildet, städtisch, elegant. Ich meine, ›The Larach‹ ist nicht gerade die komfortabelste Behausung, und es gibt dort niemanden, mit dem man reden kann.«

»Niemanden, mit dem man reden kann, ha! Sie haben mir dieses Haus unter Vorspiegelung falscher Tatsachen verkauft. Von wegen isoliert! Es hilft überhaupt nichts, daß keine Straße dorthin führt, um die Leute abzuhalten. Ich müßte schon einen Burggraben um das Haus ziehen.« Tapfere Worte, hoffentlich nahm sie den Mund nicht zu voll.

»Aber es ist nicht gerade das, woran Sie gewöhnt sind.« Sandy blieb stur bei seinem Einwand und überhörte den neckenden Vorwurf.

»Nein, das ist es nicht«, gab Clare zu und dachte wieder an die Welt, der sie den Rücken gekehrt hatte, an den allgegenwärtigen Wettbewerb und Leistungsdruck, die geschliffenen Manieren und berechnenden Blicke, die Statussymbole, das beängstigende Gefühl, sich selbst zu verlieren. »Aber ich finde dort vieles, wonach ich mich gesehnt habe. Ich mag die Stille. Ich mag es, daß der ganze Tag vor mir liegt wie ein unbeschriebenes Blatt Papier, wenn ich aufwache. Ich mag das Gefühl, auf mich allein gestellt zu sein ... na ja, meistens jedenfalls. Und ich fange an, mich umzusehen – ich meine nicht bloß, die Gegend zu erkunden, sondern wieder richtig zu *sehen*.«

Sandy machte ein verständisvolles Gesicht, geschmeichelt, daß sie ihn ins Vertrauen zog, vermutete Clare. »Ich fürchtete schon, Sie würden vor etwas davonlaufen – oder vor jemandem«, wagte er einen kühnen Vorstoß.

»Ja, vor mir selbst«, antwortete Clare nüchtern, und nach einem Moment verblüfften Schweigens lachte er laut.

Sandy sollte ruhig lachen, es war ohnehin unmöglich, sich selbst zu entkommen, grübelte Clare, während der Dienstagsbus sich schnaufend voranquälte. Er hielt ständig, um Fahrgäste oder Lieferungen an Cottages oder Farmzufahrten abzusetzen, manchmal auch an einem Briefkasten mitten im Moor, der an einen verwitterten

Pfosten angenagelt war. Ihr Verzicht darauf, mit einem Rank-Xerox-Vertreter ins Bett zu steigen, hatte noch keinen neuen Menschen aus ihr gemacht. Aber sie wußte jetzt wenigstens, daß sie an ihrem ursprünglichen Entschluß festhalten und im Cottage bleiben würde, bis sie fähig war, Pläne für ein neues Leben zu machen.

Während sie die blanken Dielen im Schlafzimmer fegte und über den Erwerb eines Teppichs bei Rory McMunns Auktion am kommenden Montag nachdachte, kehrten ihre Gedanken immer wieder zu der unerfreulichen Szene mit Donald zurück. Er mußte doch gewußt haben, daß sie es nur im Scherz gesagt hatte ... Aber das stimmte nicht, sie brauchte sich nichts vorzumachen. Auch wenn sie niemanden absichtlich hatte beleidigen wollen, so war ihre Bemerkung doch unverzeihlich arrogant und herablassend gewesen. Andererseits hatte Donald selbst schon ein paar ironische Kommentare über Kenny und Alex McCosh von sich gegeben. Aber er gehörte hierher, das war der entscheidende Unterschied. Sie hatte wie eine hochmütige Außenseiterin gesprochen und obendrein von ihm erwartet, ihre verächtliche Äußerung gutzuheißen. Auch daß dies ein Zeichen dafür war, wie vertraut sie sich mit ihm fühlte, konnte schlecht als Entschuldigung dienen. Es gab keine Ausrede; was sie gesagt hatte, war unentschuldbar.

Sie kehrte den Dreck auf die Schaufel, lehnte den Besen gegen die Wand und wollte die Tür öffnen, hielt aber auf einmal den Griff in der Hand. Ein Augenblick der Panik stellte sich ein, wie bei einem Kind, das seinen Kopf zwischen die Stäbe eines Geländers gesteckt hat und glaubt, nie wieder loszukommen. Das einzige Fenster in diesem Raum war nicht mehr von Donald bearbeitet worden, ehe er seine Sachen zusammengepackt hatte und davonmarschiert war. Es ließ sich nicht öffnen, war durch die Feuchtigkeit verzogen und mit Farbe verklebt. Sie hatte es bisher einfach so gelassen, damit nicht soviel Zugluft hereinkam, und das war zweifellos auch Murdos Absicht gewesen.

Es konnte Tage dauern, bis jemand auftauchte. Jetzt, da sie die Einheimischen beleidigt hatte, kam vielleicht niemand mehr vorbei. Tja, meine Liebe, das hast du doch gewollt, oder? fragte sie sich böse und zwang die aufkommende Hysterie nieder. Es dauerte ein paar schreckliche Minuten, ehe ihr einfiel, daß sie ja das Fenster einschlagen konnte, und sie verstand nun, wie es möglich war, daß Menschen in Häusern verbrannten, weil sie nicht rechtzeitig auf diese Idee kamen.

Die Lösung erschien ihr zwar etwas radikal, aber sie konnte schließlich nicht ewig eingesperrt bleiben. Sie hatte schon einen Stiefel in der Hand und wollte damit gerade die Scheibe durchstoßen, als sie ein Boot um die westliche Spitze der Bucht kommen sah. War das Donald? Konnte das sein? Noch nie hatte sie sich so gefreut, jemanden zu sehen.

»Wie lange waren Sie denn dort drin?« wollte er wissen, als sie ihre Geschichte heraussprudelte, zu erleichtert, um wegen ihres Mißgeschicks verlegen zu sein. Ganz unerwartet, denn er schien ihr kein Mann spontaner Gefühlsäußerungen zu sein und hatte sich nach ihrer letzten Begegnung sehr kühl verabschiedet, legte er ihr einen Arm um die Schulter und drückte sie aufmunternd. Er lachte, sah ihr dabei aber forschend ins Gesicht, um sich davon zu überzeugen, daß sie den Schreck gut verkraftet hatte.

Clare wurde von der Geste vollkommen überrascht, aber noch mehr von ihrem spontanen Impuls, sich in diesen Arm zu schmiegen. Er war ihr so nahe, daß sie seine glatte, gut durchblutete Haut und das Grau in seinen dichten, braunen Haaren genau erkennen konnte; nahe genug, um die würzige Duftmischung aus alter Jacke, Salzluft, Hund und Farm zu riechen, die von ihm ausging. Sie wollte ihre Nase an seiner Schulter vergraben und den Geruch tief einatmen. Verwirrt entzog sie sich ihm.

»Ach, vielleicht nur zwei Minuten«, rief sie und versuchte, ihr Gleichgewicht wiederzufinden. »Aber diese Tür werde ich nie wieder zumachen!«

»Oh, ich glaube, den Griff werden wir reparieren können«, sagte er mit seinem typischen, angedeuteten Grinsen. Was würde er denken, wenn er von dem Verlangen wüßte, das sie gerade überkommen hatte? »Hatten Sie vor, lange hier drin zu bleiben?«

»Ich wollte gerade das Fenster einschlagen, als ich das Boot sah.«

»Aha, daran haben Sie also gedacht.«

Seine ruhige, humorvolle Art, die sie inzwischen so mochte, war unverändert, und auch seine Stimme und sein Verhalten ließen nicht vermuten, daß sie ihn beleidigt hatte. Hatte sie den Zwischenfall übertrieben, ähnlich wie die Probleme mit der Trockenfäule und dem Schimmel und allem anderen? Nein, es war passiert, wie sie es in Erinnerung hatte, und sie durfte diese Lektion nicht vergessen.

Noch etwas erschüttert von dem Erlebnis und ihren heftigen Gefühlen, sagte Clare: »Ich glaube, ich brauche jetzt einen Kaffee«, und eilte zum Kamin, um den Kessel aufzusetzen, bevor sie in der Küche verschwand. Donald kramte derweil in einer Schublade des Geschirrschranks nach einem Schraubenzieher.

Während sie Pulverkaffee in die Becher löffelte, versuchte sie sich zu beruhigen, erschüttert von dem, was das kleine Drama in ihr aufgewühlt hatte. Bei all den sexuellen Abenteuern und kurzen Affären seit Martins Tod hatte sie sich nur einmal wirklich von jemandem angezogen gefühlt. Sie war davor geflohen, hatte nicht damit umgehen können. Und an Sex mit Martin wollte sie überhaupt nicht mehr denken. Mit unwillkürlichem Schaudern nahm sie das Tablett und ging zurück ins Wohnzimmer.

»Ich kümmere mich am besten mal um die restlichen Fenster«, sagte Donald. »So wie's aussieht, werden wir ein paar schöne Tage bekommen. Ich habe auch Kaminbürsten mitgebracht, um den Abzug im Schlafzimmer zu reinigen, auch wenn das vielleicht nicht ganz so dringend ist.«

Clare stellte das Tablett ab und sah ihm entschlossen ins Gesicht. »Donald, das war unmöglich, was ich neulich gesagt habe, und es tut mir leid.« Angesichts seiner unverminderten Freundlichkeit fielen ihr die Worte gar nicht schwer. »Ich bin allen so dankbar ...«

»Vergessen Sie es«, unterbrach Donald sie, doch er nickte, zum Zeichen, daß er ihre Entschuldigung annahm. »Ich habe auch überreagiert. Machen wir uns an die Arbeit.«

»Donald?«

»Hm? Das hier muß ausgebohrt werden. Ich werde den Türgriff mit nach Hause nehmen und mir auch gleich die anderen ansehen, wenn ich schon dabei bin.«

»Aber warum?« fragte Clare unvermittelt. »Ich meine, warum helfen Sie mir soviel? Warum sind alle so nett zu mir? Sie haben mir beim Einzug geholfen, nehmen mich zum Einkaufen mit. Nicol bringt mir die Milch bis zur Farm, die Markies kommen zu Besuch.« Und Lennox hatte ihr vergeben und sich trotz allem um sie gekümmert, und selbst die Köchin war hilfsbereit gewesen und hatte ihr Frühstück gemacht.

»Reine Nachbarschaftshilfe.«

»Es ist mehr als das. Was Sie alles schon für mich getan

haben – den Wäschepfahl aufgestellt, diesen Riesenberg Holz gesägt ...«

»Sie hätten dazu mit der Handsäge eine Ewigkeit gebraucht«, gab Donald sachlich zu bedenken.

»Ich bin ziemlich unfreundlich gewesen, nicht wahr?«

Er sah sie an, wägte seine Antwort ab. »Unglücklich, schien es mir«, sagte er nach einer Weile.

Clare merkte, wie ihr bei dieser scharfsichtigen und verständnisvollen Bemerkung die Tränen in die Augen traten. Möglicherweise merkte Donald es auch, denn er fuhr sogleich fort: »Man braucht Mut, um das zu tun, was Sie getan haben. Vielleicht haben wir einfach das Gefühl, daß Sie ein wenig Unterstützung gebrauchen können.«

»Mut? Ich hätte gedacht, daß Sie es als Weglaufen oder Aussteigen ansehen würden. Dazu gehört nicht viel Mut.«

»Eine Menge Menschen geraten in Situationen, die nicht gut für sie sind. Die wenigsten ändern etwas daran.« Sein Gesicht verfinsterte sich plötzlich.

»Ich mußte einfach einen Schlußstrich ziehen. Nachdenken. Herausfinden, wie es weitergehen soll.«

»Na ja, dazu gehört Mut. Sie haben sich jedenfalls eine gute Jahreszeit für Ihre Ankunft ausgesucht, obwohl es ein bißchen kälter war als sonst.« So gab er ihr zu verstehen, daß er nicht weiter nachfragen würde, wenn sie nicht mehr erzählen wollte.

Sie nahm den angebotenen Ausweg dankbar an. »Ich hatte ursprünglich vor, schon im Februar zu kommen, aber Magda mußte nach Italien fahren, um mit ihrem Bruder über eine Teilhaberschaft an ihrem Hotel zu sprechen.«

»Er hat Sie ausgezahlt? Haben Sie noch Anteile zurückbehalten?«

»Nein, mich verbindet nichts mehr mit dem Unternehmen.«

»Aber Sie haben noch Kontakt zu Ihrer Freundin?«

»Oh ja.« Immer noch keine Nachricht von Magda.

»Sie haben sich also kein Hintertürchen offen gelassen, für den Fall, daß Sie doch eines Tages dorthin zurückkehren wollen?«

»Ich bin dort nur auf der Stelle getreten, auch wenn es schrecklich ist, so etwas über zwei Jahre seines Lebens zu sagen.«

»Das ist es«, stimmte Donald zu, aber sie hatte den Eindruck, daß er mehr zu sich selbst sprach als zu ihr.

»Ich habe mich darauf eingelassen, als ... na ja, zu einer schlechten Zeit eben«, sagte sie. »Dann bin ich davon mitgerissen worden – das Hotelleben ist so – und habe angefangen, zuviel zu trinken ...« Sie hielt inne. Von dem anderen Suchtmittel, auf das sie zurückggegriffen hatte, konnte sie Donald nichts erzählen. Ob er von ihrer Nacht in Fort William, die ihr mittlerweile nur noch wie ein böser Traum erschien, gehört hatte? Sie mußte es plötzlich wissen. Im Dorf hatte man bestimmt darüber gesprochen, und sie wollte sich nicht länger mit der Frage quälen, was die anderen wohl von ihr dachten.

»Ich hatte das Trinken schon aufgegeben, aber dann erlitt ich einen Rückfall, fürchte ich.« Was für eine gestelzte Ausdrucksweise, aber es machte sie verlegener als gedacht, mit Donald darüber zu sprechen.

»Ich habe so etwas gehört«, sagte er. »Aber Sie bewahren hier im Haus keinen Alkohol auf, oder?«

»Ich habe Ihnen beim Einzug Tee serviert, wissen Sie nicht mehr?«

»Doch, ich erinnere mich.« Wenn Donald lächelte, leuchtete sein ganzes Gesicht vor Wärme. Aber er ließ sich nicht ablenken. »Und Sie haben auch keinen Alkohol mitgebracht nach diesem einen Abend? Sie haben seitdem nichts getrunken?«

Clare schüttelte den Kopf; sein Verständnis und die Art, wie er das Positive betonte, rührten sie so sehr, daß sie nicht sprechen konnte.

»Sie halten durch, und das ist das Schwerste«, stellte er fest. »Noch schwerer nach einem Rückfall.«

»Es ist merkwürdig, aber irgendwie gehören Alkohol und dieses Haus für mich nicht zusammen«, bemerkte Clare stirnrunzelnd und sah zum Fenster hinaus über den See. »Hier komme ich gar nicht auf die Idee, etwas zu trinken. Das gehört zu der Welt dort draußen.«

»Bleiben Sie dabei.«

Meinte er nur die Abstinenz oder auch, daß sie im Cottage wohnen bleiben sollte?

»Das will ich. Wissen Sie, ich bin wirklich sehr dankbar für die Hilfe, die ich hier erhalten habe. Allein hätte ich es nicht geschafft. Und dann so etwas zu sagen. Sie müssen geglaubt haben, daß ich das alles nicht zu schätzen weiß.«

»Oh, wir hatten Sie noch nicht ganz abgeschrieben. Jetzt aber an die Arbeit.«

Donald zog den Worten Taten vor, schloß Clare, und was er tat, machte er gern richtig. Seine versteinerte Miene kehrte zurück, als er feststellte, daß der Schornstein im Schlafzimmer völlig mit alten Nestern verstopft war und Clare darauf sorglos meinte: »Ach, lassen wir es einfach. Das Wetter soll sich doch bessern, sagen Sie, und wer weiß, ob ich hier drin je ein Feuer brauchen werde.«

Immer noch kein Brief von Magda. Während sie ihre Milch von der Farm zum Cottage trug, rief sich Clare in Erinnerung, daß sie das Hotel erst vor drei Wochen verlassen hatte, auch wenn es kaum zu glauben war. Außerdem – auf was für Nachrichten wartete sie denn so begierig? Die Welt des Carlini lag hinter ihr. Sie wollte im Grunde nur eine

Reaktion auf ihre Ergüsse über das Cottage und die Gegend, sehnte sich nach einem Wort des Lobs oder wenigstens der Billigung für das, was sie erreicht hatte. Vor allem wollte sie wissen, wann Magda sie besuchen kommen wollte, denn die Freundin stellte die einzige Verbindung zu ihrer Vergangenheit dar.

Bei diesem Gedanken wurde ihr wieder bewußt, wie leer ihr Leben geworden war, eine Entwicklung, die begann, nachdem sie Martin kennengelernt hatte. Nach der Hochzeit, während seiner Dienstzeit beim Verteidigungsministerium, lebten sie in London, und Clare arbeitete weiterhin bei Marchant. Dennoch hatte sie es zugelassen, daß er sie ihren eigenen Freunden entfremdete. Sie waren zwar viel ausgegangen, aber ihr Bekanntenkreis bestand fast ausschließlich aus Leuten, die Martin als nützlich für seine Karriere erachtete. Bei der nächsten Abkommandierung wurden sie einfach durch andere ersetzt.

Martins nächster Posten war beim Stützpunkt der Royal Air Force in Marbury gewesen. Was müssen wir dort für ein beliebtes Paar abgegeben haben, dachte Clare: Martin, der sich aufspielte, weil er stellvertretender Befehlshaber war, und ich, die kritische, zugeknöpfte Gattin. Sie hatte den Stützpunkt gehaßt, hatte es gehaßt, hinter dem hohen Sicherheitszaun eingepfercht zu sein, hatte die öde Landschaft dahinter mit ihren ebenen Feldern, niedergedrückten Hecken und traurigen Überresten alter Wälder gehaßt. Vor allem hatte sie darunter gelitten, daß es keine Gleichgesinnten gab – bis sie Joe kennenlernte ...

Das Knattern eines Traktors riß sie aus ihren Gedanken. Es war Dougie Stewart, der Traktorfahrer von Rhumore, den Donald schickte, damit er einen Zaun um ihren Gemüsegarten errichtete. Von dem alten Zaun zeugten nur noch moosbewachsene Pfosten und durchhängender

Draht, und sie hatte ihn mit einem ebenso antiken Drahtgeflecht geflickt, über das sie im Schuppen gestolpert war. Niemand hatte viel davon gehalten.

»Kaninchenjunge können durch die winzigsten Löcher schlüpfen, meine Liebe«, hatte Lilias Markie bemerkt, als sie vorbeikam, um ihr eine Begonie und einen Efeu zu bringen (die auch bei größter Kälte überleben würden, wie sie netterweise erklärte).

»Was soll das denn sein, eine Strickarbeit?« lautete Nicol McNicols Kommentar bei einem seiner Spaziergänge über die Landzunge.

»Damit werden Sie nicht viel abhalten«, warnte Angus, als er auf einer seiner Liefertouren hereinschaute.

Donald hatte einfach an einem der von ihr neu eingeschlagenen Zaunpfähle gerüttelt und den Kopf geschüttelt.

Nun begann Dougie, ohne Zeit auf höfliches Geplauder zu verschwenden, alles mit der vernichtenden Bemerkung: »Das wird keinem Windchen standhalten« wieder herauszureißen.

»Aber es ist doch mein Zaun«, protestierte Clare.

»Aye, und es werden die Schafe von Rhumore sein, die ihn umwerfen«, gab er unbeeindruckt zurück.

Wenn er schon mal da war, konnte sie auch lernen, wie man einen richtigen Zaun zog, dachte sie. Aber während sie Lärchenpfosten und teuflisch schwere Rollen von Kaninchendraht schleppte, ging sie im Geist ein paar wohlformulierte Sätze durch, die sie bei der nächsten Begegnung an Donald richten wollte.

Dougie war kein großer Redner, aber ehe er wieder fuhr, brachte er noch ungelenk hervor: »Sie könnten mal meine Frau besuchen, wenn Sie möchten. Sie kommt nicht viel raus wegen der Kinder und so. Nur, wenn Sie gerade in der Nähe sind, mein ich.« Hochrot vor Verlegenheit ließ er den Motor an und fuhr los, ehe Clare etwas darauf antworten konnte.

Natürlich würde sie nicht hingehen, aber sie spürte, wie die Greifarme dieser natürlichen Herzlichkeit sie von neuem umfingen. Damit hatte sie nicht gerechnet. Sie war hierhergekommen, um fremd und allein zu sein, und nun kam man ihr mit einer Freundschaftlichkeit entgegen, die sie nicht mehr gekannt hatte, seit Joe aus ihrem Leben verschwunden war.

Aus Gewohnheit scheute ihr Bewußtsein vor der Erinnerung zurück, aber sie zwang sich, dabeizubleiben. Schon zum zweiten Mal war sie heute an diesem Punkt angelangt. War sie nicht hergekommen, um mit ihren Schuldgefühlen fertigzuwerden? Sie nahm ihre Jacke von dem Felsbrocken, auf dem sie sie abgelegt hatte, als ihr beim Arbeiten zu warm geworden war, und ging das unterspülte, grasbewachsenen Ufer über dem Kiesstrand des Sees entlang.

KAPITEL 9

Es war ihr schwer gefallen, sich an das Leben in den Unterkünften für verheiratete Paare zu gewöhnen. Magnolienfarbene Wände und kuhfladenbraune Teppiche; Alufensterrahmen, an denen sich über Nacht schwarze Flecke bildeten; unpersönliche Möbel aus Armeebeständen, zwischen denen Clares eigene Stücke merkwürdig aussahen; unsinnige Regeln, die den Bewohnern verboten, auch nur eine Sicherung auszuwechseln, und von ihnen verlangten, fünf Wochen darauf zu warten, daß jemand kam und es für sie tat. Das morgendliche Geräusch der Wohnungstür, die sich hinter

Martin schloß und sie in dieser stillen Leere zurückließ, umgeben von Gegenständen, die darauf warteten, abgestaubt zu werden. Dieses lähmende Vorstadtgefühl, daß in den völlig gleich aussehenden Reihenhäusern der ganzen Straße andere Ehefrauen denselben geistlosen Tätigkeiten nachgingen. Die rechteckigen, von Betonpfeilern und Draht umgebenen Gärten, deren Trostlosigkeit kaum dadurch gemildert wurde, daß sie mit gepflegten Büschen und Bäumen bepflanzt waren. Die pingeligen Bestimmungen zur Anlage von Komposthaufen, die regelmäßig vom Familienoffizier ausgegeben wurden, obwohl sie später herausbekam, daß die meisten von Martin selbst stammten ...

Sie wollte ein eigenes Haus in der Nähe des Stützpunktes kaufen, aber zu der Zeit erging von oben die Aufforderung, daß höherrangige Offiziere ein gutes Beispiel geben sollten, indem sie auf dem Kasernengelände wohnten, und damit war für Martin die Sache erledigt. Sein zunehmend neurotisches Bestreben, sämtliche Erwartungen seiner Vorgesetzten zu erfüllen, dehnte sich nun auch auf Clare aus. In London war sie noch von den sogenannten Damenaktivitäten verschont geblieben, wie zum Beispiel für Blumenschmuck im Offizierskasino zu sorgen, an Kaffeekränzchen und Kinderspielgruppen und dem endlosen Organisieren von Wohltätigkeitsveranstaltungen teilzunehmen. Doch Martin hatte ihr nachdrücklich klar gemacht, daß ihm der Posten in Marbury viel bedeutete. Da es sich um einen kleinen Fliegerhorst handelte, war er bereits zum stellvertretenden Kommandeur ernannt worden war, obwohl er erst den Rang eines Majors innehatte. Er bestand darauf, daß sie ihre Rolle spielte.

Als sie am Ende der Felsausläufer angekommen war, die kleine Buchten am Seeufer bildeten, blieb Clare stehen und sah sich um. Die Tage wurden jetzt merklich länger, und das Wasser glitzerte unter den wärmenden Sonnenstrahlen. Es schien auch mehr Vögel zu geben als bei ihrer Ankunft, und das waren bestimmt nicht alles Möwen, oder? Sie mußte Donald danach fragen.

Gern wollte sie sich von diesen angenehmeren Gedanken ablenken lassen, aber sie zwang ihr Bewußtsein zurück nach Marbury. Lange hatte sie sich vorgemacht, daß allein Martins Karrierebesessenheit schuld an ihrer katastrophalen Ehe gewesen sei, aber die Probleme hatten tiefer gelegen und sich schon in diesen gereizten, unerfreulichen Flitterwochen angedeutet.

Der Sex war anfangs gut gewesen – an diesem Glauben mußte sie einfach festhalten. Heimliche Liebesnachmittage in Rosthwaite, auf den beiden billigen Ferienhausliegen, deren Beine sie zusammengebunden hatten, nachdem sie einmal genau im falschen Moment auseinandergerutscht waren. Sie hatten gelacht, miteinander geredet. Und die Wochenenden in London und Lincolnshire während ihrer Verlobungszeit waren wirklich glücklich gewesen.

Was hatte sich nach der Heirat, in jener ersten Zeit in London verändert? Martin war immer öfter spät nach Hause gekommen, angeblich mit geheimen militärischen Angelegenheiten beschäftigt, und sie hatte sich nie ernsthaft über seine schier endlosen Dienststunden beschwert. Auch ihr Liebesleben war nicht mehr dasselbe gewesen. Endlich gestand sie es sich ein, sah in einer plötzlichen, lebhaften Erinnerung Martin auf dem Rücken im Bett liegen, sein Kopf war von ihr abgewandt, die Augen hatte er geschlossen, völlig in sich selbst versunken. Mit Entsetzen war ihr klar geworden, daß er sie bereits vergessen hatte, ausschließlich an den Diensten ihres Körpers interessiert war. Nach einer Weile wollte er nur noch mit ihr schlafen, wenn sie ihm nicht das Gesicht zukehrte. Wie allein gelassen und benutzt sie sich oft gefühlt hatte; keine zärtlichen Worte, keine Küsse, keine schmelzenden Blicke. Vor allem, und das war das Schlimmste für sie, kein Orgasmus.

Sie hatte versucht, mit Martin zu reden, in der Annahme, daß er genauso unglücklich über die Situation sein mußte wie sie, aber er weigerte sich strikt, über das Thema zu sprechen. Im ersten Ehejahr hatten sie ihre Probleme noch bemäntelt, doch nachdem sie nach Marbury gezogen waren, fingen die endlosen Streitereien an. Zu dieser Zeit begann Martin, immer mehr zu trinken, wenn auch ausgesprochen kontrolliert. Er schlief nur noch mit ihr, wenn er bei irgendeiner Zusammenkunft im Offizierskasino oder einer pflichtgemäß besuchten Dinnerparty genug getankt hatte. Nie sprach er ein Wort dabei, und sie wußte, daß er sie absichtlich ignorierte, daß er vergessen wollte, wer sie war.

Dann all diese Veranstaltungen und Feiern im Kasino, das samstägliche Steakessen, die Partys am Valentinstag und an Halloween, die Cocktailparty am Jahrestag der Luftschlacht um England, der Sommerball, die Damenabende, die jeden zweiten Monat anstanden. Die Damenabende, bei denen die Offiziere in Begleitung der Ehefrauen speisten, waren am schlimmsten gewesen. Clare hatte sich immer als Eindringling in dieser von militärischem Zeremoniell geprägten Umgebung gefühlt: lange Tische mit Kerzenleuchtern, schweres Silberbesteck, weißbehandschuhte Kellner, der Küchenunteroffizier auf seinem Posten, der seine wachsamen Augen überall hatte, die stets zu laute Musik der uniformierten Kapelle. Das Menü war zwar jedes Mal immer sorgfältig zusammengestellt, aber nicht immer ein Erfolg. Die Gesellschaft der anderen Offiziere und ihrer Gattinnen hatte sie durchweg gelangweilt. Nein, das war nicht ganz richtig: Hin und wieder saß auch eine interessante und intelligente Person neben ihr, aber immer war da diese Wachsamkeit, dieses Mißtrauen, was sie im Nachhinein gut verstehen konnte. Niemand hatte Martin über den Weg getraut, also traute auch ihr niemand. Die Ehefrauen gingen ihr offen aus dem Weg, sie übertrugen auf Clare, was ihre Männer über Martin sagten.

Nur ein einziges Mal war es an einem dieser Abende zu einem näheren Kontakt gekommen. Während des obligatorischen Aperitifs vor dem Dinner hatte sich ein weiblicher Fliegerhauptmann zu ihr gesellt, eine dunkelhaarige junge Frau mit einer sportlichen Figur, die in ihrer dunkelblauen Ausgehuniform richtig elegant aussah. Sie hatte sich als Jackie Copeland vorgestellt und erklärt – ohne eine dieser albernen militärischen Abkürzungen zu verwenden –, daß sie im Hauptquartier unter Martin arbeite und sich um Mannschaftsangelegenheiten kümmere. Sie waren sich auf Anhieb sympathisch gewesen. Ihr erstes Gespräch dauerte zwar nicht lange, weil Jackie, die alle zu kennen schien, bald weiter ihre Begrüßungsrunde drehte, aber nach dem Essen setzten sie ihre Unterhaltung fort.

»Ich bin froh, Sie kennengelernt zu haben«, hatte Jackie ihr nach einer Weile anvertraut. »Die meisten Frauen sehen es nicht gern, wenn ich bei den Damenabenden dabei bin, besonders die, die selbst einmal Fliegeroffiziere waren. Sie finden, daß ich tagsüber während des Dienstes schon genug Kontakt zu ihren Männern habe. Aber für heute erging eine Aufforderung, unbedingt zu erscheinen, weil so viele auf Urlaub sind, deshalb hatte ich keine Wahl. Bei den normalen Kasinoabenden geht es jedenfalls sehr viel lustiger zu.«

»Das glaube ich gern«, erwiderte Clare. »Es ist bestimmt

nicht schön für Sie, wenn wir Ehefrauen hier plötzlich das Sagen haben.«

»Also, Sie sind die erste, die es auch mal von dieser Seite betrachtet«, antwortete Jackie dankbar. Es hätte der Beginn einer schönen Freundschaft sein können. Jackie war kein Offizier, der seine Tage gern hinter dem Schreibtisch verbrachte, und wenn Clare sie auf dem Gelände des Fliegerhorstes traf, hatte sie immer Zeit für einen Schwatz. Ein paarmal begegneten sie sich auch in der Stadt, gingen einen Kaffee miteinander trinken und unterhielten sich angeregt. Einmal, als Jackies Auto in Reparatur war, hatte Clare sie nach Hause gefahren und sich bei der Gelegenheit ihr Quartier angesehen. Es bestand aus zwei kleinen, quadratischen und dringend renovierungsbedürftigen Zimmern, die mit der üblichen Einheitsmöblierung ausgestattet waren. Dazu bunt gemusterte Vorhänge und Stuhlbezüge, bei deren Anblick Clare schwindelig wurde. Wer suchte so etwas nur aus, wer entwarf überhaupt solche Scheußlichkeiten? Aber das fröhliche Durcheinander von Jackies Büchern und Pflanzen, ihrer Gitarre, Kassetten, Videos und Kleidern ließ die lieblose Einrichtung in den Hintergrund treten, und Clare fühlte sich in der zwanglosen Umgebung wohl. Sie hörte Jackie gern zu und bekam durch ihre Erzählungen einen völlig neuen Einblick in das Leben bei der Air Force. Jackie liebte es, sie liebte ihre Arbeit und fand die persönlichen Dramen und Krisen, mit denen sie jeden Tag zu tun hatte, immer wieder aufs Neue spannend. Für Clare klangen sie eher beängstigend, sie war beeindruckt davon, wieviel Verantwortung und Wissen der Job erforderte.

Martin hatte die Freundschaft zerstört, bevor sie sich richtig entwickeln konnte. Jetzt, im Rückblick, waren die Warnzeichen leicht zu erkennen, aber damals hatte sie den Grad von Martins Besessenheit hinsichtlich seines

Rufs und seiner Karriere noch nicht richtig begriffen und die Ursachen dafür nicht einmal erahnt.

Der erste Streit wegen Jackie war nach einer Party im Haus des Kommandeurs entbrannt. Clare war hocherfreut gewesen, ihre neue Bekannte dort zu sehen, obwohl Jakkie mit ernster Miene erklärte, daß sie eigentlich fehl am Platze sei.

»Es macht die Zusammensetzung unausgewogen, verstehst du. Die verschiedenen Abteilungen und Dienstgrade müssen korrekt repräsentiert sein, und es muß der richtige Turnus bei den Einladungen eingehalten werden. Eine sehr komplizierte Sache. Meiner Ansicht nach hätten sie das Ganze eher abblasen sollen, statt mich in letzter Minute herbeizuzerren, damit die Gästezahl wieder stimmt.«

»Ach komm, Jackie«, sagte Clare, »das ist doch verrückt. Warum solltest du nicht hier sein?«

»Weil ich auch von der Verwaltung bin, eine zuviel. Das ist schon schlimm genug, aber obendrein arbeite ich für Martin. Entschuldigung, für Major Somerville, meine ich natürlich.«

Sie grinste, und Clare mußte lachen. Martin erlaubte seinen Untergebenen nicht, ihn beim Vornamen zu nennen, noch nicht einmal bei Feiern oder geselligen Anlässen. Nicht, daß man das hier so nennen könnte, dachte Clare genervt, während sie die steifen Tanz- und Konversationsrituale verfolgte.

»Ist das überall so?« fragte sie Jackie.

»Aber nein. Du solltest mal einen richtigen Fliegerhorst erleben. Marbury ist nur ein unwichtiger Stützpunkt, der sowieso bald aufgegeben wird, wie du sicher schon gehört hast.« Clare hatte nichts dergleichen gehört, denn Martin sprach mit ihr nicht über solche Dinge. »Es ist hauptsächlich eine Versorgungsbasis, ein Brennstofflager, mit komischen kleinen Einheiten, die bald woanders untergebracht werden. Der Kommandeur wird es nie zum Oberst bringen, und das weiß er.« Sprachen sie leise genug? fragte sich Clare, unterdrückte ein Kichern und vermied es, sich nach eventuell Mithörenden umzusehen. »Er gehört zum alten Eisen, hat eine Schreckschraube zur Frau. Das hier ist ein stiller Winkel, wo er sein Gnadenbrot genießen darf. Vielleicht bekommt er noch den Orden des British Empire verliehen, dann die Entlassung.«

Am Buffet, das offensichtlich von der Kasinoküche hergerichtet worden war, kam es dann zu einem kleinen Eklat. »Man kann es auch übertreiben mit der Garnierung«, bemerkte Jackie mit einer Grimasse, als Clare und sie das Angebot begutachteten. Sie waren so in ihr Gespräch vertieft gewesen, daß einige der Männer die Anstandsregeln außer acht gelassen und sich schon mal bedient hatten, trotz des jährlichen vertraulichen Berichts, mit dem ihr gesamtes Verhalten bewertet wurde. Eine Lachsmousse in Form eines Lachses, üppig garniert, die Schuppen und Flossen säuberlich herausgearbeitet, war von den sich vorbeischiebenden Offizieren respektvoll intakt gelassen worden.

»Na, das haben wir gleich«, sagte Jackie und trennte mit einem einzigen Streich den Kopf des kunstvollen Gebildes ab. Clares entzücktes Lachen war es, das Martin auf den Plan rief. Er machte aus dem harmlosen Scherz einen hochpeinlichen Zwischenfall. Der Rest war Streit und Kummer.

Das Ende kam, als sie Jackie einmal sonntags zu sich einlud – in ihr schönes neues Haus mit Garten. Zu der Zeit wurden sie von einer regelrechten Hitzewelle beglückt, und Clare war aufgefallen, daß die vertrockneten, offenen Rasenflächen um die Kasernengebäude zum Sonnenbaden nicht gerade ideal waren.

»Wie großartig von dir, daran zu denken«, rief Jackie

dankbar. »Das gehört zu den wenigen Dingen, die ich an zu Hause vermisse: Bei schönem Wetter mit kaum was am Leib im Garten herumliegen zu können. Du bist wirklich ein Schatz.«

Als Clare ihrem Mann am Freitag beim Frühstück von der Einladung erzählte, nahm sie seinen empörten Blick zuerst nicht richtig wahr. Doch später beim Mittagessen verkündete er: »Übrigens, ich habe die Verabredung für Sonntag abgesagt.«

»Abgesagt? Wieso das denn?« Sie ließ beinahe die Salatschüssel fallen.

»Jackie untersteht meinem direkten Befehl. Es wäre nicht angemessen, wenn sie privat am Wochenende hierherkäme.«

»Aber du sagst doch immer, es gehöre zu deinen Pflichten, gesellschaftlichen Umgang mit den Offizieren zu pflegen, die dir unterstehen.«

»Ja, indem ich sie einlade, strikt der Reihe nach und zu einem formellen Buffet oder Abendessen. Zusammen mit anderen, passenden Gästen.«

»Du hörst dich an wie der Kommandeur. Ich dachte nur, Jackie würde gern mal aus der Kaserne herauskommen und sich zur Abwechslung in einem Haus mit Garten entspannen.«

»Nicht in meinem Garten. Soll sie doch zu einem anderen Hauptmann gehen. Du kapierst einfach die Hierarchie nicht. Ich möchte nicht, daß du sie noch einmal einlädst. Das untergräbt meine Stellung – und es könnte für sie sehr unangenehm werden.«

Clare hatte fassungslos protestiert, aber die angedeutete Drohung nicht wirklich ernst genommen. Als sie Jackie anrief, mußte sie sich von ihr bestätigen lassen, daß Martin ihr ernsthafte Schwierigkeiten machen konnte, sollte Clare auf der Einladung bestehen. Danach hatten sie sich nicht mehr oft gesehen, und Clare fiel erst jetzt auf, daß Jackie Marbury bald darauf verlassen hatte. Zufällig? Im Zuge einer normalen, turnusgemäßen Abkommandierung? Wahrscheinlich nicht. Eine weitere Frage war, wie die Beurteilung ihrer Dienstzeit dort ausgefallen sein mochte.

Warum war sie bei Martin geblieben? fragte sich Clare wieder einmal voll Scham. Wegen ihres starken Bedürfnisses nach Zugehörigkeit, aber auch aus Feigheit. Ihre Mutter war kurz vor dem Ende von Martins Dienstzeit beim Verteidigungsministerium gestorben. Ein Zuhause gab es für sie nicht mehr. Zwar hatte sie das Haus – nebst einem überraschend großen Geldbetrag – geerbt, aber sie hätte niemals in dieser kalten, musealen Umgebung leben können. Vor allem nicht, nachdem sie die Papiere im Sekretär ihrer Mutter durchgesehen hatte ... Es war einfach nicht die richtige Zeit gewesen, um sich auf eigene Füße zu stellen. Außerdem war kurz nach Jackies Weggang etwas passiert, das ihr Leben sehr viel erträglicher gemacht hatte. In die Leere ihrer Tage, die Langeweile der »Damenaktivitäten«, der lustlosen Spaziergänge in einer öden Landschaft und des Einkaufens in einem Ort, dessen einst hübsche Altstadt durch seelenlose Glas- und Betonarchitektur und zuviel Verkehr zerstört worden war, war Joe getreten.

Clare hatte irgendwann begonnen, zwei Abende in der Woche in der Bibliothek des Stützpunktes auszuhelfen, weil dies noch die angenehmste Möglichkeit darstellte, sich zu engagieren und Martins Anforderungen zu genügen. Joe war regelmäßig gekommen, um sich Heimwerker- und andere Hobbybücher auszuleihen, ein hochgewachsener, schlanker Unteroffizier, einer der Sporttrainer des Fliegerhorsts, mit einer gesunden Gesichtsfarbe und goldblonden Haaren. Er hatte ein offenes, freundliches Wesen, was auf Clare nach der Kühle, mit der man ihr normalerweise begegnete, wie Balsam wirkte.

Joe hatte nie versucht, ihr zu nahe zu treten. Zwischen ihnen war auf eine ganz unbefangene, natürliche Weise eine tiefe Freundschaft entstanden, die beste, schien es ihr, die sie je kennengelernt hatte. Sie hatte sich auf ihn bedingungslos verlassen können, weshalb es auch so hart war, Joes plötzliches Verschwinden zu akzeptieren und seine spätere Ablehnung und Weigerung, ihr zuzuhören.

Nein, das ist zuviel, noch nicht daran denken, warnte sie sich hastig und atmete tief durch.

Das Ufer lag inzwischen im Schatten, die Sonne war hinter der Landzunge von Rhumore verschwunden. Sie drehte sich um und stieg schnell den Hügel hinauf, um vor Sonnenuntergang den Gipfel zu erreichen. Mit jedem weit ausholenden Schritt arbeitete sie einen Teil ihres Schmerzes ab.

Denk an den Anfang, wie alles begonnen hat. Erinnere dich an das Gefühl der Befreiung, als der Landrover an jenem ersten Freitagabend vor dem Haus hielt und Joe mit seinem elastischen Gang auf dich zukam. Er hatte ihr den Rucksack abgenommen und sie mit diesem Lächeln begrüßt, auf das sie sich schon die ganze Woche gefreut hatte. Die jungen Flieger in der Grundausbildung waren zuerst recht schweigsam gewesen, ihr Übermut gedämpft, weil sie nicht wußten, was sie von ihr halten sollten. Sie hatten in Llangollen Halt gemacht, um Fish and Chips zu essen, die Stimmung war lockerer geworden, und der Geruch von billigem Essig hatte sich auf vertraute Weise mit dem von Stiefeln und Rucksäcken vermischt. Alle waren in bester Ausflugslaune, als Joe den Landrover über die kurvenreiche A5 lenkte.

Er hatte Clare gebeten mitzukommen, weil die Soldatinnen nur an diesen Expeditionen teilnehmen durften, wenn mindestens ein weiblicher Offizier oder Unteroffizier dabei war. Nach einer abendlichen Unterhaltung in der Bibliothek, bei der Clare von dem Cottage in Rosthwaite und ihren Wanderungen im Lake District erzählt hatte, war Joe auf die Idee gekommen, daß sie als Frau des obersten Verwaltungsoffiziers ebenso gut als Anstandsdame taugte. Die Entscheidung fiel in Martins Verantwortungsbereich, und er hatte zu Clares Verwunderung keine Schwierigkeiten gemacht, sondern den Plan gutgeheißen, weil er glaubte, er werde seinem eigenen Ansehen nützen. Clare hatte nur vermuten können, daß er einen Unteroffizier für viel zu gering erachtete, um eine Überschreitung gesellschaftlicher Schranken zu fürchten. Erst jetzt erkannte sie, wie froh Martin gewesen sein mußte, sie aus dem Haus zu haben.

Meistens waren sie in das Truppenübungslager von Capel Curig in Wales gefahren, das allen Streitkräften für Feldübungen zur Verfügung stand. Während sie an dem Steinhaufen über Rhumore lehnte und dem sich ständig verändernden Muster dunkler Wolken vor einem gelblichgrünen Himmel zusah, dachte Clare an den ersten Abend dort, und mußte unwillkürlich lächeln. Sie und die beiden jungen Soldatinnen der Gruppe waren in einer Baracke untergebracht worden, in der es zwanzig Betten und zwanzig Schließfächer gab und sonst nichts – noch nicht einmal Vorhänge. Innerhalb kürzester Zeit waren sämtliche Fenster mit männlichen Gesichtern bedeckt gewesen. Die Mädchen hatten erwartungsgemäß geschrien und Beifallsrufe und Pfiffe zur Antwort erhalten. Clare hatte allmählich begriffen, warum sie eingeladen worden war.

Da sie an jenem Wochenende die einzigen weiblichen Truppenangehörigen im Lager waren, war der Block mit den Waschräumen und Toiletten für die Frauen nicht geöffnet worden. Statt dessen wurden ihnen fünfzehn Minuten im Männerblock zugeteilt. Kaum waren sie drin, wurde die Tür aufgestoßen, und die Jungs draußen drängelten und reckten die Hälse. Clare hatte sich zum ersten Mal einen Dienstgrad gewünscht, denn die beiden Mädchen waren keine Hilfe und machten durch ihr Kreischen und Quietschen alles noch schlimmer. Zum Glück war dann Joe aufgetaucht und hatte einen einzigen scharfen Befehl gebellt. Sofort waren alle von der Tür verschwunden, und die Mädchen hatten verlegene Gesichter gemacht.

Daneben hatte eine Abteilung von Matrosen für Unterhaltung gesorgt, die ihren Bereich des großen Küchenareals saubermachten, indem sie eimerweise Wasser auf den Boden kippten und unter dem Gebrüll eines Maats wie verrückt schrubbten. Erleichtert hatte sie festgestellt, daß Joes Führungsstil etwas lockerer war. Sie genoß das Gefühl der Dazugehörigkeit, während sie Kakao an einem der langen Tische tranken und die jungen Leute Berge von Marmeladenbroten in sich hineinschlangen. Martin schien weit weg zu sein, und sie hatte deutlich gespürt, daß sich in ihrem Innern ein fester Knoten der Anspannung löste.

Die Luft wurde schneidend kalt, aber der Anblick dieses dramatischen Himmels war zu schön, um auf ihn zu verzichten. Clare duckte sich neben den Steinhaufen und zog sich ihre Kapuze über den Kopf. In dieser Umgebung konnte sie vielleicht die Barriere der traurigen Erinnerungen überwinden und an die guten Tage denken, an die Wanderung über den Snowdon am ersten Mai, als sie die Gruppe im Schneetreiben über Crib Goch geführt hatte und dann plötzlich die Sonne herausgekommen war. Die blendend weißen Bergkämme und der saphirblaue See, das Sonnenbaden vor dem Abstieg. Dunkle, walisische Felsen in Nebel und Regen; der Gang über die sonnenerwärmten Felsplatten von Moel Siabod; Abende im Pub, das Gefühl der Kameradschaft nach den Anforderungen des Tages, die zufriedene Müdigkeit. Und das besondere Vergnügen, sich fallenlassen zu können, weil Joe da war, um die Truppe zusammenzuhalten, sie nach Hause zu bringen, für alles zu sorgen.

Lange hatte sie nicht mehr daran gedacht, was er ihr in jenen Tagen bedeutet hatte. Martin wurde nie erwähnt, aber Joe schien zu wissen, daß die Wochenenden für sie jedesmal eine heilsame Flucht darstellten. Er gab ihr das Gefühl der Sicherheit; er gab ihr das Gefühl, *gemocht* zu werden. In seiner Gegenwart fühlte sie sich nicht nutzlos, fand sie das Leben nicht sinnlos. Er war der geborene Anführer, mit einer festen Hand und einem großen Herzen. Die Jungen eiferten seinem Vorbild nach, und die Mädchen verliebten sich in ihn, ohne daß er sie je ermutigte.

Sie hatten sich unterhalten, wann immer sie konnten, hatten oft bis spät in die Nacht in der leeren Mannschaftsküche gesessen, wo große Edelstahlmonster leise vor sich hinsummten. Clare hatte erfahren, daß Joe verschiedenen ehrenamtlichen Tätigkeiten nachging und sein spezielles Engagement der Heilgymnastik für Behinderte galt. Er packte mehr in einen Tag hinein als irgendein anderer Mensch, den sie kannte, und schien abends immer noch über reichlich Energie zu verfügen.

Trotz vieler Gemeinsamkeiten hatten zwischen ihnen keine erotischen Funken gesprüht, es hatte keine Heimlichtuerei und keine Schuldgefühle gegeben. Clare hatte natürlich ein wenig von ihm geträumt, während der grauen Wochen, in denen sie mit ihrer Selbstverachtung leben mußte, weil sie aus Feigheit an einer zerbrochenen Ehe festhielt. Aber ihre Träumereien waren nichts als Fluchtgedanken und romantische Phantasien gewesen. In Joes Gegenwart hatte sie nie daran gedacht. Er war ein unverstellter und geradliniger Mensch, beinahe unschuldig, wenn man das von einem erwachsenen Mann behaupten konnte. Donald Macrae erinnerte Clare ein wenig an ihn.

Sie war steif und durchgefroren. Der Wind frischte auf, die Wolkenfetzen ballten sich zu dunklen, bedrohlichen Massen zusammen. Am anderen Seeufer schimmerten vereinzelte Lichter, hin und wieder streiften die Scheinwerfersäulen von Autos den Hang. Plötzlich fühlte sie sich entsetzlich einsam, abgetrennt vom Rest der Menschheit, ausgeschlossen von diesen warmen, hell erleuchteten Heimen, in denen Familien zusammen aßen, fern sahen, den Abwasch machten, normale, einfache Dinge taten.

Sie war froh, daß Rhumore von dort, wo sie stand, nicht zu sehen war. So dumm es auch sein mochte, sie fand es besonders unerträglich, sich Donald Macrae in dieser friedlichen, häuslichen Umgebung vorzustellen, und verspürte bitteren Neid auf die Frau, die ein solches Leben in Normalität und Sicherheit, wie es ihr selbst nie vergönnt gewesen war, mit ihm teilen durfte.

Depression überwältigte sie. Sie hatte Martin enttäuscht, hatte es zugelassen, daß Joes Karriere zerstört wurde und Magda wegen einer egoistischen Laune im Stich gelassen. Hierherzukommen war als eine befreiende, positive Tat gedacht gewesen, durch die sie ihr Leben wieder in den Griff bekommen wollte, um sich nicht länger von anderen formen und herumschubsen zu lassen. Doch als sie jetzt den dunklen Abhang hinunterstarrte und im böigen Wind fröstelte, kam ihr alles sinnlos und vergeblich vor.

KAPITEL 10

»Hallo, meine Liebe! Wie ist es Ihnen gestern bei dem kleinen Lüftchen ergangen?«

Gerald Markies gerötetes Gesicht lugte über einer sauber beschnittenen Buchenhecke hervor, die einen ersten Hauch von jungem Grün zeigte. Clare hatte eine bessere Route zum Dorf ausgekundschaftet und war bei einer Brücke neben Tigh Bhan, dem würfelförmigen weißen Haus der Markies (genau das bedeutete Tigh Bhan, was sie jedoch noch nicht wußte) herausgekommen.

Kleines Lüftchen. »Gut, danke«, rief sie und ließ sich beim Schließen des Schafgatters Zeit. Vielleicht würde er sich damit zufriedengeben und wieder hinter seiner Hekke verschwinden.

Keine Chance. »Kommen Sie herein, um Lilias guten Tag zu sagen, sie wird sich freuen, Sie zu sehen. Doch, doch, natürlich, kommen Sie nur ...«

Die eben geteerte Zufahrt zwischen den exakt beschnittenen Hecken, der überaus gepflegte Garten, die herrschaftliche Haustür mit dem glänzenden Türklopfer aus Messing, dem die Salzluft nichts anhaben konnte, beeindruckten Clare nicht besonders, dafür aber die Küche von Tigh Bhan. Sie war groß, hell und warm, und es duftete nach Kuchen. Durch ein hohes, breites Fenster blickte man direkt auf den See, und überall lagen Sachen herum: Ferngläser, Karten, Nachschlagewerke; die Literaturbeilage der Times aufgeschlagen auf dem Tisch, daneben ein abgegriffenes Brillenetui; Gartenkataloge und Samentütchen und ein Anlageplan des Gartens mit eingezeichneten Beeten und Pfeilen; kleine Hügel mit Handarbeiten; Zeitungsausschnitte und Briefe, die beiseite geschoben waren, um Platz für eine Platte mit zwei goldenen Teekuchenhälften zu machen, über die Lilias gerade einen Spachtel hielt, um Cremefüllung darauf zu verteilen. Hundekörbe und Futternäpfe und etwas, das aussah wie eine auseinandergenommene Heckenschere bedeckten den Boden. Pflanzen wucherten auf der langen Fensterbank.

»Meine Liebe, was für eine Überraschung! Wir haben uns schon darauf gefreut, Sie wiederzusehen. Und wie clever von Ihnen, gerade jetzt zu kommen, wo dieser Kuchen fertig ist und nur darauf wartet, gegessen zu werden.«

Offenbar waren zu den Markies keine Gerüchte über das betrunken-zügellose Verhalten ihrer neuen Nachbarin gedrungen. Andererseits hätte mich das womöglich davor bewahrt, von ihnen mit Beschlag belegt zu werden, dachte Clare undankbar, aber im Grunde war sie doch froh. Die Hunde, die ihr im Garten entgegengesprungen waren und sie ins Haus begleitet hatten, beschlossen, sie erst einmal gründlich zu beschnüffeln, wurden aber mit lauten Kommandos fortgeschickt. Dabei machte Clare ihre Nähe gar nicht mehr soviel aus; Donalds Collie Trim bekehrte sie so langsam.

Sie saßen am Küchentisch, tranken Earl Grey und aßen nicht nur den federleichten Biskuitkuchen, sondern auch Teegebäck und Brombeermarmelade.

»Wir haben an Sie gedacht bei dem Sturm«, sagte Lilias, »aber als ich Donald heute morgen traf, sagte er, Sie hätten überlebt.«

Ein Telefon war hier wirklich überflüssig.

»Ich habe ein paar Dinge gelernt«, gestand Clare. »Zum Beispiel, nicht die Tür aufzumachen, wenn das Küchenfenster offensteht. Oder die Asche nicht hinauszutragen – darauf hätte ich auch vorher kommen können.«

Sie stimmten in ihr Lachen ein, ihre alten Gesichter strahlten und blickten verständnisvoll. »Steht der Schuppen noch?« fragte Gerald.

»Oh, natürlich. Als ich hinausging, um Kohlen zu holen, drückte mich der Wind flach dagegen. Ich glaube, er wurde von den Schafen aufrecht gehalten, die hinter ihm Schutz suchten. Es müssen Hunderte gewesen sein.« Die Markies machten angemessen besorgte Laute, schienen in Wahrheit jedoch recht stolz auf die Urgewalten ihres Wetters zu sein. »Ich dachte, der ganze Schuppen würde mit mir davonfliegen. Der Lärm im Innern war unbeschreiblich. Und als ich mein Feuer anzündete, verteilten sich die Rauchschwaden im ganzen Raum und erstickten mich fast. Aber schließlich brachte ich sie doch dazu, durch den Schornstein abzuziehen ...« Die Aussicht auf Stunden ohne Wärme und heißes Wasser war Motivation genug gewesen.

Sie hatte nicht viel geschlafen bei dem Geheul des Sturms draußen, dem Prasseln des Regens am Fenster und den Geräuschen der Schafe, die hinter Haus und Schuppen Zuflucht suchten. Trotzdem hatte sie sich innerhalb der dicken Mauern sicher und geborgen gefühlt.

Sie erzählte Lilias und Gerald nichts von dem wieder erstarkten Gefühl des Eingesperrtseins, das sich bei Tagesanbruch einstellte, als sie wieder nur auf Regen, aufgepeitschtes Wasser und sich dahinwälzende Wolken blickte. Aber sie war dennoch mit der Arbeit vorangekommen. Sie hatte die Regalbretter in der Speisekammer gestrichen, eine Aufgabe, die zugunsten verlockenderer Unternehmungen im Freien vernachlässigt worden war, und tatsächlich eine gewisse Befriedigung darin gefunden. Diesmal hatte sie kein Fluchtimpuls heimgesucht. Langsam, mit viel Arbeit und Mühe, veränderte sich das Cottage und wurde ihr Eigentum.

Obwohl der gesunde Menschenverstand ihr sagte, daß bei diesem Wetter niemand über den See fahren könne, hatte sie den ganzen Tag eine Vorahnung von Donalds Besuch gehabt, und gegen Abend war er tatsächlich gekommen ...

»Im Winter werden Sie einen Vorrat an Brennmaterial im Haus aufbewahren müssen«, schnitt Lilias' Stimme gebieterisch in ihre Gedanken. Bis zum nächsten Winter beabsichtigte Clare, an einem sehr viel wärmeren Ort zu weilen als ›The Larach‹, aber das behielt sie vorläufig lieber für sich.

»Und wo soll sie den bitte schön hintun?« griff Gerald seine Frau sofort an.

»Es gibt genug Platz ...«

»Es gibt überhaupt nicht genug Platz ...«

»Aber sie wird die Haustür in einem richtigen Sturm nicht aufbekommen ...«

Wenn man die bissigen Attacken gegeneinander ignorierte und die widersprüchlichen Ratschläge, die in Befehlsform erteilt wurden, verkraften konnte, waren die beiden nicht die schlechteste Gesellschaft, entschied Clare. Außerdem lieferten sie ihr wirklich nützliche Informationen.

»Aber mein liebes Kind« – keine unangenehme Anrede mit dreiunddreißig –, »Sie dürfen keine Eier bei Angus kaufen, die liegen dort immer eine Ewigkeit herum. Barbara Bailey, die ab und zu hierherkommt und so tut, als würde sie das Haus saubermachen, hält Hühner und Zwerghühner und Enten. Dort müssen Sie Ihre Eier holen. Wir gehen am besten gleich zu ihr, die Hunde brauchen Auslauf.«

Barbara Bailey war eine massige Frau mit einem viereckigen Kinn, einem schielenden Auge und einer permanent über die Oberlippe gestülpten Unterlippe. Sie erklärte Clare, von welcher Steige sie Eier nehmen könne, wenn sie nicht da war, welche sie *unter keinen Umständen* anrühren dürfe und in welchen Legekästen sie nachsehen könne, sollten die Steigen einmal leer sein. Clare dachte im stillen, daß sie in dem Fall lieber ohne Eier auskommen wolle. »Und denken Sie daran, Ihren eigenen

Karton mitzubringen«, schrie Barbara ihnen nach, als sie gingen.

»Wie kommen Sie mit Ihrem Garten voran?« wollte Lilias wissen, als sie nach einem Zwischenstop bei Angus, wo Clare so verstohlen wie möglich einkaufte, nach Tigh Bhan zurückkehrten. »Wie ich höre, steht der neue Zaun inzwischen.«

Clare beschloß plötzlich leichten Herzens, sich nicht länger gegen die Gepflogenheiten ihrer Umgebung zu wehren und mit dem Strom zu schwimmen. »Ich habe den größten Teil umgegraben«, antwortete sie bereitwillig, und fragte sich, ob Lilias wohl die Blasen an ihren Händen als Beweis sehen wollte. Die Arbeit war sehr viel schneller vorangegangen, nachdem Donald ihr erklärt hatte, daß sie die Erdklumpen, die sie herausgestochen hatte, nicht beiseite schaffen mußte. Es war völlig in Ordnung, sie einfach nur umzuwälzen, da das Gras wertvolle Nährstoffe für den Boden lieferte. Noch schneller war es vorangegangen, als Donald selbst ein paar Reihen umgegraben hatte, die nicht mit dem Ergebnis ihrer eigenen Plackerei zu verwechseln waren, wie sie zugeben mußte.

Donald hatte ihr auch die frisch sprießende Minze und den Schnittlauch gezeigt, die rosa Knäuel von Rhabarber, die sich durch die dichte Grasdecke kämpften, und die überwucherten Johannisbeer- und Stachelbeersträucher am Fuß des Hanges hinterm Haus. Bei ihren Überraschungs- und Entzückensrufen hatte er scherzhaft resigniert die Augen verdreht.

»Sie müssen Sämlinge von uns mitnehmen«, verfügte Gerald. »Brokkoli und Winterkohl. Und Sie sollten ein paar Samen an einem warmen Platz am Fenster ankeimen lassen. Sie haben doch Saatgut gekauft?«

»Ein bißchen«, antwortete Clare vorsichtig. »Ich bin extra nach Luig gefahren.«

Der Bus dorthin war offenbar einer der Schulgeschichten von Enid Blyton entsprungen und hatte nicht nur für jeden gehalten, der am Straßenrand winkte, sondern auch für einsam an Gartenpforten hängende Einkaufstaschen. Doch die Strecke am See entlang und über die Berge war auf jedem Meter unglaublich schön gewesen. »Ich habe zwar Samen gefunden, aber nicht sehr viel mehr. Wo kann man denn hier anständige Lebensmittel bekommen, ohne gleich bis nach Fort William fahren zu müssen?«

»Ha! Sie haben sich nicht genau genug umgesehen!« trompetete Gerald und wedelte mit einem erdbeschmutzten Wurstfinger vor ihrer Nase herum.

»Es gibt einen Laden in der Alten Spinnerei«, beeilte sich Lilias, ihm zuvorzukommen. »Er hat erst vor etwa einem Jahr aufgemacht und ist wirklich ein Segen. Ein englisches Ehepaar führt ihn. Der Mann töpfert auch. Sie finden dort richtige Köstlichkeiten, Käse aus der Region und geräucherten Fisch, aber auch Grundnahrungsmittel wie Bohnen und Mehl.«

Clare machte sich darauf gefaßt, daß Lilias gleich eine Einkaufsliste für sie zusammenstellen würde.

»Ihr Brot backen Sie natürlich selbst.«

Natürlich nicht.

»Mit dem Kohleofen im Cottage können Sie ganz ausgezeichnetes Brot herstellen«, warf Gerald ein.

Was wußte er schon?

»Es würde sich kaum lohnen für eine Person«, versuchte Clare sich herauszureden.

Sie hatte kaum einen Blick in den Ofen geworfen, geschweige denn in Erwägung gezogen, in seinem rostigen Rachen Eßbares zu produzieren. Diese wenig unternehmungslustige Haltung mußte sie nun wohl aufgeben.

»Formen Sie kleinere Laibe.«

»Versuchen Sie es mit Natron statt mit Hefe.«

»Selbstgebackenes Brot hält sich zudem viel länger frisch.«

Es folgte die obligatorische Führung durch den Garten. Clare unterdrückte ein Gähnen nach dem anderen, während ihr erklärte wurde, was zu welcher Jahreszeit ausgesät und gepflanzt werden mußte. Der Anblick der gnadenlos beschnittenen Büsche, von denen jeder einzelne zärtlich mit Namen begrüßt wurde, begeisterte sie auch nicht gerade, aber das Narzissenfeld, das sich bis hinunter zu der Stelle erstreckte, wo der Fluß aus einer engen Schlucht herausschoß, gefiel ihr. Sie hatte allerdings kaum Zeit, sich daran zu erfreuen. Als sie unvorsichtigerweise fallen ließ, daß sie beabsichtige, am Montag zu der Versteigerung nach Luig zu fahren, um Teppiche und Vorhänge zu erwerben, wurde sie sofort wieder ins Haus und in das Nähzimmer gezerrt. Dort zeigte man ihr einen deckenhohen Schrank voller Vorhänge und Gardinen, aus dem sie sich aussuchen sollte, was ihr zusagte.

»Aber können Sie die Sachen denn nicht selbst gebrauchen?« fragte sie wohlerzogen, während ihr Blick schon von einem hellen Stoff mit braunen und gelben Blütenzweigen angezogen wurde. »Was ist mit Ihren Kindern?«

»Wir haben nur einen Sohn, Stephen. Die Hälfte dieser Sachen stammt sowieso von ihm und Lucy. Er ist bei der Armee, wissen Sie, sie ziehen ständig um. Wie wäre es mit diesem?«

Dankbar nahm sie den Vorhang mit den Blütenzweigen an sowie zwei endlos lange Schals aus verblichenem roten Samt.

»Nehmen Sie sie nur, ich habe keine Verwendung mehr dafür. Sie sind zu lang für Ihr Haus, ich weiß, aber Sie können noch Kissenbezüge oder Zugluftstopper daraus machen oder was Sie wollen. Wir lassen die Sachen bei

Angus, und er oder Donald können sie zu Ihnen hinüberschippern.«

»Wie kommen Sie übrigens nach Luig zu Rorys Auktion?« fragte Lilias, bevor sich Clare auf den Weg machte, ausgestattet mit Teegebäck, einer Auswahl von Brotrezepten, Samen vom Vorjahr und dem Angebot, sich jederzeit bei der umfangreichen Sammlung von Büchern und klassischer Musik der Markies bedienen zu dürfen.

Sie glaubte einen Augenblick lang, Lilias werde ihr anbieten, sie hinzufahren, und erschrak bei der Vorstellung, mit welcher Unmenge an Sachen sie am Ende zurückkehren würde. »Donald hat Dougie Stewart und seine Frau gebeten, mich mitzunehmen.«

»Ach ja, sie brauchen etwas fürs Kinderzimmer.« Lilias sah Clare forschend an. »Haben Sie Margaret schon besucht?«

Überrumpelt fing Clare an zu stammeln.

»Das sollten Sie aber, wissen Sie.«

Unglaublich, was die Frau sich herausnahm.

»Sie ist den ganzen Tag allein mit diesen beiden schrecklichen Rangen«, fuhr Lilias fort, »und Dougie arbeitet immer ziemlich lange. Außerdem ist sie Ihre nächste Nachbarin.«

Aus Angst vor einer Wiederaufnahme des Streits darum, wer ihr am nächsten wohnt, murmelte Clare etwas Unverbindliches und machte sich davon.

Schon am nächsten Tag schaute sie bei Dougies Frau vorbei, was aber nichts mit Lilias' Aufforderung zu tun hatte, wie sie sich einredete. Sie war die Straße durch das enge Tal hinaufgelaufen und von einem Wagen des Forstamtes mitgenommen worden (der Fahrer hatte sich als der schwarzbärtige Riese aus jener ersten Dezembernacht im Pub des Hotels entpuppt, die inzwischen zum Leben einer anderen Person zu gehören schien). Auf dem Rückweg kam sie am Haus der Stewarts vorbei, einem schmucklosen, weißen Bungalow auf einer struppigen Wiese, die mit zerkauten Stöckchen, Auto- und Spielzeugteilen übersät war. Der Name des Hauses, ›The Birks‹, war in eine Baumstammscheibe eingebrannt, die am Gartentor hing.

Edle Absichten erwiesen sich immer als Fehler, dachte Clare, als sie sich unversehens in einer saunaartigen Küche voll nervtötendem Lärm wiederfand – der Fernseher plärrte auf höchster Lautstärke, Hunde bellten, die Katze fauchte auf der Fensterbank, weil sie nicht hinauskonnte, und die lieben Kleinen namens Sheena und Lynn brüllten beim Anblick der fremden Besucherin mit runden Augen und Mündern.

Margaret war zuerst stumm vor Befangenheit, überspielte den Moment aber, indem sie den Hunden Tritte und ihren Töchtern Klapse versetzte und dann moralische Unterstützung beim Teekessel suchte.

Mit der Zeit sollte Clare lernen, zuerst den Stuhl zu untersuchen, bevor sie sich setzte. Diesmal verfehlte sie nur knapp ein ausgespucktes Bonbon und ein junges Kätzchen. Doch über all der Unordnung leuchtete Margarets gutmütiges, heiteres Wesen; sie hatte, wie Clare bald entdeckte, eine liebevolle, großzügige Art, die sich nur um das Heute kümmerte, und war den beiden Plagegeistern von Töchtern vollkommen ausgeliefert. Sie sehnte sich nach erwachsener Gesellschaft und schien nur aus dem Haus zu kommen, wenn sie die Wäsche im Garten aufhängte. Aus ihrer Ansicht, nur eine Verrückte könne freiwillig in ›The Larach‹ leben, machte sie keinen Hehl, obwohl Clare das Gefühl nicht los wurde, daß sie kaum wußte, wo das Cottage lag.

Sie stellte eine Menge Fragen von der Sorte: »Haben Sie denn keine Angst dort draußen, so ganz allein?« und »Sie werden sich doch bestimmt ein Auto kaufen?« und »Sie wollen mir doch wohl nicht erzählen, daß Sie den ganzen Weg gelaufen sind?«

Als Clare erklärte, sie komme nicht direkt vom Cottage, sondern sei über die Anhöhe am Ende des Tals gewandert, glaubte Margaret ihr einfach nicht. »Sie haben angenommen, Sie seien oben am Ende der Glen, aber das waren Sie bestimmt nicht«, sagte sie freundlich.

»Dort steht ein großes Haus am Hang, fast wie ein Schloß.«

»Aye, das stimmt, das ist Glen Righ House«, bestätigte Margaret beeindruckt. »Dort wohnen die Finlays. Ihnen hat mal das ganze Tal gehört, aber inzwischen haben sie das meiste Land an Rhumore abgegeben. Der alte Gutsherr ist nicht mehr ganz richtig im Kopf, und er hat nur noch die eine Enkelin als Nachfahrin.«

»Was ist mit ihren Eltern passiert?«

»Sie waren nie viel hier, sind ständig in der Weltgeschichte rumgereist in einem von diesen kleinen Privatflugzeugen, und eines Tages ist es explodiert. Ihr Sohn, also Catrionas Bruder, ist in dem Fluß neben dem großen Haus ertrunken. Der Gutsherr wollte ihn retten und hat sich beim Reinspringen den Kopf an einem Stein gestoßen, und dabei ist er verrückt geworden.«

Sie rasselte diese melodramatische Familiensaga mit einem recht selbstzufriedenen Ausdruck herunter, und Clare hatte das Gefühl, daß es einiger Ergänzungen durch eine zuverlässigere Quelle bedurfte.

Die Kinder balgten sich vor dem Fernseher, und Clare nahm zögernd einen Becher dünnen Tee und eine noch verpackte Schokoladenwaffel entgegen. Ihr war so heiß wie schon lange nicht mehr, aber irgendwie machte ihr das nichts aus.

Margaret schien zu glauben, sie habe Clare den Ausflug nach Luig zu verdanken. »Ich liege Dougie schon wer weiß wie lange damit in den Ohren, daß wir einen Schrank für die Gören brauchen, aber er sagt immer, er hat zuviel zu tun. Aber dann hat Donald gemeint, Sie bräuchten ein paar Sachen, und wir könnten den Farmtransporter nehmen, und dann war Dougie einverstanden. Donald wußte nur noch nicht, ob er auch mitkommen kann. Na ja, ist auch schwierig für ihn, stimmt's?« Als Clare nicht reagierte, fügte sie mit gesenkter Stimme hinzu: »Wegen Ishbel, Sie wissen schon.«

Seine Frau? Ließ sie ihn nicht weg?

»So, wie es um Ishbel steht, meine ich.« Margarets Stimme hatte einen unheilschwangeren Ton angenommen.

»Ist sie denn krank?« fragte Clare. Donald hatte nie etwas dergleichen erwähnt.

»Ich dachte, Sie hätten davon gehört.«

War das eine versteckte Andeutung? Nein, es kam ihr nicht so vor.

»Nur noch eine Frage von ein paar Monaten, sagt man.« Margaret preßte die Lippen zusammen, faltete die Hände über ihrem runden Bäuchlein und nickte bedeutungsvoll, ohne die Tatsachen beim Namen zu nennen.

Clare wanderte gedankenverloren nach Hause und wünschte, sie hätte über einen bestimmten Punkt den Mund gehalten, als Donald am Tag nach dem Sturm bei ihr gewesen war.

KAPITEL 11

Obwohl der Sturm gegen Abend nachgelassen hatte, war der See immer noch zu aufgewühlt für ein Boot. Dennoch hatte das vertraute zweimalige Klopfen an ihrer Tür Clare nicht überrascht.

Donald machte die Tür auf, und Trims Nase erschien in der Öffnung. Erfreut sprang Clare auf, um die Matte wegzuziehen, die sie in die Kuhle der ausgetretenen Türschwelle gestopft hatte.

»Warte, bis du hereingebeten wirst«, ermahnte Donald die Hündin, aber es geschah nur aus Höflichkeit, sie durfte inzwischen immer ins Haus.

»Natürlich darf sie herein. Schnell, ihr beiden, macht die Tür hinter euch zu.«

»Sie sind also noch heil und in einem Stück.« Donalds Blick wanderte vom hellen Kaminfeuer durch das warme Zimmer und blieb an der Farbe in ihrem Haar hängen. »Und schwer beschäftigt, wie ich sehe.«

»Kommen Sie mit, ich zeig's Ihnen.«

»Eine deutliche Verbesserung«, räumte er ein, wobei seine Finger jedoch sofort ein paar Pockennarben in den Regalbrettern ertasteten, die eigentlich hätten gefüllt werden müssen, wie Clare wußte.

»Für mich ist es gut genug«, grinste sie.

»Haben Sie *Krieg und Frieden* inzwischen beendet?«

»Keine Zeit für solche Vergnügungen.« Wie sich das Haus veränderte, wenn er es mit seiner ruhigen Stimme und seinem ruhigen Tritt erfüllte, den Kopf unter die niedrigen Türrahmen beugte und sich in Murdos Sessel niederließ, als wäre das schon immer sein Stammplatz gewesen.

»Haben Sie letzte Nacht halbwegs gut geschlafen?« fragte er.

»Nicht besonders. Vor allem nicht, nachdem die Schafe sich hinterm Haus versammelt hatten.«

Ein Lächeln huschte über sein Gesicht. »Sie kommen bei einem Sturm immer von den Hügeln herunter. Das Lammen beginnt bald, also wollen wir hoffen, daß es der letzte Frühjahrssturm in diesem Jahr war.« Er streckte die langen Beine aus und beobachtete sie wie stets, wenn sie den Kessel aufsetzte, als amüsierte es ihn nach wie vor, sie in dieser Umgebung zu sehen. »Hat es Ihnen nichts ausgemacht, den ganzen Tag allein im Haus eingesperrt zu sein?«

Sie wußte, wonach er fragte. »Ich bin ganz gut klar gekommen«, antwortete sie und erkannte an seinem langsamen Nicken, daß er verstanden hatte.

»Sind Sie von der Farm hierher gelaufen?«

»Nein, die Landzunge ist passierbar, aber ich mußte den Landrover auf der anderen Seite des Bachs stehen lassen. Zuviel Wasser heute, um durchfahren zu können. Sie werden Ihre Furt säubern müssen«, fügte er schelmisch hinzu.

»Sie klingen wie Gerald Markie.«

»Och nein, so schlimm bin ich nicht.«

»Es ist nett, daß Sie gekommen sind.«

»Ich wollte sichergehen, daß bei Ihnen alles in Ordnung ist.«

Jetzt, da der Tee aufgegossen war, rutschte Trim von ihrem Platz neben dem Sessel in die Mitte des Kaminvorlegers. Clare nahm sich ein Kissen, setzte sich neben sie und streichelte ihren seidigen Kopf. Zufriedenheit durchströmte sie, aber sie rief sich schnell wieder zur Ordnung. Donald war nur gekommen, weil er sie für eine überlebensunfähige Stadtpflanze hielt, um die man sich kümmern mußte. Das war alles. Und er hatte recht. Zwar war sie diesmal nicht geflohen, aber es hatte sie große Mühe gekostet, ruhig zu bleiben und ihre erzwungene Isolation hinzunehmen.

»Bis zum Winter werden Sie eine echte Überlebenskünstlerin sein«, bemerkte er. »Dann kann Ihnen das Wetter gar nichts mehr anhaben.«

»Im Winter werde ich nicht mehr hier sein«, sagte sie

geistesabwesend. »Das hier ist nur ein vorübergehender Zufluchtsort.«

»Aber sie haben das Haus doch gekauft«, begann er mit für ihn ungewöhnlich scharfer Stimme, doch dann fing er sich anscheinend wieder. »Deshalb nahm ich wohl an, Sie würden bleiben. Es wäre einfacher gewesen, etwas zu mieten.«

»Nach dem Hotel brauchte ich einen Platz, der nur mir gehört.« Sie sagte es, als sei das Thema für sie damit erledigt, und er beließ es dabei.

»Wo lebt Ihre Familie?« fragte er nach einer kurzen Pause, in der sich Clare auf Trim konzentrierte.

»Es gibt keine Familie.« Das klang hart und abweisend. »Oh Donald, es tut mir leid. Es macht mir nichts aus, daß Sie fragen, aber es ist kein erfreuliches Thema und ich bin es nicht gewohnt, darüber zu reden.«

»Jetzt können Sie mit mir reden.« Wenn er wüßte, welche Wirkung dieser auffordernd verständnisvolle Satz auf sie hatte.

»Es gibt eigentlich nicht viel zu erzählen.« Ihre Stimme klang ungewohnt hoch und unsicher, dabei hatte sie geglaubt, ganz ruhig zu sein. »Mein Vater verschwand vor vielen Jahren – er hielt es mit meiner Mutter nicht mehr aus, weswegen man ihm kaum einen Vorwurf machen kann.« Eine brüchige Note stahl sich in ihre Worte, und sie sprach schnell weiter. »Ein paar Jahre später erzählte sie mir, er sei tot.«

Ihre Mutter hatte deutlich gemacht, daß sie es als Verrat ansähe, wenn Clare sich durch diese Nachricht erschüttern ließe. Ihr Vater hatte Frau und Kind verlassen und dadurch jedes Anrecht auf Trauer verwirkt. Clare war erst elf Jahre alt und mußte mit dem Verlust und den Erinnerungen allein fertig werden.

»Nachdem meine Mutter gestorben war, kurz nach meiner Heirat, fand ich heraus ...« Zu ihrem Verdruß schwankte ihre Stimme erneut. Sie hatte nicht gedacht, daß es ihr nach all den Jahren noch so schwer fallen würde, über das Geschehene zu sprechen. Da sie aufgehört hatte, Trim zu streicheln, seufzte die Hündin tief auf und überließ sich an ihrer Seite dem Schlummer. Donald wartete, sagte nichts.

»Ich fand Dutzende von Briefen, schreckliche, bittere Briefe, in denen es um Geld und Scheidung ging – und um mich. Mein Vater lebte noch und hatte wieder geheiratet.«

»Sind Sie zu ihm gegangen?« fragte Donald, als das Schweigen sich ausdehnte.

»Das bin ich. Er wollte nichts von mir wissen ... er wollte einfach nichts von mir wissen ...«

»Ganz ruhig, Mädchen«, sagte Donald sanft, wie sie ihn manchmal auch mit Trim sprechen hörte. Er beugte sich zu ihr und nahm ihre Hände tröstend zwischen seine. Clare ließ den Kopf sinken, kämpfte die Tränen nieder.

»Er und seine neue Frau kamen an die Tür. Sie haben mich noch nicht mal ins Haus gelassen.« Ihre Stimme versagte, aber sie konnte jetzt nicht abbrechen. Martin hatte das Ganze mit einem ungeduldigen »Was hast du denn erwartet?« abgetan, als sie verstört und niedergeschlagen nach Hause gekommen war. Er hatte von Anfang an nicht gewollt, daß sie zu ihrem Vater ging, hatte keinen Sinn darin gesehen.

»Sie sagten, es würde die Kinder beunruhigen.« Sie konnte sich noch mit schmerzlicher Klarheit daran erinnern, wie sie vor dieser Tür gestanden und von ihren Halbgeschwistern erfahren hatte, die ihr im selben Moment wieder genommen wurden. »Sie schimpften auf meine Mutter und warfen mir vor, ich hätte mich geweigert, den Kontakt zu meinem Vater aufrechtzuerhalten ... Mein Vater glaubte, ich würde ihn hassen, so wie meine Mutter, und er wollte mir nicht zuhören, er wollte mir absolut nicht zuhören.« Das war das Unglaublichste, das Unerträglichste an dieser traurigen Begegnung gewesen.

»Armes Mädchen«, hörte sie Donalds tiefe Stimme über sich. »Armes, kleines Mädchen.« Sein Mitgefühl ließ etwas in ihr schmelzen, und sie konnte die Tränen nicht länger zurückhalten. Donald gab ihr ein ordentlich zusammengefaltetes Taschentuch, das allerdings durchdringend nach Teer roch. Sie mußte plötzlich kichern, und das dämmte die drohende Flut ein.

»So ist's besser.« Er schob den Kessel wieder über die Flammen und versetzte der sofort aufmerkenden Trim einen leichten Klaps. Es schien, als wolle er noch stundenlang bleiben und reden, doch nach einer zweiten Tasse Tee sah er auf seine Uhr und sagte widerstrebend, er müsse gehen. Clare stand an der Hausecke in dem feinen, windgetriebenen Regen und sah zu, wie sich der Landrover einen Weg den nassen Hang hinauf suchte. Der Abschiedsschmerz und die Sehnsucht, die sie fühlte, hatten nichts mit ihrer Vergangenheit zu tun.

Während sie in einer zugigen Scheune mit Blechdach auf den Beginn von Rory McMunns Auktion wartete, schoß Clare ein äußerst unerfreulicher Gedanke durch den Kopf. Sie hatte Donald gesagt, daß sie nicht beabsichtige, länger als den Sommer über im Cottage zu bleiben. Warum sollte er sich dann weiter um ihre Bequemlichkeit dort bemühen? Erst jetzt, als klar war, daß er zur Versteigerung nicht erscheinen würde, merkte sie, wie sehr sie mit seiner Gegenwart an diesem Abend gerechnet hatte.

Margaret jedenfalls war glücklich. Die Versteigerung stellte für sie offensichtlich ein besonderes Ereignis dar. Sie trug eine Rüschenbluse unter ihrem Anorak, eine enge

Hose, Pumps mit dünnen Absätzen und Make-up, für das sie mindestens eine halbe Stunde gebraucht haben mußte. Es war zu dramatischen Szenen gekommen, als die Kinder für den Abend bei ihrer Tante und den Cousins abgeliefert wurden, und jeder anwesende Erwachsene hatte in höchster Lautstärke auf sie eingeredet. Aber kaum war der Lieferwagen am Seeufer entlanggerollt, hatte Margaret sich ganz der Freude über die ungewohnte Freiheit hingegeben.

Obwohl die Etikette im Auktionsraum herabgezogene Mundwinkel und geringschätzige Bemerkungen vorzuschreiben schien, stürzte sie sich gleich interessiert auf einen Stapel Teppiche, um diesen für Clare zu begutachten. Als sie die Ecken umschlug, blitzten Clare ähnlich grelle Muster und Farben entgegen wie in den Geschäften in Fort William. Sie wollte schon die Hoffnung aufgeben, da entdeckte sie an der Wand hinter sich ein großes Exemplar in Altrosa, das an den Rändern stark abgestoßen, aber wenigstens schlicht und halbwegs geschmackvoll war. Clare kletterte hin und befühlte ihn. Reine Wolle, weich und dick.

»Der hängt immer dort«, bemerkte Dougie abfällig.

»Warum? Ist er nicht zu verkaufen?«

»Oh doch, und ob. Es will ihn nur niemand, deshalb.«

Ehe Clare mehr herausfinden konnte, nahm der Auktionator, ein Mann mit dünnen, fettigen Haaren und einem Ausdruck des Überdrusses, seine Position am Pult ein.

»Ist das Rory McMunn?«

»Nein, das ist sein Sohn, Lachy. Rory steht dort drüben.«

Dougie deutete diskret mit dem Kopf auf einen dicken Mann im hinteren Teil des Raums, der in einem zu engen Schaffellmantel steckte und eine winzige Tweedmütze auf dem kahlen Schädel trug. Zufrieden überblickte er das kaufwillige Publikum, das erwartungsvoll zu seinem Sohn aufsah und darauf wartete, daß man ihm die Taschen leerte.

Eine Menge wertloser Plunder wechselte in der ersten halben Stunde den Besitzer. Margaret hatte es auf eine Schüssel aus grünem, geriffeltem Glas mit fünf dazugehörigen Dessertschalen auf Stielen abgesehen, war aber zu schüchtern, um darauf zu bieten. Dougie entgegnete gerade, daß sie so etwas überhaupt nicht bräuchten, als Lachy alle zusammenfahren ließ, indem er brüllte: »Ruhe, verdammt! Ich kann mich nicht mehr denken hören. Wenn das so weitergeht, mach ich den Laden dicht und schicke euch alle nach Hause.« Clare bezweifelte, daß er auf seinem Kram sitzenbleiben wollte, aber trotzdem herrschte auf einmal atemlose Stille.

Sie ersteigerte die Schalen für zwei Pfund für Margaret und hoffte, dadurch keinen Ehekrach auszulösen.

Dann kamen sie zu den Gasöfen, und Clare wollte gerade schon beim ersten zuschlagen, als eine hochgewachsene Gestalt an ihrer Seite auftauchte und ihr warnend eine Hand auf den Arm legte. Donald war doch noch gekommen. Ein spontanes Glücksgefühl stieg in ihr auf, das nicht unbedingt mit der Vorfreude auf den Erwerb eines Heizofens zusammenhing.

Der zweite Ofen ging für fünfundzwanzig Pfund an »Rhumore«.

»Der ist in besserem Zustand.«

»Woher weißt du das?«

»Ich habe sie mir heute nachmittag angesehen. Jetzt ist auch eine volle Gasflasche dabei«, fügte er trocken hinzu.

»Du hast sie ausgetauscht?«

»Macht doch keinen Sinn, eine leere nach Hause zu schleppen, oder?« entgegnete er mit Unschuldsmiene.

Clare lachte übermütig. Es war schön, ihn neben sich zu wissen, groß, breit und zuverlässig. Auch die Stewarts reagierten auf seine Anwesenheit. Dougie bot grimmig entschlossen auf einen verzogenen Schrank aus furnierten Hartfaserplatten, und Margaret, mit rosigen Wangen und leuchtenden Augen unter den dick getuschten Wimpern, mußte ständig davor bewahrt werden, sich vom Auktionsfieber mitreißen zu lassen.

Clare erstand ein kleines Bücherregal aus Eiche und eine Kommode, und Donald gab überraschenderweise drei Pfund für einen Wäschekorb voller Krimskrams aus, wobei Clare zu spät einfiel, daß der Korb eine Verbesserung gegenüber ihrem eigenen aus Kunststoff dargestellt hätte.

Anschließend ging Lachy zu den Stühlen über. Wer auf einem saß, der gerade unter den Hammer kam, mußte sich vorübergehend erheben; nur ein Exemplar wurde mit einer dösenden alten Dame darauf verkauft, die niemand stören wollte. Bei einem unförmigen Schlafzimmersessel mit zerrissenen Chintzvolants kam die Veranstaltung zu einem vorläufigen Stillstand.

»Nun habt euch nicht so, ich bin doch nicht zum Vergnügen hier«, rief Lachy verdrießlich und ließ seine kalten Augen über das reglose Publikum wandern. »Irgend jemand wird mir doch wohl ein Pfund dafür geben?«

Zu ihrem eigenen Erstaunen war Clare dieser Jemand. Doch dann verursachte sie selbst eine Unterbrechung, oder vielmehr Donald tat es für sie, als sie hörte, daß es sich bei der braunen Samtcouch, die als nächstes dran war, um ein Schlafsofa handelte.

»So etwas brauche ich, wenn Magda kommt«, zischte sie Donald zu.

»Wir wollen uns das mal genauer ansehen, Lachy«, rief Donald mit Autorität in der Stimme. Die Umsitzenden machten Platz, während er und zwei Gehilfen und am Ende Lachy selbst sich mit dem Klappmechanismus abmühten. Sogar Rory McMunn näherte sich, als klar wurde, daß das Sofa selten, wenn überhaupt je, in seiner zweiten Funktion benutzt worden war.

»Da fehlt nur ein Tropfen Öl, das ist alles«, erklärte Lachy.

»Ist es das von Mimie Ross?« fragte Donald mit einem Blick auf einen Kreideschnörkel. »Stand in ihrem Wohnzimmer. Hat fast nie jemand drauf gesessen, geschweige denn geschlafen. Normalerweise würde ich keinem raten, ein Bett bei einer Versteigerung zu kaufen«, fügte er an Clare gewandt hinzu, ohne seine Stimme zu senken, »aber mit dem hier kannst du nichts falsch machen.«

Fünfzehn Pfund, ohne Gegengebot.

Die Teppichauktion begann mit dem altrosa Ungetüm. Als Lachy ein Mindestgebot von fünfzig Pfund nannte und alle lachten, dachte Clare, es sei wegen des lächerlich niedrigen Betrags. Sie wollte schon die Hand heben, aber Donald hielt sie zurück.

»Überlaß das mir«, sagte er.

Erneut entstand eine längere Pause. Die Leute begannen mit den Füßen zu scharren und ungeduldige Blicke auf die farbenfroheren Stücke zu werfen. Diese waren inzwischen von den jüngeren Besuchern geräumt worden, die es sich mit Chips, Limo und Bier darauf gemütlich gemacht hatten.

»Er probiert es halt, das Schlitzohr«, flüsterte Margaret Clare empört zu. »Fünfzig Pfund! Das soll wohl 'n Witz sein. Kein Mensch wird je soviel dafür bezahlen.«

Aber Lachy hatte irgendwie Clares Interesse gewittert und sah seine Chance, diese Wand endlich frei zu bekommen. Donald wartete reglos, und Clare tat ihr Bestes, ebenfalls gleichgültig zu wirken; sie merkte nicht, daß sie ihn fest am Ärmel gepackt hatte.

Da mischte sich zum ersten Mal Rory McMunn in das

Geschehen ein, indem er ein einmaliges, langsames Nikken erkennen ließ.

»Also schön, fünfundvierzig Pfund«, sagte Lachy betrübt, »und weiß der Henker, warum wir diesen Zirkus hier überhaupt noch veranstalten.«

Donald zuckte nicht mit der Wimper, obwohl Clare ihn verzweifelt anstieß. Wieder ein langes Schweigen, dann machte Lachy mit dem nächsten Stück weiter. Der Teppich war ihr durch die Lappen gegangen, Donalds Bluff hatte nichts gefruchtet.

»Aber ...«, begann Clare. Donald schüttelte nur den Kopf, und sie schwieg heroisch.

Mit einem Raunen der Enttäuschung über das sang- und klanglose Verpuffen des spannenden Moments wandte die Menge ihre Aufmerksamkeit einem zottigen, gelbgrünen Kaminvorleger zu, der so verlockend vor ihr ausgebreitet wurde wie das Cape des Stierkämpfers vor einem Stier. Einen Augenblick lang fürchtete Clare, Margaret wolle ihn zu ihren grünen Schalen erwerben.

Das letzte Angebot war ein unter dem Teppichstapel versteckter weißer, indischer Läufer, den Clare erstand, nachdem Donald ihn hatte ausmessen lassen und sie übereingekommen waren, daß er in ihr Schlafzimmer paßte. Dann strömten alle, die etwas ersteigert hatten, nach vorn und belagerten den für die Abwicklung zuständigen Angestellten.

»Nur Barzahlung«, sagte Donald, ehe sie wieder mit dem Teppich anfangen konnte. »Geht das für dich in Ordnung?«

»Wenn es bedeutet, daß sie keine Euroschecks oder Kreditkarten akzeptieren, geht es nicht in Ordnung, nein«, antwortete Clare konsterniert.

Er lachte. »Ich kann mir nicht vorstellen, daß Rory einen Scheck von dir ablehnt. Aber hast du das Schild gesehen?«

Er zeigte auf einen gekritzelten Hinweis über dem Kopf des Angestellten: *Alle Gegenstände müssen nach Ende der Auktion sofort abgeholt werden.*

»Aber wie können sie das denn erwarten?« fragte Clare aus der Fassung gebracht.

»Die kleinen Sachen könnt ich vielleicht noch im Lieferwagen unterbringen«, bot Dougie an.

»Wenn wir den Schrank hinten in den Landrover bekommen.«

Clare starrte von einem zweifelnden Gesicht zum anderen.

Schließlich erbarmte sich Margaret. »Die nehmen dich nur hoch. McMunn wird alles mit seinem Laster anliefern.«

»Wir sollten jetzt besser bezahlen«, schlug Dougie grinsend vor.

Clares Rechnung umfaßte einen Betrag von vierzig Pfund für einen Teppich. Offenbar hatte zwischen Donald und Lachy ein schweigender Austausch stattgefunden. Das Gesicht des Auktionators war gewahrt, und der Teppich gehörte ihr. Triumphierend verließen sie die Scheune, selbst Donald gestattete sich eine zufriedene Miene.

KAPITEL 12

Donald fuhr Clare nach Hause. Sie war froh, sich nicht wieder in den Lieferwagen quetschen zu müssen, eingehüllt in Schwaden von Margarets billigem Parfüm und Dougies Zigarettenqualm. Außerdem entging sie so dem Wiedersehensdrama mit Sheena und Lynn.

Blödsinn, schalt sie sich selbst, du willst doch nur mit Donald zusammensein, sonst nichts. Du willst hier in diesem Landrover sitzen und über die Hügel fahren, zusehen, wie Wolkenstreifen über den Mond ziehen und dabei wissen, daß einer der dunklen Punkte am anderen Seeufer dein Zuhause ist.

Sie warf einen Blick auf Donald, sein klar geschnittenes, kräftiges Profil. Seine Gegenwart allein vermittelte ihr ein Gefühl von Frieden, eine fast kindliche Geborgenheit. Vor ein paar Wochen noch hätte sie für den gerade erlebten Abend nur Verachtung übrig gehabt, für die versteigerten Sachen, das Publikum und seinen derben Humor.

»Wir sollten deine Teppiche noch vor dem Lammen verlegen«, sagte Donald.

Immer noch dieses großzügige, selbstverständliche »wir«. Es tat so gut, das zu hören.

»Könnte ich sie nicht selbst verlegen?«

»Und wie willst du den Geschirrschrank verrücken?«

»Ich könnte drum herum schneiden.«

»Du wirst nichts dergleichen tun.«

Clare lächelte zum Mond hinauf.

»Dein kleines Haus wird richtig schick aussehen, wenn alles verlegt und eingeräumt ist.«

»Ich habe von Lilias sogar Vorhänge bekommen.«

»Welche, die dir gefallen?«

Sie lachte. »Ja, zum Glück. Aber wie werden die McMunns denn die Möbel zu mir herausschaffen? Mit Angus' Boot?«

»Sie werden sie erstmal in der Scheune der Farm abstellen, und dann bringen wir sie mit dem Anhänger hinüber.«

»Hast du das arrangiert?«

»Ja.«

»Oh Donald, wie soll ich dir je für all das danken, was du für mich tust?« Sie fühlte sich hilflos, konnte nicht ausdrücken, wieviel es ihr bedeutete.

»Denk dir halt was aus.« Fast wünschte sie, seine Antwort wäre die Sorte anzüglicher Bemerkung, die sie kannte und mit der sie spielend fertig wurde, aber sie wußte, Donald hatte keinerlei Hintergedanken. Was für eine ironische Situation. Im Hotel hatte sie zum Schluß keinerlei Bedenken gegen Affären mit verheirateten Männern mehr gehabt, weil sie fand, daß deren moralische Probleme sie nichts angingen, aber bei Donald war das etwas anderes. Seine Achtung war ihr wichtig, und sie wollte sich auch selbst in allem achten können, was ihn betraf. Er hatte nie durchblicken lassen, daß er sich von ihr angezogen fühlte, aber würde denn ein Mann soviel für eine Frau tun, wenn es nicht so war? Oder war in Schottland einfach alles anders? Eines jedenfalls schwor sie sich: Sie würde das Glück, das sie beim Zusammensein mit ihm empfand, nicht zerstören, indem sie etwas Unerreichbarem nachlief.

Donald fuhr an der Farm vorbei, schaltete auf Allradantrieb und begann, die Landzunge zu erklimmen.

»Donald, das ist wirklich nett von dir, aber es macht mir überhaupt nichts aus, den Rest zu Fuß zu gehen. Ich weiß, daß du nach Hause mußt.«

»Hat keine Eile. Ishbels Schwester ist zu Besuch. Eine ihrer Schwestern«, verbesserte er sich. Als sie aber den Kamm erreichten, hielt er und blickte auf die weite Landschaft aus Bergen, See und Himmel hinaus. Clare verspürte einen Stich der Enttäuschung, weil er seine Meinung offenbar geändert hatte und der Abend nun doch schon zu Ende sein sollte.

»Es ist ein wunderbarer Abend, nicht zu kalt. Möchtest du immer noch zu Fuß hinuntergehen?«

»Ja, natürlich. Ich laufe gern.« Hastig griff sie nach ihrer Tasche und hoffte, daß sie sich nicht verraten hatte.

»Dann komm.« Er stieg aus, ging zum Kofferraum und

holte den Korb mit dem Sammelsurium an Gegenständen heraus, den er erworben hatte.

»Was machst du da?«

»Was wohl, ich bringe dich nach Hause«, sagte er und streckte einen Arm aus, als wolle er ihre Hand nehmen, winkte sie aber nur an seine Seite.

Wieder in bester Stimmung trottete Clare neben ihm den Hang hinunter. Es hatte etwas Magisches, an diesem kühlen Aprilabend draußen in den Hügeln zu sein, während das Mondlicht und die Wolken fließende Muster über die rauhe Landschaft warfen. Wie zum Kontrast sah sie kurz das überheizte, vor Menschen wimmelnde Hotel vor sich.

Im Cottage zündete Donald die Lampe an und schürte das Feuer im Kamin. Clare machte Kaffee und improvisierte ein spätes Abendessen, wobei sie sich zum ersten Mal wünschte, ihm wenigstens ein Glas Wein anbieten zu können. Danach sahen sie sich die Schätze in dem Korb an.

Steinguttöpfe, Butterdosen, ein Satz verrosteter Aufsätze zum Spritzen von Kuchenglasuren, Plätzchenformen, angelaufene Brotdosen, eine kleine Bierdeckelsammlung und zwei gußeiserne Bügeleisen.

»Ha, um die ging es mir«, rief Donald. »Du bist wahrscheinlich die einzige Person im ganzen Tal, die dafür Verwendung hat. Obwohl ich das meiste von diesem Zeug auch auf dem Dachboden von Rhumore hätte finden können. Er ist vollgestopft mit allem möglichen Haushaltskram, der teilweise hundert Jahre alt sein muß.«

Clare wünschte, sie könnte einmal dort herumstöbern. »Hast du schon immer dort gelebt?«

»Ich bin dort geboren. Wie auch mein Vater und mein Großvater.«

»Es ist bestimmt wunderbar, mit einem solchen Ort über Generationen verwurzelt zu sein.«

»Hm«, machte Donald.

»Nicht?«

»Es hat auch seine Nachteile.«

»Welche denn?«

»Oh, Verpflichtungen zum Beispiel.« Er klang kurz angebunden, und Clare dachte, daß ihm ihre englische Exaltiertheit vielleicht zuviel wurde.

»Margaret hat mir erzählt, daß der größte Teil von Rhumore einmal zu Glen Righ gehört hat. Sie meinte auch, die Finlays seien alle ein wenig merkwürdig.«

»Das sind sie mittlerweile, so traurig es ist. Allerdings besteht die Familie nur noch aus Fergus und seiner Enkelin Catriona.«

»Wie haben sie ihren Grundbesitz verloren?«

»Ach, das ist eine lange, alte Geschichte. Also ... Der Großvater von Fergus, ja, ich glaube es war sein Großvater, hatte einen Zwillingsbruder. Als er den Besitz erbte, überschrieb er seinem Bruder die Landzunge von Rhumore und baute ihm dort ein Haus, unter der Voraussetzung, daß Haus und Land im Familienbesitz bleiben sollten.«

»Und der Zwillingsbruder hielt sich nicht daran?«

»Genau. Ihm kam irgendwelches Dorfgeschwätz zu Ohren, daß er eigentlich der ältere, erbberechtigte Bruder sei oder niemand gewußt habe, welches Kind zuerst auf die Welt gekommen sei. Aus Wut und Rache ging er nach Kanada und spürte dort die Macraes auf, die von seinem Vater von einem Gut in Righ Bay vertrieben worden waren – ich zeige dir irgendwann einmal die Ruinen – und verkaufte Rhumore für einen lächerlichen Betrag an meinen Urgroßvater.«

»Und was wurde aus ihm?«

»Oh, er erschoß sich.«

»Ach so, natürlich. Was geschah mit dem Rest des Gutsbesitzes?«

»Ging nach und nach verloren, eine Folge schlechten Wirtschaftens. Die Macraes betrieben ihre Farm mit Feuereifer, nachdem sie so unterwartet wieder in den Besitz eines Teils dessen gelangt waren, was sie als das Land ihrer Ahnen ansahen, und die Finlays lebten ständig über ihre Verhältnisse.«

Clare mochte seinen trockenen Humor, mochte es, wie er in aller Ruhe vor ihrem Kamin saß und erzählte.

»So ist es praktisch bis heute weitergegangen«, fuhr Donald fort. »Catrionas Vater konnte nicht schnell und oft genug aus dem Tal herauskommen. Er hatte kein Interesse am Jagen und Fischen oder an dem Land und den Pächtern. Er wollte sich nur mit den Erträgen ein schönes Leben machen. Noch während er in Cambridge war, häufte er ungeheure Schulden an, und Fergus verkaufte das Land östlich des Tals an die staatliche Forstverwaltung, um sie zu begleichen. Dann heiratete Alastair auch noch ein Mädchen, das die Highlands genauso haßte wie er, und mit ihr verschleuderte er das Familienvermögen. Die Kinder, Catriona und ihren Bruder Iain, ließen sie meistens in Glen Righ zurück, und der arme, alte Fergus kümmerte sich so gut er konnte um sie.«

»Der Junge ertrank eines Tages?«

»Ja, er sprang von der Terrassenmauer in die Bergschlucht neben dem Haus. Fergus setzte ihm nach, ein unglaublicher Sprung für einen Mann seines Alters, und wurde ein ganzes Stück talabwärts aus dem Fluß gezogen. Er hat sich vermutlich den Kopf an einem Stein angeschlagen, jedenfalls wurde er nie wieder ganz gesund. Er war schon immer ein wenig eigen, und nach dem Tod seiner Frau lebte er völlig zurückgezogen und litt zusehends unter Alastairs flatterhaftem Leben und seiner Verschwendungssucht. Der Verlust Iains, in den er seine ganze Hoffnung gesetzt hatte und der das Gut einmal übernehmen sollte, war ein Schlag, von dem er sich nicht mehr erholte.«

»Und was ist mit Catriona?«

»Armes Mädchen, sie ist seitdem kaum noch aus dem Tal herausgekommen. Man versuchte, sie auf ein Internat zu schicken, aber der alte Mann regte sich furchtbar auf. Ich glaube, am Ende weigerte sie sich wegzugehen und hatte eine Hauslehrerin nach der anderen. Jetzt lebt Catriona einfach vor sich hin und wird Fergus jeden Tag ähnlicher.«

»Das ist ja schrecklich. Wie alt ist sie denn?«

»Warte, sie ist ein paar Jahre jünger als meine Tochter Fiona, also etwa neunzehn oder zwanzig.«

»Aber was *macht* sie denn bloß den ganzen Tag?«

Clare sah seinen Mund zucken und erkannte, wie konventionell ihre Frage geklungen haben mußte.

»Nicht viel, würde ich sagen.«

»Also bist du jetzt zum Gutsherrn der Gegend geworden?«

»Das werde ich nie sein.« Sein Gesicht verdüsterte sich. Oh Gott, dachte Clare, habe ich mich jetzt leichtfertig über irgendwelche unantastbaren Hierarchien geäußert? Jedenfalls hatte ihre Bemerkung die Stimmung verändert, denn Donald stand auf und sagte höflich: »Da sitze ich hier und schwatze und halte dich wach ...« Trim wachte sofort auf und huschte wie ein Schatten voraus zur Tür.

»Ich gebe dir Bescheid, wenn McMunn die Sachen gebracht hat.« Donald rückte mit den Schultern seine ausladende Jacke zurecht.

»Danke für den Korb.«

»Ist doch nur Ramsch«, sagte er, und hatte sich bereits von ihr entfernt.

Beunruhigt und verwirrt ging Clare mit hinaus und stand noch eine Weile auf der Mole, nachdem er gegangen war. Sie sah ihm nach, eine dunkle Gestalt, die schnell den mondbeschienen Hang der Landzunge erklomm. Die weite Landschaft wirkte auf einmal leer und einschüchternd, vom Wasser kam ein schneidend kalter Wind. Schnell ging sie wieder ins Haus, wo ihr warmes Bett auf sie wartete.

Das Teppichverlegen wurde zu eine Art Einweihungsfeier, die sie bisher nicht gehabt hatte. Donald warnte sie vor, daß Lilias und Gerald zu kommen beabsichtigten, und ihr schwante, daß die Aktion als Art Party angesehen würde. Ohne große Begeisterung nahm sie sich vor, für etwas zu essen zu sorgen und auf jeden Fall für Getränke. Soviel hatte sie inzwischen gelernt.

»Ich sollte ihnen Whisky anbieten, nicht wahr?« fragte sie Donald auf der Fahrt über den See zum Einkaufen.

»Du solltest tun, was für dich am besten ist«, antwortete er fest. »Niemand wird sich beschweren, wenn du keinen Alkohol im Haus hast.«

»Das ist das Schöne hier«, sagte sie. »Die Leute akzeptieren einen, wie man ist.«

»Mehr oder weniger«, entgegnete er mit der Andeutung eines Grinsens.

»Ich glaube, ich könnte jetzt damit umgehen, Alkohol im Haus zu haben«, sagte sie nachdenklich und bemerkte seinen schnellen Seitenblick.

»Das ist gut.« Sie wußte, daß er sich ehrlich für sie freute. »In dem Fall«, fuhr er fort, »würde sich Dougie über einen Schluck Whisky freuen, ich würde auch nicht nein zu einem sagen, und Gerald Markie wird soviel hinunterkippen, wie man ihm einschenkt. Die Damen werden Tee bevorzugen.«

»Was du nicht sagst.«

Wie schon öfter in letzter Zeit fragte sie sich, was man wohl im Dorf darüber redete, daß Donald sie so offensichtlich unter seine Fittiche nahm. Oder fürchtete sie nur, daß geredet wurde, weil sie sich von ihm angezogen fühlte? Wenn Donald ein reines Gewissen hatte, dachte er wahrscheinlich gar nicht über die Meinung der anderen nach.

Es erfüllte sie mit einem gewissen Stolz, Wein, Gin und Tonicwater und einen Malt-Whisky zu kaufen, den Donald auswählte. Der Anblick der Flaschen löste nicht mehr dieses beängstigende, heftige Verlangen aus, wenn sie auch noch nicht wußte, wie es sein würde, sie im Cottage ständig in greifbarer Nähe zu haben. Würde sie wieder aufhören können, wenn sie zur Gesellschaft ein Glas mit den anderen trank?

Was sie zu Essen anbieten sollte, war ein weiteres Problem. »Mein Gott, dieser Laden ist wirklich hoffnungslos«, klagte sie, als sie ins Boot sprang und die vollgepackten Einkaufstaschen, die Donald ihr reichte, unter der Ruderbank verstaute. »Warum muß das Angebot an Lebensmitteln dort so miserabel sein?«

Donald machte schweigend los, ließ den Außenbordmotor an, winkte einem Bekannten auf dem Anleger zu und brauste in einer scharfen Kurve hinaus auf den See.

Clare kniete sich auf die Planken, um eine umfallende Tasche zu stützen und ein paar herausgekullerte Sachen zu retten. »Wirklich«, fuhr sie fort, als sie sich neben Donald ins Heck setzte und der Motor zu seinem normalen, gleichmäßigen Tuckern übergegangen war, »man sollte doch meinen, daß zur Abwechslung mal etwas anderes im Kühlregal auftauchen könnte als dieser ewige, verdammte Cheddar, oder? Und es dürfte sich sogar bis hier oben herumgesprochen haben, daß es heutzutage noch andere Brotaufstriche als Butter oder Margarine gibt.«

»Du kannst nicht erwarten, daß Angus alles vorrätig hat«, antwortete Donald. »Er bietet das an, was seine Kundschaft verlangt.« Er sprach zurückhaltend, und Clare bemerkte seine Verärgerung noch nicht einmal. Es kam ihr nicht in den Sinn, daß ihre Worte wie eine persönliche Kritik an Angus klangen; sie wollte lediglich ihrem Unmut darüber Luft machen, daß sie nicht bekam, was sie wollte, so wie sie früher immer mit Magda über die Läden in der Provinz gelästert hatte.

»Na, du willst mir doch wohl nicht erzählen, daß all seine Kunden abgepacktes Schnittbrot verlangen oder diesen schrecklichen Frühstücksspeck, aus dem Wasser spritzt, wenn man ihn in die Pfanne legt.«

Donald antwortete nicht, hielt den Blick fest auf die Landspitze gerichtet, hinter der ›The Larach‹ lag.

»Außerdem«, argumentierte Clare nichtsahnend weiter, »wie kann er wissen, was seine Kunden wollen, wenn er ihnen keine Auswahl anbietet?«

Diesmal fuhr Donald wütend zu ihr herum, so daß sie völlig überrascht zurückzuckte. »Eine Auswahl? Du verlangst, daß Angus – wonach habe ich dich vorhin fragen hören? – *Cambozola*-Käse ins Regal nimmt und dann wartet, ob du auftauchst und gnädigerweise ein Stück kaufst, weil ihn nämlich sonst niemand will oder ihn sich nicht leisten kann und er ihn am Ende wegwerfen muß? Und was glaubst du eigentlich, wie viele Leute bei ihm nach schwarzen Oliven oder französischem Weinessig fragen?«

»Lilias Markie würde diese Dinge auch kaufen«, entgegnete Clare trotzig auf diesen unerwarteten Angriff.

»Lilias ist vernünftig genug, Spezialitäten woanders zu bestellen oder sie in Fort William zu kaufen. Im übrigen scheinst du vergessen zu haben, daß Angus all den Kram, den du für dein Cottage brauchtest, bereitgestellt hat, von

Vorhanghaken bis zu Holzleim, vom Nähgarn bis zu einem neuen Aschekasten.«

»Ja, das weiß ich«, blaffte Clare zurück, nun ihrerseits aufgebracht, weil er ein bißchen harmloses Gemaule so persönlich nahm. »Ich finde nur, daß ein wenig mehr Phantasie nicht schaden könnte.«

Donald antwortete nicht, und sie ärgerte sich über sich selbst, weil sie in dieser nebensächlichen Debatte nicht locker gelassen hatte. Ein Boot ist kein guter Ort für einen Streit, dachte sie mit einem Seitenblick auf Donalds versteinertes Profil. Noch schlimmer als ein Auto, man kann nicht aussteigen und die Tür zuknallen. Verdammt, wie ist es bloß dazu gekommen?

Die Fahrt über den See ließ ihr genug Zeit, den unerquicklichen Wortwechsel von Donalds Standpunkt aus zu sehen. Für ihn war sie ein arroganter Neuankömmling aus dem Süden, der sich nicht schämte, über die Einheimischen herzuziehen. Als er Gas wegnahm, um langsam auf den Anleger von ›The Larach‹ zuzugleiten, sagte sie verlegen: »Ich wollte Angus nicht beleidigen, weißt du. Ich habe es nicht persönlich gemeint.«

Donald schien sie nicht zu hören. Er machte fest und begann, Clares Einkäufe von seinen eigenen zu trennen und aus dem Boot zu hieven. Trim befahl er, an Bord zu bleiben.

»Donald ...«

»Ich habe es gehört«, sagte er, während er sich die Kiste mit den Flaschen unter den Arm klemmte und mit der anderen Hand nach ein paar Einkaufstüten griff. »Schaffst du den Rest?«

Clare folgte ihm stirnrunzelnd und verunsichert den Pfad hinauf. Würde er einfach die Sachen abladen und ohne ein weiteres Wort gehen? Nun, das würde sie nicht zulassen. Als sie ihre Last auf dem großen Tisch abstellte, wandte sie sich ihm entschlossen zu. »Ich wollte nichts Unfreundliches über Angus sagen. Darum ging es nicht.«

Donald sah sie einen Augenblick ausdruckslos an, und sie fühlte, wie ihre Wangen heiß wurden.

»Dieser kleine Laden gehört nicht zu einer Kette, verstehst du«, sagte er endlich. »Er und Angus sind eins. Du kannst nicht auf dem einen herumhacken, ohne den anderen zu meinen. Du bist intelligent genug, um einzusehen, daß ihm nur eine begrenzte Ladenfläche zur Verfügung steht und daß er dafür eine ganze Menge bietet – vor allem Service. Er kennt die Bedürfnisse der Leute hier, und er merkt sich alle möglichen Vorlieben und Wünsche und gibt sich unendlich viel Mühe. Weißt du noch« – er hob seine Stimme ganz leicht, als Clare den Mund öffnete, um ihn zu unterbrechen –, »wie Angus sich nach deinen Renovierungsplänen erkundigte? Hinterher sagte er zu mir, er sehe eine große Nachfrage nach weißer Wandfarbe auf sich zu kommen, und er sorgte für genug Vorrat, bevor du überhaupt danach fragen konntest.« Er hält mir eine Standpauke, dachte Clare fassungslos und völlig überrollt von seinem tadelnden Wortschwall. »Er tut alles, was er kann, für jeden in dieser Gemeinde. Glaubst du denn im Ernst, daß er etwas daran verdient, die abgelegenen Cottages am See zu beliefern? Er tut es, weil dort viele alte Leute wohnen, die oft kein Auto und keine Nachbarn haben, die ihnen helfen könnten. Du ...«

»Donald, hör auf, es reicht! Ich habe mich bloß beschwert, weil Angus' Angebot an Eßwaren so langweilig ist.« Clare hob abwiegelnd die Hände. »Natürlich bin ich dankbar für alles, was er meinetwegen getan hat. Aber jetzt mach mir bitte nicht noch ein schlechtes Gewissen wegen der alten Leute.« Trotz des ehrlichen Bedauerns wegen ihrer gedankenlosen Worte – oder darüber, daß sie Donald verärgert hatte –, mußte sie anfangen zu lachen.

»Du denkst nicht nach«, sagte er, nicht mehr wütend, aber immer noch ernst. »Du gehst einfach von dem aus, was du gewohnt bist, ohne die anderen Lebensumstände und Bedürfnisse hier miteinzubeziehen.«

»Und du denkst nicht daran, mir das durchgehen zu lassen, ja?«

Endlich lächelte er. »Genau.«

Welch ein Glück, daß das Cottage so weit vom Dorf entfernt liegt, dachte Clare, als sie sich verabschiedeten. Es hätte sie unglücklich gemacht, wenn sie nach diesem Streit unversöhnt auseinander gegangen wären. Und welch ein Glück, daß Donald ihr so offen die Meinung sagte. Bei ihrem ersten Besuch in Inverbuie im Dezember hatte sie aus reinem Selbstinteresse darauf geachtet, die Einheimischen nicht gegen sich aufzubringen. Doch jetzt merkte sie immer deutlicher, daß ihr nicht nur am Entgegenkommen der Leute gelegen war, sondern auch an deren guter Meinung von ihr.

Zum Teppichverlegen erschienen nicht allein die Markies und Donald. Auch Angus kam zufällig vorbei und steuerte die kleine Bucht an, um zu helfen (womit er Donalds Verteidigungsrede eindrucksvoll unterstrich), und Margaret tat etwas noch nie Dagewesenes, indem sie sich und die Kinder von Dougie in den Anhänger zu den Möbeln verfrachten und in die unbekannte Wildnis jenseits der Straße fahren ließ.

Murdos scheußliche Kommode wurde hinaus auf den Scheiterhaufen getragen, auf dem sich schon der garstige, alte Teppich und allerlei angesammelter Sperrmüll türmten.

Der indische Läufer paßte bis auf wenige Zentimeter genau ins Schlafzimmer und machte es sofort viel gemütlicher. Clare hatte Lilias Blumenvorhänge gekürzt und aufgehängt und ertappte nun ihre Nachbarin, wie sie den zerrissenen Bezug des unförmigen Sessels mit geschürzten Lippen und abschätzender Miene betrachtete.

Die Männer mühten sich schwitzend mit dem großen, neuen Teppich ab, schnitten ihn dann aber äußerst fachgerecht zu. Clare konnte es kaum glauben, wie wunderbar er sich in dem inzwischen weiß gestrichenen Wohnzimmer machte, und lief ihren Helfern verzückt im Weg herum, während diese kopfschüttelnd die Möbel wieder hereintrugen. Donald ging wie üblich noch einen Schritt weiter und stattete nicht nur das Bad mit einem abgeschnittenen Teppichstück aus, sondern auch die schmale Küche.

»Damit deine Füße nicht so kalt werden.« Clare konnte ihn nur wortlos anlächeln, bemerkte aber seinen zufriedenen Blick, als er die Reste einsammelte und sie hinaus zum Feuer trug.

Die beiden Stewart-Mädchen weigerten sich, etwas zu essen oder zu trinken und brüllten jedesmal wie am Spieß, wenn Poppy oder Topsy, die beiden Labradors, auf sie zutapsten. Gerald schnauzte die Hunde an, und Lilias schnauzte Gerald an. Trim benahm sich vorbildlich, lag mit überlegenem Ausdruck vor einem Felsbrocken und zog nur gelegentlich die Lefzen hoch, wenn einer von denen, die nichts zu tun hatten, ihr zu nahe kam. Ein launischer Wind trieb den Rauch vom Feuer immer wieder ins Haus, und Clare erhielt nur sehr mäßiges Lob für ihren ersten Brotbackversuch, aber die Sonne schien, und das Cottage sah schöner und einladender aus, als sie es sich je erträumt hatte. Sie war sich bewußt, einen jener ungetrübten Glücksmomente zu erleben, die für immer ein Schatz in der Erinnerung bleiben.

Erst nachdem alle gegangen waren, fand sie ihr zweites Glas Wein noch halbvoll auf der Fensterbank, wo sie es abgestellt und vergessen hatte. Es stimmte, was sie zu Donald gesagt hatte: ›The Larach‹ war ein von ihrem Verlangen nach Alkohol völlig getrennter Ort. Sie hatte keine Angst mehr, dieser Sucht je wieder zum Opfer zu fallen.

KAPITEL 13

Es war noch dunkel, als Clare hörte, wie die Haustür sich öffnete. Leise Schritte, das Zucken eines Taschenlampenstrahls durch die offenstehende Schlafzimmertür, ein kurzes Quietschen, als der Glaszylinder der Lampe abgehoben wurde, das Anreißen eines Streichholzes.

Sie setzte sich schuldbewußt auf. »Donald? Tut mir leid, der Wecker hat offenbar nicht geklingelt. Ich bin gleich fertig.«

»Los, hol sie aus dem Bett«, hörte sie ihn sagen, und im nächsten Moment spürte sie Trims Pfoten auf der Matratze und die kalte Hundenase an ihrem warmen Hals.

»Uuh, Trim, laß das!« Aber sie umarmte die Hündin und wurde zur Begrüßung kurz geleckt, dann huschte Trim wieder zu Donald.

»Wie spät ist es denn?« rief Clare. Sie konnte durchs Fenster nicht mehr als einen grauen Streifen sehen.

»Ich bin zu früh«, antwortete Donald. Sie hörte, wie der Gasofen mit einem »Plop« angezündet und durchs Wohnzimmer gerollt wurde. »Hier, dabei kannst du dich anziehen. Ich setze den Kessel auf.«

Er schob den Ofen ins Schlafzimmer und verschwand sofort wieder. Resigniert kuschelte sich Clare noch einmal kurz in die Decken, ehe sie nach der Kerze tastete. Kein anderer Mann würde sich dermaßen zurückhaltend benehmen.

»Eigentlich wollte ich das Zimmer warm und den Tee fertig haben, wenn du kommst«, entschuldigte sie sich, als sie in die Küche stolperte, wo Donald schon Toast machte.

»Meine Schuld. Es ist noch nicht mal halb fünf.« Er klang angespannt, und im Lampenlicht sah sie in seinem Gesicht tiefe Linien der Erschöpfung.

»Was ist passiert?«

»Eine Kuh ist letzte Nacht krank geworden, und der Tierarzt war unterwegs zu einem anderen Notfall. Ich habe nicht geschlafen.«

»Du Armer. Geht es der Kuh besser?«

»Ich konnte sie nicht retten.«

Er mußte sehr müde sein, dachte Clare, denn normalerweise nahm er die Schwierigkeiten und Schicksalsschläge des Farmlebens gelassen hin.

»Das tut mir leid, Donald.« Inzwischen verstand sie, was für ein Verlust das war.

Er nahm die Pfanne vom Feuer und lehnte die Toastscheiben an das Marmeladenglas. »Reicht das?«

»Und ob, danke.« Es gefiel ihr, daß er sich im Cottage so zu Hause fühlte.

»Ich weiß nicht, womit ich diese Tochter verdient habe – und diesen nichtsnutzigen Kerl von ihrem Ehemann.«

Fiona war unter Protest nach Rhumore gekommen, um sich um ihre Mutter zu kümmern, während Donald mit dem Lammen alle Hände voll zu tun hatte. Ishbels Schwestern waren sämtlich ebenfalls mit Schaffarmern verheiratet und daher unabkömmlich. Clare wußte von Donald, daß Fiona die Einsamkeit, das rauhe Wetter und die harte Arbeit auf Rhumore haßte und diesem Leben durch die Heirat mit einem Mann entflohen war, den sie während eines Pauschalurlaubs auf Mallorca kennengelernt hatte. Er ging irgendeinem Job in der Finanzwelt nach, auf den unteren Rängen, und Donald sprach von ihm nur als »dieser lausige Geldverleiher«. Jedesmal, wenn er Fiona während der vergangenen Wochen besucht hatte, hatte er sie gedrängt, mit ihm nach Perthshire zurückzukehren.

»Dieses verdammte Paar von Faulpelzen hat sich glatt geweigert aufzustehen«, knurrte Donald. Er fluchte nur äußerst selten, und Clare wußte, daß sein Ärger nicht in erster Linie auf den Schlafmangel oder die verlorene Kuh zurückzuführen war.

»Komm, laß uns nach den Mutterschafen sehen«, sagte er, stieß sich von der Spüle ab und spülte seine Tasse aus.

Es war für sie jedesmal wieder ein Erlebnis, im Morgengrauen mit Donald bei den trächtigen Mutterschafen die Runde zu machen. Am ersten Morgen hatte er auf dem Nachhauseweg im Cottage vorbeigeschaut, als Clare gerade aufgestanden war. Dankbar hatte er ihre Einladung zum Frühstück angenommen und sich Zeit dabei gelassen.

»Ursprünglich wollte ich das Cottage mal als Schäferhütte für die Lammperiode kaufen«, bemerkte er und sah sich mit einem Lächeln im Raum um. »Es hat sich nicht schlecht gemacht, muß ich sagen.«

»Hattest du wirklich vor, es zu kaufen?« fragte Clare, und ihr wurde noch nachträglich angst bei dem Gedanken, daß er ihr das Häuschen hätte streitig machen können.

»Es wäre ein ziemlicher Luxus gewesen. Schaffarmer haben heutzutage nicht so viel Geld übrig.«

»Da bin ich aber froh«, erwiderte sie gut gelaunt.

»Nun, im Moment kann ich mich eigentlich nicht beklagen.«

Er hatte sie unverwandt angesehen, als er vorschlug – halb im Scherz, wie sie glaubte –, sie könne ja mal mitkommen und sich das Lammen und alles, was damit zusammenhing, ansehen. Sie hatte eingewilligt, und der erste Morgen war wie eine Offenbarung gewesen. Sie waren eine halbe Stunde vor Sonnenaufgang aufgebrochen, die Luft roch frisch und süß und hatte etwas verheißungsvoll Prickelndes. Eine blasse Mondsichel hing zwischen fedrigen Wolken, und als es heller wurde, sah die Landschaft aus wie frisch gewaschen.

Es war eine Freude, Donald zuzusehen, wie er sich konzentriert und mit erfahrenen, ruhigen Bewegungen um die Tiere kümmerte. Er und Trim arbeiteten wie ein eingespieltes Team, das sich ohne Worte verstand. Kaum hatte Donald ein bestimmtes Schaf im Auge, war Trim auch schon bei ihm und trennte es von den anderen. Zuerst hatte sie befürchtet, nur im Weg zu sein und alles falsch zu machen, aber Donald hatte ihr geduldig und ohne Eile alles erklärt.

»Diese alte Dame hier zum Beispiel, guck sie dir an. Man könnte meinen, sie hätte mich noch nie im Leben gesehen, so wie sie sich anstellt. Ruhig jetzt, du dummes Ding.«

Das Mutterschaf stampfte mit den schmalen, schwarzen Vorderbeinen und verdrehte ein gelbes Auge in Trims Richtung. Der Collie lag ein paar Meter entfernt mit erhobenem Kopf im Gras und sah sehr geschäftsmäßig drein. »Sie ist selbst hier in der Nähe zur Welt gekommen«, erklärte Donald, »und sucht bei jedem Lammen diese Stelle auf. Sind unheimlich standorttreu, diese Schwarzgesichter. Wenn man ihnen die Wahl ließe, würden sie ihr ganzes Leben auf denselben paar Quadratmetern Hügelland verbringen.«

»Müssen sie nicht in den Stall, um die Lämmer zu werfen?«

»Manche Rassen schon, aber das hier sind Highland-

Schafe, sehr robust. Sie sind nicht daran gewöhnt, zusammengepfercht zu werden. Sie verteilen sich auf den Hängen, weil das Weideland hier recht karg ist.«

Clare sah gern zu, wie er mit seinen großen Händen ein Lamm zu Welt brachte, untersuchte, ob die Atemwege frei waren, den kleinen Körper hin und herschwang, um sicherzugehen, daß die Atmung einsetzte, und es dann in die Obhut der besorgten Mutter gab.

»Warum können sie nicht alleine werfen, wie andere Tiere in der freien Natur?«

»Meistens können sie das, vor allem, wenn sie nur ein Lamm zur Welt bringen. Aber wir versuchen, die Geburtenrate durch Zwillings- und Drillingsgeburten zu erhöhen, und dann kommt es manchmal zu Komplikationen. Außerdem kann ein Mutterschaf selten drei Lämmer säugen, deshalb müssen wir ihm das dritte wegnehmen und einem Schaf geben, das sein eigenes Lamm verloren hat.«

Clare hatte begonnen, sich auf diese frühmorgendlichen Runden über die Hügel zu freuen. Manchmal fuhren sie im Landrover herum und verteilten ein Proteinkonzentrat, das die Milchproduktion der Mutterschafe anregen sollte, dann wieder gingen sie zu Fuß die Herden ab, und Clare verkniff es sich bei diesem ernsten Geschäft, in Begeisterungausbrüche über die allgegenwärtigen Naturschönheiten zu verfallen. Daher war es immer ein besonderer Höhepunkt, wenn Donald einen bequemen Felsblock aussuchte, um mit ihr den Sonnaufgang zu betrachten, oder sich Zeit nahm, ihr die Gegend zu erklären, die Namen der Berge und Farmen aufzuzählen und die alten und neuen Grenzverläufe von Rhumore zu beschreiben.

Nebenbei erfuhr sie ein paar nüchterne Tatsachen über die Schafzucht. »Hunderte von kleineren Farmern, die sich nicht vergrößern oder auf andere Landwirtschaftszweige umstellen können, müssen heutzutage aufgeben. Die Subventionen sind stark gekürzt worden, und wir bekommen ständig gesagt, daß wir die Produktion einschränken sollen. Die Preise sind zwar nicht mehr so katastrophal niedrig wie vor vier oder fünf Jahren, als für ein Mutterschaf im Schnitt nur dreißig Pfund bezahlt wurden und ein Pferch mit vier Lämmern für zwanzig wegging. Doch selbst wenn heute wieder hundertsechzig Pfund pro Schaf erzielt werden wie neulich in Sterling, wird dabei niemand reich ...«

Warum langweilt mich das nicht zu Tode? fragte sich Clare verwundert. Im Gegenteil, sie fand es interessant. Es lag etwas sehr Klares und Befriedigendes in der Arbeit der Farmer, die auf direktem Wege menschlichen Grundbedürfnissen diente – Wolle für Kleidung, Fleisch und Milch als Nahrung. Dazu kam die aufregende Erfahrung, bei der Geburt neuen Lebens dabeizusein, zuzusehen, wie die kleinen Wesen sich sofort auf ihre wackeligen Beine stellten und zu trinken begannen. Die weite, rauhe Landschaft und die Freiheit, nach Belieben darin umherstreifen zu können, vereinten sich mit dieser Erfahrung zu einem neuen, berauschenden Gefühl der Lebendigkeit, auf das sie zwar intuitiv gehofft hatte, als sie beschloß, nach Schottland zu kommen, das sie jedoch kaum näher hätte beschreiben können.

Etwa zu jener Zeit fand Clare auch ihren Weg in die Alte Spinnerei in Luig. Das quaderförmige, dreistöckige Gebäude mit seinen vielen schmalen Fenstern in der dunklen Steinfassade lag direkt an einem kleinen, reißenden Fluß. Vor dem Eingang stand ein Range Rover mit einem Labrador am Steuer.

In einem abgeteilten Bereich des Erdgeschosses befand sich ein vollgestopfter, aromatisch duftender Lebensmittelladen. Eine hochgewachsene junge Frau mit langen braunen Haaren, die in einem ausgebleichten Kittel steckte, stand inmitten von Säcken voller Hülsenfrüchte, Getreide und Mehl. Getrocknete Blumen und Kräuter und Zöpfe von Zwiebeln und Knoblauch hingen von der Dekke; vollwertig aussehende Brotlaibe stapelten sich in großen Waschkörben, ähnlich dem, den Donald bei der Versteigerung erworben hatte. Clares Augen wurden vor allem von der langen Reihe aus Gläsern und Tontöpfen voll Kräuter und Gewürze angezogen.

Die junge Frau war mit der ellenlangen, auf die Rückseite eines Briefumschlags gekritzelten Liste einer Kundin beschäftigt, begrüßte Clare aber mit einem breiten Lächeln. Auch von der Kundin kam ein freundliches Nicken. Clare wartete gern, sah sich um, schnupperte und öffnete ihre Sinne den versammelten Köstlichkeiten.

»Du bist Clare«, sagte die Ladenbesitzerin, als die andere Kundin gegangen war.

Clare riß die Augen auf, dann lachte sie.

»Ich bin Trudy Thompson. Lilias hat mir erzählt, daß du hereinschauen würdest. Wie kommst du mit deinem Cottage voran?«

Sich mit Trudy zu unterhalten war wie ein warmes, entspannendes Bad. Sie gehörte zu jenen offenen, direkten Menschen, die keine Mißgunst und keine Verstellung kennen.

»Was hat dich hierher verschlagen?« fragte Clare, als Trudy zwei Tassen Kaffee in den Laden brachte und sie gleichzeitig warnte, daß sie wohl nicht dazu kommen würde, ihren auszutrinken.

»Ben und ich haben als Lehrer in Watford gearbeitet. An einem Januarabend kamen wir beide völlig erschöpft und frustriert nach Hause, bereit, uns in den nächsten Fluß zu stürzen. Zum Glück sprachen wir uns aus und beschlossen auf der Stelle, etwas zu verändern. Wir setzten uns zusammen und überlegten, was wir wirklich tun wollten und wo wir leben wollten. Dann malten wir einen Kringel um einen Teil der Westküste Schottlands, fuhren sobald wir konnten hin, und sahen uns um.«

»Und fandet das hier. Wohnt ihr hier auch, in der Spinnerei?«

»Komm, ich zeig's dir ... oh, vergiß es« – ein Kunde kam herein –, »aber bleib noch ein bißchen, wenn du Zeit hast.«

Clare blieb, zumal sie noch gar nichts eingekauft hatte. Es gab an diesem Tag nicht viel Gelegenheit, sich zu unterhalten, aber Clare lief mit der frohen Gewißheit ins Ortszentrum zurück, eine neue Freundin gewonnen zu haben.

»Trudy ist eine der Besten«, bestätigte Donald, als sie ihm davon erzählte. »Sie hat diesen tollen Laden aufgebaut und erledigt auch noch die Schreibarbeit für die Töpferei, Rechnungen, Bestellungen und so weiter.«

»Was ist mit Ben?«

»Hast du ihn denn nicht kennengelernt?«

»Er war gerade bei einem anderen Töpfer in der Nähe von Drishaig, hat mir Trudy erzählt.«

Donald nickte.

»Wie ist er denn?« fragte Clare nach, die vor allem mehr über Trudys Leben erfahren wollte.

»Hm, laß mich überlegen. Sagen wir, er läßt nicht viel zwischen sich und seine Kunst kommen.«

»Aha.«

Sie saßen so nahe am Feuer, wie sie mit den Sesseln heranrücken konnten, und wärmten ihre vor Kälte tauben Finger an den Teebechern. Die Schuhe hatten sie ausgezogen und ihre Füße kameradschaftlich nebeneinander gegen die Ofentür gestemmt.

Peitschender, mit Schnee vermischter Regen hatte Donald an diesem Morgen davon absehen lassen, Clare aus dem Bett zu holen, aber sie hatte die Scheinwerfer des langsam über den Hügel rollenden Landrovers bemerkt und sich geärgert, daß er sie zurückließ. Als sie ihn eingeholt hatte, kniete er im Licht der Autoscheinwerfer neben einem erschöpften Mutterschaf, dessen Fell von seinem Kampf auf dem nassen Boden schlammbedeckt war.

»Du bist wohl verrückt«, lautete sein Kommentar, als er sie neben sich entdeckte, aber es klang nicht unwillig.

»Warum hast du mich nicht abgeholt?« fragte sie beleidigt.

»Aye, laß uns später darüber diskutieren, ja? Ich könnte Hilfe gebrauchen, wo du schon mal hier bist.«

»Was soll ich tun?« Sie erwartete, daß er sie bitten würde, irgend etwas aus einer Jackentasche oder dem Landrover zu holen.

»Kannst du mir hierbei zur Hand gehen? Es ist eine schwere Geburt, und ich tue dem armen Tier mehr weh als ich ihm helfe.«

Clare zögerte nicht. Der niederprasselnde Regen, das Halbdunkel, der rutschige Schlamm und das notleidende Schaf ließen keinen Raum für Zimperlichkeit. Sie kniete sich neben Donald und folgte aufmerksam seinen Anweisungen, schob ihre Hand in den Uterus und tastete nach den kleinen Hufen.

»Versuch, ob du sie nach unten drehen kannst.«

Zu vertieft in ihre Aufgabe, um sich zu ekeln, bewegte sie die schlüpfrigen Beinchen vorsichtig in die richtige Richtung und bekam sie besser zu fassen.

»Jetzt langsam ziehen«, sagte Donald ruhig.

»Es geht nicht«, keuchte sie verzweifelt.

»Halt fest, ich helfe dir.«

Der Anblick des schleimigen, kleinen Bündels auf dem

zertretenen Gras war einer der bewegendsten Momente, die Clare je erlebt hatte. Sie konnte sich später nicht mehr daran erinnern, was sie genau gestammelt hatte, aber sie erinnerte sich gut an die nachsichtige Belustigung in Donalds Stimme, als er mahnte: »Sie wird vielleicht mit dem nächsten auch noch Hilfe brauchen.«

Das zweite Lamm kam ohne Probleme zur Welt, und die Mutter war schon wieder auf den Beinen und suchte nach ihrem Nachwuchs, während Donald es noch abrieb und seine dürren, unsicheren Beinchen stützte.

»Gibt einem ein gutes Gefühl, was?« sagte er und sah sie mit einem warmen Lächeln an.

»Oh, Donald!«

»Ohne dich hätten wir Schwierigkeiten gehabt.«

»Und du wolltest mich nicht mitnehmen!« fiel es ihr wieder ein.

Donald lachte. »Komm, heute hast du dir dein Frühstück wirklich verdient.« Als sie zum Landrover gingen, legte er ihr einen Arm um die Schulter, und diese freundschaftliche Umarmung, bei der der Regen von Kapuzen und Ärmeln troff und die dreckigen Jeans an ihren Knien klebten, bedeutete Clare mehr als jede romantische Geste.

KAPITEL 14

Als sie die alte Molkerei der Farm betrat, entdeckte Clare erfreut einen Brief von Magda auf einer Schieferplatte neben ihrer Milch. Begierig überflog sie die computergeschriebenen Seiten mit Berichten über das Carlini und suchte nach dem, was sie lesen wollte.

Magda war zu beschäftigt, um zu kommen. Der Vertrag mit ihrem Bruder war noch nicht unter Dach und Fach, seine Frau hatte sich in letzter Minute geweigert, nach England zu ziehen, und Paolo pendelte zwischen dem Hotel und seiner Familie in Italien hin und her. Magda konnte nicht weg, ehe sie eine dauerhafte Lösung gefunden hatte. Auf Clares neues Leben ging sie mit keinem einzigen Satz ein.

Clare sagte sich tapfer, daß sie ja doch nur auf ein wenig Ego-Massage aus gewesen war, eine kleine Anerkennung von ›daheim‹, daß ihre Entscheidung richtig und nicht nur eine Verzweiflungstat gewesen war. Aber sie konnte nicht leugnen, daß sie sich zurückgesetzt fühlte. Bei ihrer Antwort ging sie ausführlich auf Magdas Besorgnis (die eher nach Zorn klang) wegen der Teilhaberschaft ein, bat die Freundin aber trotzdem inständig, nach Schottland zu kommen, bevor die Sommersaison sie vollständig in Anspruch nehmen würde. Dann lenkte sie sich durch Arbeit von ihrer Enttäuschung ab und machte sich endlich an eine Aufgabe, die sie die ganze Zeit aufgeschoben hatte, weil es draußen Verlockenderes zu tun gab: das Ausräumen des Dachbodens. Grau-grüne Spinnweben verdeckten die beiden kleinen, schmiedeeisernen Dachluken und hingen von den groben Balken. Übelriechende, von Mäusen angenagte Läufer, ein verrostetes Kamingitter, ein Gasbrenner mit einer zerfressenen Gummileitung, ein zerbrochener Spiegel und ein Karton mit Marmeladengläsern waren auf wurmstichigen Brettern und alten Schranktüren über den Querbalken angehäuft. Sie holte den ganzen Schrott herunter und warf ihn zusammen mit dem restlichen Müll aus dem Schuppen und allem anderen, was sie nicht hatte verbrennen können, auf einen Haufen, den Donald nach dem Lammen wegschaffen würde. Eine sehr viel vergnüglichere Aufgabe war es, nach und nach den Wall aus Erde und Gras, Nesseln und Löwenzahn rund um die Hauswände zu entfernen. Dabei stieß sie auf große Steinplatten unter dem groben Rasenteppich vor der Haustür. Sie begann auch, die Brennesseln auszureißen, die auf dem Wiesenstück aus dem Boden schossen, wo Donald die Wäscheleine für sie gespannt hatte, und verbrachte einige glückliche Stunden damit, die alte Furt über den Bach neu anzulegen, auch wenn diese praktisch nicht mehr benutzt wurde.

Sie ließ sich bei allem Zeit und sah sich immer wieder um, konnte ihre Augen kaum von der zarten Frühlingsschönheit abwenden, die das plötzlich einsetzende warme Wetter hervorgebracht hatte. Sie hatte im Gemüsegarten die ersten Samen ausgestreut, die Saatkartoffeln von Donald keimten in ihren Kästen, die Kräuter von Lilias gediehen, und die kalten, dunklen Tage bei ihrer Ankunft waren fast vergessen.

Da Donald jetzt soviel zu tun hatte, ging sie oft zu Fuß ins Dorf. Genau wie die Farm kam es ihr mittlerweile sehr viel näher vor. Sie verlor manchmal jedes Zeitgefühl, stand meistens bei Morgengrauen auf und ging zu Bett, wenn ihr danach war. Sehr zur Belustigung des Dorfes und ihrer neuen Freunde tauchte sie eines Sonntags in Inverbuie auf und wollte einkaufen. Die versammelte Familie Markie entdeckte sie auf ihrem Rückweg von der Kirche mit verständnisloser Miene vor dem geschlossenen Laden. Stephen und Lucy und ihre beiden genügsamen Kinder Oliver und Libby waren zu Ostern nach Tigh Bhan gekommen. Clare wurde sofort zum Mittagessen eingeladen. Lilias war schon beim Angießen des Bratens, noch ehe die anderen die Autos verlassen hatten. Sie trug sogar noch den kleinen, zum Kostüm passenden Tweedhut unter dem keck die weißen Locken hervorsprangen.

Clare wurde ins Wohnzimmer geschickt, das in Sonnenlicht gebadet und von Narzissenduft erfüllt war. Ausgeblichene Perserläufer auf dem hellen Holzfußboden, dicke, weiche Kissen auf ausladenden Sofas, und überall Bücher. Gerald trug einen Kilt, ein Tweedjackett mit Lederflicken an den Ellbogen und sehr kratzig aussehende Wollstrümpfe. Er stapfte in seinen schweren, womöglich mit Nägeln beschlagenen Schuhen herum und holte nacheinander Eis, Zitrone, Tonicwater, Nüsse und eine Schale mit farb- und geschmacklosen Kürbiskernen.

Die Kinder spürten genauso wie die Hunde, daß es besser war, den Erwachsenen aus dem Weg zu gehen, und zogen sich zu einem gigantischen Puzzle auf einem Tisch in einem großen Erker zurück. Stephen versuchte, seinem Vater ein paar Gänge in die Küche abzunehmen, erhielt aber nur den Befehl, sich hinzusetzen.

»Ihr braucht nicht alle wie aufgescheucht herumzulaufen. Kümmere du dich um Clare. Teufel, wo ist das Bratenmesser? Diese verdammte Frau legt nie etwas an seinen Platz zurück. Ich habe es langsam satt mit ihr.« Krachen, Poltern, Scheppern.

»Er meint Barbara Bailey, glaube ich«, bemerkte Stephen trocken.

Clare lachte. »Sollte ich meine Hilfe anbieten?«

»Lieber nicht. Lucy wird ein bißchen dekorativ in der Küche herumstehen, und sie und Ma werden sich auf die Nerven gehen, in aller Höflichkeit natürlich, aber irgendwann wird das Essen dann auf dem Tisch stehen.«

Clare fand Lucy interessant. Sie wirkte so distanziert, nicht hochmütig oder unfreundlich, aber so als lebe sie in ihrer eigenen Welt. Schon vom Körperbau her war sie ein ganz anderer Typ als ihr stämmiger Mann und die kräftigen Sprößlinge, schlank und zart, mit fließenden, unentschlossenen Bewegungen, einer dichten Masse dunklen Haars und weich fallenden Kleidern. Sie lächelte viel und war sanft zu den Kindern, und die Hunde beteten sie hechelnd an, aber sie schien jedem engeren Kontakt aus dem Weg zu gehen.

Das Essen schmeckte ausgezeichnet. Die Prädikate ›selbstgezogen‹ und ›ökologisch‹ hingen in der Luft. Gerald zerlegte unter viel Aufhebens aber fachgerecht den Braten, und Lilias strahlte mit rosigen Wangen, die von der Ofenhitze oder den großen Gin Tonics, die Gerald in die Küche getragen hatte, herrühren mochten, am Kopfende des Tisches. Glücklicherweise waren die beiden zu sehr damit beschäftigt, Stephens Fragen an Clare über das Cottage zu beantworten, um aufeinander loszugehen.

»Dabei fällt mir der kleine Sessel ein, den Sie für Ihr Schlafzimmer gekauft haben, Clare«, unterbrach Lilias ihre Schilderung, wie wunderbar sich ihre ehemaligen Vorhänge in der neuen Umgebung machten. »Ich habe ein oder zwei Stoffe herausgesucht, die einen passenden Bezug abgeben würden. Können Sie selbst einen neuen Bezug nähen?«

»Na ja ...«

»Sonst bringen Sie den alten her, und ich zeige Ihnen, wie es geht.«

»... oder ich mache es gleich selbst«, hörte Clare Stephen murmeln, als er ihr die Nachspeise aus Gartenfrüchten mit Sahne reichte (»muß die Tiefkühltruhe vor dem Sommer leerbekommen«), über die sich geschmolzener, brauner Zucker zog. »Sagen Sie einfach ja.«

Oliver wurde mit ein paar markigen Sprüchen aufgezogen, weil er im Herbst auf das Militärinternat Gordonstoun gehen sollte, und nahm die Scherze recht gelassen hin, obwohl Clare sie ein wenig hart fand. Als sie beim Käse angekommen waren (Stilton oder Stilton), hielt Gerald die Tischgesellschaft mit der Regimentsgeschichte im Bann, an der er gerade schrieb. Stephen, der als Oberstleutnant im selben Regiment diente, gab bemüht zurückhaltende Kommentare dazu ab und hoffte wohl im stillen, wie Clare argwöhnte, daß das Werk nie gedruckt würde.

Nachdem unter viel Lärmen der Tisch abgeräumt worden war und man sich darüber verständigt hatte, was in die Geschirrspülmaschine getan werden und was für Barbara Bailey stehenbleiben sollte, ließ sich Lucy mit *Queen Victoria's Highland Journal*, Band I hinter dem Flügel nieder und schien nichts davon mitzubekommen, daß eine Exkursion organisiert wurde, um den Gast nach Hause zu begleiten.

Das Schönste war für Clare in diesen Wochen, jeden Abend mit Donald hinauszugehen und Mutterschafe und Lämmer für die Nacht zusammenzutreiben. Die Lämmer hatten das Flegelalter erreicht; sie stießen sich gegenseitig von Felsblöcken, imponierten den anderen durch halsbrecherische Bocksprünge, preschten wie auf Befehl gemeinsam die Hügel hinunter und tollten endlos über die Wiesen. Sie trugen Nummern, die auf ihr Fell gesprüht worden waren – viele davon eigenhändig von Clare –, aber da die meisten ihrer Mütter nicht bis zwei zählen konnten und sich wenig darum kümmerten, wenn ein Sprößling fernblieb, dauerte es manchmal einige Zeit, sie wieder zusammenzuführen.

Goldene Abende – das junge Grün, das die Hügel jeden Tag ein wenig mehr bedeckte, Vögel, die geschäftig am Ufer pickten (Clare konnte nun einen Austernfischer von einer Möwe unterscheiden), weiches Licht über dem See und Donald mit seinem Hirtenstab, ein blökendes Lamm unterm Arm und etwas über herzlose Mütter vor sich hinmurmelnd.

Als die Lämmer heranwuchsen, konnte die Herde mehr

sich selbst überlassen werden, und sie saßen oft zusammen auf einem Stein und unterhielten sich bis zur Dämmerung, die hier oben erst viel später eintrat, als Clare es vom Süden her kannte.

»Genieß die Zeit, bevor die Mücken kommen«, ernüchterte sie Donald, wenn die Begeisterung mit ihr durchging, und sorgte überhaupt dafür, daß sie sich keinen romantischen Illusionen über ihre neue Heimat hingab. Diese idyllischen Abendstunden waren nicht nur von Harmonie bestimmt.

Einmal erzählte er ihr von einem Zusammenstoß, den sein Schäfer Calum Macdonald, der sich um die Schafe und Lämmer auf der Ebene von Righ Bay im Norden der Landzunge kümmerte, mit einer Gruppe Wanderer und deren beiden Hunden gehabt hatte. Calum und seine Frau waren bis zur Dunkelheit draußen gewesen, um Mutterschafe und Lämmer zusammenzubringen, nachdem die Herde sich in Panik zerstreut hatte.

»Ich glaube, die Wanderer wissen gar nicht, was sie da anrichten«, bemerkte Clare und dachte an ihre eigenen Streifzüge durch die Berge von Wales. Damals hatte sie den Schafen nicht mehr Beachtung geschenkt als den Felsbrocken, zwischen denen sie grasten.

»Das sollten sie aber, verdammt noch mal«, schimpfte Donald.

»Aber die Berge sind doch schließlich für alle da, sie gehören niemandem«, entgegnete sie. »Ich meine nicht eingezäuntes Weideland wie dieses, sondern die Meilen um Meilen von Landschaft, auf denen nichts wächst. Warum sollen die Leute denn nicht dort wandern?«

»Und was ist mit der Jagd?«

»Das ist doch sowieso ein barbarischer Brauch«, rief Clare, die glaubte, sich auf sicherem Terrain zu bewegen, weil Donald doch Farmer war. »Was soll besser daran sein, wenn Leute zum Spaß auf Tiere schießen, als wenn sie wandern und die Natur genießen?«

»Glaubst du wirklich an diesen wirklichkeitsfremden Blödsinn, daß die Berge niemandem gehören? Mein Gott, Clare, ich hätte dich für klüger gehalten. In jedem Quadratzentimeter Boden hat jemand sein Kapital stecken, und dieser Jemand will einen Ertrag sehen. Die Jagd ist eine Ertragsquelle und außerdem wichtig, damit das Wild nicht überhandnimmt und das Weideland für die Schafe erhalten bleibt. Und was ist mit den Arbeitsplätzen? Abgesehen von den Jobs der Jagdaufseher und Treiber bringt die Jagd auch Kundschaft für die Hotels und den Einzelhandel in die Region.«

»Trotzdem finde ich, daß Wanderer ein Recht auf die Berge haben«, wehrte sich Clare, obwohl Donalds Ausbruch sie etwas verunsichert hatte.

»Vielleicht – solange sie sich an die Wanderwege halten, wo sie keinen Schaden anrichten können und die Jagdsaison und die Zeiten des Lammens berücksichtigen. Und solange sie ihre Hunde an der Leine halten und keine Plastiktüten oder Dosen herumliegen lassen und nicht über Zäune klettern oder Gatter offen lassen oder, was noch schlimmer ist, Gatter schließen, so daß die Tiere nicht ans Wasser können, und so weiter und so fort.«

»Nicht alle Wanderer sind so ignorant«, entgegnete sie, mußte aber schon ein wenig lachen, weil sie merkte, daß Donald sie jetzt provozieren wollte.

»Und was das barbarische Töten von Tieren angeht«, sagte er und wechselte seine Angriffsstrategie, »so kann ich mir nicht vorstellen, daß du etwas gegen einen Teller Wilbret oder ein gebratenes Moorhuhn einzuwenden hättest.«

»Das hätte ich bestimmt nicht«, stimmte Clare fröhlich zu.

»Dann solltest du mal bei einer unserer Treibjagden mitkommen und sehen, was da so alles herumkreucht und fleucht. Danach unterhalten wir uns weiter.«

»Du veranstaltest Jagden? Ich dachte, Rhumore wäre eine Farm.«

»Ein Teil der Ländereien, die wir über die Jahre von Glen Righ erworben haben, sind Moor- und Waldgebiete voller Moorhühner und Wild. Was ich damit verdiene, erlaubt mir, die Farm weiterzuführen.« Sein Sarkasmus war pointiert, aber nicht bösartig, und an dem Funkeln in seinen Augen erkannte Clare, daß er den Schlagabtausch genoß. »So, nachdem wir das geklärt haben, machen wir uns besser auf den Heimweg«, schloß er mit einem Blick zum Himmel. »Meine Mutter versteht unter Abendessen eine kräftige Mahlzeit, und sie wird schon nach mir Ausschau halten.«

Seine Tochter Fiona hatte nicht bis zum Ende des Lammens durchgehalten, und so war Donalds Mutter, die in Fort William lebte, eingesprungen.

»Gefällt es ihr, wieder in Rhumore zu sein?« fragte Clare, während sie am Seeufer entlanggingen.

»Teils, teils«, antwortete Donald zurückhaltend.

Clare sah ihn fragend an.

»Zwei Frauen unter einem Dach«, ergänzte er mit einem resignierten Zurückwerfen des Kopfes.

»Hat sie denn früher gern hier gelebt – als dein Vater noch am Leben war, meine ich?«

»Sehr gern. Aber jetzt ...« Er brach ab und sagte stattdessen: »Na ja, sie ist schon ein bißchen zu alt, um Lämmer mit der Flasche aufzuziehen und solche Scherze.«

Clare spürte einen Stich der Eifersucht, als sie daran dachte, daß Ishbel diese Aufgaben mit ihm geteilt hatte, eine Farmersfrau, kompetent, zupackend und ganz zu Hause in ihrer Welt. Doch dann tadelte sie sich selbst:

Diese Frau war schwer krank, lag wahrscheinlich im Sterben.

Es geschah während dieser stillen Abendstunden, in denen sie in die Landschaft blickten, abwechselnd schwiegen und sich unterhielten, daß Donald zum ersten Mal über Ishbels Krankheit sprach, wenn auch nur kurz und mit einer merkwürdig unterdrückten Wut.

»Du hast sicher von Ishbel gehört?«

»Ja.«

Er nickte auf ihre knappe, direkte Antwort. »Daß sie Krebs hat?«

»Ja.«

»Es hat also tatsächlich jemand das gefürchtete Wort ausgesprochen?«

»Lilias.«

»Natürlich, Lilias.« Er verfiel in Schweigen, sein Gesicht düster, und Clare wartete unsicher ab.

»Ishbel weigert sich, darüber zu reden«, sagte er nach einer Weile rauh. »Das Wort Krebs kommt nicht über ihre Lippen. Wenn man ihr zuhört, könnte man meinen, sie hätte eine Verdauungsstörung oder so etwas.«

Was um alles in der Welt sollte man zu einem Mann sagen, der seiner Frau beim Sterben zusehen muß? dachte Clare deprimiert.

»Und wir müssen dieses Spiel alle mitspielen.«

»Das ist bestimmt sehr schwer für dich.« Vielleicht erklärte das, warum er nicht gern nach Hause ging und soviel Zeit mit ihr verbrachte, die nichts mit diesem häuslichen Drama zu tun hatte.

Ihre Antwort hörte sich in ihren Ohren banal an, aber Donald mußte das echte Mitgefühl darin gespürt haben. Er sah sie an. »Du hast deinen Mann verloren, nicht wahr?«

»Ja, vor drei Jahren.«

»Macht es dir etwas aus, darüber zu sprechen?«

»Nein – nicht wirklich.«

»Wie ist es passiert?« Clare verstand, daß er Trost suchte, auch wenn es nur der Trost einer gemeinsamen traurigen Erfahrung war.

»Ein Unfall.« Ich werde es nie genau wissen, schrie eine innere Stimme. Immer noch wurde sie von so vielen unbeantworteten Fragen gequält. War Martin an jenem Dezembermorgen mit einem verzweifelten Entschluß aus dem Haus gegangen? Hatte er gewußt, was er tun würde? Sie hatte ihm mit einer Mischung aus Abscheu und Mitleid nachgesehen, als er mit bemüht aufrecht-militärischer Haltung zum Auto ging und versuchte, die Maske des untadeligen Stabsoffiziers aufrechtzuerhalten, was ihm von Tag zu Tag schwerer gefallen war.

Sie bemerkte nicht, daß sie zitterte, bis Donald seine große, warme Hand auf ihren Arm legte.

»Es tut mir leid, Mädchen, ich weiß nicht, was in mich gefahren ist. Ich hätte dich nicht danach fragen dürfen. Ich habe mich zu sehr von meinen eigenen Problemen mitreißen lassen. Dich traurig zu machen war wirklich das letzte, was ich wollte.«

»Nein, nein, es ist schon in Ordnung«, sagte Clare schnell. Sie spürte, daß hier die Gelegenheit war, sich endlich jemandem anzuvertrauen. »Es macht mir nichts aus, ehrlich. Weil ... es war nicht so, wie es scheint.« Der lange unterdrückte Schmerz, die Zweifel, die Selbsttäuschung und die Scham schienen anzuschwellen wie ein eiternder Abszeß, der nie geöffnet worden war.

Donald sah sie plötzlich aufmerksam an. »Hast du noch nie mit jemandem darüber gesprochen?«

»Nein.« Ihr Flüstern war kaum zu hören. »Nein. Es gab niemanden, dem ich davon hätte erzählen können.«

»Würde es dir helfen, darüber zu reden?«

»Mit dir schon, mein Gott, ja, das würde es.«

»Ich habe mich schon die ganze Zeit gefragt, ob du hierhergezogen bist, um über den Tod deines Mannes hinwegzukommen«, fuhr Donald in seiner wohltuend beruhigenden Art fort.

»Nicht unbedingt. Na ja, zum Teil schon. Ich habe mich nie richtig damit auseinandergesetzt, habe mich ganz vom Hotelbetrieb vereinnahmen lassen ...«

»Ich weiß, was du meinst.« Er wandte den Kopf ab und sah auf den See hinaus. Clare dachte, er sei mit den Gedanken wieder bei Ishbel, doch er sagte: »Wenn du glaubst, daß es dir hilft, kannst du es mir erzählen. Niemand sonst wird davon erfahren. Manchmal denke ich, daß Reden die einzige Heilungsmöglichkeit ist.«

Wie sollte sie ihm von den Ungewißheiten um Martins Tod erzählen, von dem Verdacht, der ihr zu manchen Zeiten so nebulös und absurd erschien, und dann wieder so furchtbar überzeugend? Wie sollte sie ihre Schuldgefühle in Worte fassen, weil sie nie versucht hatte, Martin zu helfen, außer indem sie bei der Farce ihrer Ehe weiter mitspielte? Warum war sie dazu bereit gewesen? Warum war sie bei ihm geblieben? Aus der Distanz der Jahre wirkte ihre Entscheidung unerklärlich und feige. Wie sollte sie das dem aufrechten Donald erklären, der in einer einfacheren, ehrlicheren Welt lebte? Aber es würde eine Erleichterung sein, ihm wenigstens einen Teil zu erzählen. Mit einer hohen, affektierten Stimme, wie sie prüde Menschen haben, die Worte wie ›Penis‹ und ›Vagina‹ besonders locker aussprechen wollen, hörte sie sich sagen: »Er war homosexuell.«

»Sprich weiter«, sagte Donald, und Clare merkte, daß er nicht schockiert war, aber den Riesenschritt verstand, den das Aussprechen dieser Tatsache für sie bedeutete.

»Es gab ... ich hätte es schon früher bemerken müssen ...«

Aber sie konnte weder Donald noch sonst jemandem mitteilen, was für ein Schock es gewesen war, früher als geplant von einem Spaziergang nach Hause zu kommen und Martin im Wohnzimmer vor einem Video zu finden, mit offener Hose und einem Ausdruck der Ekstase im Gesicht, den sie noch nie zuvor bei ihm gesehen hatte. Es war ihr unmöglich, das schreckliche Gefühl der Zurückweisung, des Ungenügens als Frau zu beschreiben, das sie seitdem gequält hatte. Hastig wandte sie sich einer anderen Erinnerung zu. »Einmal, im Kasino, eigentlich habe ich gar nicht viel gesehen ...«

Sie war sich hinterher nicht sicher, wie es ihr gelungen war, Donald diesen flüchtigen Eindruck zu schildern, der sich dennoch mit solcher Schärfe in ihr Gedächtnis gebrannt hatte. Sie war einen breiten Korridor entlanggegangen, um sich kurz von der Party im Kasino zu erholen, und hatte durch eine halb offene Tür die jungenhaften Schultern und den schmalen Nacken eines Stewards in seiner weißen Uniform gesehen. Blonde Haare, mit goldenem Flaum bedeckte Wangen und eine Hand, die diese zarte Haut mit großer Zärtlichkeit streichelte – Martins Hand ...

»Er muß Höllenqualen ausgestanden haben. Martin hatte eine wichtige, aber heikle Position inne, stand als Stabsoffizier einem sehr viel älteren Offizier vor. Ein untadeliger Ruf war alles. Er begann zu trinken, verstrickte sich immer mehr in den Kampf, den Schein zu wahren. Es war ein Alptraum, das mitanzusehen. Ich versuchte, mit ihm zu reden, aber es war aussichtslos. Uns verband nichts miteinander, außer daß wir unter demselben Dach lebten und die Fassade aufrechterhielten.«

»Warum bist du bei ihm geblieben?« Donalds Stimme war so sanft, daß sie wie ihre eigenen Gedanken klang.

»Ich kann es mir selbst kaum erklären«, gestand sie. »Vielleicht, weil ich glaubte, daß eine Scheidung seine

Karriere ruiniert hätte. Das behauptete er jedenfalls, und ich wollte nicht daran schuld sein. Für ihn wäre es ein weiterer Riß in der Scheinwelt gewesen, an die er sich so klammerte. Ich konnte nur hilflos zusehen, wie er von einem furchtbaren Sog in die Tiefe gerissen wurde.«

»Dieses Leben muß für dich die reinste Hölle gewesen sein.«

Von dieser Seite hatte sie es noch nie betrachtet; für sie war es immer Martins Hölle gewesen.

»Du warst froh, als er starb.« Eine schlichte Feststellung, die es ihr ermöglichte, sich endlich die Wahrheit einzugestehen.

Sie sah in Donalds aufmerksames, mitfühlendes Gesicht und wußte, daß er sie nicht verurteilte.

»Ich war so dankbar«, bemerkte sie, von Erleichterung durchströmt.

Donald legte einen Arm um sie, und Clare gestattete sich, ihren Kopf an seiner Schulter zu vergraben. Die Zeit stand still, und sie genoß den Frieden und den Trost eines nach langer Zeit erleichterten Gewissens.

KAPITEL 15

Magda verspätete sich um mehr als zwei Stunden. Clare wartete auf sie im Inverbuie-Hotel und ging nach einem besorgten Blick zum bedrohlich dunkeln Himmel noch einmal in Gedanken die Wegbeschreibung durch, die sie ihr gegeben hatte. Das ungute Gefühl beschlich sie, zu sehr auf diesen Besuch gedrängt zu haben, für den Magda nun plötzlich Zeit gefunden hatte. Ina war vollauf mit dem Abendessen beschäftigt, und im ganzen Haus roch es nach Gebratenem.

Dann fuhr Magda vor, und die Ungeduld des Wartens wurde sofort abgelöst von reiner Wiedersehensfreude, als Clare sie mit elastischem Schritt die Treppe hinaufgehen sah, energisch, lebhaft, selbstbewußt. Clare umarmte die Freundin überschwenglich, und als ihr einfiel, daß dies zwischen ihnen nicht üblich war, wischte sie den Gedanken einfach beiseite.

»Mein Gott, ich habe auf den letzten fünfzig Kilometern weder ein Haus noch eine lebende Seele gesehen!«

»Ich dachte schon, du hättest dich verfahren!«

»Verfahren! Es gibt doch nur die eine Straße!«

»Wie schön, dich zu sehen.«

»Was hast du bloß mit deinem Haar gemacht?«

»Nicht viel.« Die Sonne hatte es an den Schläfen fast weiß gebleicht, was zu ihrer Sonnenbräune ganz gut paßte, wie Clare fand. Allerdings hatte sie ein wenig daran herumgeschnipselt, damit es ihr nicht immer ins Gesicht fiel, und sie fuhr sich nun mit einer trotzig-verlegenen Geste an den Kopf.

»Das sehe ich.« Magda musterte sie von Kopf bis Fuß, so daß sich Clare der ausgebeulten Jeans und schlammbespritzten Turnschuhe bewußt wurde, kehrte jedoch gleich wieder zu ihren eigenen Angelegenheiten zurück. »Ich mußte mir unterwegs ein phantastisches Restaurant ansehen ...«

Was?

»... mitten in den Cheviots an der englisch-schottischen Grenze gelegen, weitab von den üblichen Touristenrouten. Eine unglaubliche Speisekarte – guck mal, ich habe eine mitgehen lassen.«

»Zeig sie mir später. Ich habe einen Schmortopf im Ofen.«

»Können wir nicht zuerst einen Drink nehmen? Oder ich zumindest?«

»Du kannst zu Hause einen haben.«

»Ach komm, Clare, ich bin stundenlang gefahren.«

Zwei Minuten später waren sie in der Bar. »Du hattest recht, es ist wirklich scheußlich hier«, erklärte Magda und sah sich kopfschüttelnd um. »Du hast nicht übertrieben.«

Clares Wangen brannten. Will Morrison stand hinterm Tresen, und Magdas Stimme war stets laut und selbstsicher. Er mußte es gehört haben. Wie fremd kam ihr jetzt die Person vor, die sie gewesen war, als sie selbst zum ersten Mal diesen Raum betreten hatte.

»Was macht das Carlini? Hast du furchtbar viel zu tun?« fragte sie schnell.

Magda steckte immer noch mitten in der Schilderung ihrer Schwierigkeiten mit dem Dach des Wintergartens, der Trockenfäule im Personalanbau und der Dermatitis des Küchenjungen, als sie über die buckelige Brücke an Tigh Bhan vorbei in das enge Tal hineinfuhren. »Das ist nicht dein Ernst«, sagte sie, als Clare sie anwies, links abzubiegen. Magda liebte ihren Porsche, dieses höchst konventionelle, von einem Bruder geerbte und nicht mehr ganz taufrische Statussymbol, über alles. Clare hatte sich schon mehr als einmal gefragt, ob er eine Art Penisersatz in Magdas männerlosem Leben darstellte. »Wo um alles in der Welt führst du mich hin? Autsch, armes Auto! Ist das dein Haus?«

»Das ist die Farm. Du kannst den Wagen hier abstellen.«

»Hier abstellen? Es gibt doch bestimmt irgendwo etwas mit einem Dach darüber, oder?«

»Er steht hier ganz gut.«

»Aber wo ist denn nun das Cottage?« wollte Magda wissen und starrte auf die umliegenden Gebäude.

»Am See.«

»Und wo ist der See?«

»Magda, ich habe dir doch geschrieben, daß er anderthalb Kilometer von hier entfernt liegt.«

»Du willst mich wohl auf den Arm nehmen?«

»Welchen Koffer brauchst du für heute nacht?« Aber Clare kannte die Antwort schon.

»Oh Gott, ich weiß nicht. Ich war so in Hetze und habe einfach alles kreuz und quer hineingepfeffert. Du weißt ja, wie das ist.«

Clare sah wieder die Dachwohnung vor sich, die sie miteinander geteilt hatten; sie wußte, wie es war. Sie ließ Magda ihre sogenannten Stiefel anziehen, hochhackige Wildlederdinger, die kaum über die Knöchel reichten, und einen hellen, seidig-glänzenden Trenchcoat. Als sie loszogen, spürte Clare die ersten Regentropfen im Gesicht – jede mit einem cremefarbenen Lederkoffer in der Hand, dazu eine knisternde Plastiktüte und Magdas Gucci-Schultertasche, die für das Nötigste eigentlich ausgereicht hätte.

Clare war froh, daß der Regen nicht über ein leichtes Nieseln hinauskam, auch wenn dieser Unterschied Magda wenig bedeutete, die ihr fluchend und ungläubig über das nasse Gras folgte. Als sie das Cottage erreichten, war sie viel zu aufgebracht über den Zustand ihrer Haare und Füße, um zu bemerken, wie einladend das Haus aussah. Alles war liebevoll auf Hochglanz gebracht, ein Tonkrug mit Lupinen von Rhumore stand im Alkoven neben dem Kamin, und das Feuer loderte hell, um den Lammtopf zu schmoren und für genug heißes Badewasser zu sorgen.

Ein weiteres Glas Gin und die Mitbringsel, mit denen sie Clare überschüttete, sowie die im Sommer beinahe erstickende Wärme des Kaminfeuers und eine Hausführung, begleitet von vielen entsetzten Aufschreien, stellten Magdas gute Laune wieder her.

»Wie absolut scheußlich!« rief sie beim Anblick der Badewanne und wich buchstäblich vor ihrer blauen Tiefe zurück. »Warum hast du denn keine neue einsetzen lassen?«

»Die Geschichte von Thos McCosh habe ich dir doch bestimmt geschrieben. Du hättest die Wanne mal vorher sehen sollen.«

»Ich bin froh, daß mir das erspart geblieben ist. Du erwartest doch wohl nicht, daß ich da hineinsteige? Hast du keine Dusche?«

»Der Wasserdruck ist nicht stark genug.«

»Kannst du keine Pumpe installieren?«

»Und mit was soll die betrieben werden?«

»Du willst mir doch wohl nicht erzählen, daß du immer noch keinen Stromanschluß hast? Selbst hier oben können sie doch nicht derart lahm sein. Warum die Verzögerung?«

Clare starrte sie betroffen an. Hatte Magda denn nicht verstanden ...

»Gott, was für ein Museumsstück! Hast du keine Angst, dich damit in die Luft zu jagen?« Sie meinte den Gaskocher, aber als Clare den Schmortopf aus dem schwarzen Maul des Kohleofens hervorzog, war sie erst recht entsetzt.

»Ich dachte, es würde dir gefallen, einmal die traditionelle, ländliche Kochkunst kennenzulernen.«

»Träum weiter.«

Trotzdem machte es Spaß, wieder mit ihr zusammenzusein und von diesem Wirbel aus Kabbeleien und Gelächter mitgerissen zu werden.

»Das ist kein billiger Supermarktfusel, den ich dir mitgebracht habe, weißt du. Er muß mindestens drei Tage ruhen, bevor du ihn öffenen darfst.«

»Reg dich ab, du mußt ihn nicht einem Kunden anpreisen. Halt mal zur Abwechslung die Klappe und mach eine Flasche auf. Wärm den Wein am Kamin an.«

»Was für ein Sakrileg ...«

»Übrigens habe ich das Lamm persönlich gekannt.«

»Wie barbarisch.«

»Die Kräuter habe ich selbst gezogen ...«

»Oh, erspar mir das.«

Das Wohnzimmer war kleiner geworden, nachdem Magda ihre Siebensachen darin verteilt hatte, aber Clare wußte, daß es ihr gut tat, das Einsiedlerleben für eine Weile aufzugeben.

»Dieser Geschirrschrank ist ein Prachtstück. Was würde man wohl dafür bekommen?«

»Vergiß es. Er würde nicht durch die Haustür passen.«

»Dieser Sessel ist auch nicht schlecht.«

»Finger weg.«

Später fragte Magda: »Du trinkst wieder?«

»Nicht viel. Nur zur Gesellschaft.«

»Sonst hast du es wirklich aufgegeben?«

»Hier ist mir das nicht besonders schwer gefallen.« Ihr einziger Rückfall hatte für sie keine Verbindung mit dem Cottage und war inzwischen nur noch eine verschwommene Erinnerung, wie ein böser Traum. »Es ist einfach ein ganz anderes Leben.« Während sie noch nach Worten suchte, um die Andersartigkeit zu beschreiben, bemerkte Magda: »Du hast mich ganz schön im Stich gelassen, als du einfach so abgehauen bist.«

Clare sah sie mit offenem Mund an. »Magda, trägst du mir das etwa immer noch ...«

Aber Magda hörte nicht zu und begann eine lange Tirade über die Familienzwistigkeiten, die Clare ihrer Meinung nach verursacht hatte. Ihr Bruder Paolo hatte zwar die Anteile gekauft, war aber nicht bereit, sich an der Führung des Hotels zu beteiligen. Nicht nur die gesamte Familie Carlini, sondern auch die Familie von Paolos Frau war in den Streit verwickelt worden. Das Drama war derart verworren und beschäftigte Magda so sehr, daß sie fast nur noch darüber redete, bis es Zeit zum Schlafengehen war.

Es gab keine Diskussion darüber, wer wo schlafen sollte.

»Was für ein teuflischer Mechanismus«, schnaubte Magda, als Clare begann, sich mit dem Schlafsofa abzumühen. »Ich hoffe nur, du hast auf diesem scheußlichen Bettgestell nebenan eine anständige Matratze.«

Clare konnte lange nicht einschlafen. Das Sofa war gar nicht so unbequem, aber das viele Reden und der Wein und die Anwesenheit einer anderen Person im Haus hatten sie aufgewühlt. Der Raum war unangenehm warm, unordentlich und voller unvertrauter Gegenstände. Essensgeruch und Magdas Parfum hingen in der Luft. Magda hatte so sehr darauf gedrungen, die Haustür abzuschließen, daß Clare es nicht fair fand, sie heimlich wieder zu öffnen und die klare, kühle Nachtluft hereinzulassen.

Am nächsten Morgen, als sie auf Magdas Erscheinen wartete, war sie noch ruheloser und obendrein unzufrieden, weil sie sich auf nichts konzentrieren konnte. War ihre neue Unabhängigkeit so fadenscheinig, daß sie nicht die kleinste Belastung vertrug?

Magda kam schließlich in einer Stimmung aus dem Schlafzimmer getaumelt, die Clare gut kannte – voller neuer Energie, die stoßweise hinter ihrer morgendlichen Griesgrämigkeit hervorbrach. Ohne ihr Make-up sah sie zehn Jahre älter aus, der olivfarbene Teint wirkte grünlich, das Gesicht schlaff und faltig. Clare freute sich, als sie sofort zur Tür ging – es war ein schöner Morgen, ihre neue Welt zeigte sich im besten Licht –, aber Magda wollte sie nur schließen und schimpfte gereizt: »Es ist eiskalt hier drin.«

»Draußen ist es wahrscheinlich wärmer«, erwiderte Clare. »Normalerweise mache ich immer ...«

»Ist dieses ungeschlachte Objekt hier ein Heizofen?«

An den Gasofen gedrängt, die kleinen Hände um einen Becher schwarzen Kaffees geklammert, fragte sie mürrisch: »Bist du sicher, daß wir den Wagen nicht näher ans Haus bringen können? Es muß doch irgendwo eine Straße geben.«

»Wir werden das Auto nicht brauchen.«

»Natürlich werden wir das. Ich habe vor, in einem annehmbaren Restaurant mit dir zu Mittag zu essen.«

»Ich dachte, wir könnten einfach hier essen, uns ein wenig die Gegend ansehen. Es gibt so vieles, was ich dir zeigen will ...«

Aber was konnte sie ihr schon zeigen? Hatte sie sich wirklich eingebildet, Magda würde der Sinn danach stehen, am See entlangzuschlendern oder oben beim Steinhaufen zu sitzen und träumerisch in der dunstigen, blauen Juliluft über See und Berge und Inseln zu blicken? Auf einmal sah sie alles mit Magdas Augen – eine primitive, mit altem Trödel eingerichtete Hütte, Gras und Schafe vor der Tür und absolut nichts zu tun.

Wie aufs Stichwort fragte Magda: »Was machst du hier überhaupt den ganzen Tag?«

Wo waren all die glücklichen, zufriedenen Wochen hin? All die Stunden, die sie in Haus und Garten gearbeitet hatte? Clare fiel nichts ein, das es wert gewesen wäre, Magda vorgeführt zu werden. Was hatte sie sonst noch getan? In Margarets Küche gesessen und über kleine Alltagsanekdoten gelacht, wie zum Beispiel daß Mrs. McGillivray aus Glen Righ den Minischulbus zur hellen Freude der Kinder beim Zurückstoßen in den Bach gesetzt hatte. Sich in den Pausen zwischen dem Kundenbedienen kaffeetrinkend mit Trudy Thompson angefreundet und schließlich auch ihren wirrköpfigen Mann Ben kennengelernt. Auf der Terrasse von Tigh Bhan gesessen und vorzügliche Mahlzeiten genossen; schwitzend und mit zerkratzten Beinen Gerald dabei geholfen, Steine aus der kleinen Waldschonung der Markies zu räumen, in ihrer reichhaltigen Bibiliothek herumgestöbert. Sie hatte Lilias liebgewonnen, ihren scharfsinnigen Witz, ihren unstillbaren Wissensdurst auf jedem nur vorstellbaren Gebiet, ihre zupackende Tüchtigkeit.

Sandy Maitland war mehrmals zum Angeln herausgekommen, und sie hatten sich gemeinsam die frischgefangenen Seeforellen schmecken lassen. Dougie Stewart hatte ihr beigebracht, einen Traktor zu fahren, mit dem sie dann selbständig Heu gewendet hatte. Sie hatte sich bei der Schafschur versucht und Calum Macdonalds Frau Peggy bei den Mittagessen und Teepausen für die Männer geholfen. Nach und nach hatte sie fast alle Nachbarn kennengelernt; sie hatte sich eingelebt.

Und immer war Donald in ihrer Nähe gewesen. Die Gespräche mit ihm, die Auseinandersetzungen, wenn ihre unterschiedlichen Ansichten und Vorgeschichten aufeinandertrafen, das gemeinsame Arbeiten, seine ruhige, besonnene Art und sein trockener Humor waren ein wichtiger Teil ihres Lebens geworden. Während sie noch zögerte, weil sie merkte, daß sie Magda dieses kleine Glück nicht begreiflich machen konnte, hörte sie Donalds Schritte vor der Tür.

Sie wußte, wie sehr Magda es haßte, schläfrig und ungeschminkt überrascht zu werden, doch das konnte in Clares Augen weder zu diesem Zeitpunkt noch später als Entschuldigung für ihr Verhalten gelten.

Donald wollte sich erkundigen, ob sie Lust hätten, mit ihm zu einer Farm am Ufer von Loch Luig zu fahren, wo er sich eine Ballenpresse ansehen wollte. Außerdem hatte er eine altmodische Milchkanne voller dickflüssiger, gelblicher Sahne mitgebracht.

»Eine Bootsfahrt?« stöhnte Magda. »Ich könnte mir nichts

Schlimmeres vorstellen, vielen Dank. Ich beabsichtige, mich so fern wie möglich von all diesem schrecklichen Wasser zu halten. Sie müssen sich woanders nach Passagieren umsehen, fürchte ich.«

Entsetzt ging Clare dazwischen. »Magda, Donald hat einen Riesenumweg gemacht, um uns zu dieser Fahrt einzuladen. Es ist heute bestimmt wunderbar draußen auf dem Sund.«

»Er mußte schließlich die Milch liefern, oder?«

»Erstens ist es Sahne, und zweitens ein Geschenk, du Idiotin. Vielen Dank, Donald, auch für die Einladung. Ich wäre gern mitgefahren. Du trinkst doch einen Kaffee mit uns, ja? Komm, setz dich.«

Trim hatte Clare begrüßt und tapste nun durchs Zimmer, um die Fremde zu beschnüffeln. Magda schrie auf, warf einen Arm in die Höhe und kippte Kaffee über den Sessel. »Uh, geh weg, komm mir nicht zu nahe! Clare, tu doch etwas, du weißt, daß ich Hunde nicht ausstehen kann.«

Auf ein Fingerschnippen Donalds kam Trim sofort zu ihm, er öffnete die Tür und schickte sie hinaus.

»Schnell, Clare, hol einen Lappen, ich habe etwas auf meinen Rock verschüttet.« Magda war verärgert aufgesprungen und drehte ihre üppige Hüfte ins Licht. Donald stand mit unbewegtem Gesicht in der Nähe der Tür. Clare warf ihm einen flehenden Blick zu, damit er nicht weglief, während sie einen Lappen holte. Er hatte sie wohl verstanden, denn er ging langsam zum Tisch, zog einen Stuhl hervor und setzte sich.

Kurz darauf wünschte Clare, sie hätte Donald ziehen lassen, denn Magda machte ihrem Ärger Luft, indem sie sich ihm gegenüber unglaublich herablassend verhielt. Clare wußte nicht, was sie tun sollte, sie konnte sich schlecht in Magdas Anwesenheit für ihr Benehmen entschuldigen. Was sollte Donald auf Bemerkungen sagen wie: »Wir haben unser Bestes getan, Clare davon abzuhalten, in die Wildnis zu ziehen, aber sie war fest entschlossen. Obwohl es für jemanden, der immer hier gelebt hat, wahrscheinlich nicht so schlimm ist.«

Er hielt sich nicht lange bei seinem Kaffee auf.

»Nochmals vielen Dank für die Sahne. Das war sehr nett von dir«, sagte Clare, als er aufstand, um ihm ein versöhnliches Zeichen zu geben.

»Ach so, die Sahne. Können Sie wechseln?« fragte Magda und hatte eine Zehn-Pfund-Note aus ihrer Tasche gezogen, ehe Clare sie daran hindern konnte.

Donald sah sie nur mit einem durchdringenden Blick an und wandte sich zur Tür.

»Magda, bist du noch ganz dicht? Donald hat uns die Sahne geschenkt, wann kapierst du das endlich? Donald ...«

»Schon gut«, unterbrach er sie entschieden und ging mit einem Nicken in Magdas Richtung hinaus.

Clare eilte ihm nach. »Donald, es tut mir so leid. Magda weiß nicht ...«

»Geh zurück zu deiner Freundin.« Noch nie hatte sie in seinem Gesicht einen so unnachgiebigen Ausdruck gesehen.

»Ich bringe dich zum Boot.« Normalerweise begleitete sie ihn immer bis zur Mole.

»Nicht heute.« Sein Ärger umgab ihn wie eine Mauer.

»Magda versteht nicht ...«

Aber Donald schüttelte nur den Kopf und ging mit langen Schritten davon. Nichts hatte je abweisender auf sie gewirkt als dieser gerade Rücken. Hat Donald mich anfangs auch so gesehen? fragte sie sich schockiert, als sie widerwillig zum Haus zurückging. Kein Wunder, daß er mir sofort die Meinung gesagt hat, wenn ich taktlos und arrogant war. Aber habe ich mich je so unhöflich benommen? Klarer denn je erkannte sie, wieviel Donald sie gelehrt hatte. Sie war von den Leuten hier mit so viel Wohlwollen aufgenommen worden, und zwar vor allem, weil er sie vor so vielen Unachtsamkeiten und Fallstricken bewahrt hatte.

KAPITEL 16

»Wie *konntest* du nur?«

»Wovon redest du?«

Clare war beinahe sprachlos vor Wut und Kummer. »Du weißt genau, daß Donald ein Freund von mir ist. Er hat mir so viel geholfen.«

»Ich dachte, er hätte einen Bootsbetrieb hier am Ort und würde um Kunden werben.«

»Das hast du nicht gedacht. Ich habe dir erzählt, wer er ist.«

»Der Name hat mir halt nichts gesagt.«

»Aber in meinen Briefen ...«

»Ach Gott, Clare, ich hatte nie Zeit, sie richtig zu lesen. Stand sowieso immer dasselbe drin.«

Clare traute ihren Ohren nicht. Erschüttert von dieser Abfuhr wußte sie nicht, ob Wut oder Tränen sie zuerst überwältigen würden. Magda merkte, daß sie zu weit gegangen war. Clare sah es an ihrem Blick, als sie plötzlich den Kurs änderte. »Ach Mensch, das ist doch albern. Es tut mir leid, wenn ich nicht nett genug zu deinem Bekannten war, aber er wirkte wie ein totaler ... schon gut, schon gut, ich sag nichts mehr. Hör mal, warum fahren wir nicht gleich los? Wir suchen uns ein hübsches Lokal, verschaffen dir etwas Abwechslung.«

Clare ging auf diese neuerliche Unverschämtheit nicht ein.

»Ich nehme nur schnell ein Bad ...«

»Geht nicht, es gibt kein heißes Wasser mehr.«

»Ist das dein Ernst?«

»Du hast gestern abend alles verbraucht.« Magdas Horror vor der Badewanne hatte sich schneller gelegt, als es ihr in den Kram paßte.

»Hast du denn keinen ...«

»Boiler? Nein, habe ich nicht.« Clares mühsam beherrschter Ton erzielte seine Wirkung. Magda zuckte theatralisch die Achseln und ging murmelnd davon: »Also wirklich! Ich verstehe nicht, wie jemand so leben kann ...«

Clare atmete ein paarmal tief durch, räumte das Frühstücksgeschirr weg und wusch ab.

Magda kehrte im Slip und mit einer Bluse über dem Arm zurück. »Kann ich die kurz bügeln?«

Clare starrte sie an.

»Oh mein Gott«, stöhnte Magda. »Wie machst *du* das denn?«

»Ich habe zwei alte, gußeiserne Bügeleisen.« Donalds Bügeleisen – sie hätte ihm doch hinterherlaufen sollen.

»Man kann sie über dem Kamin erhitzen, wenn das Feuer richtig brennt.«

»Ich glaube das alles nicht. Und was soll ich jetzt tun?«

»Trag sie, wie sie ist. Oder zieh eine andere an.«

»Sie sind alle in demselben Zustand.«

»Dann leih dir eine von meinen.« Nicht freundlich, aber das sollte es auch nicht sein.

»Was ist mit deinen Bauernfreunden? Können wir nicht irgendwo ein Dampfbügeleisen ausleihen?«

»Magda!«

»Dann eben hingehen und dort bügeln. Was weiß ich.«

Clare wußte, daß Lilias in Fort William war und wahrscheinlich für die Dinnerparty einkaufte, die sie in zwei Tagen für Magda geben wollte, und daß Ina jetzt im Sommer mehr als genug zu tun hatte. Aber sie mußte nicht ganz bei Sinnen gewesen sein, wie sie sich später mehrfach sagte, als sie Magda mit zu Margaret nahm.

Die Kinder hatten gerade jedes ein gefülltes Schokoladenei bekommen, und ihre Gesichter waren mit dem klebrigen Inhalt überzogen. Der junge Collie stieß in dem Bemühen, die letzten Essensreste aus den Dellen zu lekken, unablässig einen Kochtopf gegen die Fußbodenleiste. Überreste eines recht pampigen Frühstücks waren noch wild über den Tisch verteilt. Margaret wurde puterrot vor Verlegenheit, als sie mit einem Bügelbrett kämpfte, dessen Bezug voller Brandflecke war, und ein geschwärztes Bügeleisen hervorholte, dessen mehrfach geknickte Verlängerungsschnur eine schauderhafte Sammlung fleckiger, steifer Lappen nach sich zog.

»Wie konntest du mich nur in einen solchen Horrorhaushalt ...«

»Wie konntest du nur so grob und undankbar sein?«

Sie zischten sich giftig an, noch ehe die Haustür hinter ihnen geschlossen wurde. Clare befahl Magda, im Dorf zu halten, weil sie erstens ein paar Minuten zum Abkühlen brauchte und zweitens Angus bitten wollte, Nicol am nächsten Morgen ein paar Brötchen für sie mitzugeben. Magda folgte ihr jedoch in den Laden und amüsierte sich damit, durch die Fertigsoßenpackungen und Bonnie-Scotland-Geschirrtücher zu stöbern. Angus sah nicht mehr ganz so vergnügt aus wie sonst, als Clare sie schließlich hinausscheuchte.

Magda gab ihrem Entsetzen über das geringe Angebot in Fort William lautstark Ausdruck. Clare rief sich der Fairneß halber in Erinnerung, wie ähnlich ihre erste Reaktion gewesen war, doch Magdas selbstverständliche Annahme, daß sie mit ihr zusammen über die Einheimischen lachen würde, ließ sie nun alles heißblütig verteidigen. Schließlich landeten sie in Inverness, nachdem sie auf der dicht befahrenen A82 an Wohnwagen und überladenen Urlauberautos vorbeigezockelt waren. Magda suchte sofort einen Frisör auf und ließ sich die Haare waschen, mit der Begründung, sie könne das Bad im Cottage nicht ertragen.

Clare saß ein Weilchen auf einer niedrigen, sonnenerwärmten Mauer, sah den vorbeischlendernden Touristen zu und versuchte, sich zu beruhigen. Ein Kind, das von zwei sich streitenden Erwachsenen gestoßen wurde, ließ sein Eis fallen und wurde unter unbeachtetem Protestgeschrei weitergezogen. Clare betrachtete einen weißen Fleck auf dem Asphalt: Albatrosmist. Ein schlechtes Omen.

Ich war so froh, das alles hinter mir gelassen zu haben, dachte sie rebellisch, die Menschenmassen, den Verkehrslärm, die verschmutzte Luft, die schrecklichen Reklametafeln und Leuchtschriften an alten, einst würdevollen Häusern. Was zum Teufel mache ich hier an diesem wundervollen Tag, wenn ich in Donalds Boot fahren oder im See schwimmen oder an meinem eigenen Strand in der Sonne liegen könnte?

Donald. Das Bild seines verschlossenen Gesichtes hatte sie den ganzen Tag über verfolgt. Ob er glaubte, sie billige Magdas Verhalten? Der Gedanke, daß sie ihr Leben im Cottage für einen kurzen Moment mit Magdas Augen gesehen hatte, bedrückte sie.

»Sollen wir schnell einen Drink nehmen?« Der Porsche bog bereits auf den Parkplatz des Inverbuie-Hotel ein.

»Ich dachte, du findest es dort so scheußlich.«

»Ich muß mich für diese Wanderung zum Cottage stärken.«

»Es wäre besser, gleich das Feuer anzumachen, damit wir später heißes Wasser haben.«

»Willst du etwa sagen, du hast es nicht angelassen?«

»Wir wollten ja ursprünglich nur zum Mittagessen ausgehen«, entgegnete Clare. Jedes Gespräch schien zu einer Konfrontation zu werden.

»Um so mehr Grund für einen Gin.« Magda knallte die Wagentür zu, eine Unart, für die sie andere immer verfluchte.

Nach dem ersten Glas verschwand sie. Clare machte angestrengt Konversation mit Will, der ihr nicht in die Augen sah, und fragte sich, was Magda von der Damentoilette halten und ob sie ihr Urteil lauthals verkünden würde. Sie blieb eine Ewigkeit lang weg. Aus Angst, daß sie ein berufliches Interesse an Inas Aktivitäten entwickelt haben könnte, machte sie sich schließlich auf die Suche nach ihr. Sie fand Magda, als sie mit gerötetem Gesicht und einem triumphierenden Ausdruck in den Augen die Treppe hinunterkam. Hatte sie eine kurze Nummer mit einem Mitglied der Reisegesellschaft geschoben? Clare stellte fest, daß sie in Magdas Gesellschaft auf eine Ausdrucksweise zurückgriff, die sie sich inzwischen unbewußt abgewöhnt hatte.

»Können wir gehen?« rief Magda fröhlich, als wäre sie es, die gewartet hatte.

»Was hast du denn bloß so lange gemacht?«

»Ein Bad genommen.«

»Ohne zu fragen?« Clare haßte sie in diesem Moment.

»Natürlich habe ich gefragt. Schon allein, weil ich ein richtiges Badetuch wollte – vergebliche Hoffnung – und ein Stück Seife, das größer ist als ein After Eight.«

»Du hast die arme Ina damit belästigt?«

»Was ist dir denn jetzt schon wieder für eine Laus über die Leber gelaufen?«

»Du bist in die Küche hineingeplatzt, obwohl Ina nicht

weiß, wo ihr der Kopf steht, weil sie für ungefähr hundert Gäste das Abendessen zubereiten muß? Ich kann mir vorstellen, wie du reagieren würdest, wenn das jemand bei dir ...«

»Ach Clare, reg dich ab. Ich habe ihr fünf Pfund gegeben, sie kann sich nicht beschweren. Außerdem habe ich dir damit einen Gefallen getan, weil du dir jetzt keine Gedanken mehr um dein Feuer machen mußt.«

Vielleicht möchte ich ja auch gern ein Bad nehmen, dachte Clare, sagte aber nichts mehr.

An diesem Abend kam es endlich zu einer Aussprache zwischen ihnen, die jedoch nicht ohne neue Verletzungen abging.

»Eins muß ich deinem maulfaulen Freund ja lassen, diese Sahne ist wirklich köstlich«, sagte Magda und löffelte großzügige Mengen davon auf das Estragonhühnchen.

»Er ist nicht maulfaul.«

»Na, heute morgen hat er jedenfalls kaum den Mund aufgemacht. Du stehst doch nicht auf ihn, oder? So nötig kannst du es nicht haben.«

Clare knallte die Bestecke, die sie gerade ins Wohnzimmer tragen wollte, wieder in den Kasten. »Was hast du eigentlich? Warum beleidigst du ihn? Oder bin ich es, die du beleidigen willst?«

»Schon gut, schon gut, geh nicht gleich in die Luft.«

Sie beruhigten sich wieder und begannen mit dem Essen (Magda lobte sogar den frischen Estragon), aber es brauchte nicht viel, um Clares schwelenden Ärger von neuem ausbrechen zu lassen. Sie stand auf, um den Kessel für den Kaffee übers Feuer zu schieben und Magda kommentierte neckend, aber mit unüberhörbarer Gereiztheit: »All dieses Pfadfindergetue. Du hast doch einen Gaskocher nebenan, soweit ich mich erinnere.«

Clare wirbelte herum. »Warum mußt du ständig an allem herummeckern? Warum versuchst du nicht wenigstens zu verstehen, warum ich hierhergekommen bin, wonach ich gesucht habe?«

»Ich weiß, warum du hergekommen bist. Du warst gestreßt und brauchtest etwas Abstand. Aber du kannst mir nicht erzählen, daß dir dieses Leben hier wirklich gefällt. Es ist schrecklich! Und du mußt langsam, aber sicher verrückt werden vor Langeweile.«

»Ich habe mich seit ich hier bin keine einzige Sekunde gelangweilt.«

»Ach komm, das glaube ich dir nicht. Du bist hochintelligent, hast eine erstklassige Ausbildung, Fähigkeiten ...«

»Du hörst mir nicht zu. Du hörst nie zu. Du interessierst dich nur für deine eigenen Angelegenheiten.«

»Meine Angelegenheiten kamen dir aber sehr zupaß, als dein Leben auf dem Tiefpunkt angelangt war.«

Clare bemühte sich, ruhig zu bleiben. »Stimmt, und ich war dir sehr dankbar, das weißt du. Aber du hast nie danach gefragt, warum mein Leben auf dem Tiefpunkt war.«

»Wieso, du hattest deinen Mann verloren«, erwiderte Magda, ehrlich überrascht.

»Er hat sich umgebracht.« Erschüttert, aber mit plötzlicher Objektivität, erkannte Clare, daß es so war, so gewesen sein mußte.

»Das wußte ich nicht«, entschuldigte sich Magda gezwungenermaßen. »Aber das ist jetzt über drei Jahre her, Clare. Das Leben geht weiter.«

Clare war zuerst wie vom Donner gerührt, doch dann überwog ihr Sinn fürs Komische. »Natürlich, du hast recht. Wie dumm von mir, das zu vergessen.«

Magda sah sie verunsichert an und machte dann ein beschämtes Gesicht. »Okay, es tut mir leid. Aber das hier« – sie vollführte eine ausholende, ungeduldige Geste – »kann doch wohl nichts damit zu tun haben, oder?«

»Hör zu, Magda, wir wissen beide, wie schlecht es mir ging, als ich dich getroffen habe, und ich werde dir nie vergessen, daß du mir einen Job und neuen Lebensmut gegeben hast.«

»Aber?« Wachsam, angriffslustig.

»Dir muß aufgefallen sein, daß es Dinge im Zusammenhang mit Martins Tod gab, über die ich nie gesprochen habe, weil ich mich nicht mit ihnen auseinandersetzen wollte oder konnte. Als ich anfing, im Hotel zu arbeiten, habe ich alle Erinnerungen einfach verdrängt. Am Ende hatte ich das Gefühl, daß mein Leben eine einzige Lüge war, daß ich mir selbst abhanden kam und mich in eine Richtung treiben ließ, die nicht gut für mich war.«

»Du meinst, du wurdest von mir in diese Richtung getrieben?« Magdas Gesicht zeigte Ungeduld und Abscheu. Sie haßte jede Art von Selbsterforschung und besonders solche Gespräche, die sie als »Psychogequatsche« abzutun pflegte. Die Atmosphäre im Raum knisterte plötzlich vor Angriffslust und Herausforderung.

»Ja.« Jetzt war es heraus. »Du bist stärker als ich. Du hast mich aufgefressen.«

»Wie melodramatisch!« rief Magda. »Was für ein Quatsch!«

»Ich bin hierher gekommen, um mich von äußeren Einflüssen und Zwängen zu befreien, um herauszufinden, wer ich bin und was ich will. Ganz einfache Dinge eigentlich«, fügte sie in leichterem Ton hinzu.

Magda ging nicht darauf ein. »So was nennt man aussteigen, nicht?« sagte sie boshaft. »Und dann noch in diese Ödnis zu ziehen! Das ist abartig, egozentrisch und sinnlos. Du hast überhaupt keinen Kontakt mehr zur Welt, du triffst keine Leute, du hast noch nicht mal Fernsehen. Du kannst nicht ins Theater oder ins Konzert gehen« – seit wann hatte Magda Zeit oder Interesse für so etwas? –, »du läufst herum wie ein schmuddeliger Teenager, drekkige Jeans, kein Make-up, und haust in diesem elenden Loch ...«

»Ich habe hier vieles gefunden, das für mich wertvoll ist«, sagte Clare, ohne auf die Provokation einzugehen.

»Was denn zum Beispiel?«

»Frieden.«

»Frieden! Das nennst du Frieden?«

»Ich meine nicht nur die Abwesenheit von Lärm.«

»Das mag ja für eine Weile schön und gut sein«, fuhr Magda verständnislos fort. »Aber früher oder später wirst du in die Wirklichkeit zurückkehren müssen.«

Die Wirklichkeit. Wie einfach. Doch Clare wußte, daß sie nichts erreichen würde, wenn sie Magda sagte, was sie von ihrem Leben und ihren Werten hielt. Umgekehrt würde Magda nur ungeduldig den Kopf schütteln, wenn sie versuchte, die Freude zu beschreiben, die sie an einfachen, alltäglichen Dingen hatte, an den vielen kleinen Entdeckungen, für die sie sich früher nie Zeit genommen hatte. Genauso wenig konnte sie Magda ihren Stolz darauf erklären, Kälte und Einsamkeit überlebt und das Bedürfnis nach Alkohol überwunden zu haben. Oder ihre Dankbarkeit für die empfangene Freundlichkeit und das Gefühl, zum ersten Mal in ihrem Leben Wurzeln schlagen zu können.

»Du kannst jederzeit ins Carlini zurückkehren, weißt du.«

Clare riß sich aus ihren Gedanken. »Zurückkehren?«

»Ich weiß, die ersten Jahre waren hart, aber jetzt müssen wir uns nicht mehr so überschlagen. Wenn du nicht mehr im Hotel wohnen möchtest, könntest du dir ein Haus oder eine Wohnung in der Nähe kaufen. Du könntest dir deine Arbeitszeiten selbst einteilen, bräuchtest nur das Büro zu leiten. Du müßtest nicht mehr mit den Gästen plaudern oder Aschenbecher ausleeren oder an Winternachmittagen die Weinlieferungen einlagern. Wir würden eine Rezeptionistin fürs Grobe einstellen. Ich möchte mich endlich ganz auf die Küche konzentrieren können. Das Restaurant läuft gut, und wir haben in letzter Zeit ein paar exzellente Kritiken bekommen. Ich habe zwei mitgebracht, die ich dir zeigen wollte, wart mal ...«

Clare starrte ungläubig auf Magdas Rücken, als sie sich über das Sofa beugte, um in ihrer Tasche zu wühlen. Deshalb war sie also hier. Sie wäre nie gekommen, wenn sie nicht ein spezielles Eigeninteresse dabei verfolgt hätte. Sie hatte sich das alles hübsch ausgedacht. Paolo war zwar finanziell beteiligt, aber sie brauchte immer noch jemanden, der ihr die lästige Verwaltungsarbeit abnahm. Und sie hat darauf spekuliert, dachte Clare seltsam abgeklärt, daß Einsamkeit und Unbequemlichkeit und ein Mangel an geistiger Anregung mich inzwischen weichgeklopft hätten.

»Deshalb bist du also gekommen.«

»Sieh mal, diese Restaurantkritikerin war bei uns. Sie hat sich alle zehn Finger geleckt. Inzwischen war sie schon wieder da, ganz privat diesmal, und brachte di Senzo mit, stell dir vor.«

»Ich dachte, wir wären Freundinnen. Ich dachte, du wärst meinetwegen gekommen.«

»Was?« Magda sah in Clares ernstes Gesicht und zog abschätzig die Mundwinkel herab. »Ja, schon, aber du hast dir doch nicht eingebildet, daß es mir hier gefallen würde, oder?«

»Du bist nur gekommen, um mich zu überreden, wieder im Hotel zu arbeiten?«

»Ich mache dir ein gutes Angebot, Clare. Du kannst selbst die Bedingungen festlegen.«

Ein anderes Thema drang gar nicht in ihr Bewußtsein. Die Freundschaft, an die Clare sich geklammert hatte,

hatte nie existiert. Ihre Beziehung war rein beruflicher, zweckgebundener Natur gewesen, auch wenn sie oft Spaß miteinander gehabt hatten. Es verband sie nichts miteinander, außer der gemeinsamen Arbeit im Carlini.

»Ich werde Kaffee kochen«, sagte Clare.

»Diese Kritiker haben uns ganz schön auf Trab gehalten«, fuhr Magda fort und betrachtete zufrieden ein Foto. »Aber das war es wert.«

In der Küche stützte sich Clare auf den Rand der Spüle und fixierte die fettigen, eingeweichten Pfannen. Eine dumpfe Wut auf ihre eigene Naivität stieg in ihr auf.

KAPITEL 17

»Ich verstehe immer noch nicht, warum du dir kein Auto anschaffst«, keuchte Magda und brach damit das feindselige Schweigen. »Mit einem Jeep oder so etwas könnte man hier entlangfahren, oder?«

»Meistens, ja.«

Magda stellte ihren Koffer auf einem mit grau-grünen Flechten bedeckten Stein ab und sah Clare finster an. »Das kommt mir alles so albern vor. Du gestaltest dein Leben absichtlich primitiver, als es nötig wäre. Wenn du schon hier leben mußt, könntest du dir wenigstens einen Stromanschluß, ein Telefon und eine gescheite Heizung leisten. Du könntest anbauen, dir ein richtiges Bad und eine Küche zulegen. Du könntest ein Auto haben oder sogar ein Boot. Was *soll* das Ganze, worum *geht* es dir eigentlich?«

Die Frage kam zu spät, zu aggressiv. Aber das war nicht der Grund, weshalb Clare nicht antwortete. Nachdem sie alles mit Magdas zynischem Blick betrachtet hatte, wußte sie, daß sie ihr nie würde erklären können, worum es ihr ging.

Sie verschwendeten beim Abschied nicht viel Zeit. »Das Angebot steht«, sagte Magda. »Gib mir Bescheid, wenn du deine Meinung geändert hast.« Sie war überzeugt, daß Clare irgendwann zur Vernunft kommen würde.

Es war wie das Ende einer Liebesgeschichte, wenn man sich nichts mehr zu sagen hat, aber noch nicht akzeptieren kann, daß es vorbei ist. Mit einem schmerzlichen Gefühl des Verlusts, von dem sie wußte, daß Magda es nicht teilte, sah Clare dem Porsche nach, wie er vorsichtig den Feldweg entlangschlich, dann auf der Talstraße beschleunigte und innerhalb von Sekunden hinter der Schonung verschwunden war. Welche Konkurrenzunternehmen würde Magda wohl unterwegs nach Ideen ausspionieren? fragte sie sich.

Zwei Abende und einen Tag hatten sie miteinander verbracht, nachdem sie so lange auf diesen Besuch gewartet hatte.

Ausgehöhlt, müde von zuviel Rotwein am Abend zuvor und mit einem seltsamen Gefühl der Fremdheit in ihrer Umgebung machte sich Clare auf den Heimweg. Dann kam ihr die Milch in den Sinn, und sie ging zurück zur alten Molkerei. Nicol hatte die Brötchen mitgebracht, die sie bestellt hatte.

Auf halbem Weg fiel ihr Lilias' Dinnerparty ein, aber sie fühlte sich im Augenblick nicht zu den notwendigen Erklärungen und Entschuldigungen in der Lage. Also ging sie blindlings weiter, um sich in das unordentliche Cottage einzuschließen und in einer Niedergeschlagenheit zu versinken, wie sie sie schon lange nicht mehr erlebt hatte. Fast zwanghaft stritt sie sich im Kopf weiter mit Magda, tief verletzt von deren Gefühllosigkeit und Geringschätzung ihrer Freundschaft. Immerhin suchte sie diesmal keine Zuflucht beim Alkohol, obwohl genug in greifbarer Nähe war.

Sie versuchte, nicht an Donald zu denken, die Erinnerung an sein verschlossenes, unversöhnliches Gesicht tat zu sehr weh. Aus eigener Erfahrung wußte sie, wie wütend ihn eine solche Arroganz, wie Magda sie an den Tag gelegt hatte, machen konnte, und wünschte verzweifelt, sie hätte ihn nicht gehen lassen, ohne alles wieder ins Lot zu bringen.

Schließlich riß sie sich zusammen und sagte sich, daß Donald etwas Besseres von ihr erwarten würde als diese selbstmitleidige Trägheit. Sie rückte der Unordnung zu Leibe, die sich in jedem Winkel des Hauses ausgebreitet hatte, und ließ das Bettsofa, von dem sie nicht wußte, ob jemals wieder jemand darauf schlafen würde, in seine normale Sitzfunktion zurückschnappen. Dabei sagte sie sich, daß es ein Wunder wäre, wenn Donald nach Magdas Auftritt dieses Haus noch einmal betreten würde.

Dann ging sie nach Tigh Bhan, hatte jedoch einen schlechten Zeitpunkt gewählt. Lilias telefonierte gerade, und Gerald war der Panik nahe, weil ihm auf einmal die Verantwortung für das Abendessen oblag.

»Verdammt rücksichtslos von Stephen. Wie kann er ausgerechnet zur Essenszeit anrufen? Er sollte es wirklich besser wissen«, schnaubte er, hob vorsichtig einen Topfdeckel und sprang mit einem Schmerzensschrei zurück. Er schüttelte seine Finger, um sie abzukühlen, während die Hunde in der begründeten Hoffnung, daß etwas für sie abfallen würde, um seine Beine kreisten.

Verdammt rücksichtslos auch von mir, dachte Clare. Sie schlug vor, zu einer besseren Zeit wiederzukommen, vielleicht nach dem Essen, aber Gerald wollte nichts davon hören und machte sich sofort umständlich daran, ihr einen Aperitif zu bereiten. Ärgerlich über ihre Gedankenlosigkeit schob sie ein paar Töpfe vom Herd, damit nichts anbrannte, und wartete unbehaglich auf Lilias. Als sie endlich kam, waren ihre Lippen zu einem schmalen Strich aufeinandergepreßt, ihr Gesicht wirkte sorgenvoll und müde. Sie sah Clare nicht ins Gesicht, als sie sie begrüßte, was bei ihr mehr als ungewöhnlich war.

»Hoffentlich hast du ihm gesagt, daß er mir mein Abendessen verdirbt«, grummelte Gerald schamlos selbstsüchtig.

»Er wollte gerade ausgehen«, bemerkte Lilias knapp und trug einen Topf zur Spüle, um das Kochwasser abzuschütten. »Du bleibst doch zum Essen, Clare? Es ist reichlich da von allem.«

Clare wußte, daß Lilias kaum etwas anderes übrigblieb, als sie einzuladen. »Nein, vielen Dank, Lilias. Es tut mir leid, daß ich zu so einer blöden Zeit hereingeplatzt bin. Ich wollte nur ...«

»Hat Gerald dir einen Drink gemacht?«

»Ja, danke. Ich wollte dir nur sagen, daß Magda schon zurückfahren mußte. Es tut mir leid wegen morgen abend.«

»Ich habe heute morgen schon gehört, daß sie abgereist ist.« Lilias wedelte den Dampf vor ihrem Gesicht weg und bedachte Clare mit einem kühlen Blick.

Diese Leute sind doch unmöglich, dachte Clare gereizt. War hier denn alles ein öffentliches Gesprächsthema? Doch ihr Ärger entsprang nur ihrem schlechten Gewissen, und ihre Wangen brannten. »Es tut mir wirklich leid. Ich hätte dir sofort Bescheid sagen sollen. Hoffentlich hast dir nicht schon allzu viel Mühe gemacht.«

»Doch, das habe ich«, antwortete Lilias. »Ist aber nicht tragisch. Es kann alles verwendet oder eingefroren werden.«

Clare verstand, daß dies nicht der rechte Zeitpunkt

war, um ihr zu erklären, wie sie selbst über Magdas vorzeitige Abreise dachte. Sie hatte auf Trost gehofft, war sicher, daß Lilias auf ihrer Seite sein würde. Nun stellte sie mit Schrecken fest, daß Lilias, wie alle anderen, die Magda durch ihre herablassende Art verärgert hatte, offenbar sie, Clare, dafür verantwortlich machte. Sie konnte nichts weiter tun, als sich nochmals zu entschuldigen und zu gehen, ehe sie den beiden Alten den Abend noch mehr verdarb.

Während der nächsten Tage dachte Clare viel nach. Sie sah niemanden, ging verschiedene Zukunftspläne durch und zwang sich sogar, die Möglichkeit einer Rückkehr ins Carlini in Betracht zu ziehen. Das Ergebnis war definitiv: Sie wollte bleiben, wo sie war, bis sich ein zwingender Grund ergab, ihr neues schottisches Zuhause wieder zu verlassen. Sie würde sich mit allen versöhnen, so gut sie konnte, und was Donald betraf, so würde sie nicht noch einmal den Fehler begehen, sich aus eigennützigen Bedürfnissen an eine Beziehung zu klammern. In ihrer Vergangenheit gab es nichts, an dem sie festhalten konnte oder wollte; das akzeptierte sie nun endlich. Sie hatte dieses Haus und eine Zukunft, aus der sie selbst etwas machen mußte. Das war alles.

Es gab jedoch noch eine unerledigte Geschichte aus ihrer Vergangenheit, und sie hatte es schon viel zu lange aufgeschoben, sich damit zu befassen. Sie mußte Joe schreiben und Klarheit zwischen ihnen schaffen. Er war wahrscheinlich nicht mehr bei der Royal Air Force in Eland, aber soweit sie wußte, gab es bei der Air Force eine zentrale Postadresse, von der aus alle Briefe weitergeleitet wurden.

Sie überlegte lange, wie sie beginnen, welchen Ton sie

anschlagen sollte. Während eines langen Spaziergangs über Righ Bay hinaus formulierte sie den Brief immer wieder um. Dabei tauchte jener Nachmittag im Offizierskasino, als sie erfahren hatte, was Martin Joe angetan hatte, mit all seiner fassungslosen Wut und Empörung wieder vor ihrem inneren Auge auf.

Zu diesem Zeitpunkt hatten sie Marbury bereits verlassen, und Martin war auf den von ihm so begehrten Stabsoffiziersposten berufen worden. Er setzte alles daran, seinem »Herrn und Meister« zu gefallen und bestand mehr denn je auf Clares Unterstützung. Er ging morgens sehr früh ins Büro oder fuhr auf einen jener hochwichtigen Inspektionsbesuche, die er nicht seinem Adjutanten überlassen wollte. Oft hatte er auch abends Dienst oder blieb sogar über Nacht weg, was Clare bald als Vorteil des neuen Postens zu schätzen wußte. Er wurde immer pingeliger hinsichtlich seiner äußeren Erscheinung, so daß Clare manchmal ein Dutzend Diensthemden in der Woche bügeln und ständig zur Reinigung laufen mußte. Auch sorgte er sich wegen seines zunehmenden Bauchumfangs, hervorgerufen durch das Trinken und die vielen ausgedehnten dienstlichen Mahlzeiten. Sie gaben eine Menge akribisch geplanter Abendgesellschaften und stritten sich endlos, weil Martin nichts gut oder angemessen genug erschien. Am schlimmsten waren die steifen Zusammenkünfte der Fliegeroffiziere aus verschiedenen Abteilungen, die als gesellschaftliche Einheit betrachtet wurden, weil sie alle mehr oder weniger denselben Job machten. Was Clare daran am meisten haßte, war die Art, wie Martin und der oberste Stabsoffizier unablässig ihre ranghöhere Stellung betonten, sogar bei sogenannten zwanglosen Zusammenkünften wie Grillpartys oder Abendessen im Pub. Die Frauen der Adjutanten mieden Clare, was sie ihnen nicht zum Vorwurf machen konnte.

Erneut sah sie sich gezwungen, an den Aktivitäten des Damenclubs teilzunehmen, und es war an einem dieser Nachmittage, an denen sie widerwillig beim Schmücken der Tische für ein Abendessen im Kasino half, als sie die erschütternde Nachricht erfuhr. Sie stand gerade in der Kasinoküche, stopfte künstlich aussehende Blumen in eine Vase und überlegte, was schlimmer war: dieser nervtötenden Aufgabe nachzugehen oder allein in dem öden Haus herumzusitzen, das sie im Dorf gekauft hatten. (Der neue Vorgesetzte fand nämlich, daß jeder aufstrebende Offizier Wohneigentum besitzen sollte.) Sie hatte nicht auf das Getratsche der anderen Frauen geachtet, bis ein bestimmter Name ihre Aufmerksamkeit erregte.

»Doch nicht der reizende Joe Parfitt? Das kann ich nicht glauben!«

»Stimmt aber. Terry hat es mir erzählt.«

»Strafversetzt, weil er mit der Frau eines Offiziers geflirtet haben soll?«

»Genau. Und er hat wohl etwas mehr als geflirtet, so wie es klang.«

»Du machst wohl Witze. Joe war ein prüder Stockfisch, obwohl er so gut aussah. Wir sind jedenfalls nie sehr weit bei ihm gekommen, oder?«

»All das qualvolle Fitneß-Training in Whitmore! Für nichts und wieder nichts!«

Kichern. »Und was ist nun genau passiert?«

»Offenbar hat sie an diesen Wochenendlagern teilgenommen, die Joe immer in Wales abhielt.«

»Wie hat sie das denn geschafft? Uns hat er nie eingeladen.«

»Sie muß wohl etwas Besonderes gewesen sein. Jedenfalls hat die Sache einen Verlauf genommen, der ihr nicht gefiel, und sie hat sich bei ihrem Mann beschwert, weil Joe über sie hergefallen sei oder so etwas.«

»*Joe?*«

»Unglaublich, nicht wahr? Ihr Mann war zufällig der leitende Verwaltungsoffizier, so daß er Joe still und heimlich verschwinden lassen konnte. Ließ ihn nach Eland versetzen, ausgerechnet.«

»Nie davon gehört. Er kam nicht vors Militärgericht?«

»Nein, man versuchte offenbar, jedes Aufsehen zu vermeiden. Trotzdem war wohl etwas an der Sache dran. Terry sagt, Joe wird es jetzt nie zum Feldwebel bringen.«

»Aber habe ich nicht gehört, daß er bereits für eine Offiziersstelle empfohlen worden war?«

»Das stimmt. Hatte ich ganz vergessen. Der arme, alte Joe. Nur wegen dieser blöden Kuh ...«

Benommen vor Schock und Wut war Clare ins Dorf zurückgegangen. Sie dachte an ihr ungutes Gefühl, nachdem Joe so plötzlich aus Marbury verschwunden war und niemand mehr etwas von ihm gehört hatte. Unruhig hatte sie auf Martins Heimkehr gewartet und war dann fast an ihrem hilflosem Zorn erstickt, weil er einfach abblockte und ihre Vorwürfe nicht an sich heranließ. Zuerst tat er so, als wüßte er nicht, von wem sie sprach, dann gab er zu, sich vage an den Unteroffizier zu erinnern, der die Trainingscamps in Wales geleitet hatte, verschanzte sich aber hinter dem erprobten Schutzschirm des Dienstgeheimnisses. Doch ein- oder zweimal ertappte Clare ihn an diesem Abend dabei, wie er ihr einen verstohlen-triumphierenden Blick zuwarf.

Sie beschloß, mit Joe zu sprechen und war erstaunt, wie schnell die Telefonzentrale ihn ausfindig machte. Seine vertraute Stimme ertönte an ihrem Ohr, bevor sie Zeit hatte, ihr klopfendes Herz zu beruhigen.

»Joe?« Ihre Stimme schwankte, die vorbereiteten Worte waren vergessen.

»Ja?« Wachsam, abwartend.

»Ich bin es, Clare.«

Kurzes Schweigen, dann sehr geschäftsmäßig: »Ja, Ma'am, was kann ich für Sie tun?«

»Joe, ich muß mit dir sprechen. Ich habe gerade erfahren ...«

»Es tut mir leid, Ma'am, ich darf während der Dienstzeit keine privaten Anrufe entgegennehmen.«

Sie glaubte zuerst, er wolle nur diskret sein. »Wann soll ich dann anrufen? Hast du noch eine andere Nummer?«

»Ich fürchte, ich kann Ihnen darüber keine Auskunft geben, Ma'am.«

Hörte jemand mit? »Um Himmels willen, nenn mich nicht dauernd so! Joe, ich habe gerade erst erfahren, was passiert ist.«

»Da es sich nicht um ein Dienstgespräch handelt, muß ich jetzt die Leitung freimachen.« Unnachgiebig, beherrscht.

»Bitte, Joe, es ist wichtig ...«

Er brach das Gespräch ab. Sie zitterte so stark, daß sie kaum den Hörer auflegen konnte.

Danach hatte sie nichts weiter unternommen. Sie konnte schlecht publik machen, daß ihr Mann vermutlich aus Eifersucht einen Unteroffizier hatte versetzen lassen. Sie wollte keinen Skandal riskieren, keine Untersuchung, die Martins Privatleben betraf.

Nach Martins Tod hatte sie die Sorge um Joe völlig unter der Angst vergraben, daß das, was sie über Martin vermutete, aufgedeckt werden könnte. Sie hatte sich im Haus eingeschlossen und niemanden hereingelassen, weder den Offizier, der sich um Martins offene Dienstangelegenheiten kümmern sollte, noch den Vertreter des Unterstützungsfonds, noch den Armeepfarrer, noch Martins »Herrn und Meister«, wie er ihn widerwärtigerweise immer genannt hatte, oder die wohlmeinenden Ehefrauen.

Ungewißheit und Zweifel quälten sie. Sie entdeckte, daß Martin regelmäßig zunehmend höhere Beträge von ihrem gemeinsamen Bankkonto abgehoben hatte. Als Verwaltungsoffizier war er in Rechnungswesen geschult und hatte sich auch um ihre privaten finanziellen Angelegenheiten gekümmert, was Clare ganz recht gewesen war. Sie konnte über ausreichend Geld für den Haushalt und für sich persönlich verfügen, und hatte ansonsten seinem Fachwissen vertraut.

Das Haus ihrer Mutter war zu einer Zeit verkauft worden, als die Preise auf dem Immobilienmarkt explodierten. Selbst nach dem Erwerb eines Hauses, das Martin im Hinblick auf seinen gegenwärtigen Rang und seine Karriereaussichten (die tatsächlich sehr gut waren) als standesgemäß erachtete, war noch ein ansehnlicher Betrag übriggeblieben, den er klug investiert hatte – um ihn während des letzten Jahres kräftig zu reduzieren, wie sie herausgefunden hatte. Außerdem hatte sie bestürzt festgestellt, daß diese Abhebungen mit Martins langsamem Zerfall einhergegangen waren, über dessen Ursache sie nur Vermutungen anstellen konnte. Er mußte einem so unerträglichen Druck ausgeliefert gewesen sein, daß er sich schließlich das Leben genommen hatte. Das Militär handelte unverzüglich und gnadenlos beim geringsten Verdacht auf Homosexualität. In Martins Position wären die Folgen weitreichend und dramatisch gewesen. Die Möglichkeit, daß Martin erpreßt worden war, ließ sie nicht schlafen, denn der Erpresser konnte immer noch damit drohen, ihn zu enttarnen.

Manchmal, wenn sie nach einer weiteren schlaflosen Nacht kaum noch klar denken konnte, fragte sie sich, ob sie nicht die Pflicht hatte, jemandem von ihrem Verdacht zu erzählen, um einen eventuellen Skandal bei der Air Force zu verhindern. Doch sie erkannte schnell, daß diese

Idee mehr dem Bedürfnis entsprach, die Bürde mit jemandem zu teilen, vielleicht zu hören, daß sie sich das Ganze nur eingebildet hatte, als wirklichem Verantwortungsbewußtsein. Vielleicht war Martins Tod ja doch nur ein Unfall gewesen. Dann wieder stürzten verstörende Erinnerungen auf sie ein, kurze Momentaufnahmen, kleine Zwischenfälle, die sich nun zu einem Gesamtbild zusammenfügten und nur eine Erklärung zuließen.

Sie hatte sich vollkommen in sich selbst zurückgezogen, war kaum noch aus dem Haus gegangen, hatte stundenlang, tagelang buchstäblich gar nichts gemacht. Bis sie Magda begegnet war.

Dankbar sog sie den Duft von Heidemyrte, Salzluft und Tang ein und ließ sich von ihren Sinnen wieder in die Gegenwart ziehen. Frisch geschorene, ungewohnt weiße und langbeinige Schafe grasten auf den üppigen Sommerwiesen neben ihren Lämmern; lebhafte Farbflecken glänzten in der Sonne, wo die Glockenheide schon blühte; die Felsen am Seeufer waren oberhalb der Gezeitenlinie golden vor Flechten und unterhalb davon schwarz; Wattvögel stelzten eifrig über den nassen Sand, Möwen trieben auf Thermiksäulen nach oben, und zwei Fischerboote tuckerten friedlich auf den Sund hinaus. Clare verspürte ein intensives Gefühl der Dazugehörigkeit und war mehr denn je entschlossen, an all dem festzuhalten, komme, was wolle.

Was Joe betraf, so mußte sie ihm ja nur schreiben, daß sie nicht gewußt hatte, was hinter seinem plötzlichen Weggang von Marbury steckte. Es war nicht nötig, Martin zu erwähnen. Trotzdem brauchte sie fast den ganzen Abend für den Brief.

Am nächsten Morgen ging sie zur Farm, um Nicol den

Brief mitzugeben, verpaßte ihn aber. Ihre Milch war da und ein Brief ihres Anlageberaters. Auf der Rückseite war mit einem hin und wieder versagenden Kugelschreiber säuberlich die knappe Nachricht geschrieben: »Donald läßt Ihnen sagen, er kommt nicht mehr. Nicol McNicol.«

Er kommt nicht mehr. Das klang wie ein endgültiges Urteil.

Es war ein erster, harter Test für ihren Entschluß, in ›The Larach‹ zu bleiben. Ihre Entscheidung beruhte auf vielen Dingen, nicht allein auf ihren Gefühlen für Donald und seiner Freundschaft, aber das Leben hier würde ganz anderes sein, sollte er sie ihr wirklich aufgekündigt haben. Sie hätte so etwas nie für möglich gehalten, bis sie diese kargen Worte las. Er war oft verärgert über ihre gedankenlose und leichtfertige Kritik an ihrer neuen Umgebung gewesen, aber konnte er wirklich geglaubt haben, daß sie Magdas Verhalten guthieß? Sie hatte doch sicher deutlich gemacht, wie wütend sie auf ihren Gast war? Wenn sie nur offen mit ihm darüber reden, reinen Tisch machen könnte. Es wäre sehr traurig, sollte er ihr keine Gelegenheit dazu geben. Doch als sie sich auf den Weg ins Dorf machte, um den Brief einzuwerfen, merkte sie, wie ihre Entschlossenheit wuchs. Selbst wenn Magda bei Donald zu weit gegangen war und eine Versöhnung unmöglich gemacht hatte, so gab es andere Menschen, die eine Entschuldigung für ihr Benehmen ebenso verdienten. Clare beschloß, keine weitere Zeit zu verschwenden.

KAPITEL 18 Margaret war dasjenige von Magdas Opfern, das Clare am schwersten auf dem Gewissen lag und das die Beleidigung am wenigsten vergeben und vergessen würde, wie sie glaubte. Daher war sie auf einen bestenfalls verlegen-reservierten Empfang vorbereitet, als sie an die von Hundepfoten zerkratzte Tür von ›The Birks‹ klopfte. Zu ihrer Überraschung quietschte Margaret vor Vergnügen bei ihrem Anblick und faßte sie ungelenk am Arm, zu schüchtern für eine richtige Umarmung.

»Komm rein«, sagte Margaret ohne zu zögern und fügte mit einem fragenden Blick über Clares Schulter hinzu: »Dougie hat mir erzählt, daß deine Freundin wieder weg ist.«

»Ja, sie ist fort. Es war eine Katastrophe, wie du wahrscheinlich schon erraten hast«, kam Clare gleich zur Sache. »Ich bin gekommen, um ...«

»Also, ich bin froh, daß sie abgedampft ist, das kann ich dir sagen«, platzte Margaret heraus, blieb abrupt stehen und fuhr zu Clare herum. »Sie hatte kein Recht, dich so zu beleidigen. Ich wußte gar nicht, wo ich hingucken sollte. Das war ja, als würde sie sagen, daß dein Haus nicht gut genug für sie ist. Ich hätte sie auf den Mond schießen können, weil sie dich so blamierte ...«

Eine vollkommen unerwartete Sicht der Dinge. »Aber ich wollte mich entschuldigen, weil sie so unmöglich zu dir war«, protestierte Clare.

»Ach, die kann mir doch nichts anhaben«, erklärte Margaret leichthin und nicht ganz wahrheitsgemäß. »Sie bedeutet mir nichts. Als Dougie erzählt hat, daß sie weg ist, hab' ich mir gesagt, gut, das ist die beste Neuigkeit, die ich seit langem gehört habe. Auf die Sorte können wir hier gut verzichten.«

Clare dämmerte allmählich, daß Margaret an dem Tag

überhaupt nicht auf die Idee gekommen war, ihre Haushaltsführung könne nicht den Erwartungen entsprechen. Was Clare als Beschämung interpretiert hatte, war Empörung um ihretwillen gewesen.

»Ich weiß, sie ist deine Freundin und so«, schrie Margaret über das Rauschen des in den Teekessel schießenden Wassers hinweg, »aber ich finde, daß du ohne sie besser dran bist.«

Clare verstand, daß es Margarets bedingungslose Solidarität war, die ihr den Mut zu dieser ungewöhnlichen Freimütigkeit gab, und empfand ein warmes Gefühl der Erleichterung und Dankbarkeit.

»Oh ja, Margaret hat dich verteidigt wie eine Kampfhenne«, wußte Lilias zu berichten. »Und Ina war genauso loyal und entrüstet. Ihrer Ansicht nach verkündete Magda aller Welt, daß du dich nicht richtig um deinen Gast kümmerst, indem sie ein Bad im Hotel verlangte.«

»Nie hätte ich gedacht, daß sie so reagieren würden«, gestand Clare amüsiert, aber auch recht beschämt.

»Ich glaube, alle hatten Mitleid mit dir.«

Außer Donald, dachte Clare mit einem schmerzlichen Stich.

Lilias hatte sie ebenfalls überrascht. »Oh, meine Liebe, ich bin so froh, daß du gekommen bist«, begrüßte sie sie spontan aus den Rabatten, wo Clare nach ihr gesucht hatte. »Ich war neulich abends so schrecklich zu dir, die ganze Zeit hatte ich ein schlechtes Gewissen deswegen. Am nächsten Tag bin ich zum Cottage gegangen, um mich zu entschuldigen, aber du warst nicht da. Ich wollte es heute nachmittag wieder versuchen.«

»Aber Lilias, es war dein gutes Recht ...«

»Ich war wegen etwas anderem verstimmt«, unterbrach Lilias sie entschieden, kam mit dem Hinterteil voran aus dem Rittersporn und klopfte Erde von ihren Gartenhandschuhen. »Gerald hatte Glück, daß du da warst, sonst wäre es nämlich sein Kopf gewesen, den ich abgebissen hätte.« Sie schenkte Clare ein kleines, schuldbewußtes Lächeln.

»Ich hätte dir sofort Bescheid sagen sollen, daß Magda abgereist ist. Es war unmöglich von mir, bis zum Abend zu warten.«

»Stimmt, das war es«, erklärte Lilias sachlich und unumwunden. »Aber ich habe sofort alle Vorbereitungen abgebrochen, als ich hörte, daß sie allein durchs Dorf gerauscht ist. Und sonst war ja niemand eingeladen. Wenn ich nicht wegen Stephen so verstört gewesen wäre, hätte ich darauf bestanden, daß du trotzdem kommst.«

»Schlechte Nachrichten?« fragte Clare vorsichtig und dachte an Lilias' angespannte Miene, hinter der sie Ärger über ihr Versäumnis vermutet hatte.

»Ach, ich mache mir halt Sorgen. Oliver soll im September nach Gordonstoun gehen, wie du weißt, und nun ist Lucy auf einmal dagegen.«

»Aber das ist doch sicher schon vor längerer Zeit beschlossen worden?«

»Vor Jahren schon. Es gab jede Menge Auseinandersetzungen deswegen, bis Lucy sich schließlich einverstanden erklärte. Und Oliver hat sich längst darauf eingestellt.«

»Möchte er denn aufs Internat?«

»Er kann es kaum erwarten. Ich denke auch, daß er gut dorthin paßt.«

»Was hat Lucy dann dagegen einzuwenden?« fragte Clare zaghaft, weil sie nicht wußte, wieviel Lilias ihr über den Familienzwist anvertrauen wollte.

Sie waren unterdessen zurück zum Haus gegangen, und Lilias blieb am Fuß der Terrassentreppe stehen, als wären ihr die Stufen zuviel. Sie sah plötzlich eingefallen und alt aus, und Clare war berührt, als sie den dargebotenen Arm nahm, den sie normalerweise schroff zurückgewiesen hätte. »Sie sind so verschieden«, sagte sie müde und wie zu sich selbst. »Lucy gegen die Barbaren.«

Darauf gab es nicht viel zu sagen.

»Komm«, rief Lilias schließlich mit der ihr eigenen Lebhaftigkeit, »ich habe heute morgen pfundweise Johannisbeeren gepflückt. Du kannst mir helfen, sie zu verlesen, während wir Tee trinken, und reichlich davon mit nach Hause nehmen. Oh doch, ich bestehe darauf, du weißt genau, daß wir nicht all unsere Beeren und Früchte selbst aufbrauchen können. Ich habe Ina schon welche angeboten, aber sie gab mir freundlich zu verstehen, daß es einfacher ist, Fertigkompott aus dem Glas zu verwenden. Sie schien mich zu bedauern, weil ich offenbar von dieser nützlichen Erfindung noch nichts gehört hatte.«

Clare wußte, daß Lilias sie zum Lachen bringen wollte, aber sie war zu besorgt, um überzeugend miteinzustimmen. Lilias' Temperament konnte einen leicht vergessen lassen, daß sie schon über achtzig war. Es bedrückte Clare, sie so traurig und erschöpft zu sehen, aber sie war froh, daß Lilias ihr nicht grollte. Ihre Freundschaft war ihr wichtiger denn je.

Angus verhielt sich eine Weile kühler als sonst, und von Ina mußte Clare sich diverse unbequeme Wahrheiten über die Engländer anhören, aber die überwiegende Reaktion war, daß man sich um ihretwillen über Magda geärgert hatte, was sie immer wieder erstaunte und rührte.

Sogar Trudy hatte von dem Skandal gehört. »Ein Glück, daß du sie nicht hierher gebracht hast«, sagte sie, während sie einen Vorrat an Makrelen aus der orstansässigen Räucherei in der Kühltruhe verstaute.

Clare reichte ihr einen neuen Schwung. »In dir hätte sie vielleicht ihre Meisterin gefunden.«

»Vielleicht – oh Gott, ist das die Ladenglocke? Ich versuche schon seit einer Stunde, diese Fische einzulagern.«

»Ich mache für dich weiter. Ist es egal, wie ich sie unterbringe?«

»Der Lachs kommt nach links. Diese hier nach hinten, angefangen von dem Ende dort. Du bist ein Schatz. Bin gleich wieder da.«

Der Lagerraum im Untergeschoß der Spinnerei, vor dessen vergitterten Fenstern direkt der Fluß vorbeiströmte, war auch an den wärmsten Tagen ungemütlich kalt, so daß Clare sich mit ihrer Arbeit beeilte. Ben saß zweifellos gemütlich töpfernd im Warmen und verwirklichte sich selbst.

»Oh Clare, du bist wirklich ein Engel. Ich werde noch verrückt, weil ich dauernd rauf- und runterlaufen muß. Es ist zwar toll, daß der Laden so gut läuft, aber wenn ich keine Zeit habe, Lieferungen zu verstauen oder weiß, daß Tiefkühlware hier unten vor sich hintaut, werde ich etwas nervös.«

So schnell taut hier nichts auf, dachte Clare und wärmte ihre tauben Finger unter ihren Oberarmen.

Oben läutete die Glocke.

»Ich mache das hier fertig, wenn du möchtest.« Hatte sie das wirklich gesagt? »Bleib du mal im Laden.«

»Wirklich? Das ist toll von dir, danke.« Trudy verschwand wieder, ihre großen Füße in den Sandalen klatschten die Steinstufen hinauf. »Ach so, kannst du vielleicht den Sack Azukibohnen mit hinaufbringen, wenn du kommst?« rief sie von oben. »Hab' ihn ganz vergessen, tut mir leid.«

»Geht es den ganzen Tag so zu?« fragte Clare, nachdem sie mutig in der Küchenecke des großen, offenen Wohnbereichs, in der es aussah wie nach einem Hurrikan, zwei Tassen Kaffee gemacht und in den Laden gebracht hatte.

»Mehr oder weniger.«

»Du weißt ja, wie lange ich auf den Bus warten muß. Kann ich dir helfen?«

»Klar, gern.« Trudy war nicht der zögerliche Typ.

Sie schien über unerschöpfliche Energiereserven zu verfügen, bediente kompetent und freundlich und hatte zugleich ein Auge auf Clare, die sie wie eine Verkehrspolizistin zu den richtigen Regalen und Behältern dirigierte. Sie kassierte, verpackte und machte heimlich freche Bemerkungen über eine Kundin, während sie gemeinsam die Köpfe in einen Sack Bohnen steckten. In einer kurzen Ruhepause verschlangen sie zu dritt Käsebrote in der Küche; Ben und Trudy tranken Dosenbier dazu, rissen die Post auf und warfen sie auf einen überladenen Schreibtisch, von dem sie unbeachtet zu Boden segelte.

»Ich könnte dir ein paar Stunden in der Woche zur Hand gehen, was hältst du davon?«

»Meinst du das ernst?« Trudy starrte Clare voll ungläubiger Hoffnung an, in der einen Hand ein Stück Vollkornbrot, in der anderen ihr Messer, mit dem sie ein Stück bläulich-grünen Ziegenkäse aufgespießt hatte.

»Das ist sehr nett von dir, Clare, aber ...«, begann Ben.

»Ich will keine Bezahlung.«

Trudys Füße und Bens Bierdose kamen mit einem synchronen Knall herunter. Bier spritzte über den Tisch.

»Das können wir nicht zulassen«, sagte Ben.

»Wir könnten dich in getrockneten Aprikosen bezahlen.«

»Trudy, das geht doch nicht.«

»Warum? Aus Prinzip?«

»Ja, natürlich aus Prinzip.«

»Dann sprich für dich selbst. Meine Prinzipien sind da etwas flexibler.«

»Drei oder vier Stunden zwischen den Bussen?« schlug Clare vor. »Zwei, drei Tage die Woche? Würde das etwas bringen?«

»Juhuuu!« schrie Trudy, sprang auf und drückte ihr mit ihrer Umarmung fast die Luft ab. »Willst du das wirklich tun?«

»Wenn du mich leben läßt«, keuchte Clare und entwand sich ihrer muskulösen Umarmung.

»Na, das wäre schon eine Hilfe für Trudy«, stimmt Ben gnädig zu, fuhr seiner Frau mit einer flüchtig gewaschenen Hand zerzausend durchs Haar (überflüssigerweise) und ging wieder an seine Töpferarbeit. Teller und Bierdose ließ er auf dem Tisch stehen.

Die Arbeit in der Alten Spinnerei, auch wenn sie anspruchslos und freiwillig war, gab Clare das Gefühl, nicht länger nur Gast in ihrer neuen Umgebung zu sein. Sie genoß Trudys Gesellschaft und ihr freimütiges Wesen, es gefiel ihr, mit Leuten zusammenzukommen, und sie mochte den Laden selbst. Aber vor allem war sie froh, etwas zu haben, das sie von Donald ablenkte.

Erst jetzt, da sie ihn nicht mehr sah, merkte sie, wieviel Zeit sie mit ihm verbracht hatte, wie sehr ihre Tage von ihren gemeinsamen Unternehmungen bestimmt gewesen waren. Immer wieder ertappte sie sich dabei, wie sie auf das Geräusch des in die Bucht einlaufenden Bootes lauschte. Ein paarmal bildete sie sich auch eine schattenhafte Bewegung an der Tür ein und glaubte, Trim wäre gekommen, um Donalds Ankunft anzukündigen. Sie vermißte seine Neckereien, seine Art, fassungslos den Kopf zu schütteln, wenn sie ihm stolz irgendeine amateurhaft ausgeführte Arbeit in Haus oder Garten präsentierte. Sie vermißte sein Interesse an allem, was sie tat, seine geduldigen Erklärungen. Sie vermißte sogar seine empfindlichen Reaktionen auf das, was er als angeborenes englisches Überlegenheitsgefühl ansah, und seine Weigerung, ihr Vorurteile oder Denkfaulheit durchgehen zu lassen. Ihr fehlten die langen Gespräche, wenn sie ihn dazu gebracht hatte, über die Farm und das Tal zu reden. Vor allem vermißte sie seine körperliche Gegenwart, das Vergnügen, ihm zuzusehen, das Gefühl der Geborgenheit, das ihr seine Größe, Stärke und Ruhe gaben. Betrübt sagte sie sich, daß sie offenbar in ihm gesehen hatte, was sie sehen wollte. Der Donald, der ihr soviel bedeutet hatte, hätte ihr nie diese knappe Botschaft über Nicol ausrichten lassen, wäre nie so unversöhnlich beleidigt gewesen.

Sie war entschlossen, ihren Fehler mit Magda nicht zu wiederholen. Diesmal würde sie sich nur auf ihre eigene Kraft verlassen, um aus ihrem neuen Leben etwas zu machen. Als erstes wollte sie das Cottage modernisieren, genau wie Kenny es prophezeit hatte. Sie machte sich daran, eine Idee in die Tat umzusetzen, mit der sie schon oft gespielt hatte, wenn die Stürme von Westen über den See tobten und unter ihrer Haustür hindurch pfiffen.

Auch wenn das Gefühl sie nicht losließ, daß sie ihr Vorhaben mit Donald besprechen sollte, und sie seinen Rat sehr vermißte, streckte Clare ihre Fühler aus. Sie erfuhr, daß Kennys Bruder Pete bei einer Baufirma arbeitete und sich gern nebenher noch ein Taschengeld verdiente. Außerdem sei er nach seinem Urlaub an der Costa Brava sicherlich pleite. Angus brachte ihn mitsamt Kenny an einem Augustabend über den See. Sie waren eindeutig scharf auf den Job, aber nicht gerade enthusiastisch, was ihre Pläne betraf.

»Aber Sie wollen doch bestimmt nicht nur die eine Tür?«

»Jetzt gibt es doch auch nur eine Haustür.«

»Stimmt schon, aber das ist die Vordertür. Sie können die Leute doch nicht durch die Küche reinkommen lassen, oder?«

»Meine Frau würde das nie zulassen«, bestätigte Pete mit Nachdruck.

»Die meisten Leute haben eine Hintertür und benutzen sie auch.«

»Aye, aber sie haben daneben auch eine Vordertür.«

»Und wenn Sie das Haus mal wieder verkaufen wollen«, fügte Pete als entscheidendes Argument hinzu, »ist das ein echter Nachteil. So was wird kaum jemandem gefallen, oder?«

»Wir könnten die neue Tür einbauen, ehe wir die alte schließen«, schlug Kenny vor. »Dann können Sie sich's nochmal überlegen.«

Clare dachte bei sich, daß das sowieso die praktischste Vorgehensweise war.

»Glauben Sie, es würde die Vorderseite verunstalten?« fragte sie und gab damit ihrem einzigen Zweifel Ausdruck. »Die Tür in ein langes Fenster umzuwandeln?«

»Ach so, Sie wollen eine Verandatür?« fragten sie, und ihre Mienen hellten sich sofort auf.

»Nein, ein doppelt verglastes, gut abgedichtetes Fenster mit einer Fensterbank, auf der man sitzen kann«, sagte Clare fest und zog die Männer nach draußen, damit sie sich eine Meinung bilden konnten.

Doch was den ästhetischen Aspekt betraf, wollten sie sich nicht festlegen. »Das müssen Sie wissen«, sagten sie. Dann, mit Nachsicht: »An dem Häuschen ist sowieso nicht viel dran, oder?«

Kenny ließ sich lang und breit darüber aus, daß die Engländer nie zufrieden seien und zuviel Geld hätten, und dabei saßen sie etwa eine Stunde lang im Wohnzimmer herum und tranken Tee. Danach ging Clare davon aus, daß sie zu einer Art von Übereinkunft mit den Brüdern gekommen war.

Die Vermutung, sie seien knapp bei Kasse, traf zu.

Schon am folgenden Abend kamen sie wieder, in einem geliehenen Boot und verstärkt durch Inas Sohn Ewan. Sie begannen, die Außenwand der Speisekammer zu durchbrechen, ohne sich weiter um die Feinheiten zu kümmern, wie etwa zuerst die Regale abzuräumen. Clare wünschte mehr denn je, sie hätte die Aktion zuerst mit Donald besprechen können.

»Sie bleiben also?« fragte Kenny und lud Schutt an der Stelle ab, die sie ihnen bezeichnet hatte.

»Sieht so aus«, bestätigte sie.

»Hätte ich nie gedacht.«

Clare lächelte und war auf einmal ungeheuer zufrieden mit sich.

KAPITEL 19

Clare füllte gerade im Laden Regale und überlegte, ob einige arg zerdrückte Pakkungen mit Kräutertee noch verkauft werden konnten, als sie merkte, daß hinter ihr jemand wartete. Da Trudy Zeit zum Bedienen hatte, achtete sie nicht darauf, vor allem weil der Aufbau, den sie errichtet hatte, ziemlich wackelig war und die leichten, glatten Teepäckchen herunterzupurzeln drohten.

Die Person hinter ihr wartete immer noch, still, klein, geduldig. Clare breitete die Arme vor dem bevorstehenden Kollaps aus und warf einen Blick über ihre Schulter. Sie hatte das Mädchen schon ein paarmal gesehen, in Angus' Laden, wo man sie in ihrer riesigen, verwitterten Barbourjacke kaum entdecken konnte, und am Steuer eines gleichermaßen zerbeulten, aber immer noch imposanten Bentley.

»Ich sehe, Sie haben viel zu tun.«

»Es ist nur, daß dieses Zeug hier uns gleich auf den Kopf fällt.«

Die hochgewachsene Trudy eilte zur Rettung herbei, griff über Clares Kopf hinweg nach den Packungen. »Die sind schon zerdrückt genug, ich kann es mir nicht leisten, sie nochmal runterfallen zu lassen. Das hier sieht so aus, als ob du es mit nach Hause nehmen könntest, Clare.«

»Pfefferminze. Muß ich?«

»Kennst du Catriona? Catriona Finlay.«

»Wir haben uns schon gesehen, glaube ich«, sagte Clare erlöst und nickte der schmalen Gestalt zu, die an diesem Tag ein olivgrünes Wollhemd, in das sie zweimal hineingepaßt hätte, über staubigen schwarzen Cordhosen trug.

»Catriona wollte dich etwas fragen«, half Trudy dem Mädchen bemutternd, aber freundlich auf die Sprünge.

»Natürlich, gern«, antwortete Clare etwas verwirrt, die Gedanken immer noch beim Laden. Was konnte sie ihr sagen, das Trudy nicht wußte?

Catriona blinzelte sie nur nervös unter einem, dichten, dunklen Pony hervor an und blieb stumm. Trudy stieß einen lauten Fluch aus, weil sie sich an der Trittleiter den Finger geklemmt hatte, und nahm die Sache in die Hand. »Fährst du jetzt wieder die Glen hinauf, Catriona? Clare ist mit dem Bus gekommen.«

»Oh, sicher, ja, Sie können gern mit mir zurückfahren. Das heißt, natürlich erst, wenn Sie hier fertig sind, meine ich.« Doch Clare bemerkte, wie Catriona die kleine Bewegung ihres Handgelenks unterdrückte, mit der sie die unter einer knopflosen Manschette verborgene Armbanduhr freilegen wollte. Ihr fiel ein, daß Donald erzählt hatte, Catriona könne ihren Großvater nie lange allein lassen.

Er hatte auch gesagt, er bezweifle, daß Catriona den Führerschein besaß, erinnerte sich Clare, als sie im Bentley das Tal hinaufschlingerten. Ein großer Golden Retriever stützte seine schwere Schnauze abwechselnd auf Catrionas und Clares Schulter, und auf dem Rücksitz rollte ein weißer Terrier wie ein Fußball herum.

Catrionas Hände am Lenkrad waren winzig und braun, vielleicht auch schmutzig. Ihre Handgelenke lugten zierlich wie die eines Kindes unter den Hemdärmeln hervor, und Clare sah, daß die Armbanduhr, auf die sie aus Höflichkeit nicht geblickt hatte, aus Gold und mit Diamanten besetzt war. Das feingliedrige Armband war mit einfachem Draht repariert worden.

Catriona fuhr Clare zur Farm, holperte in demselben Tempo über den Feldweg, mit dem sie auch übers Moor und durchs Dorf gefahren war.

»Du wolltest mich etwas fragen«, erinnerte Clare sie schließlich. Catriona hatte auf der ganzen Fahrt kaum ein Wort gesprochen und Clares Gesprächsversuche nur mit einem schüchternen Lächeln quittiert. Nun errötete das, was von ihr unter dem aufgestellten Hemdkragen und dem dichten, wirren Haar zu sehen war.

»Ich wußte nicht, daß Sie schon eine Arbeit haben.«

Sehr rätselhaft. »Ich helfe Trudy nur für ein paar Stunden in der Woche aus.«

»Es ist nicht so wichtig.«

»Sag's mir trotzdem, und duze mich bitte.«

»Es ist nur, daß Lilias meinte, Sie ... du könntest Italienisch.«

Hätte ich mir denken können, daß Lilias dahintersteckt, dachte Clare. »Raus mit der Sprache, du mußt mir schon ein bißchen mehr erzählen.«

Sie war froh, daß sie hartnäckig geblieben war, nachdem Catriona ihr – nicht sehr zusammenhängend – erklärt hatte, worum es ging. Sie wollte, daß Clare ihrem Großvater bei einer Familiengeschichte half, an der er arbeitete, und vor allem die Briefe und Tagebücher seiner italienischen Großtante übersetzte.

»Ich weiß, du hast viel zu tun, und es ist wahrscheinlich eine Zumutung von mir, dich überhaupt darum zu bitten, aber wenn du dir die Papiere vielleicht mal ansehen könntest, ihm eine Vorstellung davon geben könntest, was drin steht ... Wir würden natürlich das übliche Honorar zahlen, wenn ich auch ehrlich gesagt keine Ahnung habe, was das ist, und ich würde dich abholen und wieder nach Hause fahren. Falls du dich dazu entschließen könntest, meine ich. Ich fürchte nur, daß die Briefe ziemlich durcheinander und nicht im besten Zustand sind, also es ist möglicherweise sowieso ein hoffnungsloses Unterfangen ...«

Clare konnte es kaum abwarten, die Papiere in die Hände zu bekommen, Die Aussicht erfüllte sie regelrecht mit intellektueller Gier. Das sagte sie Catriona, die sich daraufhin endlich entspannte. Ein bezauberndes Lächeln erhellte ihr kleines Gesicht.

»Ich habe dich hin und wieder auf der Talstraße gesehen«, gestand sie abrupt, als Clare ausstieg, »aber ich habe mich nie getraut anzuhalten und mit dir zu sprechen.«

Eine neuerliche Verlegenheit, die Clares Antwort möglicherweise ausgelöst hätte, blieb ihr erspart, da jedes weitere Wort im Gebell des Terriers unterging, der plötzlich heftigen Anstoß daran nahm, daß Clare sich mit seinem Frauchen durch das Wagenfenster unterhielt.

»Das hast du eingefädelt«, stellte Clare Lilias zur Rede.

»Natürlich.« Lilias lehnte bequem an einem Felsen, das Gesicht mit geschlossenen Augen der unzuverlässigen Sonne entgegengehoben. Die mit Gras und Schafskötteln gemusterte Matte, auf der sie saß, hatte sie wie eine Stola um sich gezogen und die gebräunten Beine, die in Turnschuhen endeten, lang ausgestreckt.

Stephen und Familie hielten sich erneut für ein paar Tage in Tigh Bhan auf. Als Clare wieder einmal zum Essen dort gewesen war, hatten sie lebhaft über die Abwassereinleitung von Inverbuie diskutiert, die Gerald stark zu beunruhigen schien; irgendwie führte das zu einer Einladung ins Cottage, inklusive Mittagessen und Baden in der Larach-Bucht. Clare hatte nicht geglaubt, daß Lilias und Gerald oder selbst Stephen und Lucy wirklich schwimmen würden. Doch nur Lucy war vernünftig genug, lediglich mit einem Buch am Ufer entlangzuschlendern, während der Rest sich vom Anleger heldenhaft in die Fluten stürzte. Clare hoffte, daß niemand vor dem Mittagessen, mit dem sie sich einige Mühe gegeben hatte, an einem Herzinfarkt sterben würde.

Bei der Zubereitung hatte sie einige Hindernisse überwinden müssen. Pete und Ewan waren ohne Vorwarnung und mit selbstzufriedenen Mienen aufgetaucht und hatten die neue Tür gebracht.

»Oh«, sagte Clare, die Hände über einer Rührschüssel, als die Plastikplane ruckzuck vor dem neuen Küchenausgang abgerissen wurde, »ich fürchte, wir werden uns gegenseitig im Weg sein.«

»Och nein, Sie sind uns nicht im Weg«, entgegnete Pete frohgemut, und er sollte recht behalten. Innerhalb von fünf Minuten hatten er und Ewan den Herd samt Gasflasche in den Schuppen getragen und zuvorkommenderweise auch noch den Kessel gefüllt, damit Clare ihnen die erste Tasse Tee machen konnte.

Am Ende wurde aus dem Einhängen der neuen Tür eine kleine Feier. Die Familienzwistigkeiten der Markies gerieten vorübergehend in Vergessenheit. Pete und Ewan tranken das meiste von dem Bier, das Stephen mitgebracht hatte, und taten so, als würde ihnen die Kräuterquiche schmecken. Der letzte Wein von Magda wurde geleert und Clares Brotbackkünste mit einem nicht mehr ganz so vernichtenden Urteil kommentiert. Die neue Küche erhielt allgemein lobende Zustimmung. Clare war so darauf fixiert gewesen, die Zugluft aus dem Wohnzimmer zu verbannen, daß ihr die Veränderungen in der Küche zweitrangig erschienen waren, ein bloßes Nebenprodukt. Jetzt erst bemerkte sie, daß aus dem düsteren Schlauch ein heller, luftiger Raum geworden war. Die neue Glastür würde die Morgensonne hereinlassen, und sie war nur wenige Schritte vom Schuppen entfernt, ein großer Vorteil bei schlechtem Wetter.

»Hübsche, geschützte Ecke«, bemerkte Gerald. »Du brauchst nur die Lücke dort zu schließen, ein paar Pflastersteine zu legen, und schon hast du eine kleine Sonnenveranda.«

»Du hast dich also entschieden, bei uns zu bleiben«, sagte Lilias wie zuvor schon Kenny, und obwohl es nekkend klang, hörte Clare doch eine Zufriedenheit heraus, die sie glücklich machte. Sie nickte lächelnd, und Lilias umarmte sie brüsk, wobei ihr knochiger Körper sich erstaunlich geschmeidig an Clares drückte.

»Das ist *gut*«, erklärte sie.

»Großvater ist natürlich verrückt. Ich nehme an, du hast davon gehört«, sagte Catriona, als sie Clare in die Bibliothek von Glen Righ House führte.

Clare war mit Mrs. MacGillivray heraufgefahren, der Frau des Wildhüters, die Moorhühner zum Wild- und Geflügelhändler in Fort William gebracht hatte. Federn flogen im Jeep herum und klebten an Blutflecken auf dem Boden. Mrs. MacGillivray hatte Clare während der Fahrt mit Fragen über ihr Alter, ihren Familienstand und ihr Einkommen bedrängt und bei den zurückhaltenden Antworten enttäuscht die Nase gerümpft.

»Gehen Sie einfach ums Haus herum zum Vordereingang«, wies sie Clare an, nachdem sie in einem sonnenlosen Hof gehalten und die Handbremse derart ruckartig angezogen hatte, daß der Jeep die Schnauze senkte wie ein widerspenstiges Pony. »Rufen Sie in der Halle nach Catriona, falls sie nirgends zu sehen ist.«

Das Haus döste in nachmittäglicher Stille vor sich hin, als Clare eine mit riesigen Steinplatten gepflasterte Terrasse überquerte. Die Blaukissen und Steingartengewächse, die ursprünglich in den Lücken gepflanzt worden waren, wurden von Gras und Ehrenpreis erstickt. Das einzige Geräusch kam von einem schnell dahinströmenden Gewässer, das nicht zu sehen war, Clare aber sofort die tragische Geschichte von Catrionas Bruder in Erinnerung rief. Eine schläfrige Atmosphäre des Verfalls hing über allem, wurde jedoch durch die Schönheit der alten Granitmauern, die herrschaftlichen Ausmaße des Hauses und den wunderbaren, weiten Blick über das Tal aufgewogen.

Die Eingangshalle diente offenbar gleichzeitig als Gartenschuppen. Staubbedeckte Hirschköpfe, die alle den Eindruck machten, als wären die Tiere in hohem Alter geschossen worden, blickten auf schmutzige Stiefel, Handschuhe, Rollen von Schnur, eine Schubkarre und diverse Gerätschaften herunter. Clare wunderte es nicht weiter, einen Sattel über dem einen Treppengeländer zu sehen und eine zerbeulte Wachsjacke, die ihr bekannt vorkam, über dem anderen.

»Hallo?« rief sie. Zu zaghaft und schwach für all den leeren Raum, der sich zwischen holzgetäfelten Wänden mit

Wappenschildern, dunklen Gemälden und einem prächtigen Kronleuchter bis hinauf zu einer grüngestreiften Kuppel ausdehnte.

»Hallo! Catriona!« brüllte sie und lauschte wieder auf das stille Haus.

Irgendwo ertönte ein dumpfer Schlag, dann wurde eine Tür zugeschlagen, und das Geräusch tapsender Hundepfoten auf Stein kam näher. Die Hunde stürmten in die Halle, der eine brach in ein einmaliges, tiefes Bellen aus, der andere in hysterisches Gekläffe. Hinter ihnen erschien Catriona in einem karierten Männerhemd mit durchgescheuertem Kragen und fehlenden Knöpfen, unter dem noch vier Zentimeter eines Jeansrocks hervorlugten.

Fergus Finlay erhob sich aus den Papier- und Bücherstapeln seiner Bibliothek, um Clare zu begrüßen. Er war groß und knochig, hatte eine blasse, durchscheinende Haut und vermittelte trotz seines geflickten und abgenutzten Tweedanzugs den Eindruck glasklarer Sauberkeit. Er erinnerte sich offensichtlich nicht daran, daß sie eingeladen worden war, hieß sie aber sehr charmant willkommen.

Die Papiere, an denen er arbeitete, erinnerten irgendwie an Trudys Geschäftskorrespondenz. Die Tagebücher, von denen es vierzehn an der Zahl gab, wurden aufgeregt zusammengesucht, während Catriona besorgt-entschuldigende Grimassen in Clares Richtung zog und die Hunde einen Knochen aus den Tiefen eines fellbezogenen Sofas hervorzerrten und sich darüber stritten, wer ihn dort versteckt hatte.

Die ledergebundenen Bände mit den dicht in verblichener, sepiafarbener Tinte beschriebenen Seiten weckten in Clare die alte Leidenschaft für Wörter und Sprachen, die sie beinahe vergessen hatte. Sie verschränkte die Hände hinterm Rücken, als Fergus mit einer ausschweifenden Erklärung des Familienstammbaums und Großtante Sofias Platz darin begann. Die Briefe, Hunderte davon, vergilbt und zerknittert, waren in alte Ginkisten und Plastikkörbe gestopft worden, die aussahen, als hätten sie dem Bäcker zurückgegeben werden müssen. Clare schlug vor, ein paar Briefe mit zu sich nach Hause zu nehmen, um sie in Ruhe durchzusehen, was aber sofortige Bestürzung auslöste. Der alte Mann preßte ein Tagebuch gegen seine suppenbefleckte Krawatte, und Catriona legte ihm beruhigend eine Hand auf den Arm. Clare beteuerte hastig, daß sie natürlich jederzeit kommen und die Texte an Ort und Stelle lesen könne, worauf die beiden vor Erleichterung aufatmeten.

Clare hätte gern sofort mit der Arbeit angefangen und auf den Tee verzichtet, vor allem, als sie den gedeckten Tisch erblickte. Dünne, rosa-goldene Täßchen, sämtlich gesprungen. Ein Teesieb, obwohl unter dem Deckel der fleckigen Teekanne die Etiketten von Teebeuteln herausschauten. Zucker, auf dem der Löffel wie auf Marmor lag. Dazu gab es Toast mit Würzpaste für Fergus und für Clare und Catriona einen gelben Kuchen in Plastikfolie aus Angus' Laden, dessen Verfallsdatum Clare ungläubig blinzeln ließ.

Braan, der Retriever, leistete ihnen mit gerunzelter Stirn und sabbernden Lefzen Gesellschaft. Der Terrier, Chippy, fixierte Clare mit seinen glänzenden braunen Äuglein, wobei Schauer der Gier über sein weißes Fell liefen. Trim hatte nie gebettelt, dachte Clare wehmütig.

»Würdest du Großvater wirklich helfen?« fragte Catriona zweifelnd, als Fergus aufgestanden und zurück in seine Bibliothek gegangen war. Er ließ eine volle Tasse Tee und ein Stück Toast auf seinem Teller zurück und hatte die beiden Frauen völlig vergessen.

»Sehr gerne.«

»Es könnte ein wenig frustrierend sein. Er wird sich nicht immer an dich erinnern.«

»Das macht mir nichts aus.«

»Und es kommt möglicherweise nichts dabei heraus. Ich meine, deine Übersetzung und alles wird bestimmt ausgezeichnet sein, aber ich bin nicht sicher, ob diese Familiengeschichte je fertig wird ...« Ihre Stimme verlor sich unglücklich, und Clare vermutete, daß sie nicht illoyal gegenüber ihrem Großvater sein wollte. Dennoch war es ihr vielleicht ganz recht, wenn Fergus' verstreute Aufzeichnungen nie zu einem Ende geführt würden.

»Ich verstehe«, sagte Clare. »Trotzdem hätte ich Lust, mich mit diesem faszinierenden Material zu beschäftigen. Das Endprodukt ist nicht wichtig. Ich komme gern und helfe, solange du es für nützlich hältst.«

»Das ist sehr nett von dir.« Catriona war ausgesprochen hübsch, wenn sie lächelte. »Wir haben nur noch nicht über die Bezahlung gesprochen«, fügte sie hinzu, und der ängstliche Ausdruck kehrte zurück. »Natürlich ist alles in Ordnung, was du verlangst.«

Clare glaubte nicht, daß die Finlays viel Geld für Übersetzerhonorare übrig hatten, die sicher ein Schock für Catriona wären, und nannte einen viel zu niedrigen Betrag, den das Mädchen freudig als normal akzeptierte.

»Großvater verliert manchmal den Faden und regt sich dann furchtbar auf«, vertraute sie Clare an, als sie sie nach Hause fuhr. »Das ganze Projekt wächst ihm über den Kopf, und ich bin ihm auch keine Hilfe. Ich kann dir gar nicht sagen, wie dankbar ich dir bin.«

Clare glaubte nicht, daß ihre Arbeit großen Einfluß auf Fergus haben würde, und war dafür um so mehr an Catriona selbst interessiert. Abgesehen von der Sorge um ihren Großvater schien sie ganz zufrieden zu sein, doch während der folgenden Tage kehrten Clares Gedanken häufig zu ihrem merkwürdigen und einsamen Leben zurück.

KAPITEL 20

Von dem Hügel über Tigh Bhan, wo sie nun oft spazierenging, um die von Touristen und Jägern bevölkerten Hochmoore zu meiden, sah Clare Donalds Boot auf die Felsspitze zuhalten, die das Cottage verbarg.

»*Endlich!*« jubelte sie, doch dann fiel ihr ein, daß sie zu weit weg war und von dieser Stelle aus nicht sehen konnte, ob Donald tatsächlich die Bucht ansteuerte. Sie stolperte einen Hang voll Heidekraut, Heidelbeeren und verstreuter Steine hinunter und raste die nächste Erhebung hinauf, doch die Landzunge fiel zu steil ab und blockierte ihr die Sicht. Als sie endlich in die Bucht sehen konnte, war diese leer. Atemlos und ärgerlich auf sich selbst sank sie zu Boden.

»Blöde Kuh, du bist dreiunddreißig und keine dreizehn mehr. Ihm nachzurennen wie ein verknallter Teenager.« Am Vortag hatte sie zufällig etwas erfahren, das die Hoffnung auf einen Besuch Donalds in ihr aufkeimen ließ. Lilias hatte sie nach Luig mitgenommen und mit ernster Miene bemerkt: »Ich fürchte, das ist kein gutes Zeichen, daß sie Ishbel Macrae nach Hause geschickt haben.«

»Nach Hause? Von wo?« hatte Clare verwirrt gefragt.

Lilias warf ihr einen überraschten Blick zu. »Aus dem Krankenhaus. Weißt du nicht, daß sie zwei Wochen lang zur Untersuchung dort war? Die Ärzte haben entschieden, nicht noch einmal zu operieren und wohl auch die Chemotherapie aufgegeben. Es sieht so aus, als ob sie nicht mehr viel tun könnten. Der arme Donald ist jeden Tag zu ihr gefahren, manchmal sogar zweimal. Bei all der Arbeit, die er zu dieser Jahreszeit hat, muß der arme Mann völlig am Ende sein. Ich verstehe nicht, wieso du nichts davon gehört hast.«

Das waren schlimme Neuigkeiten, und Clare dachte voll Sorge und Mitgefühl an Donald. Konnte das die Erklärung für seine lange Abwesenheit sein? hatte sie sich gefragt, unfähig einen gewissen Anteil selbstsüchtigen Interesses zu unterdrücken.

Und nun, ungeachtet ihrer dreiunddreißig Jahre, klopfte ihr Herz wie wild, als sie sich dem Cottage näherte. Ob Donald eine Nachricht hinterlassen hatte? Das kleine Haus verriet nichts von seiner Anwesenheit. Hacke, Schubkarre und flache Steine warteten noch wie zuvor neben der neuen Tür. Gereizt über die Heftigkeit ihrer Enttäuschung, beschloß sie zum wiederholten Mal, von sich aus Kontakt zu Donald aufzunehmen. Aber wegen seiner Frau konnte sie ihm schlecht schreiben oder ihn anrufen. Außerdem, was sollte sie ihm sagen? Sich für Magda entschuldigen? Konnte der vernünftige, ausgeglichene Donald wegen dieses Zwischenfalls ernsthaft beleidigt sein? Und wie sollte sie einem Mann, der ihr nie mehr als Freundschaft gezeigt hatte und dessen Frau im Sterben lag, sagen, daß sie ihn vermißte?

Sie war froh, daß sie so viel zu tun hatte, und besonders froh, Trudy so oft zu sehen, die trotz Hypothek, steigender Zinsen und laufender Kosten stets fröhlich und gut gelaunt war. Obwohl Ben alles auf sie abwälzte, vom Kaufen des Klopapiers bis zu den Verhandlungen mit der Bank, konnte sie sich immer noch vor Lachen ausschütten, weil sie auf einer Lawine von Kichererbsen aus einem geplatzten Sack die Treppe zum Lagerraum hinuntergerutscht war oder weil eine Touristin gefragt hatte, ob die Milch für den Schafskäse von den »wilden« Schafen in den Bergen komme.

Trudy war entzückt, daß Clare Catriona half – denn so sah sie ihre Tätigkeit für Fergus, wie Clare selbst im übrigen auch – und konnte nie genug vom Leben in Glen Righ House und der völligen Gleichgültigkeit seiner Bewohner gegenüber jeglichem Komfort hören.

»Hast du ein Glück, ich würde es auch gern einmal sehen. Vergiß die langweilige alte Tante Sofia. Erzähl mir vom Mittagessen.«

Catriona lud Clare stets mit großer Herzlichkeit zu den fürchterlichsten Mahlzeiten ein. Clare hatte mehr oder weniger erwartet, daß sie sich wie Lilias und ihre Freundinnen für all das Gärtnern und Ernten und Konservieren und Kochen begeisterte. Doch Catriona wanderte eher wie eine höhere Tochter aus dem vergangenen Jahrhundert durchs Haus und vermittelte den Eindruck, daß die wenigen Arbeiten, die sie – wenn auch ganz klaglos – verrichtete, im Grunde nichts mit ihr zu tun hatten.

Sie versorgte sich und ihren Großvater mehr schlecht als recht und die Hunde gut; sie ritt viel, bürstete Braans Fell öfter als ihr eigenes Haar, hielt das obere Stück der weitläufigen, abfallenden Rasenfläche einigermaßen kurz, hackte gelegentlich den wuchernden Dschungel um das Grundstück zurück und verschlang wahllos Bücher aller Art. Es gab einen kauzigen Angestellten namens Watty Duff, dessen größte Leidenschaft (die sich jedoch nicht auf das Äußere erstreckte) der Bentley war, während er die anderen Fahrzeuge des Besitzes mit weniger Begeisterung in Schuß hielt. Von Zeit zu Zeit platzte er mit Feuerholz ins Haus, vollbrachte Heldentaten an den elektrischen Leitungen und erstattete Catriona Bericht über den

Zustand von Heizung, Dachrinnen und Boiler, wovon die Tochter des Hauses jedoch wenig Notiz nahm.

Ebensowenig interessierte sie sich für die Jagd, die offenbar von Mr. MacGillivray organisiert wurde, ohne daß er jemandem Rechenschaft ablegen mußte. In diesen Tagen brausten morgens und abends teure Geländefahrzeuge über die Talstraße, voll mit kernigen Männern in Tweedsachen und Hunden mit langen, melancholischen Gesichtern. Einige davon fuhren nach Rhumore, wußte Clare, wo Donald selbst die Jagd leitete. Sie dachte daran, daß er einmal vorgeschlagen hatte, sie solle als Treiberin mitmachen und sich selbst ein Urteil bilden. Wie sehr wünschte sie sich jetzt, sie könnte dort oben im Moor dabeisein. Barbarisch, hatte sie gesagt? Es würden genug Moorhühner überleben. Sie erinnerte sich außerdem, daß Donald erwähnt hatte, wie beschäftigt er immer war, wenn Ernte und Jagdsaison zusammenfielen. Noch ein möglicher Grund, warum sie ihn nicht mehr zu Gesicht bekam.

Dougie Stewart arbeitete wie alle anderen auf Rhumore zu jeder Tageszeit, und Clare schaute so oft sie konnte bei Margaret vorbei, die genau wie Trudy verrückt nach Berichten über Glen Righ House war.

»Und hast du denn keine Angst vor dem Gutsherrn?« fragte sie immer wieder mit weit aufgerissenen, sensationslüsternen Augen.

»Margaret, er ist der sanfteste Mensch der Welt, abgesehen vielleicht von Catriona.«

»Aber ich meine, er ist doch nicht ganz richtig im Kopf, oder?«

»Nur sehr vergeßlich.« Oft, wenn Clare kam, wurde die Haustür vom Trinknapf der Hunde, einem handbemalten viktorianischen Nachttopf, offengehalten, und weder Fergus noch Catriona waren in Sicht. Sie begann dann, allein in der dämmerigen Bibliothek zu arbeiten, und wenn Fergus sie dort mit höflichem Erstaunen entdeckte, stellte sie sich ihm erneut vor. Danach setzten sie sich friedlich gemeinsam an die Papiere.

»Catriona kann ihn nie allein lassen, noch nicht mal für zehn Minuten«, behauptete Margaret.

»Sie fährt doch jede Woche nach Luig zum Einkaufen.«

»Aye, aber er tobt dann herum wie ein verrückter Stier, ruft nach seiner Frau und nimmt die Möbel auseinander. Man muß alle Feuerzeuge vor ihm wegschließen.«

Clare erinnerte sich, daß Donald einmal gesagt hatte, Fergus habe sich sehr aufgeregt, als Catriona ins Internat geschickt werden sollte. So entstanden Legenden. Wahrscheinlich war Mrs. MacGillivray die Quelle dieser aufgebauschten Geschichte.

»Und weißt du was? Er hat achtzehn Paar nagelneue Schuhe in seinem Ankleidezimmer. Achtzehn Paar, noch eingepackt in die Kartons ...«

An dieser Stelle zog Lynn das Antennenkabel aus dem Fernseher, steckte ihren Finger in die Buchse und sorgte damit für eine willkommene Ablenkung.

»Du bist genau das, was Catriona braucht«, urteilte Lilias.

Clare hatte sie ausnahmsweise einmal allein angetroffen. Stephen war auf der Jagd, und Gerald und Lucy waren mit den Kindern zu einem Meeresaquarium in der Nähe von Oban gefahren, wobei es offenbar einige Meinungsverschiedenheiten gegeben hatte. Lilias' entnervter Kommentar, sie hoffe, Lucy würde davon Abstand nehmen, allzu viele Tiere in die Freiheit zu entlassen, gab einen Hinweis darauf, weshalb Oma nicht an dem Ausflug teilnahm.

»Wir haben schon alles mögliche versucht«, sagte sie, sich wieder auf Catriona beziehend, »aber sie will ohne

Fergus nirgends hingehen und kommt auch gar nicht auf die Idee, Leute nach Glen Righ House einzuladen – was andererseits auch ein Segen sein mag. Deine Gesellschaft wird ihr gut tun. Vielleicht kannst du sie dazu bringen, sich ein wenig ordentlicher zurechtzumachen.« Obwohl sie bissig zu klingen versuchte, bemerkte Clare, daß Lilias mit der gleichen beschützenden Zärtlichkeit von Catriona sprach, die das Mädchen in allen zu erwecken schien.

»Oder ein wenig Kochen zu lernen, das wäre auch nicht schlecht.«

Lilias stieß ein bellendes Lachen aus. »Wie wär's mit Autofahren?«

»Arme Catriona, sie fährt gar nicht so schlecht. Sie behandelt nur alle Straßen wie ihre eigene Auffahrt und hält alle, die um die Kurve kommen, für Freunde.«

»Hast du eigentlich mal daran gedacht, dir selbst ein Auto zuzulegen, jetzt, wo du so viel unterwegs bist? Heutzutage gibt es viele hübsche, kleine Fahrzeuge mit Allradantrieb. Stephen könnte dir helfen, das richtige zu finden, wenn du möchtest. Natürlich würdest du auch mit Allradantrieb im Winter nicht über den Hügel kommen, noch nicht einmal bis zur Farm, wenn viel Schnee liegt. Aber Donald könnte Dougie den Weg für dich räumen lassen, und außerdem bekommen wir selten viel Schnee hier unten.«

»Ich habe schon daran gedacht, vor allem, weil es mir langsam unangenehm wird, mich ständig von anderen mitnehmen zu lassen. Aber ich möchte dieses Gefühl der Abgeschiedenheit in ›The Larach‹ nicht gern verlieren. Mir gefällt es, aus der Tür in die offene Landschaft zu treten, überallhin zu Fuß zu gehen, inmitten dieser Luft und der Düfte und Naturgeräusche – und in Sturm und Regen, ja, ja, ich weiß.«

»Meine Liebe, ich verstehe dich. Genieß es, solange du

kannst. Und wegen des Mitfahrens brauchst du dir überhaupt keine Gedanken zu machen. Die Leute nehmen die Sensation des Tals gerne mit.«

Clare lachte, aber sie wußte, daß sie es nur um Haaresbreite vermieden hatte, sich bei den Einheimischen äußerst unbeliebt zu machen. Ihr Entschluß, ›The Larach‹ zu kaufen und dort zu leben, war absonderlich genug gewesen, um ihnen das Gefühl zu geben, daß sie sich um sie kümmern mußten, und sie hatte das Glück gehabt, von Anfang an Inas Unterstützung zu gewinnen. Und Donald hatte sie davor bewahrt, sich wie die Axt im Walde zu benehmen. Was damals nach ihrer Eskapade im Motel über sie geredet worden war, würde sie wohl nie erfahren, aber sie vermutete, daß man ihr in erster Linie aufgrund der Fürsprache dieser beiden vergeben hatte. Ihre Verbindung mit Tigh Bhan und später mit Glen Righ House hatte nicht das gleiche Gewicht.

Den wahren Grund, weshalb sie zögerte, sich ein Auto zu kaufen, hatte sie Lilias allerdings verschwiegen: Sie hoffte, daß Donald sie wieder zum Einkaufen im Dorf abholen würde, sobald er nicht mehr so viel zu tun hatte. Dabei wußte sie natürlich, daß es keinen Unterschied machen würde, ob sie ein Auto hatte oder nicht, wenn er sie wirklich sehen wollte.

Eines Abends pflückte sie gerade Spinat und überlegte, wie Gerald sie bloß dazu gebracht hatte, ihn anzubauen, und warum sie sich verpflichtet fühlte, ihn auch zu ernten und zu essen, als sie einen Mann mit einem großen Rucksack von der Landzunge herunter auf die Bucht zukommen sah. Wo wollte er hin? Die meisten Wanderer zogen die Höhenpfade an der Ostseite der Glen vor, und Donald sah es nicht gern, wenn jemand hier unten zeltete. Als sie wieder aufblickte, war der Mann schon ziemlich nahe, eine dunkle Silhouette vor der untergehenden Sonne, die sein Haar golden aufschimmern ließ. Goldenes Haar, hochgewachsen, ein Gang, der ihr seltsam vertraut vorkam. Sie konnte hinterher nicht mehr den genauen Moment bestimmen, in dem sie ihn erkannte ...

»Hallo, Clare.«

»*Joe!*« Es war wie ein Schock, ihre Knie zitterten und ihr Magen krampfte sich zusammen.

»Ich dachte, ich komm' dich mal besuchen, nachdem du mir verraten hast, wo du steckst.«

So einfach, so normal, nach all den quälenden Gedanken und Schuldgefühlen. Clare drückte die Schüssel mit dem Spinat an ihre Brust und starrte ihn sprachlos an. Er war an den Zaun getreten und grinste sie an, als wäre nie etwas geschehen.

»Also, wie geht es dir?«

Sie konnte nicht antworten.

»Du siehst aus wie vom Donner gerührt. Du hast mir geschrieben, erinnerst du dich?«

»Ich wollte dir erklären ...«

»Ach, diese alte Geschichte. Vergiß es, Schnee von gestern. Komm, gib mir das.« Er nahm ihr die Schüssel ab und streckte stützend die andere Hand aus, als sie über den Zaun stieg. »Hübsches Fleckchen«, bemerkte er und sah sich anerkennend um. »Willst du mich nicht hereinbitten?«

Clare hatte das bizarre Gefühl, im falschen Film zu sein. »Aber ich dachte, du ... Ja, natürlich, komm rein. Möchtest du einen Kaffee oder so was?« Was für eine Tageszeit war es? »Einen Drink?«

»Hey, Clare, komm wieder zu dir. Du weißt doch, daß ich nicht trinke.«

Er klang so locker, neckte sie, als ob sie sich zuletzt vor

ein paar Tagen gesehen hätten, statt vor – wie lange war es her? – vier Jahren. Natürlich trank Joe nicht, wie hatte sie das vergessen können? Und mit diesem Wissen kehrte die Wirklichkeit zurück und wurde greifbar. Hier stand Joe vor ihr, lebensgroß und lächelnd, der Joe, den sie zuletzt vor ihrem Haus in Marbury gesehen hatte, als er sich nach einem Wochenende noch einmal umdrehte und winkte. Alles dazwischen war wie ausgelöscht.

»Oh Joe!« rief sie und packte ihn mit ihren spinatgrünen Händen am Arm. »Wie schön, dich zu sehen!«

»Schon besser«, lachte er. »Ich wollte mir schon langsam Sorgen zu machen. Du hast es wirklich nicht schlecht getroffen hier. Gehört das Cottage dir?« Er schwang seinen Rucksack von den Schultern, lehnte ihn gegen die Hauswand und folgte ihr hinein. Auf einmal war sie begierig, ihm alles zu zeigen, sprudelte über, sich seiner Anerkennung gewiß. Sie brauchte eine halbe Stunde, um einen Becher Tee zu bereiten, eine halbe Stunde, in der sie schnell oberflächliche Neuigkeiten austauschten und ernsteren Fragen auswichen.

Joe ertrug alles geduldig, fühlte sich sofort wie zu Hause, kramte in Schubladen zusammen, was Clare vergessen hatte und verbarg seine Freude über den begeisterten Empfang kein bißchen.

»Die Überraschung ist mir gelungen, was?« fragte er selbstzufrieden, als er das Tablett abstellte und sich neben ihr auf dem Sofa niederließ.

»Ich bin ja so froh, daß du gekommen bist. Aber was machst du hier oben in Schottland? Hast du Urlaub?«

»Und ob. Ich habe meinen Abschied genommen.«

»Von der Air Force? Aber Joe, warum?« Ihr wurde heiß vor Verlegenheit, als sie daran dachte, daß er sie für seine abgebrochene Karriere mitverantwortlich machen könnte.

Doch falls es so war, ließ er sich nichts anmerken. »Es

hat sich viel verändert inzwischen. Bei der Armee grassiert der Sicherheitswahn, jede Woche gibt es neue Einschränkungen. Dann wurde mir diese Stelle angeboten, genau das, was ich immer machen wollte. Es war eine gute Gelegenheit, mich zu verändern.«

»Was ist das für eine Stelle?« Ihr Gewissen konnte warten.

»Bei einem städtischen Jugend- und Sportzentrum in Glasgow. Sie bauen einen Teil davon für behinderte Kinder um und haben einen Leiter gesucht. Ich werde dabei helfen, das Erdgeschoß neu zu gestalten, Kurse planen und all solche Sachen.«

»Joe, das ist ja wunderbar. Es muß unheimlich viele Bewerber für diese Stelle gegeben haben.«

Er beschrieb glücklich das Auswahlverfahren und seine Qualifikationen und entwarf Pläne für zukünftige Kurse und Veranstaltungen, während die Sonne unterging und die Dämmerung das Wohnzimmer erfüllte.

»Dein Häuschen ist toll«, sagte er, als Clare schließlich aufstand, um die Lampe anzuzünden. Der Raum wirkte größer, nun da Mäntel und Stiefel in dem kleinen Vorraum untergebracht waren, wo früher einmal die Speisekammer gewesen war. Sie wünschte nur, Pete und Ewan würden bald das neue Fenster einsetzen. Auf einmal schoß ihr die Frage durch den Kopf, wo Joe schlafen sollte. Würde er eine Einladung, auf dem Sofa zu übernachten, mißverstehen? Aber Joe war nicht der Typ, vor allem nicht, nach dem, was vorgefallen war ...

»Laß uns Abendessen machen«, schlug sie vor und schob die ungeklärten Dinge, die zwischen ihnen standen, vorläufig beiseite.

»Ich kann noch die Reste von meiner Marschration dazu beitragen.«

»Nicht nötig, danke. Du hast das große Los gezogen –

jemand hat mir gestern zwei Moorhühner an die Schuppentür gehängt.« Stephen Markie, vermutete sie. Es war ein kleiner Zettel dabei gewesen, auf dem mit militärischfester Handschrift die lakonische Mitteilung: »Am Freitag geschossen« stand.

Dann kam ihr in den Sinn, daß Joe die Jagd vielleicht ablehnte und keine Moorhühner essen würde. Aber er kommentierte nur anerkennend: »Du ernährst dich von dem, was das Land hergibt, was?« und fügte neckend hinzu: »Hast du sie schon gerupft?«

»Heute nachmittag.«

»Ich bin beeindruckt. Und dann gibt es ja auch noch diesen Berg Spinat.«

Es war nett, mal wieder geneckt zu werden. »Und Kartoffeln aus Eigenanbau.«

»Perfekt. Aber am besten baue ich zuerst mein Zelt auf, ehe es ganz dunkel wird.«

So war Joe schon immer gewesen, für jedes Problem hatte er eine Lösung. Sie hatte sich den Kopf völlig umsonst zerbrochen.

»Ich helfe dir«, bot sie ihm an und war auf einmal zuversichtlich, daß alle Mißverständnisse zwischen ihnen mit derselben Leichtigkeit aus dem Weg geräumt werden konnten.

KAPITEL 21

»Joe, warum wolltest du nicht mit mir sprechen, als ich dich in Eland angerufen habe?«

Clare mußte Klarheit schaffen. Joe war aufgekratzt und benahm sich, als wäre zwischen ihrem letzten Wochenende in Wales und seiner Ankunft in ›The Larach‹ nichts vorgefallen, aber sie war zu glücklich über die erneuerte Freundschaft, um sie durch Altlasten aus der Vergangenheit gefährden zu wollen.

Ihre direkte Frage brachte Joe völlig aus dem Gleichgewicht. »Ach das ... na ja, es war ein bißchen schwierig ... über eine Dienstleitung und so«, wich er aus.

»Ich bitte dich Joe, das kann nicht der Grund gewesen sein.«

»Wir brauchen doch jetzt nicht diese alten Geschichten aufzuwärmen, oder?« murmelte er und erhob sich, um ein Holzscheit aufs Feuer zu schieben.

»Wir können doch nicht einfach so darüber hinweggehen!«

»Warum nicht? Vorbei ist vorbei, oder?«

Sie starrte ihn verwirrt an. Er hatte es lässig dahingesagt, fast ein wenig hochmütig, aber er sah ihr nicht in die Augen und sein gerötetes Gesicht hatte bestimmt nichts mit der Hitze vom Kamin zu tun.

»Hast du geglaubt, daß du von Marbury wegversetzt wurdest, weil ich dich angezeigt habe?«

»Was? Mich angezeigt? Spinnst du? Natürlich nicht. Wovon redest du?« Jetzt sah er sie an, ehrlich erschrocken. »Wegen was denn angezeigt?«

Sie starrten sich an, die Gedanken überstürzten sich.

»Aber ich habe mitangehört, wie ein paar Frauen im Kasino sagten, Martin habe dich versetzen lassen, weil ich mich über dich beschwert hätte. Weil du versucht hättest, dich an mich ranzumachen ...«

Clare fuhr zusammen, als Joe plötzlich zornig nach dem Scheit trat. »Dieser Scheißkerl!« rief er, stützte die Hände auf den Kaminsims und lehnte seine Stirn dagegen. »Mein Gott, dieser elende Scheißkerl! Ich weiß, er war dein Mann, und er ist tot und ... oh Gott, es tut mir leid, Clare, aber wie konnte er das sagen, wenn er doch ... Verdammt, ich fasse es nicht!«

Clare beobachtete ihn schockiert, wie er mit wutverzerrtem Gesicht im Zimmer herumlief, dann die Fäuste wieder gegen den Kaminsims stemmte und zwischen seinen Armen hindurch ins Feuer starrte.

»Joe, was ist denn los?« fragte sie bestürzt, ging zu ihm und legte ihm unsicher eine Hand auf den Arm. Er fühlte sich an wie eine Eisenstange.

Er schüttelte den gebeugten Kopf.

»Hör zu, es ist mir egal, was du über Martin sagst, aber ich muß wissen, was wirklich passiert ist.«

Er zögerte; Clare konnte regelrecht spüren, wie sich sein Zorn auf ihre Hand übertrug. »Sag's mir, Joe«, drängte sie sanft. »Was hat er getan?«

»Er hat mir etwas anderes gesagt, das ist alles«, brachte er nach einer Weile hervor. »Es hatte nichts mit dir zu tun. Ich habe nie auch nur einen Moment lang geglaubt, daß du mir geschadet haben könntest.«

»Warum wolltest du dann nicht mit mir sprechen?« Es mußte noch etwas anderes hinter der Sache stecken, etwas, das sie nicht begriff und das ihr ganz sicher auch nicht gefallen würde.

»Wir waren auf einer Dienstleitung, hab' ich dir doch gesagt. Du weißt, daß sie ständig Gespräche abhören. Ich konnte nichts riskieren und wollte die Geschichte hinter mir lassen. Er war schließlich dein Mann, und ich wußte nicht, was er dir gesagt hatte. In seiner Position war er für mich einfach unangreifbar. Er hat mich in die Sch ... er hat mich reingeritten, meine Karriere war zum Teufel, und ich wollte nicht noch mehr Ärger. Das verstehst du doch, oder?«

»Aber wenn er dir nicht erzählt hat, ich hätte dich angezeigt, was hat er dann gesagt? Wie konnte er dich aus

Eifersucht versetzen lassen? Warum hast du dich nicht gewehrt? Niemand kann die Vorschriften derart kraß mißbrauchen und ungestraft davonkommen.«

»Was weißt du schon? Die verdammten Offiziere können machen, was sie wollen.«

Clare glaubte das nicht, aber Martin schien sich tatsächlich skrupellos über alles hinweggesetzt zu haben. »Ist das der Grund, weshalb du deinen Dienst quittiert hast?«

»Zum Teil. Ich hatte einfach genug. Inzwischen frage ich mich, wie ich es überhaupt so lange habe aushalten können.«

Dabei hatte ihm die Air Force einmal so viel bedeutet. Clare überkam erneut das seltsame Gefühl, daß hinter all dem mehr stecken mußte.

Doch Joe ließ das Thema gereizt und ungeduldig fallen. »Warum verschwenden wir unsere Zeit damit, über diesen Mist zu reden? Es ist vorbei, Ende, aus. Ich fange ein neues Leben an, und wir sind hier, in dieser phantastischen Landschaft. Laß uns noch einen Kaffee trinken, dann legen wir uns hin, und morgen kannst du mir die Gegend zeigen, okay?«

Clare wurde bewußt, daß Joe zu einem Zeitpunkt in ihr Leben zurückgekehrt war, an dem sie sich für eine neue Beziehung bereit fühlte. Monatelang hatte sie mit ihren Gefühlen für einen Mann gekämpft, der nicht das gleiche für sie empfand und nicht frei war. Nun war Joe da und hatte die Schuldgefühle von vier Jahren einfach weggewischt. Er hatte nie aufgehört, sie zu mögen, und sie konnte ihn wieder mit Vorstellungen von einem friedlichen, unkomplizierten Glück in Verbindung bringen. Mit ihm konnte sie alles teilen, was ihr an ihrem neuen Zuhause gefiel. Und ihr Widerwille gegen Sex, der eng mit ihrem übermäßigen Alkoholkonsum verbunden gewesen war, war längst überwunden, wie sie wußte – sie hatte während des Sommers ständig ihre leidenschaftlichen Gefühle für Donald niederkämpfen müssen. Sie stellte fest, daß sie auf Joes Lächeln sehr entgegenkommend reagierte, auf seine Energie und seinen durchtrainierten, muskulösen Körper.

Clare versuchte, Donald aus ihren Gedanken zu verbannen, obwohl sie ständig an ihn erinnert wurde, wenn ihr Blick auf Joes Zelt fiel. Es war meilenweit zu sehen und stand praktisch auf Donalds Grund und Boden. Ein überdeutliches Signal, daß sie Männerbesuch hatte. Doch diese Sichtweise setzte voraus, daß Donald genauso für sie empfand wie sie für ihn.

Zum Glück war Clare durch ihre vielen Aktivitäten im Freien gut in Form, denn da Joe mit dem Auto gekommen war, konnten sie viel ausgedehntere Gebiete erwandern als die, die sie allein erkundet hatte. Jeden Morgen fuhren sie als erstes zur Telefonzelle im Dorf, um den Wetterbericht abzuhören; dann wurde genauestens die Route geplant, es mußten Entfernungen berechnet und Notrationen, Erste-Hilfe-Sets, Kompaß und andere Gerätschaften zusammengepackt werden. Clares einfache, bequeme Kleidung wurde für ungeeignet erklärt, und Joe brachte sie zu einem Sportgeschäft, wo sie sich eine komplette Wanderausrüstung aus Hightech-Materialien zulegen mußte. Sie fühlte sich befangen in den Sachen, ganz anders als damals in Nordwales.

Abgesehen davon war Joes Besuch nach dem Reinfall mit Magda für sie der reinste Balsam für sie. Clare reduzierte ihre Arbeitsstunden soweit wie sie es verantworten konnte, und Joe kam netterweise mit zur Alten Spinnerei, wenn sie dort ihr Pensum erledigte. Er fuhr Bestellungen für Trudy aus – wobei er nach der ersten Fahrt mit ihrem

Lieferwagen erst einmal demonstrativ den Motor einstellte –, sortierte Warenlieferungen ein und brachte sogar etwas System in den Lagerraum. Er verstand sich gut mit Ben und verbrachte viel Zeit damit, ihm bei der Arbeit zuzusehen.

Trudy wirkte in diesen Tagen ungewöhnlich bedrückt und verriet schließlich, daß ihr die jährliche Steuererklärung auf der Seele lag. »Ich wollte dich fragen, ob du vielleicht mal einen Blick in die Bücher werfen könntest«, gestand sie, »aber du hast ja im Moment selbst genug zu tun. Nicht, daß ich es dir im mindesten mißgönne«, fügte sie schnell mit ihrem typischen Grinsen hinzu. »Wurde ja auch Zeit, daß du mal einen Kerl um dich hast.«

»Einen Kerl, der in Glasgow wohnen wird«, gab Clare zu bedenken. »Aber ich kann mir gern mal deine Bücher ansehen, wenn du dir deswegen Sorgen machst.«

»Wirklich? Ich fürchte nur, ich bin ein wenig im Rückstand mit der Buchführung.«

Das hatte Clare sich beinahe schon gedacht.

Als Joe sie nach Glen Righ House hinauffuhr, wollte er ursprünglich dort oben wandern, doch ehe Clare ihn warnen konnte, hatte er Catrionas Einladung zum Mittagessen bereits angenommen. Zum Glück war die Mahlzeit an diesem Tag nicht direkt lebensbedrohend – Räucherzunge aus der Dose, Käsecracker, die zwar weich, aber nicht muffig waren, köstliche Pflaumen, frisch aus dem Garten, komplett mit Druckstellen, Wespenlöchern, Blattresten und klebrigem Saft an der Schale. Dazu starker Kaffee, der die Augen hervorquellen ließ und seit dreißig Jahren in unveränderten Mengen von einem speziellen Lieferanten heraufgeschickt wurde.

Joe konnte wunderbar mit Fergus umgehen. Das erstaunte sie eigentlich nicht, aber Clare war dennoch gerührt, mit wieviel Geduld er den alten Herrn zum Sprechen brachte, und empfand eine Art besitzergreifenden Stolz auf ihn. Nur seine Kommentare während der Heimfahrt gingen ihr leicht auf die Nerven.

»Dieses Mädchen braucht Hilfe, ist dir das nicht klar? Sie sollte nicht dort oben mit dem alten Mann allein gelassen werden, er ist doch total weggetreten. Sie sollten eine professionelle Pflegerin einstellen. Hat sie es schon mal beim örtlichen Gesundheitsdienst versucht? Ihr Hausarzt könnte ihr ein paar Informationen geben.« Auch Glen Righ House selbst hatte ihn nicht beeindruckt. »Dort müßte mal richtig saubergemacht werden, die Zustände sind unhygienisch. Diese Kaffeekanne ist eigentlich aus Silber, oder? Hatte dieselbe Farbe außen wie innen, brr. Und mein Teller hatte einen Sprung, aber ich wollte nichts sagen.«

»War auch besser so, sie haben nämlich alle Sprünge«, erwiderte Clare etwas zu fröhlich.

»Und es war ganz schön frisch, nicht wahr? Haben sie denn keine Heizung?«

»Die Heizkörper sind manchmal lauwarm.«

»Du solltest dich weigern, dort zu arbeiten, weißt du, wenn die Temperatur unter das gesetzliche Minimum fällt. Was bezahlen sie dir überhaupt?«

Clare antwortete nicht darauf.

Eines Tages geschah, wonach sie sich so lange gesehnt und was sie doch immer wieder aus ihren Gedanken zu verbannen versucht hatte: Sie begegnete Donald. Joe und sie hatten eine Wanderung an der östlichen Talseite unternommen und waren einen endlosen, langweiligen Waldweg heruntergekommen, der keinen Blick auf See oder Sund zuließ.

Sie hatten den Wagen am Wegrand abgestellt, und während Joe seine Stiefel auszog, ging Clare schon einmal vor, um das Gatter im Wildzaun vor der Straße zu öffnen. Am Morgen hatte es ihr beim Anblick des Waldwegs auf der anderen Seite, der nach Rhumore führte, einen kleinen Stich gegeben. Nun kam Donalds Landrover dort herausgefahren, und sie empfand eine plötzliche, ungetrübte Freude, die sie alles andere vergessen ließ – die Wochen ohne Kontakt, die Sache mit Magda, Joe, einfach alles.

Donald fuhr in die Bucht vor dem Wildzaun, als er sie sah. Sie wußte, daß sie ein breites, albernes Grinsen im Gesicht trug, als sie auf ihn zuging, konnte aber nichts dagegen tun. Sie freute sich so, ihn zu sehen, seine große breite Gestalt, sein klares, gebräuntes Gesicht, seinen direkten Blick unter dem Rand der flachen Mütze.

»Donald! Wie schön, daß wir uns endlich mal treffen!« rief sie spontan, wurde jedoch unsicher, als er nur nickte, ohne etwas zu sagen, und sie aufmerksam ansah. »Wie geht es dir?« fragte sie förmlicher.

»Gut.«

»Wir haben uns schon eine Ewigkeit nicht mehr gesehen.«

Keine Reaktion.

Clare fiel ein, daß Joe jeden Moment auftauchen konnte, und ihre Worte überstürzten sich. »Ich wollte dir schon die ganze Zeit sagen – ich wußte nicht, ob ich dir schreiben sollte –, wie leid es mir tut, wegen dem Tag, als Magda da war. Ich hätte nicht zulassen dürfen ...« Clare brach ab, weil sie merkte, daß sie sich nur noch mehr verstrikken würde.

»Ach das. War nicht so wichtig«, ging er darüber hinweg. Es klang überzeugend, aber er beobachtete sie immer noch, als warte er auf irgend etwas.

Sie zwang sich, die Sache fallen zu lassen und sich in ihn hineinzuversetzen. »Donald, ich habe gehört, daß Ishbel im Krankenhaus war. Es tut mir leid.«

»Ja. Sie ist seit ein paar Tagen wieder zu Hause.« Wieder hatte sich eine Tür geschlossen.

»Wie läuft die Jagd?« Es klang lächerlich, eine absurde Konversationsfrage, zumal sie nichts davon verstand.

»Nicht schlecht«, antwortete er höflich, doch für einen kurzen Moment huschte Belustigung über sein Gesicht.

Clare merkte, wie sie rot wurde. »Oh, gut.« Sie hatte sich ihr erstes Treffen nach so langer Zeit anders vorgestellt. Mit einem schrecklichen Gefühl der Leere erkannte sie, daß die Wochen der Freundschaft vor jenem unseligen Zwischenfall nicht mehr zählten. Und doch hatte er angehalten, um mit ihr zu sprechen, beharrte eine leise innere Stimme.

»Du hast ein paar Verbesserungen am Cottage vornehmen lassen?« Natürlich hatte er davon gehört. »Heißt das, du willst nun doch hierbleiben?«

Clares Gedanken purzelten durcheinander wie die Splitter in einem Kaleidoskop. Sie hatte sich eingeredet, ihre Entscheidung habe nichts mit Donald zu tun, doch jetzt, da sie vor ihm stand, erkannte sie ihre Naivität. Dennoch war sie in diesem verwirrenden Moment vor allem darauf bedacht, ihn nicht merken zu lassen, welch ausschlaggebende Rolle er gespielt hatte. Gleichzeitig fragte sie sich, was er wohl von diesen teenagerhaften Gefühlswirrungen halten würde. Gib einfach eine vernünftig klingende Antwort, befahl sie sich streng.

»Es ist auf jeden Fall eine wertsteigernde Maßnahme, die sich beim Verkauf auszahlt«, sagte sie munter.

Donalds Miene wurde nach einem weiteren forschenden Blick vollkommen ausdruckslos. Er wandte sich ab und starrte die Straße hinunter. »Ja, da hast du recht. Es gibt nicht viel, was einen an diesem Ort hält. Wahrscheinlich werde ich selbst nicht mehr lange hier sein.«

Clare hatte gerade protestieren wollen, daß sie es so nicht gemeint habe, als er diese Hiobsbotschaft hinzufügte.

»Du willst weggehen?« Ihre Stimme klang vor Schreck heiser.

»Es ist sinnlos zu bleiben. Die Schafzucht lohnt sich nicht mehr, und ich habe genug davon, mich abzuzappeln. Ich denke daran, nach Kanada zu gehen. Meine Schwester lebt dort, wir haben uns jahrelang nicht gesehen. Könnte mich mal ein bißchen umschauen bei ihr ...«

Wenn Ishbel tot ist. Die bitteren Worte hingen unausgesprochen in der Luft.

»Ja, natürlich.« Was gab es darauf zu sagen?

Donald drehte sich um, und Clare sah Joes Wagen auf das offene Gatter zurollen.

»Dann viel Spaß noch beim Erkunden der Gegend«, sagte Donald höflich. Seine Augen waren wie Rauchglas; er sah in ihr nur noch die Wandertouristin. »Ich muß los, will dich nicht länger aufhalten.«

»Donald!« Sie wollte seine Hand berühren, ihn am Ärmel festhalten, aber sie tat es nicht.

Donald machte Joe ein Zeichen, daß er ihn gesehen hatte und gleich wegfahren würde. Als er den Landrover startete, sah er Clare noch einmal mit einem kalten, durchdringenden Blick an und fuhr nach einem förmlichen Nicken davon.

Das alles war innerhalb weniger Minuten passiert. Gefühle waren aufgewühlt worden und tobten unerlöst in ihrer Brust. Clare ging automatisch zum Gatter, um es zu schließen, froh, noch einen Moment mit ihrer Erschütterung allein sein zu können.

»Ein Freund von dir?« fragte Joe, als er sich vorschriftsmäßig nach dem Verkehr umsah, ehe er auf die geteerte Straße einbog.

»Nur einer von den Farmern aus der Gegend«, antwortete Clare und wunderte sich über ihren ruhigen Tonfall.

KAPITEL 22

Nach Lilias' Anpfiff wegen der Dinnerparty für Magda versäumte Clare es nicht, in Tigh Bhan vorbeizuschauen, um Stephen für die Moorhühner zu danken. Zu ihrer Überraschung erfuhr sie, daß er bereits mit Lucy und den Kindern abgereist war.

»Er hat dir zwei Vögel gebracht?« wunderte sich Lilias. »Ich kann mir gar nicht vorstellen, wann er dazu Zeit gefunden hat. Aber natürlich werde ich ihm deinen Dank ausrichten, wenn ich ihm schreibe.«

»Schade, daß ich mich nicht mehr von ihnen verabschieden konnte. Ich dachte, sie würden erst Ende der Woche fahren. Muß ich wohl falsch verstanden haben.«

»Du hast es ganz richtig verstanden. Sie sind vorzeitig abgereist.«

Clare sah sie aufmerksam an. Lilias benahm sich sehr beherrscht, aber die Anspannung war ihr deutlich anzumerken. Selbst Gerald war ungewöhnlich still und bedrückt. Es war nicht möglich, in Joes Gegenwart mit ihnen zu sprechen, zumal dieser es eilig hatte, zu einer ehrgeizigen Wanderung in Glencoe aufzubrechen. Clare fühlte sich sehr unwohl, als sie gingen, hatte den Eindruck, daß es nur eines kleinen Anstoßes bedurft hätte, um die beiden dazu zu bringen, ihr das Herz auszuschütten.

»Hochnäsiges, altes Paar«, lautete Joes Urteil. »Sie reden,

als hätten sie eine heiße Kartoffel im Mund, furchtbar übertrieben.«

»Sie sind beide ganz reizend, die reinsten Lämmer.«

»Die reinsten Lämmer?« ahmte er sie nach. *»Die reinsten Lämmer?* Hör auf, Clare, diese Sorte ist hart wie Granit, gestählt in der Zeit der Lebensmittelrationierung.«

»Sie sind sehr gut zu mir gewesen.«

»Na, mein Fall sind sie nicht. Was hältst du davon, wenn wir uns ein bißchen ranhalten, dann könnten wir auf dem Rückweg vielleicht noch bei der Auktion in Nevisport vorbeischauen?«

Clare genoß den Tag. Sie hatte beschlossen, alles andere zurückzustellen, solange Joe da war, gab vorübergehend ihre Besuche bei Fergus auf und lief Pete und Ewan nicht mehr wegen des Fensters hinterher. Die kleine Sonnenecke blieb halb gepflastert, Haus und Garten wurden vernachlässigt. Auf dem anspruchsvollen Höhenpfad über den Aonach Eagach, der ihre ganze Aufmerksamkeit in Anspruch nahm, blieb keine Zeit, über die Markies oder Donald nachzugrübeln. Joe war in Bestform, wachsam, ermutigend, erfahren, und er sparte nicht mit Lob nach dem beflügelnden Abstieg. Sie kamen noch rechtzeitig zu der Versteigerung, bei der Joe ein Schnäppchen nach dem anderen schlug und sich aufgeregt wie ein kleiner Junge für seinen neuen Job, sein neues Leben ausstattete. Zufrieden kehrten sie nach Hause zurück, rollten in der kühlen Dämmerung über die Landzunge mit dem Gefühl, noch meilenweit so weiterfahren zu können. Das Cottage empfing sie mit wohliger Wärme, das Wasser im Heißwasserbehälter bollerte verheißungsvoll, und der Ofen war bereit für die Hühnchen, die Joe unterwegs gekauft hatte.

Es war schön, nicht allein zu sein, dachte Clare, schön, zusammen zu kochen und zu essen und sich hinterher vor dem Kamin auszustrecken, mit müden Gliedern und glühenden Wangen.

Das einzige Problem war nur, daß Joe keinerlei Anstalten machte, sie zu verführen. Clare fühlte sich schläfrig, sinnlich, liebeshungrig. Sie wollte seine Arme um sich spüren, seine streichelnden Hände. Mit plötzlicher Heftigkeit sehnte sie sich nach dem herrlichen Gefühl von Haut an Haut, dem langsamen Erwachen der Lust, der köstlichen Erfüllung und Selbstvergessenheit. Sie wollte sich an Joes lange Glieder pressen, in seiner Umarmung einschlafen. Seine körperliche Nähe wurde ihr immer stärker bewußt, und sie registrierte jeden kleinen Kontakt, wenn sie sich im Windschatten eines Felsens zusammendrängten, um ihre Brote zu essen, oder wenn er ihr beim Überqueren eines Bachs die Hand reichte oder ihr kameradschaftlich einen Arm um die Schultern legte, nachdem sie wieder einmal eine anstrengende Tour erfolgreich bewältigt hatten. Aber das genügte nicht. Joe war liebevoll, geradezu zärtlich, aber es entwickelte sich nie etwas daraus, und er schien überhaupt nicht zu bemerken, welche Reaktionen er bei Clare auslöste. Jeden Abend kroch er in sein Zelt, offenbar vollkommen zufrieden mit diesem Arrangement, während sie sich ruhelos hin- und herwälzte und sich fragte, was sie falsch machte und ob er auf ein deutlicheres Signal von ihr wartete.

So oft schien ihr die Botschaft unmißverständlich, wenn die Stimmung perfekt war und sie auf einer warmen Welle des Begehrens dahintrieb. Doch jedesmal sprang Joe auf, um einen Tee zu machen oder eine neue Kassette einzulegen oder das Feuer zu schüren, das ihn erst zufriedenstellte, wenn es aussah wie eine Werbung für britische Kohle. Clare ermahnte sich, daß der schnelle Sex während ihrer letzten Monate im Carlini schließlich nicht die Norm war, und fand immer wieder neue Erklärungen für

Joes Zurückhaltung. Wenn er sich erst einmal innerlich von der Air Force gelöst und sich auf seiner neuen Stelle eingearbeitet hatte, würde sich alles andere ganz von allein ergeben, dachte sie.

Sie schien mit ihrer Vermutung recht zu behalten, denn nachdem er offiziell verabschiedet worden war und seine Habseligkeiten aus der Kaserne geholt hatte, erschien er mit einem Isuzu-Jeep vor ihrer Tür. Clare konnte einen Stich Wut beim Anblick des Gefährts nicht unterdrücken, aber Joe war so begeistert von seinem neuen Spielzeug, daß er nichts bemerkte. Resolut kämpfte sie ihr Aufbegehren gegen das unerlaubte Eindringen in ihr Reich nieder und sagte sich, daß dies für Joe ein großer Moment war.

Innerhalb von Sekunden war das Cottage mit Gepäck, Geschenken und Erinnerungsstücken überschwemmt.

»Hier, wie findest du das?« fragte Joe stolz und stellte eine grob angefertigte Tafel mit Namen und Abzeichen seines letzten Fliegerhorsts auf den Kaminsims. »Und wo kann das hin?« Heraus kam der unvermeidliche Humpen mit den ewig gleichen Kameradensprüchen zum Abschied. »Auf den Geschirrschrank? Was denkst du?«

Ich denke, du hättest mich zuerst küssen können.

»Möchtest du diese Sachen denn nicht in deiner neuen Wohnung haben?« schlug sie vor. »Wie ist sie überhaupt?«

Er hatte die meisten seiner Sachen unterwegs in Glasgow abgeladen, aber nicht genug, wie es schien.

»Nein, die machen sich hier ganz gut. Die Wohnung ist okay. Außerdem werde ich ja nur vier Nächte in der Woche dort sein, oder?«

Er schob eine Schale mit Äpfeln von Tigh Bhan beiseite, stellte den Humpen genau in die Mitte des Geschirrschranks und betrachtete ihn zufrieden. Wie beim Jeep brachte Clare es nicht übers Herz, seine Begeisterung zu dämpfen. Da er sich bei ihr häuslich einzurichten schien, fragte sie sich, ob am Abend das Zelt aufgebaut würde, und spürte einen kleinen Schauder sexueller Vorfreude.

»Das hab' ich bei einer Verlosung gewonnen«, sagte Joe, wühlte in seiner Reisetasche und zog einen in ein Sweatshirt eingewickelten Gegenstand heraus. Unter Clares entsetzten Blicken kam eine Porzellanschäferin zum Vorschein, die es offenbar zum Ballet zog, da sie einen Fuß über den Kopf gehoben hatte. »Hör dir das an.« Joe drehte die Figur auf dem stilisierten Grassockel und stellte sie auf den Tisch, wo sie sich langsam zur Melodie von ›The Lass of Richmond Hill‹ drehte.

»Joe, wie ...«

»Scheußlich«, wollte Clare gerade sagen, als Joe sie erneut aufzog und stolz meinte: »Genau das richtige für hier, nicht wahr? Ein echter Hauptgewinn. Du hättest mal die Jungs hören sollen, aber das geht mir jetzt alles am Arsch vorbei.« Er nahm die Figur und probierte aus, wie sie sich auf dem Bücherregal oder auf der Fensterbank machte. »Oder soll ich ein paar Bücher vom Schrank räumen und dort für sie Platz machen? Diese Bücherreihen müßten ein wenig aufgelockert werden.«

»Laß uns das später entscheiden, ja?« sagte Clare und schämte sich für die falsche Herzlichkeit in ihrer Stimme.

Doch Joe zog erneut etwas aus seiner Tasche. »Die hab' ich dir mitgebracht, du gönnst dir ja nicht oft etwas Süßes.« Eine große Schachtel Pralinen; Clare wurde schon bei ihrem Anblick schlecht. »Und die könnten wir uns nach dem Tee mal zusammen ansehen, dachte ich.« Er holte eine Reihe von Fotoalben heraus, alle mit bunten Kunsstoffbezügen und Goldprägung, sowie eine große Mappe der britischen Staatsdruckerei mit losen Fotos. »Ich werde ein paar neue Alben besorgen, und dann können wir sie im Winter zusammen einkleben, wenn das Wetter zu schlecht ist, um auszugehen.« Mit ›ausgehen‹ meinte er in die Hügel. Seine Stapel von Fitneß- und Bergsportmagazinen und seine vielen Karten mußte er vorläufig auf dem Boden plazieren, doch seine Country- und Westernkassetten hatten einen eigenen Ständer. Warum habe ich das nicht vorausgesehen? dachte Clare verzweifelt und floh in die Küche, um mit dem Abendessen zu beginnen. Aber ist es nicht genau das, was ich gewollt habe?

Joe übernachtete auf dem Schlafsofa, und Clare lag allein in ihrem kühlen Schlafzimmer, jeder Nerv angespannt vor Lust, gefangen durch seine Gegenwart vor der Tür, verwirrt und wütend – vor allem auf sich selbst. Sie konnte nicht lesen, konnte sich nicht entspannen und nicht einschlafen. Sie wollte hinausstürmen und einen Streit vom Zaun brechen, etwa mit den Worten: »Wie kannst du es wagen, mein Haus mit deinem scheußlichen Plunder vollzumüllen, und dann nicht ...« Und dann nicht was? Mich befriedigen? Sie versuchte, ein hysterisches Kichern zu unterdrücken, bis ihr aufging, daß Joe, wie jeder ahnungslose Mann, inzwischen längst eingeschlafen sein mußte.

Es ging ihr gegen den Strich, am nächsten Morgen aufzuwachen und als erstes den Jeep vor dem Haus zu sehen. Joe konnte sich gar nicht wieder beruhigen vor Besitzerstolz.

»Ich verstehe nicht, wieso du dir nicht schon längst auch so etwas angeschafft hast«, wiederholte er mehrfach. »Selbst bei schlechten Witterungsbedingungen sollte man damit die meiste Zeit über bis zum Haus fahren können. Jetzt wirst du keine Probleme mehr mit dem Einkaufen haben.«

Sie wußte, sie würde ihm nie begreiflich machen können, warum sie es vorzog, ohne Auto zu sein. Auf der Suche nach einer positiven Erwiderung schlug sie vor:

»Wir könnten die leere Gasflasche gegen eine volle austauschen.«

»Na siehst du! Was hättest du getan, wenn ich nicht den Jeep gekauft hätte?«

Clare konnte sich nicht überwinden, darauf zu antworten.

Doch als Joe in den Schuppen ging, um die Gasflasche zu holen, rief er kurz darauf: »Wo ist denn die leere, Clare? Ich kann hier nur zwei volle sehen.«

»Es sollte nur noch eine volle da sein.« Als sie ebenfalls hinüberging, stellte sie fest, daß beide Flaschen ein intaktes Siegel trugen. »Merkwürdig. Ich muß sie wohl ausgetauscht haben, bevor Magda kam.« Sie runzelte die Stirn, konnte die Abfolge nicht mehr rekonstruieren.

»Du wirst langsam wunderlich, wie alle hier oben«, neckte Joe sie, erfreut über ihren Irrtum.

Dennoch wurde es insgesamt ein schönes Wochenende. Joe schwebte auf Wolken, weil er endlich dem wachsamen Auge der Armee entronnen war. Es war so sehr Teil seines Lebens gewesen, daß er es gar nicht mehr bemerkt hatte, doch nun empfand er ein neues, berauschendes Gefühl persönlicher Freiheit. Seinem künftigen Job sah er mit Freude und Zuversicht entgegen, und Clare sagte sich, daß es nicht der richtige Moment war, um eigene Ansprüche zu stellen.

Am Sonntagnachmittag verabschiedete sie ihn bei der buckeligen Brücke vor dem Dorf und freute sich darauf, zu Fuß über den Hügel nach Hause zu laufen. Als sie durch das Gatter trat, entdeckte sie vor sich eine mühsam gehende Gestalt in einem Burberry-Regenmantel und merkte sofort, daß etwas nicht stimmte. Keine Hunde.

»Lilias!« Clare rannte, um sie einzuholen. »Hallo, Lilias! Bist du auf dem Weg zu mir?«

Lilias blieb stehen und wandte langsam den Kopf, als

würde die Bewegung sie viel Kraft kosten. Als Clare sie erreicht hatte, sah sie mit Schrecken, daß ihr Gesicht naß vor Tränen war.

»Lilias, liebe Lilias, was ist denn passiert?« Clare legte einen Arm um sie und spürte, wie zerbrechlich ihr schmaler, alter Körper war. Lilias lehnte sich an sie, ein großer Gegensatz zu ihrer sonstigen eisernen Selbstbeherrschung.

»Lilias, bitte sag mir, was los ist. Ist etwas mit Gerald?«

»Nein, nicht mit Gerald.« Sie fand kaum den Atem, die Worte herauszubringen.

»Stephen? Die Familie? Oh Lilias, was ist denn passiert?« Clare bemühte sich, nicht allzu ängstlich zu klingen.

»Es geht allen gut.«

»Etwas mit Topsy oder Poppy?«

Lilias schüttelte hilflos den Kopf.

»Komm«, sagte Clare sanft, »gehen wir nach Tigh Bhan zurück. Es ist bitterkalt hier draußen. Ich mache dir einen Tee, und dann erzählst du mir in aller Ruhe, was passiert ist.« Vielleicht konnte Gerald ihr eine Erklärung geben, falls Lilias dazu nicht in der Lage war.

»Lucy.«

»Was ist mit Lucy?« Clare fühlte eine kalte Furcht, als sie mit der widerstandslosen Lilias umkehrte.

»Sie ist weg.«

KAPITEL 23

Lilias erholte sich nach und nach soweit, daß sie berichten konnte, was Lucy fortgetrieben hatte. Sie hatte den ganzen Sommer über gegen Olivers Einschulung in Gordonstoun gekämpft. Als Stephen, nachdem er ihn ins Internat gebracht hatte, nach Hause zurückkehrte, war sie verschwunden. Sie hatte ihm lediglich die Mitteilung hinterlassen, daß Libby, deren Schule erst in einer Woche begann, bei einer Freundin war.

Stephen mußte den größten Teil der Woche bei Besprechungen im Verteidigungsministerium in London verbringen, und Gerald und Lilias hatten beschlossen, sich um ihre Enkelin zu kümmern. Clare konnte nicht herausbekommen, ob Stephen das überhaupt wollte, weil sich das Gespräch im folgenden nur noch um den unumstößlichen Vorsatz drehte, daß die beiden auf keinen Fall mit dem Auto nach London fahren wollten. Clare setzte sie in Fort William in den Zug und fuhr mit ihrem Wagen nach Tigh Bhan zurück, wobei sie hoffte, daß sie sich den komplexen Speise- und Bewegungsplan für die Hunde gut gemerkt hatte. Sie versuchte, nicht ständig an die beiden sorgenvollen, alten Gesichter zu denken, wie sie beim Abschied tapfer lächelten.

Barbara Bailey sollte sich tagsüber um Poppy und Topsy kümmern, und Clare hatte sich bereit erklärt, in Tigh Bhan zu übernachten. Nach einigem Durchfragen bei der Glasgower Stadverwaltung erreichte sie Joe bei seiner Arbeit und erklärte ihm, was passiert war. Dann wandte sie sich wieder ihren eigenen Aufgaben zu.

Trudys Bücher mußten in Ordnung gebracht werden, und auch bei Fergus hatte sie noch viel zu tun. An einem Morgen mit prasselndem Regen fuhr sie nach Glen Righ House hinauf. Sie war dankbar, daß Lilias sie überredet hatte, das Auto zu benutzen, aber auch ein wenig niedergeschlagen von dem Gefühl der Normalität und Alltäglichkeit, das das Fahren vermittelte. Braan und Chippy empfingen sie freudig bellend am Tor, und Catriona kam hinterhergerannt.

»Oh Clare, es ist ja so furchtbar!« rief sie. »Ich weiß nicht, wie ich es dir sagen soll.« Nicht noch ein Drama, dachte Clare, aber es klang nicht so, als ob mit Fergus etwas passiert sei.

»Komm und sieh es dir an«, wehklagte Catriona theatralisch, und die Hunde begleiteten die beiden Frauen durch den eiskalten Korridor, als spürten sie, daß etwas Aufregendes bevorstand. Catriona führte sie in eine düstere Kammer und enthüllte mit einer ausholenden Armbewegung das Schicksal, das Großtante Sofias Tagebücher erlitten hatten, oder vielmehr Clares übersetzte Version davon. »Großvater hatte einen schlimmen Tag – das kommt manchmal vor. Er dachte, jemand Fremdes sei in seine Bibliothek eingedrungen, und bekam einen Anfall. Dann richtete er diese Bescherung an, ehe ich etwas bemerkte.«

»Hübsches Konfetti«, sagte Clare achselzuckend. Es hatte keinen Zweck, sich über die gründlich ausgeführte Schnitzelei aufzuregen. Allerdings kam es ihr kurz in den Sinn, daß sie noch vor ein paar Monaten auf eine solche Katastrophe wutentbrannt reagiert hätte.

»Ich dachte, du würdest schrecklich wütend werden«, keuchte Catriona. »Ich habe kaum geschlafen.«

Clare betrachtete sie genauer. Unter ihren Augen lagen tiefe Schatten, und ihr Mund zitterte leicht.

»Schau nicht so verzweifelt drein«, sagte Clare halb lachend, obwohl die Vorstellung von Fergus' Seelenqual und die Tatsache, daß Catriona allein damit hatte zurechtkommen müssen, sie bedrückte. »Ich kann eine neue Übersetzung anfertigen, wenn du glaubst, daß Fergus das möchte.«

»Oh, das möchte er, und ob. Großvater war nur an diesem einen Tag so verwirrt. Er sucht seitdem ständig im ganzen Haus nach deinen Seiten, er hat nämlich immer wieder darin gelesen. Zwischendurch regt er sich so auf, daß ich schon daran gedacht habe, dich zu holen und zu bitten, etwas Neues zu schreiben, um ihn zu beruhigen, aber Mrs. MacGillivray sagte, dein Freund sei noch bei dir. Ich glaube, Großvater ahnt, daß er die Seiten selbst vernichtet hat, aber er weiß nicht, warum, und es quält ihn furchtbar.«

»Mach dir keine Sorgen, ich werde heute etwas für ihn zu Papier bringen. Es macht mir nichts aus, nochmal von vorn anzufangen, es gibt immer etwas zu verbessern. Aber ein Computer wäre nützlich, dann kann nichts mehr verloren gehen.«

»Ich fürchte, damit kenne ich mich nicht aus«, murmelte Catriona bescheiden. »Ist so etwas nicht furchtbar teuer?«

»Nicht unbedingt.« Es war unmöglich zu entscheiden, ob die beiden aus Gewohnheit, Gleichgültigkeit oder tatsächlicher Armut so spartanisch lebten. Die einzigen Dinge, die immer in großzügigen Mengen vorhanden waren, waren Fergus' Gin und Hundefutter. Ich muß Donald danach fragen, dachte Clare. Nein, ich muß mir selbst eine Meinung bilden, verbesserte sie sich im selben Atemzug.

Weil sie beschlossen hatte, sich etwas mehr um Catriona zu kümmern (und nachdem sie gesehen hatte, was diese zu essen auftischen wollte), brachte sie ihr gegen Mittag bei, wie man Omelettes macht.

»Ich dachte, man muß die Eier schaumig schlagen.«

»Das erklärt die dicken Badeschwämme, die du hervorbringst. Und ich schätze, das braune Zeug an der Unterseite war Rost«, fügte Clare hinzu und untersuchte die Pfanne, die Catriona ihr gereicht hatte.

Es war eine Erleichterung, sie kichern zu hören.

»Butter in die Pfanne – etwa ein Achtel davon, danke, Catriona –, die Eier in die Mitte geben, gleichmäßig zum Rand verteilen lassen. Hier, versuch du's.«

Catriona strich die Haare hinter die Ohren und konzentrierte sich.

»Auf den Griff klopfen, um es herausgleiten zu lassen, dann einmal umklappen mit dem Rand der ... Na gut, fast.«

Doch Catriona war vollauf zufrieden und machte sich sofort mit der verbogenen Gabel, mit der sie die Eier geschlagen hatte, über das Omelette her. »Wir können ja noch mehr machen. Mm, das ist *lecker*.«

Clare packte die Gelegenheit beim Schopf. »Catriona, hast du je daran gedacht, dir für Fergus eine Hilfe zu besorgen? Damit du ein bißchen mehr aus dem Haus kommst?«

Catrionas Gesicht verschloß sich sofort, abwehrend, unzugänglich.

»Komm schon, mit mir kannst du reden. Es ist ein sehr einsames Leben für jemanden in deinem Alter.«

»Mir gefällt es. Und Großvater will keine fremden Leute um sich haben. Wenn ich nicht da bin, bekommt er furchtbare Zustände.«

Das hatte Clare schon öfter gehört. »Bekommt er jedesmal furchtbare Zustände, wenn du nach Luig fährst oder reiten gehst?«

Catriona antwortete nicht.

»Gibt es nicht jemanden auf dem Gut, der bei ihm im Haus bleiben könnte, während du weg bist?«

»Er kann Mrs. MacGillivray nicht ausstehen.«

»Sie ist vielleicht nicht die richtige Person«, stimmte Clare zu. »Aber es muß doch noch andere Leute geben, die in Frage kämen.« Doch sie wußte selbst, daß die meisten zu Glen Righ gehörenden Cottages leer standen oder bereits verfallen waren.

Catriona hatte aufgehört, ihr Omelette zu essen und stand mit gesenktem Kopf da, die Haare fielen ihr erneut wie ein schützender Schleier vors Gesicht.

»Oder ist es so, daß du lieber nichts verändern möchtest?« hakte Clare vorsichtig nach. »Ich will mich nicht einmischen, also sag mir ruhig, wenn ich die Klappe halten soll. Ich kann mir vorstellen, daß es leichter ist, Tag für Tag einfach so weiterzumachen, aber du scheinst gern mit mir zusammenzusein und hast dich neulich sehr gefreut, Joe kennenzulernen. Gibt es denn keine Freunde, die du gern einmal wiedersehen möchtest?«

Es entstand eine gespannte Pause. Clare wußte, daß das Thema für immer tabu wäre, wenn Catriona ihren Vorstoß jetzt zurückwies.

»Es ist nicht nur, daß ich kaum Kontakt zu anderen Leuten habe«, platzte Catriona plötzlich verzweifelt heraus. »Ich fühle mich, als ob ich überhaupt nichts wüßte, wirklich überhaupt nichts. Alles außerhalb dieses Tals scheint so modern und kultiviert und technisch hochentwickelt zu sein, und ich habe von nichts eine Ahnung, als ob ich aus der Steinzeit käme. Ich weiß nicht, wie die Leute sich anziehen oder was sie essen oder sagen oder lesen. Ich habe keinen blassen Schimmer von Computern!«

»Ich könnte dir helfen«, erbot sich Clare und hielt die Luft an.

»Aber das tust du schon. Es ist so schön, einfach mit jemandem zu lachen und zu reden und ganz normale Dinge zu tun. Ich habe schon lange nicht mehr soviel Spaß gehabt, nicht seit Iains Tod.«

Wie lange war das her? Sechs, sieben Jahre? »Wir werden uns etwas ausdenken«, versprach Clare mit belegter Stimme und umarmte sie.

»Weißt du, was ich wirklich gern einmal machen möchte?«

»Was?«

»Mir das Cottage ansehen, ›The Larach‹. Alle reden davon, wie schön du es hergerichtet hast – niemand hier hätte geglaubt, daß du wirklich bleibst, weißt du. Und es ist immer gut, wenn die zum Besitz gehörenden Häuser wieder bewohnt werden.«

Wußte sie nicht, daß Clare das Cottage gekauft hatte? Aber wenn es ihr größter Wunsch war, ein Cottage zu sehen, das sozusagen vor ihrer Haustür lag ... »Das scheint mir doch ein nicht allzu unbescheidenes Ansinnen zu sein«, antwortete sie und freute sich, Catriona lachen zu hören.

Clare schmiedete Pläne, als sie zurück nach Tigh Bhan fuhr.

Es war seltsam, dort zu wohnen, zumal sie sich noch nie zuvor um Hunde gekümmert hatte. Doch nachdem Topsy und Poppy sie erst einmal nach ihren Wünschen abgerichtet hatten, womit sie gleich am ersten Tag begannen, fühlten sie sich nicht weiter von ihr gestört. Sie genoß die wohnlichen Räume mit den bequemen Möbeln, die Gemälde, die Sammlung schöner und fazinierender Gegenstände aus den Reisejahren der Markies, die Musik und die Bücher. Auch der Luxus einer gleichmäßigen Wärme, unbegrenzten Mengen heißen Wassers und diverser Haushaltsgeräte war eine angenehme Abwechslung. Doch irgendwie fühlte sie sich auch ein wenig eingeengt von all der Perfektion und den vielen Dingen.

Ein Telefon zu haben war allerdings schon sehr nützlich, und Joe nutzte jede Gelegenheit, sie anzurufen und ihr von all den aufgregenden Ereignissen in seinem neuen Leben zu erzählen. Lilias tägliche Anrufe beschränkten sich auf das sichere Thema Hunde, und Clare beteuerte, die Tiere würden sie vermissen, obwohl sie überzeugt war, daß ihr Gefühlsspektrum nicht viel mehr als Gier und andere selbstsüchtige Triebe umfaßte. Über Lucy breitete sich ein Mantel des Schweigens.

Am Mittwochabend rief Joe an, um ihr mitzuteilen, daß

sich sein Dienstplan geändert habe und er bis Samstag mittag frei habe. Er wollte gleich früh am nächsten Morgen in die Highlands fahren, und Clare sollte ihn am Balachulish Hotel treffen, damit sie von dort aus den Bheinn à Bheithir besteigen konnten.

»Joe, ich kann morgen nicht, es tut mir leid. Ich habe Trudy versprochen, ihr bei der Buchhaltung zu helfen.«

»Sie wird es verstehen, wenn du ihr sagst, daß sich meine freien Tage verschoben haben.«

»Ich kann sie nicht im Stich lassen, Joe. Mach dir doch alleine einen schönen Tag in den Bergen.«

Er tat sein Bestes, sie zu überreden, aber Clare blieb fest, und am Ende sagte er, er werde zur Spinnerei kommen und dort auf sie warten. Sie fand den Plan nicht ideal und hoffte, er würde sie nicht den ganzen Tag bedrängen. Auch die Frage, wo er schlafen würde, war noch nicht geklärt. Lilias hatte gesagt, er könne selbstverständlich auch in Tigh Bhan übernachten, aber Clare war damit nicht gerade glücklich. Sie fürchtete, es könnte eine Katastrophe werden, wie ein sehnsüchtig erwartetes, romantisches Wochenende, bei dem schon am ersten Abend die Luft raus ist und zwei gelangweilte, frustrierte Menschen es noch zwei Tage lang in einer fremden Umgebung miteinander aushalten müssen. Auch konnte sie nicht einschätzen, was Joe wollte oder erwartete. Und dann war da noch Barbara Bailey, die morgens auftauchen würde, wenn es jetzt auch etwas spät schien, sich über Tratsch Gedanken zu machen. Schließlich hatte Joes Zelt schon oft genug für alle Welt sichtbar vor dem Cottage gestanden und garantiert Stoff für allerlei Witzeleien geboten.

Überhaupt brauchte sie sich nicht vorzumachen, daß es die Meinung der Talbewohner im allgemeinen war, um die sie sich sorgte. Sie hatte Donald schon lange nicht mehr gesehen und wußte, daß seine ganze Aufmerksamkeit Ishbel galt, und doch hatte sie ständig das Bedürfnis, ihm Joes Gegenwart zu erklären, sie zu rechtfertigen. Sogar ein Streit wegen Joe wäre ihr willkommen gewesen. Außerdem konnte sie nach wie vor den Gedanken nicht ertragen, daß Donald sie im selben Licht sah wie Magda, ihr dieselbe hochmütige Intoleranz zutraute. Sie wand sich innerlich, wenn sie an ihr Verhalten am Anfang dachte, mochte es auch zum Teil auf Nervosität und Unsicherheit zurückzuführen gewesen sein. Es schien ihr, als hätte sie sich über alles und jedes bei Donald beschwert – über die Verwahrlosung, in der Murdo gelebt hatte, über Inas Kochkünste, die Einkaufsmöglichkeiten in Fort William, den Schulbus. Kein Wunder, daß er sie als hoffnungslosen Fall aufgegeben hatte.

»Warum hast du mich nicht schon längst gebeten, diesem Chaos zu Leibe zu rücken?«

Clare kniete im Wohnbereich der Alten Spinnerei auf dem Boden; die Läufer mit Ethnomustern und die staubigen Holzdielen verschwanden fast unter Stapeln von Rechnungen, Kontoauszügen und Kassenbüchern.

»Mir war nicht klar, daß es so schlimm ist«, gestand Trudy und strich ihr langes, braunes Haar mit einem Fächer von Quittungen in der Hand zurück. »Meinst du, du kannst etwas Ordnung hineinbringen?«

»In die Unterlagen vom Laden wohl schon. Aber für die Töpferei scheint es praktisch keine Belege zu geben.«

»Ben betrachtet Rechnungen als Einschränkung seiner persönlichen Freiheit.«

Clare wußte, daß es zwecklos war, ihr zu sagen, was sie von Ben hielt, der sich geschickterweise zu einer Ausstellung in Birmingham verdrückt hatte. Vermutlich war es ohnehin leichter, sich ohne ihn ein Bild von den geschäftlichen Vorgängen zu machen.

Kurz nach einem schweigsamen Imbiß, bei dem sie ihre Gedanken nicht von der vor ihnen liegenden Aufgabe lösen konnten, erschien Joe, aufgekratzt, gesprächig und darauf drängend, daß Clare mit ihm kam, um den Rest des Tages zu nutzen.

»Ich würde lieber hier weitermachen«, sagte Clare. »Du weißt, ich habe Trudy versprochen, mir den ganzen Tag Zeit für sie zu nehmen. Hättest du vielleicht Lust, den Laden zu bewachen, während wir uns wieder auf die Bücher stürzen?«

»Oh bitte, verschon mich«, protestierte er.

»Ich dachte, es würde dir nichts ausmachen. Du hast doch schon öfter ausgeholfen, wenn ich hier war.«

»Aber da hatte ich auch Urlaub. Das ist jetzt mein freies Wochenende, unser Wochenende.« Sollte sie ihn daran erinnern, daß erst Donnerstag war und er sich kurzfristig angekündigt hatte?

Er tigerte unruhig umher, bis Clare ihn einkaufen schickte, doch ihr war klar, daß sie ihn nicht länger würde hinhalten können, wenn er zurückkam. Wenigstens hatte sie sich jetzt einen groben Überblick verschafft. Die Buchführung der letzten Wochen mußte noch nachgetragen und die Inventur gemacht werden, und sie würde sich wohl oder übel Ben vorknöpfen müssen, ehe sie mit der Steuererklärung beginnen konnte. Sie hätte Trudy gern zum Abendessen im Pub eingeladen, aber Joe würde sicher verlangen, daß sie sich nun endlich um ihn kümmerte, also verwarf sie die Idee wieder.

Als sie in Tigh Bhan ankamen, sah er sich mit offener Bewunderung im Haus um – und Clare vermied es vorläufig, ihn in ein Gästezimmer zu führen. »Hier hast du es ja ziemlich gut getroffen. Ich wette, du genießt den Luxus zur Abwechslung, was?« Er setzte den Kessel auf, zog seinen Pullover aus. Er hatte seine schmutzige Wäsche mitgebracht. »Gute Vorausplanung ist alles, siehst du«, sagte er, leerte seine Tasche auf dem Küchenfußboden aus und füllte die Waschmaschine. »Soll ich noch etwas von dir dazu tun?«

Lilias hätte sicher nichts dagegen, würde sogar darauf bestehen, daß sie sich wie zu Hause fühlten, versuchte Clare sich zu beruhigen.

»Du solltest deine Bettwäsche und Handtücher herüberbringen, solange du die Gelegenheit hast«, sagte Joe und stopfte die Jeans hinein, die Clare ihm gereicht hatte. Er meinte es vollkommen ernst.

Nach dem Essen zog er sie neben sich auf eins der großen, weichgepolsterten Sofas. »Das ist das wahre Leben«, seufzte er, die Beine lang ausgestreckt, einen Arm um Clare geschlungen, die Fernbedienung in Reichweite.

»Ich vermisse die Glotze im Cottage. Du wirst bald mal Strom legen lassen müssen.«

In Clare regten sich Widerstand und Unruhe. Sie hatten immer noch nicht darüber gesprochen, wo Joe schlafen sollte, und sein lässiger Arm um ihre Schulter und seine Versunkenheit in ein lärmendes TV-Drama ärgerten sie. Noch mehr ärgerte sie sich, als er die Werbepause dazu nutzte, sie zu küssen, dieser Kuß sie auch noch erregte und sie es sich anmerken ließ.

Sofort erstarrte sein Körper, sein Mund zog sich zurück, seine Arme wurden schlaff. »Wir sollten uns besser benehmen, nicht wahr? Was würde deine alte Freundin dazu sagen?«

Da verstand Clare, daß er nicht über Nacht bleiben würde und das auch nie vorgehabt hatte. Sie schluckte die Erwiderung herunter, daß Lilias freizügiger eingestellt sei als er. Joes Moralvorstellungen entsprangen einer engstirnigen Umgebung, in der sich jeder darum sorgte, was die Nachbarn dachten, und waren durch den Militärdienst und seinen überholten Ehrenkodex noch verstärkt worden. Er würde sich unwohl fühlen oder sie sogar tadeln, wenn sie versuchte, sich darüber hinwegzusetzen. Und dann wäre es mit dem Spaß sowieso vorbei.

Die Hunde waren nicht erfreut, als ihre abendliche Runde im Garten zu einem Marsch über die windigen Felder ausgedehnt wurde, bei dem Clare nach Joes Abfahrt versuchte, sich ihren Frust von der Seele zu laufen. Kaum wieder zu Hause, eilten sie mit vorwurfsvollen Blikken in ihre Körbe.

KAPITEL 24

Nach Joes nächstem Besuch begann Clare langsam unruhig zu werden. Nicht nur, weil er schon wieder im Cottage geschlafen hatte und sie der gemütlichen, zweisamen Abende und einsamen Nächte müde wurde, sondern auch, weil alles andere zurückgestellt werden mußte, wenn er an seinen freien Tagen heraufkam.

Gerald und Lilias, die bei ihrer Rückkehr erschöpft und irgendwie kleiner aussahen, hatten Clare gebeten, noch ein oder zwei Tage bei ihnen zu bleiben. Sie verstand, daß sie Trost brauchten und das Bedürfnis hatten, mit jemandem außerhalb der Familie zu sprechen. Zurückhaltend zuerst und mit der gewissenhaften Vorbemerkung, daß zu einem Streit immer zwei gehörten und man keine vorschnellen Urteile fällen dürfe, machten sie ihrem Kummer Luft. Jeder fügte noch etwas hinzu, wenn er mit Clare allein war, und beide kreisten immer wieder um das Problem Gordonstoun und weigerten sich zu sehen, daß das Internat nur der Anlaß, nicht aber die Ursache war.

»Es war doch alles abgesprochen. Lucy hatte sich einverstanden erklärt. Man kann mit der Zukunft eines Jungen nicht auf diese Weise Schindluder treiben.«

»Was hat sie sich denn vorgestellt, wohin er sonst gehen sollte, so kurzfristig und ohne Anmeldung?«

»Stephen hatte recht, darauf zu bestehen.«

»Es ist so schwer für den armen Oliver.«

Was die beiden am meisten verletzte und verwirrte, war, daß Lucy sich nicht mehr gemeldet hatte und niemand wußte, ob sie beabsichtigte, ihre Kinder je wiederzusehen. Stephen wollte weder nach ihr suchen, noch ihre Sachen zusammenpacken oder über die Zukunft sprechen.

»Wir sind so froh, daß du bei uns bist«, sagte Lilias zu Clare, als sie den größten Teil des Abendessens unberührt in den Kühlschrank stellte. »Es wäre unerträglich gewesen, in ein leeres Haus zurückzukehren.«

»Nett von dir, noch zu bleiben«, sagte Gerald seinerseits und tätschelte ihr den Arm, als sie ihm seinen Kaffee ins Wohnzimmer an den Kamin brachte. »Ich glaube, ich finde in schwierigen Situationen oft nicht die richtigen Worte.«

Was für ein Eingeständnis, dachte Clare liebevoll. Aber sie merkte selbst, daß es ihnen half, sich auf sie zu konzentrieren, zu fragen, ob die Hunde sich gut benommen hätten, ob Barbara Bailey sich gut um Clare gekümmert habe, ob das Auto an kalten Morgen angesprungen sei. Begierig ließen sie sich mit Berichten über Krisen in der Alten Spinnerei und Dramen in Glen Righ House unterhalten, waren schockiert über das, was Fergus mit Großtante Sofia angestellt hatte, und betonten immer wieder, wie gut Clares Gesellschaft für Catriona sei.

Catriona – auch sie habe ich in letzter Zeit vernachlässigt, fiel Clare schuldbewußt ein, als sie sich wieder im Cottage niederließ. Es hatte sich noch keine Gelegenheit ergeben, sie einzuladen, obwohl ihre Bitte im Grunde so leicht zu erfüllen war. Sie mußte bald etwas unternehmen, ehe Catrionas Drang, aus dem Käfig auszubrechen, sich wieder legte.

Es war bereits Ende September. Pete und Ewan schienen sich in Luft aufgelöst zu haben, und verschiedene andere Arbeiten mußten dringend erledigt werden. Joe wollte so oft wie möglich hinaus in die Hügel, wenn er da war, denn die Eingewöhnung in Glasgow und der Übergang ins Zivilleben fielen ihm schwerer als gedacht. Seine gewohnte Energie hatte in diesen Tagen etwas Hektisches, und Clare fand seine Gesellschaft nicht gerade entspannend.

Er war nun allgemein als ihr Freund akzeptiert. Lilias hatte sie beide in der folgenden Woche zum Abendessen eingeladen, Trudy und Ben hatten davon gesprochen, mal abends zu viert auszugehen, und sogar Catriona hatte darauf bestanden, daß sie nicht zu Fergus kommen sollte, wenn Joe bei ihr war. Und eines Morgens waren sie in Angus' Laden Donald begegnet.

Mehr erschüttert von dieser zufälligen Begegnung, als sie für möglich gehalten hätte, bemühte sich Clare, beim Vorstellen unbefangen zu wirken, was nur dazu führte, daß sie distanziert und gleichgültig klang, ihre Stimme zu hoch, zu englisch und affektiert. Neben Donalds breiter Gestalt in der abgetragenen Wachsjacke wirkte Joe leichtgewichtig, sein knallblaues Sweatshirt ließ ihn wie einen Touristen aussehen, und seine blonden Haare wirkten zu jungenhaft. Die beiden Männer schüttelten sich die Hand, sahen sich einen Moment lang in die Augen und tauschten ein paar vorsichtige Bemerkungen über Wetter- und

Geländebedingungen in den Bergen aus. Clare wußte nicht, ob die angespannte Atmosphäre nur von ihr empfunden wurde oder von den beiden ausging, beschloß aber, den Rest ihrer Einkäufe aufzuschieben, bis sie nach Fort William kam.

Während eines grauen Tages auf dem Bheinn à Bheitir, der doch noch erklommen werden wollte, versuchte sie, ihre Gefühle zu ordnen und unter Kontrolle zu bringen, die durch die kurze Begegnung mit Donald wieder aufgewühlt worden waren. Sie hatte sich noch nicht einmal nach Ishbel erkundigt, zu feige, um die Frage zu stellen, und zu beschämt, weil ihr klar war, daß ihr eigentliches Interesse nicht Ishbels Gesundheitszustand galt, sondern Donalds Zukunftsplänen.

Sie zwang sich, an anderes zu denken, doch ihre Gedanken kreisten nur um neue Sorgen, profaner zwar, aber dennoch drängend. Zuhause gab es so viel zu tun.

Ein großer Stapel Holz wartete darauf, gesägt zu werden, und sie hoffte, Joe würde ihr dabei helfen, in Anbetracht der riesigen Feuer, die er bevorzugte. Die Außentür zur Küche mußte vor dem Winter gestrichen werden und die Vorhänge von Lilias mußten für das neue Fenster gekürzt werden, sollten Pete und Ewan je wieder auftauchen und es einsetzen. Die kleine Sonnenterrasse würde bis zum nächsten Frühjahr warten müssen, und die Reparatur der Stufen zur Mole, auf die sie sich schon gefreut hatte, war nun keine Priorität mehr, dachte sie traurig. Was allerdings nicht länger warten konnte, war die Säuberung des Wasserspeichers. Die schweren Regenfälle der vergangenen Woche hatten eine Menge Erde und pflanzliches Treibgut angeschwemmt, und Gerald hatte sie vor ernsten Problemen gewarnt, wenn sie die Sache nicht schleunigst in Angriff nahm.

Joe hatte zwar versprochen ihr zu helfen, doch nachdem er so lange in Kasernen gelebt hatte, neigte er zu dem Glauben, daß solche Arbeiten sich von alleine erledigten. Clare hatte gedacht, daß er als der Outdoor-Survival-Typ Spaß daran haben würde, aber er zeigte in dieser Hinsicht keinerlei Initiative. Dafür kam er immer mit einem voll ausgearbeiteten Expeditionsprogramm an, so daß es meistens wieder mit einer langen, anstrengenden Tour endete.

Clare gab es schließlich auf, auf Hilfe von Joe zu warten, machte sich, ermutigt durch einen goldenen Herbstnachmittag, selbst an die Arbeit. Luig Hill glänzte kupfern über blaßgelben, abgeernteten Feldern, der See wogte und glitzerte unter einem sanften Wind. Es war schön, wieder einmal allein zu sein, dachte sie. Das war allerdings, bevor der schwere Deckel des Behälters drohte, die Aktion zu vereiteln, ehe sie überhaupt damit begonnen hatte. Es gelang ihr jedoch, ihn nach und nach beiseite zu schieben; danach leitete sie erfolgreich den Zufluß um und widmete sich der reichlich nassen Arbeit, das Bachbett und den Überlaufkanal zu säubern, während sie darauf wartete, daß der Tank sich leerte. Sie hockte gerade auf dem Boden und versuchte, das schwer erreichbare Sieb zu lösen, das auf das Wasserrohr geschweißt zu sein schien, als sie einen Stoß in die Achselhöhle erhielt und beinahe auf dem rutschigen Untergrund das Gleichgewicht verloren hätte.

Während sie noch nach Luft schnappte und mit den Armen ruderte, befahl eine Stimme: »Hierher, Trim.« Dann griff eine starke Hand nach ihr und zog sie zurück, bis sie wieder auf sicherem Boden war.

»Mein Gott!« explodierte sie und rollte sich vom Rand des Behälters weg, während Trim sie zur Begrüßung oder als Entschuldigung gründlich ableckte. »Du hast mich beinahe da reingestoßen, du Hund!« Sie stieß den

Collie von sich und sah auf. Donald, ein Riese vor dem tiefblauen Himmel, lächelte auf sie herab. Gott sei Dank habe ich einen guten Grund, außer Atem zu sein, dachte sie.

»Alles in Ordnung?« fragte Donald und streckte die Hand aus, um ihr aufzuhelfen.

»Ich glaube, mein Herz schlägt noch, danke.«

»Hast du Probleme?« fragte er und deutete mit dem Kinn auf den Wasserspeicher. »Ich habe dich vom See aus gesehen.«

»Ich mache ihn sauber. Anweisung von Gerald.«

»Na, da hat er ausnahmsweise recht«, sagte er mit diesem kleinen Lächeln im Mundwinkel. »Es ist ziemlich lange her, seit zuletzt jemand nach diesem Tank gesehen hat.«

An diesem Tag zeigte er nichts von der Reserviertheit, die Clare bei ihren letzten kurzen Begegnungen so gekränkt hatte. Er zog seine Jacke aus, warf sie über einen Heidebusch und streckte sich nach dem Sieb, das sich sofort brav löste. »Höchste Zeit, das sauberzumachen.«

»Mich wundert, daß überhaupt noch etwas aus dem Wasserhahn gekommen ist«, stimmte Clare zu und rümpfte die Nase über den schwarzen, modrigen Klumpen, den er herausklopfte.

»Steigst du in den Tank hinunter oder ich?« fragte Donald, während er im Bach den Filter ausspülte.

»Ich schätze, das ist eine rhetorische Frage.«

Er stützte sie, als sie sich in die letzten Zentimeter Wasser und den grünlich-braunen Schleim auf dem Grund hinunterließ. »Gott, trinke ich dieses Zeug etwa?«

»Nein, das sind Ablagerungen, die nicht in die Wasserleitung gelangen«, erklärte Donald mit übertrieben geduldiger Stimme.

Clare hatte Mühe, in dem dunklen, gruseligen Loch

nicht auszurutschen. Sie schöpfte eifrig Wasser und war froh, daß er da war, unglaublich froh.

Nachdem Clare herausgeklettert und das Sieb wieder eingesetzt war, hatte Donald es durchaus nicht eilig zu gehen. Er räumte den Überlaufkanal noch ein wenig mehr aus, und sie arbeiteten wieder zufrieden Seite an Seite, wie zu Beginn des Sommers. Sie tauschten Neuigkeiten aus, teilten ihre Besorgnis wegen Gerald und Lilias, und Donald äußerte sich ebenso wie Lilias lobend darüber, daß Clare Catriona Hilfestellung leistete. Er berichtete, daß eine von Ishbels Schwestern mit ihren drei Kindern während der Herbstferien zu Besuch auf Rhumore war, klang aber nicht so, als würde er weitere Fragen begrüßen. Die Ruhe, die seine Gegenwart mit sich brachte, war für Clare so wärmend und wunderbar wie der Tag selbst.

Dann ertönte hoch über ihnen ein helles Geschnatter, und sie sahen von ihrer Arbeit auf und blinzelten in das wolkenlose Blau.

»Wildgänse! Dort sind sie.« In lockerer Flugformation zogen die schönen Tiere über sie hinweg, die ein geheimnisvoller Instinkt auf ihre lange Reise schickte. Clare schnürte es die Kehle zu: Sie stand auf diesem sonnigen Hügel, unter sich den funkelnden See, und erlebte diesen herrlichen Anblick mit Donald.

Er sah sie lächelnd an und sagte sanft: »Ich weiß. Ich sehe sie jedes Jahr, seit ich denken kann, und ich bin immer wieder aufs Neue ergriffen.«

Clare senkte den Kopf und wandte sich hastig wieder der Arbeit zu, um zu verbergen, was ihr Gesicht sonst noch verraten mochte.

Donald hob die Sperre des Zuflusses auf, beobachtete einen Moment, wie das saubere Wasser in den Tank strömte, schob ohne sichtbare Mühe den Deckel wieder darüber und griff nach seiner Jacke.

»Kommst du noch auf einen Kaffee mit hinein?« Verärgert hörte sie den flehenden Unterton in ihrer Stimme, aber falls Donald ihn auch bemerkt hatte, ließ er sich nichts anmerken. Er sammelte die seltsame Auswahl an Werkzeugen ein, die sie zur Tankreinigung vorgesehen hatte, und stapfte mit großen, bedächtigen Schritten den Hang hinunter.

Er durfte nicht gehen, sie konnte es nicht ertragen. »Donald, ich wollte dich fragen, ob du dir etwas ansehen könntest. Ich bräuchte deinen Rat ...«

»Sollen wir nicht zuerst die Wasserhähne zudrehen?«

Dieses kleine Detail hätte sie beinahe vergessen, aber sein spöttelnder Ton brachte sie wieder auf den Boden der Tatsachen zurück. »Es geht um die baulichen Veränderungen am Cottage. Ich wüßte gern, was du davon hältst.«

Sie erläuterte ihm den Plan, berichtete von Petes und Ewans Bedenken und ihrer Angst, die Fassade zu verderben, in dem sie die Haustür durch ein Fenster ersetzte. Donald wanderte mit ernster Miene auf und ab, trat ein ganzes Stück vom Haus zurück und runzelte die Stirn, ging dann hinein, sah sich die Sache von innen an, zog die Mundwinkel herab und schüttelte den Kopf. Clare wünschte, Joe hätte nicht so viele von seinen Sachen im Wohnzimmer verstreut.

»Nicht gut?« fragte sie, entmutigt durch seinen zweifelnden Ausdruck. »Blöde Idee?«

»Es wird das ganze Haus verschönern«, verkündete er.

»Donald, du bist unmöglich! Mich so schmoren zu lassen!«

»Und warum ist das Fenster noch nicht eingesetzt? Kannst du Pete nicht festnageln?«

»Ich habe sie schon für die bisherigen Arbeiten bezahlt«, gestand sie.

»Das war nicht klug.«

»Ich hielt es auch nicht für klug, bei McCosh auf den Hof zu stürmen und ihm über Kenny etwas ausrichten zu lassen.«

»Nein, das wäre tatsächlich nicht das Beste«, räumte Donald grinsend ein.

»Also, ich will gar nicht wissen, was Pete und Ewan so alles treiben, aber die entscheidende Frage ist: Werden sie das Fenster noch vor dem Winter einsetzen?«

»Ich werde dafür sorgen, daß sie es tun.« Das war Musik in ihren Ohren. »Wollen uns mal ansehen, was sie bisher geleistet haben.« Er billigte nickend die Arbeiten in Küche und Speisekammer, fuhr allerdings mit dem Daumen an ein paar neuen Regalbrettern entlang und murmelte etwas über unsaubere Kanten.

»Und hier draußen wollte ich diese Lücke zwischen Haus und Schuppen schließen, aber ich bin mir nicht sicher, ob nicht beim nächsten schweren Sturm alles weggeweht würde, einschließlich des Schuppens, was meinst du?« Sie wußte, daß sie aufgeregt plapperte, aber es war ihr egal. Sie sprudelte über vor leichtsinnigem Glück, nur weil er da war und sie mit ihm sprechen konnte.

»Och, ich glaube, der wird noch ein, zwei Jahre halten«, antwortete er gelassen. »Da fällt mir ein –, hast du eigentlich die Moorhühner gefunden, die ich an die Tür gehängt habe, oder hat sie der Fuchs geholt?«

»Die Moorhühner? Die waren von dir? Oh Donald, ich dachte, Stephen Markie hätte sie gebracht. Ich habe gar nicht bemerkt, daß du hier warst.«

»Und was glaubst du, wer deine Gasflasche ausgetauscht hat, das Monster von Loch Buie?«

Clare starrte ihn mit offenem Mund an. »Ich dachte, ich hätte irgendwas verwechselt. Ich bin gar nicht auf die Idee gekommen, daß du ... ich meine, nachdem ich deine Nachricht erhalten hatte.«

Donald horchte plötzlich auf, sein finsterer Blick war einschüchternd. »Was für eine Nachricht?«

»Die du mir von Nicol hast ausrichten lassen.«

»Was hat er gesagt?«

»Ich bin ihm nicht selbst begegnet. Er hat eine Notiz auf meiner Post dagelassen, die besagte, daß du nicht mehr zum Cottage kommen würdest.«

»Die Nachricht lautete«, sagte Donald mit einer beängstigenden Ruhe, die Clare hoffen ließ, sie würde ihn nie ernstlich wütend machen, »daß ich dich nicht zum Einkaufen ins Dorf fahren könne, solange ich mit der Jagd beschäftigt bin.« Er hatte ihr einmal erklärt, daß sowohl die Pirsch- als auch die Treibjagd sich im Hochland bis in den November hineinziehen konnten und er beides abwechselnd betrieb, da er keinen eigenen Wildhüter hatte.

Sie starrten einander an, fügten die Puzzleteile zusammen.

»Ich bin öfter mal vorbeigekommen, aber du warst nie zu Hause. Und dann – na ja, in letzter Zeit hast du ja nichts gebraucht, oder?«

Darauf wollte Clare im Moment nicht eingehen. »Aber du mußt dich doch gewundert haben, daß ich weder die Gasflasche noch die Hühner erwähnt habe, als wir uns oben beim Wildgatter begegnet sind?«

»Das habe ich auch. Es war zwar nicht wichtig, aber es sah dir so gar nicht ähnlich.«

»Oh Donald, es tut mir leid. An dem Tag dachte ich, du seist immer noch wütend wegen Magda.«

Er sah sie stirnrunzelnd an, fragte dann energisch: »Wo ist dieser Kaffee, den du mir versprochen hast?«

Clare war enttäuscht; sie hätte nicht gedacht, daß er einen wunden Punkt einfach so übergehen würde. »Donald, können wir das nicht klären? Alle anderen haben mir inzwischen vergeben.«

»Können wir vielleicht unseren Kaffee trinken, während wir reden?«

Was sie von ihm zu hören bekam, war vollkommen unerwartet. Er setzte sich neben sie auf ihren gemeinsamen Lieblingsfelsen, und die Sonne schien ihnen warm ins Gesicht. Nach einem Moment des Schweigens begann er in dem scherzhaften Märchenerzählerton, den er immer anschlug, wenn er ihr eine der Geschichten aus dem Tal erzählte:

»Es war einmal ein junger Mann namens Donald Macrae, der auszog, an der Universität im fernen Aberdeen zu studieren – denn ein paar von uns hier oben können durchaus lesen und schreiben, auch wenn du es nicht glauben magst.« Er warf ihr einen spöttischen Blick zu, und Clare verstand, daß er ihre Überraschung gespürt hatte, obwohl sie vollkommen reglos geblieben war. »Nur Agrarwissenschaften, weißt du, nichts allzu Exotisches«, fügte er hinzu.

»Donald, sei bitte ernst.«

»Ach, es ist eine alte Geschichte. Ich traf dort ein Mädchen und verliebte mich in sie.« Es lag Selbstironie in seinem Ton, aber auch Zärtlichkeit und Wehmut sowie Nachsicht für den jungen Mann, der er einmal gewesen war. Clare spürte eine Welle glühender Eifersucht, viel stärker, als sie sie je auf Ishbel empfunden hatte.

»Wir waren sehr glücklich, zogen zusammen in eine kleine Wohnung und dachten, es sei für immer. Dann wurde ich ihrer Familie vorgestellt, und sie kam nach Rhumore.« Clare schielte auf seine finsteren Züge und hielt den Mund. »Ihr Vater war Anwalt in Chester. Sie wohnten in einer alten Villa mit eigener Pferdekoppel und Tennisplatz. Ihre Mutter war so höflich zu mir, daß es mich rasend machte, aber ihr Vater hatte mehrere Farmer unter seinen Klienten und konnte von Mann zu Mann mit mir sprechen.« Donald gab ein kleines, schnaubendes Lachen von sich, und Clare konnte sein damaliges Unbehagen nachfühlen. »Dann kam Annabel zu uns. Meine Mutter gab sich große Mühe, aber mein Vater zeigte ihr gnadenlos, was er von ihr hielt, der eigensinnige, alte Mistkerl.« Das waren ungewöhnlich starke Worte für ihn. »Ich wäre damals beinahe weggegangen«, sagte er, als würde ihn die Erinnerung daran nach wie vor verblüffen. »Ich wollte schon immer reisen, etwas anderes ausprobieren als die Schafzucht, eine Weile frei sein von meinem alten Herrn. Obwohl es von jeher eine abgemachte Sache war, daß ich die Farm irgendwann übernehmen würde. Annabel tat so, als würde sie das akzeptieren. Sie dachte wahrscheinlich, sie könnte dafür sorgen, daß wir nie mehr nach Rhumore zurückkehren würden, wenn sie mich erst einmal von dort weggebracht hatte. Aber sie beging einen entscheidenden Fehler. Sie konnte es sich nicht verkneifen, mich wissen zu lassen, was sie von uns hielt, von meinen Eltern, dem Haus, unserer Art zu leben.«

Er schwieg so lange, daß Clare das Gefühl bekam, etwas sagen zu müssen, aber ihr fehlte der Mut.

»Tja, das war's«, endete Donald brüsk und mit einem Achselzucken. Als Clare gerade protestierend den Mund öffnen und fragen wollte, was das denn nun mit Magda zu tun habe, fuhr er mit harter Stimme fort: »Seit dem Tag, als Annabel ging, bin ich nie wieder einem derart arroganten Verhalten begegnet, bis ich auf deine Freundin traf. Genauso hat Annabel mit meiner Mutter gesprochen.«

Bestürzt erkannte Clare den Zusammenhang. »Und du dachtest, ich wäre auch so, ich würde ebenso auf all das hier herabsehen.«

Donald zögerte, und sie fühlte, wie ihr Herz in einen langsamen, schweren Trommelrhythmus fiel. Ich will es nicht hören, dachte sie, aber er schien sich schon eines

Besseren besonnen zu haben. »Du hattest so deine Momente«, grinste er. »Aber du mußtest dich auch an vieles erst gewöhnen. Meine Güte, selbst jemand, der hier aufgewachsen ist, hätte heute große Schwierigkeiten, ohne Strom, ohne Auto oder Telefon zu leben. Und was dich auf die Palme brachte, waren immer praktische Hindernisse und Schwierigkeiten. Du warst es gewöhnt, ständig alles unter Kontrolle zu haben und zu bekommen, was du wolltest, und auf einmal warst du dem Wetter, der Abgeschiedenheit, einer anderen Mentalität und einem anderen Lebensstandard ausgeliefert. Aber du bist von Anfang an gut mit den Leuten zurechtgekommen, sogar mit der schüchternen Margaret Stewart – oder mit Catriona. Obwohl du ein paar abfällige Bemerkungen über die Hinterwäldler im allgemeinen losgelassen hast ...«

»Hinterwäldler habe ich nie gesagt!«

»... hast du doch nie ein böses Wort über eine einzelne Person verloren, und das ist es, was zählt. Nein, ich habe dich nie mit deiner sogenannten Freundin in einen Topf geworfen, und nachdem ich mich wieder beruhigt hatte, wollte ich zu dir gehen, aber dann kam eins zum andern ...«

Eins zum andern. Zum Beispiel, daß seine Frau im Sterben lag. Von Scham überwältigt sagte Clare: »Es tut mir leid, Donald. Ich hätte schon viel früher fragen sollen. Wie geht es Ishbel?«

Er wandte sein Gesicht ab und sah über den See. »Sie verläßt ihr Bett kaum noch. Sie ist so vollgepumpt mit Schmerzmitteln, daß sie die meiste Zeit nicht weiß, wo sie sich befindet.«

»Das ist furchtbar.«

Er nickte. »Ich muß wieder los.«

Sie begleitete ihn hinunter an den Anleger mit dem Gefühl, daß ihr etwas Wichtiges gegeben und dann wieder genommen worden war. Sie hatten ein Mißverständnis klären können, aber sonst hatte sich nichts verändert. Außer daß sie Schwierigkeiten haben würde, ihre Gedanken von dem zärtlichen Ton zu lösen, mit dem er den Namen einer anderen Frau ausgesprochen hatte.

Ich habe vergessen, ihm für seine Hilfe zu danken, dachte sie trübsinnig, als sie zusah, wie sich das Boot über das spiegelnde Wasser von ihr entfernte.

KAPITEL 25

Joes Dienstplan wurde erneut ohne Vorwarnung geändert, und Clare mußte ihre Pläne wieder einmal über den Haufen werfen. Erst kürzlich war ihr ein Durchbruch gelungen, als sie Margaret hatte überreden können, ein Weiterbildungszentrum für Frauen zu besuchen. Da jedoch Dougie während der Jagdsaison nie sagen konnte, wann er zu Hause sein würde, hing diese neue Aktivität ganz von Clares Babysitting ab. In der Gewißheit, daß Joe von einem Abend mit Lynn und Sheena oder dem Anblick von Margarets Küche nicht begeistert wäre, war sie schweren Herzens bei den Stewarts vorbeigegangen, um Bescheid zu sagen, daß sie diese Woche nicht kommen könne.

»Das macht nichts«, reagierte Margaret sofort so, wie Clare es befürchtet hatte. »Ich muß dort nicht hingehen, wenn du gerade keine Zeit hast.«

»Es ist nur dieses eine Mal. Normalerweise arbeitet Joe unter der Woche in Glasgow.«

Als Clare von ›The Birks‹ aus nach Tigh Bhan ging, beschloß sie, Margaret kein weiteres Treffen verpassen zu lassen, egal, ob Joe da war oder nicht.

Lilias nahm ihre Entschuldigungen wegen des Abendessens gelassen hin. »Deine Freunde schaffen dir Probleme, nicht wahr?« lautete ihr einziger Kommentar.

»Es tut mir leid, Lilias. Wirst du uns als hoffnungslos aufgeben?«

»Sicher nicht. Die Urquharts haben jetzt in der Nachsaison nicht mehr allzu viel Betrieb im Hotel, so daß es ihnen nichts ausmachen wird, wenn wir den Termin verschieben. Und wir können bestimmt einen anderen Abend finden, an dem John Irvine frei hat.«

Es gab eine kleine Auseinandersetzung, als Joe und Clare sich ein paar Tage später für das verschobene Abendessen fertig machten. Clare kam gerade aus dem Bad und fand ihn in ihrem Schlafzimmer, die langen Beine eingeknickt, um sich in dem zu niedrigen Spiegel zu betrachten. Er kämmte sich die Haare und trug einen Anzug. Sie war gar nicht auf die Idee gekommen, daß er so etwas ins Cottage mitbringen könnte, aber natürlich waren ihm solche Förmlichkeiten bei der Air Force in Fleisch und Blut übergegangen.

»Oh Joe, das hätte ich dir wohl sagen sollen. Es ist eine ganz zwanglose Einladung, fürchte ich.«

»Wieso? Was ziehst du denn an?«

»Was ich immer anziehe, nur sauberer. Schließlich muß ich überall zu Fuß hingehen.«

»Das ist ja nun nicht mehr der Fall, oder?« erwiderte er barsch, und sie merkte, daß er nervös war. »Ich werde nicht in Jeans zu einer Dinnerparty gehen, und damit basta.« Er warf einen letzten Blick in den Spiegel und war offenbar mit seiner Erscheinung zufrieden.

Clare spürte seine Empörung, als Gerald sie in die Küche von Tigh Bhan führte, wo der große Tisch für eine von Lilias' rustikalen Mahlzeiten gedeckt war: Körbe voll köstlich duftender, selbstgebackener Brötchen, daneben

Teller mit Butter aus Jersey, die Clare aus Trudys Laden kannte, flache Schalen mit kupferfarbenen Chrysanthemen, und eine vielversprechende Anordnung von Gläsern an jedem Platz.

In dem hellen Deckenlicht, das wegen des Kochens noch eingeschaltet war, wirkte Joes Anzug noch förmlicher und militärischer als im Cottage. John Irvine, ein praktischer Arzt aus Luig, trug ausgebeulte Cordhosen, Gerald seine geliebte senffarbene Strickjacke, deren Taschen stets mit Schrauben, Schnur, Taschenmesser und Zigarrenabschneider beschwert waren – und wahrscheinlich auch mit Murmeln und Kastanien, dachte Clare zärtlich.

Jeanette Irvine, eine redselige, freundliche Frau, der Clare schon ein paarmal beim Einkaufen begegnet war, belegte sie sofort mit Beschlag und versuchte, sie zu überreden, einer Fitneß- und einer Skigruppe beizutreten. Sie wollte nur lockerlassen, wenn Clare dafür versprach, bei der Highlandtanzgruppe für Kinder mitzuhelfen, die Jeanette leitete. Lautstarker Protest von allen Seiten nahm Clare gegen diese Erpressungsmethoden in Schutz.

Die beiden Urquharts hatte Clare schon in der Alten Spinnerei gesehen. »Ardlonach Hotel«, sagte sie. »Große Mengen an Müsli.«

»Was für ein nettes, gesundes Wiedererkennungsmerkmal«, sagte die zierliche, sanfte Una mit einem freundlichen Lächeln.

Tony Urquhart hatte in der Navy gedient, aber seinen Abschied genommen, nachdem er ein großes Haus auf der Halbinsel von Luig geerbt und es zusammen mit seiner Frau in ein Hotel umgewandelt hatte. Clare sah sich in der Runde um und erkannte, wie sorgfältig Lilias den Abend mit Rücksicht auf Joe geplant hatte – ein Arzt, ein ehemaliger Armeeangehöriger, das passende Durchschnittsalter der Gäste. Alle benahmen sich ganz zwanglos, halfen Lilias beim Auftragen, zogen die Stühle vom Tisch weg oder lümmelten sich auf dem abgeschabten Cordsofa, wo Zweibeiner von den Hunden gnädig geduldet wurden. Clare hatte Gerald vorgewarnt, daß Joe keinen Alkohol trank, konnte aber nichts gegen seine gastfreundlichen Versuche unternehmen, ihrem Begleiter alkoholfreie Alternativen aufzudrängen.

Als eine hitzige Diskussion um ein Kricketturnier entbrannte, bei dem Schottland gegen Fidschi spielte, und Una Joe freundlich miteinbeziehen wollte, sagte er, er ziehe Fußball vor. Daraufhin wandte sich das Gespräch hastig der Schließung einer örtlichen Fischfarm und den jeweiligen Vorzügen der Skigebiete von Glencoe und Aonach Mhor zu.

Clare sah, wie Joe über den Sherry in der Consommé die Nase rümpfte und hoffte, daß seine Abneigung gegen den köstlichen Eierstich darin für Lilias nicht so ersichtlich war wie für sie. Was Lilias sicher nicht entging, war sein unbehagliches Schweigen inmitten der selbstbewußten Stimmen, und sie ergriff bald die Gelegenheit, ihn nach seiner neuen Stelle zu fragen, wobei sie John Irvine geschickt miteinbezog. Jeanette, die selbst einmal Sport unterrichtet hatte, mischte sich mit ein paar sehr entschiedenen Meinungen ein, die Joe glücklicherweise teilte, und ab da war er nicht mehr zu bremsen, redete durch die gesamte Hasenpastete (die er kaum anrührte) und den Lachs hindurch (dessen Name und Rang Tony beizutragen wußte).

Clare bemerkte, wie Una, offensichtlich eine begeisterte Köchin, einen Austausch mit Lilias über die Soße abbrach, um ihm ihre ungeteilte Aufmerksamkeit zu schenken, was alle anderen nach und nach ebenfalls taten. Er würde es nie verstehen, wenn ich ihn jetzt unterbräche, dachte Clare hilflos.

Trotz seiner Überzeugung, daß der Erfolg des Abends allein auf seinen Schultern gelastet hatte, war Joe hinterher nicht zufrieden. »Es war eine Beleidigung, uns in die Küche zu setzen. Und noch nicht einmal die Hunde hinauszujagen.«

»Ich liebe die Küche. Und wer sollte denn beleidigt werden? Die Irvines? Tony und Una?«

»Sie wußten eben, daß du nichts Gescheites anzuziehen hast, so wie du hier lebst. Und ich habe es nur bis zum Unteroffizier gebracht – das war der Grund, da könnte ich mit dir wetten.« Er sagte es trotzig, nicht weil er wirklich an seine Worte glaubte, sondern weil er einen Streit vom Zaun brechen wollte.

»Joe, ich habe noch nie so einen kompletten Unsinn gehört! Du weißt, daß das nicht stimmt!«

»Ein Oberst und ein Marineoffizier, ich bitte dich«, murmelte er, besaß aber immerhin soviel Anstand, leicht verlegen dreinzusehen.

»Ich kann nicht glauben, daß du so etwas Schäbiges auch nur denkst.«

»Das Essen war jedenfalls nicht besonders, oder? Diese dünne Suppe mit den schleimigen Brocken drin. Ich konnte sie kaum runterbringen. Die Pastete roch merkwürdig, ich verstehe nicht, daß es außer mir niemandem aufgefallen ist. Und du hast dir ganz schön einen angepichelt, stimmt's? Ich dachte, du hättest mit dem Trinken aufgehört.«

Sobald sie im Cottage angekommen waren, machte er Tee. Clare dachte an Geralds trockenen Sherry, den perfekt gekühlten Chablis, den Portwein und den Brandy nach dem Essen. Wie dumm von ihr zu glauben, daß Joe einen solchen Abend genießen würde.

»Armer Joe, es tut mir leid, daß es dir nicht gefallen hat. Wir werden uns morgen einen schönen Tag zu zweit machen, ja? Hast du schon eine Idee für eine Tour?«

Seine Stimmung heiterte sich sofort auf, nun, da er wieder sicheren Boden unter den Füßen hatte, und heraus kam die Wanderkarte. »Es wäre nicht schlecht, noch dieses Gebiet hier im Mamore Forest zu erkunden. Die Uhr wird bald wieder zurückgestellt ...«

Vielleicht war es ein Omen, daß sie den Tag im unheimlichen Kinlochleven begannen, wo der Nebel in dicken Schichten über dem schwarzen Wasser des Sees lag. Sie stapften mühsam durch eine farblose Landschaft; die herbstlichen Gold- und Kupfertöne waren zu stumpfem Beige und Braun gedämpft. Joe wirkte gehetzt, zog immer wieder Karte und Kompaß zu Rate und gab ein schnelles Tempo vor, entschlossen, noch ein paar Gipfel zu erstürmen, von denen Clare noch nie gehört hatte. Unwilligkeit und Schuldgefühle plagten sie abwechselnd.

Als sie später noch einmal über alles nachdachte, war sie sicher, daß Joe sein Vorhaben im Laufe des Tages geplant hatte. Vielleicht setzte er die Sache sogar schon als erledigt voraus, denn als sie sich nach dem Essen mit dem Kaffee auf dem Sofa niederließen, erschreckte er sie mit der beiläufigen Bemerkung, daß es ja sehr viel einfacher für sie werde, sich ›anständige‹ Klamotten zu kaufen, wenn sie erst einmal bei ihm in Glasgow sei.

»Ich fahre also nach Glasgow?« fragte Clare in dem halb scherzenden Ton, mit dem man eine feindselige Reaktion abzuschwächen versucht.

»Na ja, Mitte der Woche. Oder immer, wenn ich arbeite, falls sie je diesen Dienstplan geregelt kriegen. Was die brauchen, ist ein wenig Armeedisziplin, um sie auf Vordermann zu bringen.«

»Dafür haben sie ja dich«, warf Clare ein und hoffte, ihn auf ein anderes Thema bringen zu können.

Doch er ließ sich nicht ablenken. »Nein, ich meine, wenn du bei mir in der Wohnung wohnst. Du solltest mal die Geschäfte in Glasgow sehen, davon kannst du hier nur träumen.«

»Aber Joe, ich lebe hier.«

»Komm, machen wir uns nichts vor, dieses Häuschen ist fürs Wochenende ganz okay, aber wer will schon im Winter hier hocken, ohne Heizung und ohne Strom?«

Oh nein, Joe, nicht du, von dir hätte ich das nicht erwartet.

Ehe Clare eine diplomatische Entgegnung einfiel, die seinen Plan im Keim ersticken konnte, packte Joe sie plötzlich. Hatte er bisher immer harmlos-freundschaftliche Zärtlichkeiten bevorzugt, mit einer Haarsträhne von ihr gespielt, einen Arm um ihre Schultern gelegt, sie auf Wange oder Hals geküßt, so ging er nun zum Frontalangriff über. Clare fühlte die harten Muskeln seiner Arme, als er sie an sich zog. Er drückte ihren Kopf gegen die Sofalehne, und sie geriet einen Moment lang in Panik, weil sie sich wie in einer Falle fühlte. Aber dieser Mann war keine Fremder, sondern Joe, beruhigte sie sich, und er tat, wonach sie sich die ganze Zeit gesehnt hatte. Sie versuchte, entgegenkommend zu reagieren.

Joe küßte sie auf ganz ungewohnte Art, sein Mund war gierig, seine Zunge drang zwischen ihre Zähne. Er preßte eine Hand auf ihre Brust und begann, mechanisch die Brustwarze zu massieren, die zwar hart wurde, sich aber wund anfühlte und schmerzte. Erneut von einer würgenden Angst ergriffen, öffnete Clare die Augen und sah, wie er sie mit einem seltsam fremden, kalten Ausdruck beobachtete. Sein Körper lag wie ein totes Gewicht auf ihr, es gab kein Gefühl zwischen ihnen, kein leidenschaftliches Aufeinandereingehen ihrer Körper.

Ohne nachzudenken stieß Clare ihn heftig mit der Schulter weg und befreite sich. Wut und Abscheu mußten sich auf ihrem Gesicht gezeigt haben, aber das war ihr in diesem Moment egal. Joe sprang sofort auf und suchte absurderweise Zuflucht darin, klappernd die Kaffeetassen einzusammeln und in die Küche zu tragen. Clare richtete sich auf, wischte sich den Mund ab und schlang schützend ihre Arme um sich. Sie zitterte vor Schreck und mußte wieder an Martin und seine lieblosen Umarmungen denken ...

Schließlich sagte sie sich, daß Joe schlecht die ganze Nacht in der Küche bleiben konnte, und verdrängte mit dieser praktischen Überlegung die Schlußfolgerung aus der Gedankenverbindung mit Martin. Armer Joe, was er wohl fühlte? Sie raffte sich vom Sofa auf, seltsam wackelig und erschöpft, und ging in die Küche hinüber.

Joe lehnte am Rahmen der alten Speisekammertür, in sein Gesicht waren Niedergeschlagenheit und Verzweiflung gegraben. Clare blieb in einiger Entfernung von ihm stehen, weil sie glaubte, daß er jetzt keine Nähe oder Berührungen ertragen könne.

»Joe«, sagte sie, »es ist schon gut, wirklich.«

Er hob den Kopf und sah sie an, schutzlos, verletzlich. Seine Wangen waren naß vor Tränen. »Ich dachte, mit dir würde es funktionieren. Ich habe es mir so sehr gewünscht. Gott, wenn du wüßtest, wie sehr ich es mir gewünscht habe ...«

Impulsiv ging sie auf ihn zu und umarmte ihn. So blieben sie eine Weile stehen, bis sie spürte, wie sein Zittern nachließ und er sich beruhigte.

»Komm«, begann sie dann, »wir wollen uns zusammensetzen und darüber reden. Es hat keinen Zweck so zu tun, als sei nichts geschehen.«

Joes Geschichte war schmerzlich und nicht ganz das, was sie erwartet hatte. Er bestritt vehement, homosexuell zu sein, sagte aber, daß schwule Männer sich häufig von ihm angezogen fühlten und ihn als einen der ihren betrachteten, was ihn schockiere und abstoße. Er war von einer besitzergreifenden und verbitterten Mutter aufgezogen worden, die ihm beigebracht hatte, daß sein Körper und dessen Bedürfnisse und Funktionen etwas Schmutziges seien, das man nicht beachten und erwähnen dürfe. Ihr Einfluß war so stark gewesen, daß er seine Sexualität vollkommen unterdrückt hatte; körperliche Nähe mit beiden Geschlechtern widerte ihn an, und doch war er ein liebevoller, sanfter Mann, der schreckliche Angst davor hatte, sein ganzes Leben lang allein zu bleiben.

»Aber warum bist du bloß zum Militär gegangen?« fragte Clare, nachdem sie eine Weile einfach nur seine Hand gehalten und seinem stockenden, traurigen Bericht zugehört hatte.

»Weil Homosexualität dort geächtet ist. Das erzählen sie einem jedenfalls immer, das glaubte ich als Junge. Sie werfen jeden hinaus, der ... Gott, was für ein schlechter Witz.«

Aber war er nicht intuitiv von der Männerkameradschaft bei den Fliegern angezogen worden? fragte sich Clare und dachte voll Trauer und Mitgefühl an die Naivität des jungen Mannes, der er einmal gewesen war.

»Als wir uns zu Anfang in Marbury so gut verstanden«, fuhr Joe mit neuem Mut fort, »wünschte ich mir immer, ich könnte ein Mädchen wie dich finden. Ich dachte die ganze Zeit an dich, lebte auf diese Wochenenden hin. Dann wurde ich versetzt und ... na ja. Dann kam diesen Sommer dein Brief, gerade als ich dabei war, die Armee zu verlassen. Es erschien mir wie ein Wink des Schicksals, die Chance auf einen Neuanfang, verstehst du? Du wohntest hier, und ich hatte eine Stelle in Schottland bekommen. Es schien alles zusammenzupassen. Ich dachte daran, wie gut wir uns immer verstanden hatten, und glaubte, wenn es noch eine Chance für mich gäbe, dann mit dir. Diese Wochen hier waren so schön, wirklich wunderbar, aber dann bekam ich das Gefühl, daß ich ... daß du ... du weißt schon ...«

»Daß ich mich fragte, warum du keinen Versuch unternahmst, mich ins Bett zu bekommen?«

Selbst nach ihrem offenen Gespräch waren diese Worte zu krass und direkt für Joe, und er wurde über und über rot. »Ich dachte, du wolltest – nicht *das*, natürlich, aber mehr ... mehr ...«

Clare spürte, wie sie ebenfalls rot wurde. Ihre Motive waren nicht weniger eigennützig gewesen als seine.

»Was ist zwischen dir und Martin vorgefallen?« Das war für sie jetzt die entscheidende Frage. Sie und Joe hatten nie eine Chance gehabt, hatten nie als Paar existiert.

Die Antwort war denkbar einfach. Martin hatte Joe Avancen gemacht und war abgewiesen worden. Daraufhin hatte er ihn auf Grund erfundener Anschuldigungen versetzen lassen und äußerst wirkungsvoll all seine Aussichten auf Beförderung zerstört, wobei er obendrein den Eindruck erweckte, glimpflich mit ihm zu verfahren.

»Erinnerst du dich an diesen Sanitätsoffizier, der ein paarmal mit uns nach Wales kam?« Clare erinnerte sich nicht. »Er sollte ein Auge auf uns haben, vermerken, wann wir allein waren, wann wir uns abends lange unterhielten, gemeinsam zurück zu deiner Hütte gingen und so weiter. Wenn ich mich gewehrt hätte, hätte dein Mann mich vors Militärgericht stellen lassen, wegen ungebührlicher Annäherung an die Frau eines Offiziers. Er hätte mich so oder so drangekriegt.«

Und Martin hatte sich gleichzeitig vergewissert, daß seine Frau ihn nicht wirklich betrog. »Hättest du ihn denn nicht anzeigen können?« fragte Clare empört.

Joe antwortete mit einem schiefen Lächeln. »Du machst wohl Witze. Ich hätte nicht die geringste Chance gehabt. Außerdem wollte ich dich nicht mithineinziehen. Es war eine ausweglose Situation, glaub mir.«

Als Clare später allein im Bett lag, umfing sie ein unerwarteter Frieden, sie empfand weder Bedauern noch Demütigung. Nur Mitgefühl mit dem einsamen Mann im Nebenraum, dessen Unglück weit über diese Nacht oder diesen Ort hinausging.

KAPITEL 26

Der nächste Tag war kalt und bedeckt, und das Wohnzimmer wirkte unsagbar trostlos. Die Lampe konnte das düstere Morgenlicht kaum erhellen, das Schlafsofa stand da, wie Joe es verlassen hatte, und die blassen Flammen im Kamin gaben kaum Wärme ab.

Joe konnte Clare nicht in die Augen sehen. Seine aufgesetzt forschen Bewegungen, als er für sie beide das Frühstück bereitete, taten Clare so weh, daß sie schließlich seinen Arm festhielt, ihn zwang, sie anzusehen, und mit sanfter Stimme sagte: »Wir sind es, Joe, du und ich. Dieselben Menschen wie gestern.« Er griff kurz nach ihrer Hand und nickte dankbar.

»Ich werde jetzt besser packen«, antwortete er, als sie mit dem herzhaften Frühstück fertig waren, das es immer gab, wenn er da war.

»Kein Grund zur Eile.« Clare sehnte sich danach, allein zu sein, aber das konnte warten.

»Ich würde lieber ...«, setzte er gerade an, als sie vorm Haus Stimmen hörten.

»Wir stören euch doch nicht beim Frühstück, wenn wir die Tür herausnehmen?« fragte Pete mit einem hinterhältigen Grinsen. Ewan lehnte derweil das umstrittene neue Fenster an die Wand.

Sie hatten sich wirklich nicht den besten Moment ausgesucht, aber möglicherweise war ihre Gegenwart sogar eine Hilfe. Sie begannen natürlich nicht sofort mit der Arbeit, sondern ließen sich am Tisch nieder, verzehrten den übriggebliebenen Toast (wobei Pete sorgfältig die Schalenstücke in der Marmelade an den Tellerrand schob) und tranken Joes Teekanne leer. Sie wollten Joe unbedingt davon überzeugen, daß der Plan mit dem Fenster ein Fehler war, fanden jedoch bei ihm wenig Unterstützung.

Clare und Joe blieb nicht viel Gelegenheit zu einem intensiven emotionalen Austausch, als Pete den Türrahmen herauszuschlagen begann und Ewan vergnügt vor sich hinpfiff, während er hin- und herlief und sich an dem Steinhaufen neben der Küchentür bediente, den Clare dort zu ganz anderen Zwecken aufgetürmt hatte.

»Bleib doch noch«, fand sie immerhin Zeit zu sagen. »Du mußt erst heute abend zurücksein, oder?«

»Möchtest du einen Ausflug machen?«

Clare zögerte. Sie hätte es ihm gerne leichter gemacht, konnte sich aber nicht überwinden, wie üblich mit ihm wandern zu gehen. »Ehrlich gesagt, möchte ich lieber hier bleiben, während diese Arbeiten vonstatten gehen. Aber du kannst ja in die Hügel gehen und heute abend zum Baden und Essen zurückkommen.«

»Die Hügel. Ich nenne sie immer noch Berge«, bemerkte er wehmütig. »Nein, ich könnte es heute nicht ertragen, alleine herumzulaufen. Wenn du nicht mitkommen möchtest, fahre ich lieber. Ist wahrscheinlich sowieso das Beste.«

»Du mußt jetzt nicht all deine Sachen mitnehmen.«

Er sagte nichts und fuhr fort zu packen. Clare spürte einen Kloß im Hals, als sie ihm half. Wie oft hatte er in seinem Leben schon emotionale Sackgassen wie diese erreicht? Sie sah ihn unschlüssig die Erinnerungstafel von seinem Stützpunkt in der Hand drehen.

»Willst du das haben?«

»Joe, ich möchte nicht, daß du jede Spur von dir beseitigst. Aber wenn du es für deine Wohnung willst, nimm es mit.«

Er zögerte immer noch. Sie merkte, wieviel ihm dieser Gegenstand bedeutete. »Wenn schon, denn schon«, sagte er gespielt gleichgültig und stopfte ihn mit einer schnellen Bewegung in seine Tasche.

»Du kannst jederzeit wiederkommen, das weißt du, nicht wahr?« Armselige, versöhnliche Worte.

»Klar, so schnell wirst du mich nicht los. Wir werden noch viele tolle Wochenenden haben, wart's ab.« Aber seine Antwort klang hohl, und Clare mußte den Blick von seinem lächelnden Gesicht abwenden.

»Ich hoffe, dein neuer Job macht dir weiterhin Spaß.« Das hörte sich nach endgültigem Abschied an, was sie nicht gewollt hatte.

»Oh bestimmt, keine Sorge. Es ist nicht wie bei der Armee, aber ich werde mich schon daran gewöhnen.«

Er tat ihr so leid.

»Ich lasse dir den Rest von meiner Marschverpflegung da, ja? Damit du mich nicht so schnell vergißt.«

»Joe, du mußt wiederkommen«, sagte sie mit Nachdruck. »Wir waren auch vorher Freunde, vergiß das nicht.«

»Ja, aber jetzt ist es nicht mehr ganz dasselbe, oder?« Er konzentrierte sich darauf, den letzten Zipfel seiner Regenjacke in die Reisetasche zu stopfen, damit sich der Reißverschluß zuziehen ließ.

Als Clare dem Jeep hinterhersah, der den Hang in einer weiten Kurve nahm, wußte sie, daß er recht hatte. Früher hatte sie ihn gebraucht, hatte ihn bewundert und bei seiner Freundschaft Zuflucht gesucht. Jetzt brauchte er sie, aber sie konnte ihm nicht helfen. Sie wartete in der kalten, nebligen Luft, bis er außer Sicht war.

Pete und Ewan hatten die Köpfe fleißig über die Arbeit gebeugt, als sie sich umdrehte. Clare war froh, daß die beiden da waren, froh, daß sie nicht mit dem stillen Haus konfrontiert wurde und es etwas Handfestes zu tun gab.

Trotzdem kehrten ihre Gedanken im Laufe des Tages immer wieder zu Joe und auch zu Martin zurück. Martin mußte sich Joes Neigung sehr sicher gewesen sein, um eine solche Annäherung zu riskieren, und er mußte gewußt haben, daß er keine Gefahr darstellte, was Clare betraf. Seine Intrige war reine Rache gewesen für eine Zurückweisung, die er nicht akzeptieren konnte. Und Joe hatte es nicht gewagt, ihn herauszufordern. Weil er Clare nicht mithineineinziehen wollte, wie er gesagt hatte, oder weil er Angst vor der Wahrheit über seine Sexualität hatte? Doch irgend jemand hatte Martin am Ende herausgefordert, hatte gedroht, ihn bloßzustellen, als seine Karriere an einem entscheidenden Punkt angelangt war. Und Martin hatte den einzigen Ausweg genommen, durch den er sein Gesicht und sein unbeflecktes Image wahren konnte.

Im Laufe dieses langen Tages gelang es Clare, sich auch ihren eigenen Anteil an der Katastrophe vom Vorabend einzugestehen. Sie hatte eine Affäre gewollt, hatte sich an die Beziehung zu Joe geklammert, weil sie Donald nicht haben konnte, aber in ihrem Herzen hatte sie immer gewußt, daß es ein Fehler war.

Pete und Ewan schafften es, das Fenster bis zur Dämmerung einzusetzen, nachdem sie sich zuerst einen Spaß daraus gemacht hatten, ihr zu erzählen, daß der Zement des neuen Fenstersitzes eine Woche lang trocknen müsse, bevor sie den Rahmen einfügen könnten. Die Erklärung war ihr ganz vernünftig vorgekommen.

Der ganze Raum war auf einmal völlig verändert, er vermittelte zugleich ein Gefühl von Weite und von Geborgenheit. Clare bedauerte kurz, daß sie an sonnigen Tagen nicht mehr die Tür offenstehen lassen konnte, aber sie wußte, daß der Fensterblick in Verbindung mit den abgehaltenen Westwinden mehr als genug Entschädigung bot. Sobald sie allein war, putzte sie gründlich das ganze Wohnzimmer und begann dann mit der Änderung von Lilias' Samtvorhängen.

Pete und Ewan waren am nächsten Morgen zurück (hatte Donald sie angetrieben?), um die innere Küchentür anzubringen und ihren Lohn in Form eines Schecks zu kassieren, den sie auf das Inverbuie-Hotel ausgestellt haben wollten. Clare wanderte hochzufrieden in ihrem gemütlichen, lichten Cottage umher, genoß den Blick durch das lange Fenster über den See und verglich den Raum triumphierend mit dem Anblick, den er vor ihrem Einzug geboten hatte. Catriona mußte so bald wie möglich kommen und ihn bewundern, und Sandy Maitland würde die Veränderung sicher ebenfalls loben. Und Donald, was würde Donald sagen?

Am Nachmittag kam er, um nachzusehen, ob die Arbeiten korrekt ausgeführt worden waren. Clare vermutete allerdings, daß er bereits im Vorfeld dafür gesorgt hatte. »Das war eine gute Idee«, verkündete er, nachdem er alles genauestens inspiziert hatte. »Das Wohnzimmer wirkt jetzt doppelt so groß.«

»Es kam mir auch schon wärmer vor gestern abend – oder habe ich mir das eingebildet?«

»Oh, man merkt bestimmt einen Unterschied. Mit der ausgetretenen Türschwelle hättest du die Zugluft nie abgehalten, und diese alten Cottagetüren schließen sowieso nicht dicht ab und verziehen sich im Winter immer durch die Feuchtigkeit.«

»Sogar meine Füße waren endlich mal warm.«

»Denkst du nun doch, daß du den Winter hier überstehen kannst?« fragte Donald und fuhr mit der Hand über den Ballen schwerer Samtvorhänge.

Schon der Gedanke, im Cottage zu leben, ohne ihn in ihrer Nähe auf Rhumore zu wissen, erzeugte eine schreckliche innere Leere. »Mal sehen, ich nehme es, wie es kommt«, sagte sie leichthin.

Donald drehte sich um und bedachte sie mit einem seiner forschenden Blicke, sagte aber nichts. Ob sie auf Dauer im Tal wohnen bleiben würde oder nicht, konnte ihn jetzt kaum noch interessieren.

»Wirst du diesen neuen Fenstersitz mit irgendeiner Art von Polster ausstatten?«

Sagte er das nur, um etwas zu sagen? War es soweit mit ihnen gekommen? »Ich habe noch eine schmale Matratze auf dem Dachboden, die ich vielleicht verwenden wollte.«

»Ich hole sie für dich runter, wenn ich schon mal hier bin.«

»Ach nein, Donald, das brauchst du nicht. Ich schaff' das schon alleine.«

Er ging wortlos ins Schlafzimmer und lehnte die schwere Holzleiter mit einer mühelosen, schwungvollen Bewegung gegen die Dachluke. »Höchste Zeit, sie zu retten, wie es aussieht«, bemerkte er, als er die Latexmatratze zu ihr heruntergleiten ließ. Abgenagte Flocken rieselten auf ihr Gesicht. »Deine Freunde haben sich daran gütlich getan.«

»Die kleinen Teufel. Ich habe sie schon wieder dort oben gehört. Muß bald mal die Fallen aufstellen.«

»Sie machen dir keine Angst mehr?« fragte er mit einem kleinen Lächeln.

Clare lachte bei der Erinnerung an ihre Panik in jener ersten Nacht, als das Cottage noch so bedrückend düster und unwohnlich gewesen war.

»Mit der Kälte kommen jetzt immer mehr ins Haus«, sagte Donald. »Ich werde die Fallen für dich aufstellen.«

Es fühlte sich so normal und richtig an, ihn bei sich zu haben. Seine bloße Gegenwart machte sie glücklich. Ganz selbstverständlich half er ihr dabei, die Matratze zu einem Polster zurechtzuschneiden, und arbeitete geduldiger und sauberer als sie es getan hätte.

»Wolltest du es damit beziehen?« fragte er und deutete auf die abgeschnittenen Vorhangreste. »Zeig mal her.«

Aber er ist doch Farmer, dachte Clare belustigt und seltsam gerührt, als er den Stoff ausbreitete und das Polsterkissen darauf anpaßte, dabei verblichene Stellen und Kanten vermied. Gibt es denn irgend etwas, das er nicht kann? Donald ging jede Aufgabe mit der gleichen Konzentration an, egal, was es war, und sie überließ sich dem Vergnügen, seinen großen, erstaunlich geschickten Händen bei der Arbeit zuzusehen.

Clare wollte das alles in sich hineintrinken wie einen guten Wein: das Zimmer, das nach und nach immer schöner und wohnlicher wurde; Trim, die mit der Schnauze auf den Pfoten und rötlich schimmerndem Fell vor dem Kamin lag; die dunkelblättrige Begonie von Lilias vor der weißen Wand; die kleine Lampe von Trudy, die ihr weiches Licht über die büchergefüllten Regale des Geschirrschranks warf; das gelegentliche Zischen, wenn Wasser aus dem Schnabel des alten Kessels tropfte und auf dem Kamineinsatz verdampfte.

Nach und nach wurde ihre Unterhaltung wieder vertrauter; sie sprachen über die Jagd, über die beste Grundierung für den neuen Fensterrahmen, über die Auswirkungen, die Lucys Verschwinden auf Lilias und Gerald hatte. Donald erzählte ihr von dem Cottage zwischen der Straße nach Luig und dem See, das die Markies vor langer Zeit während Stephens Schulferien zu mieten pflegten, und von der Aufregung, die herrschte, als Tigh Bhan unerwartet zum Verkauf angeboten wurde. Lilias war extra von Singapur eingeflogen, um es zu kaufen, und hatte mit Stephen während der Osterferien praktisch dort kampiert.

Der Bezug für das Polster wurde zugeschnitten und zusammengeheftet, dann tranken sie Kaffee. Anschließend stand Donald auf und nahm seine Mütze. Trim erwachte wie üblich sofort aus ihrem tiefen Schlummer und wartete nach einem gewohnheitsmäßigen Schlenker zur ehemaligen Haustür an der neuen Küchentür. Wie immer, wenn Donald ging, hatte Clare das Gefühl, daß ihr etwas Wertvolles genommen wurde, diesmal noch verstärkt durch die irrationale Angst, dies könnte ihre letzte Begegnung gewesen sein, er könnte das Tal verlassen, ohne sich von ihr zu verabschieden. Er hatte wie versprochen dafür gesorgt, daß die Arbeiten im Cottage vollendet wurden, und nun gab es nichts mehr, das ihn zurückbringen konnte.

Er ging zur Tür, hielt plötzlich inne, drehte sich um und fragte abrupt, wie gegen seinen Willen: »Ist dein Freund ausgezogen?«

Natürlich hatte er an dem Tag, als er ihr mit dem Wasserspeicher half, Joes Sachen bemerkt, und nun mußte ihm zwangsläufig aufgefallen sein, daß sie verschwunden waren. Außerdem hatten Pete und Ewan die Neuigkeit garantiert schon verbreitet. Dennoch war Clare von seiner ungewöhnlichen Direktheit überrascht.

»Ja, er ist weg«, antwortete sie und wollte noch so vieles hinzufügen, wußte aber nicht, wo sie beginnen sollte.

»Geht es dir gut?«

Sie sah auf, und das Verständnis und die Sorge in seinem Gesicht ließen ihre angestauten Gefühle mit einem Mal hervorbrechen. »Donald, es war furchtbar!« Sie wandte sich ab, konnte die Tränen aber nicht mehr zurückhalten.

»Er ist für immer gegangen? Das tut mir leid für dich, Mädchen. Ich kann dich nicht hier allein lassen, wenn du so unglücklich bist. Möchtest du darüber reden?«

Clare erkannte, daß er ihr Weinen falsch interpretierte. »Oh nein, so ist es nicht! Es ist nicht wegen mir, ich bin wegen Joe traurig. Ich meine, es war nie etwas zwischen uns – es wäre nie etwas draus geworden.«

»Ich weiß.« Die ruhigen, mit solcher Sicherheit vorgebrachten Worte ließen sie aufmerken.

»Das weißt du?«

»Komm«, sagte Donald und warf seine Mütze wieder auf den Tisch, »setzen wir uns und reden.« Trim schlüpfte zurück vor den Kamin.

»Aber Donald, wie kannst du das wissen?«

»Ich bin ihm begegnet, erinnerst du dich?«

»Aber ihr habt doch kaum miteinander gesprochen.« Sie wußte von dieser Begegnung im Laden eigentlich nur noch, wie unangenehm sie ihr gewesen war.

»Ich wußte, daß er kein Mann für dich war und es nie sein konnte.«

Clare starrte ihn an, dachte an Joes gequälten Bericht. »Du hast ihn auf den ersten Blick für schwul gehalten«, sagte sie tonlos.

»Ja. Aber für dich wird es ein Schock gewesen sein, wenn du es gerade erst herausgefunden hast.«

»Aber er ist nicht schwul«, fuhr sie auf.

Donald wartete.

»Er hat es abgestritten«, beharrte sie.

»Und hast du ihm geglaubt?« Die nüchterne Frage zwang sie zur Ehrlichkeit.

»Er glaubt es. Ich denke ... er macht sich etwas vor. Und ich sollte es schließlich wissen, nicht wahr?« fügte sie bitter hinzu.

»Wegen deinem Mann?« Donalds Ton blieb sachlich.

»Oh Gott«, seufzte sie, »es war im Grunde so eindeutig. Er hat nie auf Frauen reagiert, schien sie kaum zu bemerken. Die Mädchen bei diesen Expeditionen in Wales versuchten es mit allen Tricks, aber er war vollkommen immun dagegen.« Sie dachte daran, wie die Frauen im Kasino über die Sache gescherzt hatten. »Es ist so tragisch, Donald. Er denkt immer noch, er sollte eine Beziehung mit einer Frau haben, *sollte*. Er kann seine eigenen Gefühle nicht verstehen, weil sie so untrennbar mit Furcht und Scham verbunden sind.«

»Und du? Es muß ein ... Schlag für dich gewesen sein.« Er wußte offenbar nicht, welches Wort er wählen sollte.

»Es macht mich traurig. Und ich fühle mich schuldig, weil ich es nicht früher erkannt habe und weil ...« Wie sollte sie Donald erklären, daß sie Joe benutzt hatte? »Vor ein paar Jahren brauchte ich ihn, und er hat mir sehr geholfen. Aber die Dinge ... Menschen verändern sich, nehme ich an.« Als sie in Donalds kräftige, gebräunte Züge sah und merkte, wie gut ihr seine klare Aufmerksamkeit tat, fragte sich Clare verwundert, wie sie Joe auch nur einen Moment lang hatte attraktiv finden können.

»Kannten er und dein Mann sich?«

Wie hatte er das nun wieder erraten? »Oh ja«, antwortete sie grimmig. »Sie kannten sich. Martin machte Joe Avancen, Joe wies ihn ab – und bezahlte einen hohen Preis dafür. Man kann wohl sagen, daß Martin uns beide manipuliert hat.«

»Erzähl es mir.«

Wie fremdartig und fern die traurige Geschichte in diesem friedlichen Raum wirkte. Donald saß zurückgelehnt in Murdos Sessel und hörte zu, ohne sie zu unterbrechen.

»Du mußtest ihn wiedersehen«, sagte er entschieden, als Clare geendet hatte. »Jetzt bist du frei von dieser Schuld.«

»Keine Bindungen mehr an die Vergangenheit«, stimmte sie leise ironisch zu, aber sie mußte nun mit einer neuen Schuld fertig werden. Sie hatte Joe aus eigennützigen Motiven ermutigt und ihn dabei sehr verletzt.

»Findest du das schlimm?«

»Nein, ich bin froh. Es mußte wohl so kommen. Damals, als Magda ging, war es anders. Damals hatte ich das Gefühl, nirgendwo mehr hinzugehören, ich hatte keine Ziele, keine Pläne. Jetzt dagegen ...« Sie unterbrach sich, ihre Gedanken wanderten.

»Jetzt dagegen?« hakte Donald nach.

Es erschien ihr vermessen zu behaupten, sie habe hier Wurzeln geschlagen. »Na ja, ich denke, es liegt daran, daß ich so viel zu tun habe«, umschrieb sie es. »Die Alte Spinnerei – ich muß Trudy Ende des Monats bei der Inventur helfen, dann habe ich große Pläne mit Fergus, und ich glaube, Lilias braucht dieser Tage auch häufiger Gesellschaft.«

»Du bist wirklich ziemlich beschäftigt«, nickte Donald.

»Zur Zeit jedenfalls«, sagte sie verlegen. Ihre Aktivitäten klangen so trivial und sagten wenig darüber aus, wie verbunden sie sich dem Tal und seinen Bewohnern inzwischen fühlte.

»Ja, zur Zeit.« Donald sah auf die Uhr. »Ich breche besser auf, bevor es dunkel wird. Nein, du brauchst nicht mit rauszukommen, es ist zu kalt.«

Er hatte es auf einmal eilig, offenbar zufrieden damit, daß Clare ihr Gleichgewicht wiedergefunden hatte. Trotz seiner Proteste ging sie mit hinunter zum Anleger, wollte jeden Moment mit ihm festhalten, wollte, daß alles zwischen ihnen sein sollte wie früher. Aber das war offenbar unmöglich, und sie wußte, daß ihr die Zeit davonlief.

KAPITEL 27

Joe verschwand so schnell aus Clares Gedanken, daß sie ein schlechtes Gewissen bekam. Sie schrieb ihm, um ihm zu versichern, daß ihr immer noch viel an seiner Freundschaft lag, aber weil sie wußte, daß ihn allzu offene Worte über das Geschehene verschrecken würden, war es schwer, überhaupt Worte zu finden. Seine Antwort kam einige Tage später, eine Grußkarte in Form einer bonbonfarbenen Rose mit dem Vers:

Weil du so freundlich warst zu mir
in allen unsren Tagen
soll diese kleine Rose dir
ein herzlich' Danke sagen.

Darunter stand nur: »Alles Liebe, Joe«.

Einen Moment lang fühlte sie sich von dieser unpersönlichen Botschaft gekränkt, doch dann siegte ihr Humor. Sie und Joe? Niemals. Sie mußte verrückt gewesen sein.

Bald nahmen andere Dinge sie in Anspruch. Lilias und Gerald mußten nach Inverness gefahren werden, wo sie Oliver vom Zug abholen wollten. Noch vor kurzer Zeit wären sie ohne zu zögern selbst gefahren, aber inzwischen hatten sie das Autofahren praktisch ganz aufgegeben – zur allgemeinen Erleichterung der Talbewohner. Stephen kam ebenfalls und brachte Libby mit, und Clare fand sich unversehens in alle Pläne für das Wochenende miteinbezogen.

Danach wirkte Lilias zerbrechlicher denn je. Clare vermutete, daß Stephen sich über seine Eheprobleme ausgeschwiegen hatte, was Lilias sicher sehr zu schaffen machte, auch wenn sie seine Zurückhaltung respektierte. Sie war sehr viel weniger streitlustig und energiegeladen in diesen Tagen, nahm angebotene Hilfe dankbar an und setzte sich sogar ab und zu mal hin und tat gar nichts. Gerald dagegen war fast zwanghaft geschwätzig, er brauchte die gewohnten Kabbeleien, um sich ein Stück Normalität zu bewahren, und folgte Lilias überall hin wie ein anhängliches Kind.

»Wenn er so weitermacht, werde ich nach ihm schlagen«, vertraute Lilias Clare an, obwohl sie kaum aussah, als sei sie dazu in der Lage.

»Halt dich noch ein bißchen zurück, wenn du kannst«, bat Clare. »Ich habe da vielleicht eine Idee.«

Es gab keinen Grund, weshalb sie nicht auch Gerald in ihren Plan für Fergus miteinbeziehen und nebenbei Lilias etwas Ruhe verschaffen sollte. In der Woche darauf fuhr Clare an einem stürmischen, aber sonnigen Tag mit ihr durch die prächtige Herbstlandschaft nach Inverness und kaufte einen Computer, den idiotensichersten, den sie auftreiben konnte.

»Ihr habt doch Stromanschluß, oder?« fragte sie Catriona, nachdem sie ihn am nächsten Morgen in Lilias' Auto nach Glen Righ House gebracht hatte.

»Das weißt du genau.« Allerdings lieferten die alten Steckdosen nur fünfzehn Ampère.

Watty Duff, ganz in seinem Element, lief los und besorgte einen Adapter von den MacGillivrays. Dann blieb er, um zusammen mit einer aufgeregten Catriona und einem verwirrten, aber interessierten Fergus zuzusehen, wie Großtante Sofias dreiseitige Schilderung einer Ballgarderobe auf dem Bildschirm erschien. Fergus war nach einer Weile völlig fasziniert, beugte sich über Clares Schulter und beobachtete gebannt, wie sich der Text wie magisch vor seinen Augen ausbreitete.

»Bemerkenswert, wirklich bemerkenswert«, murmelte er mit seiner sanften Stimme, die so selten zu hören war, worauf er einen Stuhl herbeizog, ohne den Blick vom Monitor zu lösen. Als Clare die erste Seite ausgedruckt hatte, ging er damit begeistert von Fenster zu Fenster, um sie genau in Augenschein zu nehmen.

»Das ist wirklich lieb von dir, Clare«, sagte Catriona, als Watty Duff gegangen war, um sich den Anschein zu geben, er wüde arbeiten, und sie gemeinsam ein einfaches Mittagessen improvisierten. »Und natürlich werden wir den Computer bezahlen. Wenn du mir die Rechnung gibst, werde ich sie dem Verwalter schicken. Ich weiß nur nicht, wie lange es dauern wird, bis das Geld eintrifft.«

»Nein«, widersprach Clare entschieden. »Das Gerät gehört mir, ich leihe es euch nur.«

»Aber du kannst es im Cottage doch gar nicht benutzen.«

»Genau deshalb bin ich ja froh, es hierlassen und hier benutzen zu können. Keine weitere Diskussion.«

»Das war eine großartige Idee. Großvater ist vollauf begeistert. Aber könnte er nicht etwas Schlimmes damit anstellen?« fragte Catriona besorgt.

»Ich habe genug Seiten ausgedruckt, um ihn für eine Weile zufriedenzustellen. Wenn ich gehe, mache ich eine Diskettenkopie, die ich mitnehme und im Cottage aufbewahre.«

»Aber was ist mit dem Computer selbst? Stell dir vor, er sieht ihn eines Tages und weiß nicht mehr, was das ist?«

»Das müssen wir eben riskieren. Solange er ausgeschaltet ist, bringt er ihn vielleicht nicht mit Tante Sofia in Verbindung und betrachtet ihn nicht als feindliches Element. Aber hör mal, ich wollte dich um einen Gefallen bitten, einen Gefallen für Lilias eigentlich.«

»Lilias? Wie könnte ich Lilias helfen?« fragte Catriona zweifelnd und ängstlich zugleich und vergaß das Brot, das sie auf einem Drahtrost über dem Herd röstete. Schwarzkarierter Toast sollte für Clare untrennbar mit den spartanischen Mahlzeiten in Glen Righ House verbunden bleiben.

»Würdest du Gerald erlauben, hin und wieder herzukommen und seine Regimentsgeschichte auf dem Computer zu tippen? Wenn er und Fergus sich gut verstehen, könntest du die beiden vielleicht sogar manchmal miteinander allein lassen.«

Clare konnte an Catrionas Mienenspiel ablesen, wie sie nach Einwänden und Ausreden suchte und einige Sekunden lang schwankte. Dann schlang sie ganz unerwartet ihre Arme um Clares Hals, fest und hingebungsvoll wie ein Kind. Clare überlegte bedrückt, wie lange es wohl her war, seit sie jemanden auf diese Weise umarmt hatte.

Gerald schluckte den Köder sofort. Er sah sich nicht nur in der Rolle des Retters, des einzigen, den der Gutsherr im Haus akzeptieren würde, sondern auch als modernen Menschen, der, im Gegensatz zu dem armen, alten Fergus (in Wahrheit nur fünf Jahre älter als er selbst) souverän mit der neuen Technologie umgehen konnte. Clare fragte sich, worauf sie sich da eingelassen hatte, als sie beobachtete, wie er mit seinen Wurstfingern über den Bildschirm wischte, großzügig ganze Textseiten unterstrich und dabei mit militärischem Nachdruck schimpfte und fluchte. Aber er war selig beim Überarbeiten und Ergänzen der altbekannten Anekdoten, was, wie Stephen dankbar bemerkte, die Fertigstellung des Werkes auf unabsehbare Zeit hinauszögern würde.

Glücklicherweise kam Fergus nie auf die Idee, selbst einmal mit dem Computer zu experimentieren. Wenn Clare daran arbeitete, konnte er stundenlang zufrieden neben ihr sitzen und dabei alles andere vergessen. Er stellte Geralds Anwesenheit nie in Frage, und die beiden verstanden sich prächtig. Sie monologisierten abwechselnd vor sich hin, verstiegen sich jedoch nicht zu solchen Überflüssigkeiten wie einander zuzuhören. Nachschub an Disketten und Papier mußte bald herbeigeschafft werden.

»Ein wahrer Geniestreich«, sagte Lilias, als Clare sie nach Fort William zum Einkaufen fuhr. »Mit Gerald den ganzen Tag im Haus eingesperrt zu sein, ist absolut unerträglich. Wegen seines Rückens kann ich ihn nicht in den Garten zum Umgraben schicken, und ich kann nicht mit den Hunden ins Moor fliehen, weil meine dummen Knie nicht mehr mitmachen. Werde niemals alt, Clare, es ist nicht zu empfehlen.«

»Na, wir wollen hoffen, daß keiner von beiden allzu bald das Interesse an dem neuen Spielzeug verliert. Du solltest sie mal hören, wenn sie zusammen ›arbeiten‹: Fergus erzählt von irgendeinem Vorfahr namens Finlay the Fair, der seine Tochter mit Wolfshunden jagen ließ, als sie mit einem Pferdeburschen durchbrannte, und Gerald revanchiert sich mit einem Bericht darüber, was es 1934 kostete, Tafelsilber für das Offizierskasino anzuschaffen.«

Lilias lachte. »Ich bete, daß ich nie eines dieser beiden Werke lesen muß.«

Auf dem Rückweg vertraute sie Clare an, daß Stephen einen niederschmetternden Brief von Lucy erhalten hatte, in dem sie mit qualvoller Genauigkeit alles auflistete, was aus ihrer Sicht in ihrer Ehe falsch gelaufen war.

»Der Brief ist unnötig grausam. Wenn sie Stephen so gut kennt und seinen Charakter so treffend analysieren kann, muß sie doch auch wissen, was sie ihm mit einer solchen Abrechnung antut.«

Lilias betrachtete den Brief als unverzeihlich selbstsüchtige Tat. Doch so, wie Clare Lucy einschätzte, hatte sie ihn mit den besten und ehrlichsten Absichten geschrieben und sich dabei selbst mindestens genauso gequält.

»Hat sie verlauten lassen, wo sie sich aufhält?«

»Sie hat sich irgendeiner Künstlergruppe in Norfolk angeschlossen. Nennt man so etwas immer noch Kommune? Ich bin da nicht mehr auf dem laufenden. Aber soweit ich es verstanden habe, ziehen sie durchs Land und preisen Musik, Dichtung und bildende Kunst als Weg an, wieder in Harmonie mit sich und seiner Umwelt zu leben. Ich kann dazu nur sagen, daß zu Lucys Umwelt zwei kleine Kinder gehören ...« Sie konnte nicht weitersprechen, und Clare streichelte ihre zitternden Hände, die eine abgetragene Krokodilledertasche umklammerten.

In der Ehe mußte es schon länger gekriselt haben, Stephen war jedoch durch ihr Scheitern völlig am Boden zerstört. Was hielt Menschen zusammen, wenn die anfänglichen Gefühle sich verändert hatten oder nicht mehr existierten? Diese Frage beschäftigte Clare häufiger in den Tagen nach diesem Gespräch. Warum war sie bei Martin geblieben? Ihre Gedanken wanderten unvermeidlich zu Donald. Ishbel mochte nicht seine große Liebe gewesen sein, aber er hatte sie aus freien Stücken geheiratet, über fünfundzwanzig Jahre lang mit ihr zusammengelebt und ein Kind mit ihr großgezogen. Er würde ihren Tod betrauern und sein altes Leben, wenn sie gestorben war, hinter sich lassen.

Clare ermahnte sich, dies nicht zu vergessen, wenn Donald zum Cottage kam, was jetzt wieder häufiger geschah. Er brachte einen Windschutz mit, den er zwischen Haus und Schuppen befestigte, sägte Holz, das Clare schon zusammengetragen hatte, und schleppte noch mehr herabgefallene Äste vom Hügel herunter. Er verlegte ein paar riesige Steinplatten für die kleine Terrasse hinter der Küche und half sogar beim Streichen der neuen Türen und des Fensterrahmens, obwohl er diese Arbeit am wenigsten mochte, wie Clare wußte.

Ihren Dank tat er mit einer Handbewegung ab. »Ich bin heilfroh, aus dem Haus zu kommen, um die Wahrheit zu sagen«, bekannte er. »Ishbels Schwestern treiben mich langsam zum Wahnsinn. Ich bin zwar dankbar für ihre Hilfe, aber manchmal wird es einfach zuviel. Sie sind ständig um uns herum, das war schon immer so. Ich könnte die Sonntage, die wir allein waren, seit wir verheiratet sind, an zwei Händen abzählen.«

Fiona und ihr Mann tauchten an einem Wochenende auf, und es kam zu einem großen Krach, über den Donald sich bei Clare aussprach, froh, mit einer neutralen Person reden zu können. »Dieser verdammte Lackaffe von Schwiegersohn denkt, sie sollten Rhumore bekommen, wenn ich nicht dort bleibe. Er will auf meinem Land Time-share-Ferienhäuser bauen.«

»Ferienhäuser! Auf Rhumore!«

»Und einen Campingplatz unten in Righ Bay. Die Überbleibsel der alten Siedlung wollen sie dazu verwenden, die Straße auszubessern. Sie haben alles schon ganz genau geplant. Na ja, ich schätze, wenn sie es nicht tun, wird irgendein anderer Mistkerl auf die Idee kommen. Ist ja zur Zeit große Mode überall.«

Ein paar Tage später sah Clare von einem Hügel auf das betreffende Grundstück herunter, und der Gedanke an die Verschandelung der Landschaft und andere mögliche Veränderungen ließ sie erschauern. Doch sie schob ihn schnell wieder beiseite, entschlossen, sich nicht den wunderbaren Tag verderben zu lassen. Donald hatte angeboten, sie mit auf die Pirsch zu nehmen – oder hatte vielmehr darauf bestanden, daß sie mitkam. Er hatte ihren Zwist über den sogenannten blutigen Sport nicht vergessen und wollte, daß sie sich wenigstens die Pirschjagd einmal aus der Nähe ansah, wenn sie schon das Moorhühnerschießen verpaßt hatte.

Clare hatte zuerst die üblichen Vorurteile ins Feld führen und ablehnen wollen, doch dann war ihr Annabel eingefallen. Außerdem – wollte sie etwa auf einen ganzen Tag mit Donald verzichten? War sie verrückt? Eilig hatte sie das Angebot angenommen und zugestimmt, daß sie bei der Erfahrung nur lernen könne.

Als sie früh morgens aufbrachen, fiel ihr plötzlich ein, daß Dougie Stewart sicher mitkommen würde, und sie versuchte gerade, sich ihre Enttäuschung nicht anmerken zu lassen, als Donald an ›The Birks‹ vorbeifuhr, ohne anzuhalten.

Mit Donald über die Hügel zu streifen war etwas ganz anderes als die Wanderungen mit Joe. Kein Gehetze auf die höchsten Gipfel, kein ständiges Kalkulieren von Höhenmetern und Entfernungen. Sie fühlte sich als Teil der Natur, während sie mit Donalds gleichmäßigem, weit ausholendem Gang Schritt hielt und von ihm lernte, all ihre Sinne zu gebrauchen.

»Ein Sperber«, sagte er zum Beispiel und mußte ihr den Vogel zeigen, der über einer dunklen Schonung kreiste. »Moorhuhn.« Als sie darauf in den silbrigen Himmel blinzelte, stieß er sie grinsend an und deutete auf die Ausscheidungen zu ihren Füßen. Er zeigte ihr die Spuren von Rehen und die Stellen, wo sie getrunken hatten, wo sie durch ein Gatter gewechselt waren, wo ein Fuchs seine Mahlzeit abgehalten hatte. »Man kann ihn immer noch riechen«, behauptete er.

»Ich rieche nichts.«

»Stell dich hierhin. Mach die Augen zu.« Clares Nase nahm den herben Geruch sofort auf, und zugleich wurde ihr eine Vielzahl von Geräuschen bewußt, die sie zuvor nicht gehört hatte.

Sie gingen, schauten, lauschten und schnupperten, sie krochen unter Zäunen hindurch und lagen flach auf dem morastigen Boden, wenn der Wind sich wieder einmal drehte. Dann vertrieb Donald ihr die Zeit, indem er sie auf das halbe Dutzend verschiedener Moose aufmerksam machte, das direkt vor ihrer Nase wuchs. Sie hatte nicht gewußt, daß man sich in der Gesellschaft eines anderen Menschen so wohlfühlen konnte, daß es möglich war, eine derart tiefe Zufriedenheit zu empfinden und ohne Vorbehalte im Augenblick zu leben.

Sie sahen häufig Wild – wenn Clare es auch meist gezeigt bekommen mußte – und stießen nach langem Anschleichen auf einen Hirsch, der sich in aller Ruhe in einem kleinen Talkessel sonnte, während seine Kühe in der Nähe ästen. Sie beobachteten ihn lange, sahen, wie er sich genüßlich hinterm Ohr kratzte, seine dunklen Lippen zurückzog und gähnte, seinen Hals reckte und eine halbherzige Herausforderung an einen Hirsch auf der anderen Talseite herausröhrte, die dann zu einem verdrießlichen Grummeln verklang.

Als Donald das Gewehr in Anschlag brachte und zielte, zog sich Clares Magen zusammen. Dieses herrliche Geschöpf töten, das sie praktisch in seinem eigenen Wohnzimmer überrascht hatten? Dann dachte sie an Donalds Vortrag über die zwingenden wirtschaftlichen Gründe für die Jagd. Zuviel Wild bedeutete weniger Nahrung für die

Schafe. Und Jagd und Schafe bedeuteten Arbeit und Brot für die Jungs – nein, nicht für die Jungs, sondern für Menschen, die sie kannte: Dougie und seine Familie, die MacGillivrays, Calum und Peggy Macdonald und nicht zuletzt Fergus und Catriona. Ich esse Fleisch und trage Ledersachen, sagte sich Clare. Ich habe noch nie in meinem Leben etwas unternommen, um ein Tier zu retten. Sie wappnete sich für den Schuß.

Dann fühlte sie Donalds Hand an ihrem Arm; er bedeutete ihr, sich zurückzuziehen. Folgsam kroch sie rückwärts den Hang hinunter und sah zu ihrer Überraschung, daß Donald ihr mit gesichertem Gewehr folgte. Sie zog fragend die Augenbrauen hoch, als sie sich außer Sichtweite der Hirsche aufrichteten.

»Du hast ja gar nicht geschrien oder mit den Armen gefuchtelt«, flachste er, sah ihr dabei aber mit diesem beunruhigend forschenden Blick ins Gesicht.

»Nun, einige deiner Argumente für das Töten der armen Tiere erschienen mir nicht ganz unvernünftig«, räumte sie mit gespieltem Widerstreben ein.

»Tatsächlich?«

»Warum hast du nicht auf den Hirsch geschossen?«

»Wäre doch schade, dem alten Jungen den Nachmittag zu verderben.«

»Warum haben wir uns dann an ihn herangepirscht?«

»Och, ich dachte, das würde deine Vorstellungen ein wenig korrigieren.«

»Du meinst, du hast nie vorgehabt, ihn zu schießen?«

»Ich bitte dich«, erwiderte er vorwurfsvoll. »Traust du mir so etwas zu? Wo die Abschußzeit für Rotwild doch vorbei ist.«

»Soll das heißen, wir sind all diese Meilen durch Moore und Wälder gekrochen und haben halb erfroren im Schlamm gelegen, ohne daß du jemals ...«

Aber Donald stieg schon zufrieden grinsend den Hügel hinunter und gab ein derartiges Tempo vor, daß ihr keine Luft mehr blieb, um ihn weiter zur Rede zu stellen.

KAPITEL 28

»Können wir diese ganzen Kräuter nicht in einen Topf werfen?«

»Sie haben unterschiedliche Preise.«

»Also, ich werde sie nicht alle abwiegen, sondern einfach schätzen.«

Mehlbestäubt und ausgesprochen würzig riechend steckten Trudy und Clare mitten in der Inventur. Ben war in Glasgow, um Ton zu kaufen.

»Mein Gott, was ist das für ein Kram hier unter der Theke? Verkaufen wir dieses eklige Zeug wirklich an Kunden?« fragte Trudy, leckte ihren Finger ab und zog eine angewiderte Grimasse.

»Wirf es weg.«

»Gute Idee.«

»Wie ist denn dieses Restaurant, wo wir zum Abendessen hingehen?«

»Geschlossen, wahrscheinlich. Du weißt doch, wie das hier oben läuft, wenn die Touristensaison vorbei ist.«

»Schade, daß das Ardlonach nicht mehr auf hat. Lilias meint, Una Urquhart sei eine geniale Köchin.«

»Una! Gut, daß du mich erinnerst«, rief Trudy und schlug sich mit der Hand vor den Kopf, wobei eine grünliche Substanz auf ihre Haare rieselte. »Ich soll dir was von ihr ausrichten. Sie läßt fragen, ob du ihr vielleicht helfen könntest.«

»Wobei?« fragte Clare und richtete sich von einem Sack

Weizenmehl auf, dessen verbleibendes Gewicht sie zu erraten versucht hatte.

»Irgendwas mit einem Tabellenkalkulationsprogramm. Ich habe ihr von deinem Computer erzählt, und sie sagte, sie hätten auch gerade einen neuen für das Hotel angeschafft, der ihnen bisher allerdings nur auf der Nase herumtanzt. Jedenfalls sollst du sie mal anrufen.«

»Das werde ich.«

Clare war fröhlich und ausgelassen wie schon lange nicht mehr, als sie und Trudy nach einem ausgiebigen Bad (ohne Kräuterzusätze) und langem Kleiderprobieren in dem nach Fisch riechenden Lieferwagen losfuhren. Sie trug jetzt einen Wickelrock, der zweimal um ihre Taille paßte und sich beim Gehen vor allem um ihre Beine wickelte, sowie ihre fast vergessenen ›schicken‹ Stiefel, die sie aus den modrigen Tiefen ihres Schlafzimmerschranks im Cottage ausgegraben hatte. Trudy hatte einen bunten Kaftan an und ähnelte einem gut gebauten Stammeshäuptling. Das Beste daran war, daß es ihnen vollkommen schnuppe war, wie sie aussahen.

Der Abend begann nicht sehr vielversprechend, als sie sich in dem beleuchteten Achtel eines leeren Hotelspeisesaals niederließen. Nur vor den beiden nächstgelegenen Fenstern waren die Vorhänge zugezogen, zu den restlichen starrte die schwarze Highland-Nacht herein. Das lauteste Geräusch war das Krachen von hart gerösteten Brotscheiben zwischen ihren Zähnen.

»Sie wollen nur das alte Brot am Ende der Saison verbrauchen«, zischte Trudy. Aber sie waren viel zu glücklich und erleichtert über die abgeschlossene Inventur, um sich die Laune verderben zu lassen. Das Essen war besser als gedacht, und sie fuhren in Hochstimmung nach Hause. Trudy lenkte den Lieferwagen, als säße sie am Steuer eines Sportflitzers.

In der Alten Spinnerei machten sie es sich auf der Ansammlung von Latten und Lederpolstern gemütlich, die Trudy als Sofa bezeichnete, öffneten die Klappe des Holzbrennofens, tranken Schlehenlikör im flackernden Licht des Feuers und redeten.

Sie sprachen über Joe, und sie sprachen über Ben, aber Clare sagte kein Wort über Donald.

»Macht es dir viel aus, daß Joe gegangen ist?« fragte Trudy mit der neutralen Stimme, die unaufdringliches Interesse signalisierte.

»Nein, gar nicht. Ehrlich gesagt bin ich eher erleichtert«, gestand Clare und versuchte, sich auf dem Sofa etwas mehr aufzurichten, rutschte aber sofort wieder in eine halb liegende Position, weil das Leder so glatt war.

»Was ist passiert?«

Clare drehte ihren Kopf auf dem dicken Polster, um Trudy ins Gesicht zu sehen, wachsam geworden durch den beiläufigen Ton der Frage.

»Was hast du von ihm gehalten – mal ganz ehrlich?« fragte sie zurück.

»Hm. Bißchen ungreifbar.«

Treffend, komisch, aber auch schmerzlich. »Du dachtest, er sei schwul?«

»Es klingt vielleicht albern, aber ich habe ihn mal dabei beobachtet, wie er im Lagerraum ein Regal abwischte. Es hat ihm richtig Spaß gemacht, irgendwie zu sehr, fand ich.«

Clare mußte an Martin denken, seine Pingeligkeit in bezug auf sein Äußeres. Plötzlich fiel es ihr leicht, über ihre Vergangenheit zu sprechen, Erinnerungen auszugraben, die ihr nicht mehr weh tun konnten, wie sie feststellte, und ehrlich über Fehler zu sprechen, die sie viel zu lange vor sich selbst gerechtfertigt hatte. Für einen Augenblick, ermutigt durch den wärmenden Schlehenlikör und die entspannte, offene Stimmung, dachte sie sogar daran, der warmherzigen, bodenständigen Trudy von ihren Gefühlen für Donald zu erzählen. Doch dann erschien ihr das doch zu intim, zu aufwühlend, und außerdem verdiente Donald ihre Diskretion.

Mit einem langen Seufzer sagte Trudy in ihre Gedanken hinein: »Das tut gut, nicht wahr? Bevor du aufgetaucht bist, hatte ich niemanden, mit dem ich reden konnte. Komisch, wie man sofort weiß, daß man sich mit jemandem anfreunden wird. Ist dir klar, was es für mich bedeutet, dich hier zu haben?«

»Du bist mir auch sehr wichtig«, versicherte ihr Clare.

»Nein, ich meine es macht wirklich einen Unterschied«, beharrte Trudy, machte einen Hüpfer auf dem Sofa, so daß Clare beinahe herunterfiel, und warf mit einer ungeduldigen Geste ihre langen Haare zurück.

»Wovon sprichst du?«

»Du weißt, daß Ben und ich uns im Sommer fast getrennt hätten?«

Jetzt war Clare an der Reihe aufzufahren, wobei sie wünschte, sie hätte nicht soviel gegessen. »Gar nichts weiß ich, ich hatte keine Ahnung.«

»Dir muß doch etwas aufgefallen sein?«

»Nur, daß ihr beide ... ziemlich unabhängig voneinander zu sein schient.«

Trudy schnaubte. »Wir hatten uns die meiste Zeit über in den Haaren.«

»Weißt du, ich sehe Ben ja kaum«, gab Clare zu bedenken.

»Eben, er ist ja auch verdammt nochmal nie da. All dieses Gerede von einem neuen, gemeinsamen Projekt, der Suche nach unserer persönlichen Freiheit. Er wollte bloß nicht mehr Lehrer sein. Inzwischen denke ich, er hätte genauso gut in Watford bleiben können. Jeder Ort wäre

Ben recht, solange er von morgens bis abends sein eigenes Ding durchziehen kann und jemand ihm die lästigen, kleinen Alltagsaufgaben abnimmt. Im Grunde lief es schon schief zwischen uns, bevor wir nach Schottland zogen. Das war einer der Gründe, weshalb wir nochmal von vorn anfangen wollten.«

»Aber ist es denn jetzt nicht besser?«

»Nicht wirklich. Er grummelt ständig, daß er hier vom Kulturgeschehen, von seinen kreativen Wurzeln abgeschnitten sei und all so 'n Quatsch. Was er meint, ist, daß ihm im Pub niemand zuhört. Ich habe es einfach satt, seine dreckigen Socken aufzusammeln und alle Arbeiten zu verrichten, die er für niedrig und langweilig hält. Da lebe ich lieber allein.«

»Meinst du das ernst?«

»Ja. Ich habe die Nase voll von ihm. Im Bett ist er auch ein Langweiler – das heißt, es spielt sich sowieso nichts mehr ab. Er gibt sich keinerlei Mühe, sich hier zu integrieren, und würde lieber heute als morgen weggehen, wenn er irgendwo genauso gute Arbeitsbedingungen vorfinden könnte. Aber mir gefällt es hier – auch wenn ich noch nicht viel von der Gegend gesehen habe vor lauter Arbeit. Ich mag die Leute, ihre Anschauungen, den Lebensrhythmus. Ich will nicht wieder wegziehen.«

»Könntest du die Spinnerei halten, falls Ben wegginge?«

»Keine Chance, aber für mich allein wäre sie sowieso zu groß. Ich werde es zwar erst genau wissen, wenn ich den Steuerbescheid habe, aber ich *glaube*, der Laden wirft genug ab, daß ich davon leben könnte. Allein versteht sich.«

»Das glaube ich auch, bestimmt. Der Umsatz wächst stetig, du hast eine echte Marktlücke gefunden.«

»Ich habe mich sogar schon ein bißchen umgesehen. Unten am Hafen gibt es ein Objekt, auf das ich ein Auge geworfen habe. Kennst du diese alten Reihencottages am Pier, die gerade restauriert werden?«

»Oh ja, mir ist aufgefallen, daß sich da etwas tut. Diese Häuschen sind richtige Schmuckstücke. Ich habe mich schon öfter gefragt, warum sie sich noch niemand unter den Nagel gerissen hat. Und die Lage wäre ideal für den Laden, viel näher am Stadtzentrum. Aber würde es dir nicht schwerfallen, die Spinnerei aufzugeben? Ihr habt sie so schön hergerichtet.«

Trudy ließ ihren Blick über die dunklen Ecken des riesigen Raums schweifen und zuckte die Achseln. »Es steckt zuviel von Ben darin. Mir gefällt der Gedanke, mir etwas eigenes zu schaffen, für mich selbst zu arbeiten und mir nicht ständig von jemandem Knüppel zwischen die Beine werfen zu lassen. Mich nicht mehr den ganzen Tag in meinem Kopf mit Ben zu streiten – Gott, ich habe die Streitereien so satt! Aber du wirst doch hierbleiben, nicht wahr? Ohne dich würde ich es mir nicht zutrauen. Ich meine, ich brauche dich nicht unbedingt, um die ollen Linsen und Bohnen zu verkaufen, aber das Gefühl, daß du da bist, wäre mir sehr wichtig.«

Clare konnte sich ein Leben im Cottage ohne Donald in der Nähe nicht vorstellen. Sie fürchtete, sie würde es so deprimierend finden, daß sie am Ende doch nicht bleiben könnte. Andererseits gab es inzwischen noch andere Bindungen, die sie hielten. Vielleicht konnte sie ein Cottage in Luig finden, Trudy bei ihrem neuen Projekt unterstützen und sich später nach einer eigenen Beschäftigung umsehen. Dann war da noch Catriona. Clare würde es nicht über sich bringen, sie einfach sich selbst zu überlassen, genauso wenig wie die arme Lilias.

Sie sprachen noch stundenlang weiter, und Clare hatte ausreichend Stoff zum Nachdenken, als der Bus sie am nächsten Morgen über Luig Hill trug. Wie versprochen ging sie gleich nach Tigh Bhan, wo sie Lilias verschlossen und erschöpft und Barbara Bailey noch grimmiger als gewöhnlich vorfand. Letztere hatte zudem ein alarmierend ziegelrotes Gesicht, offenbar weil sie den Vormittag damit zugebracht hatte, aus grünen Tomaten Chutney zu machen. Clare schickte Barbara nach Hause, bettete Lilias auf das Hundesofa in der Küche, versorgte sie mit einem großen Gin Tonic und machte Käsemakkaroni zu Mittag. Gerald hatte Clares verlängerten Aufenthalt in der Alten Spinnerei dazu genutzt, ausgiebig mit dem Computer zu spielen, ein Segen für alle Beteiligten.

»Du wirst dich also mit Una treffen?«

»Sie holt mich am Freitag in Luig mit dem Auto ab. Ich weiß nicht, ob ich ihr viel helfen kann, aber ich werde mir das Problem jedenfalls mal ansehen.«

»Meine Liebe, sei nicht albern, du nimmst natürlich meinen Metro, er steht sowieso nur nutzlos herum. Gerald fährt immer mit dem Peugeot.«

»Das ist sehr nett von dir, Lilias, danke. Warum kommst du eigentlich nicht mit? Una hätte doch bestimmt nichts dagegen, oder?«

»Natürlich nicht. Was für eine gute Idee. Wir rufen sie gleich nach dem Mittagessen an.«

Una war sehr einverstanden mit dem Plan und sprach aus, was Clare an ihrem Ende der Leitung nicht sagen konnte, nämlich daß es Lilias gut tun würde, mal etwas ohne Gerald zu unternehmen. Das Beziehungsgeflecht wird immer enger, dachte Clare, als sie über die Landzunge zurück zum Cottage wanderte.

›The Larach‹ war nicht so ausgekühlt, wie sie erwartet hatte. Bald brannte ein Feuer im Kamin, und der Gasofen glühte, was das Zeug hielt. Als sie hinausging, um mehr Holz zu holen, sah sie, was für sie der schönste Anblick der Welt war: Donalds Boot, das in die Bucht einlief. Er scheint über meinen Zeitplan bestens Bescheid zu wissen, dachte sie belustigt und rannte ihm freudig entgegen. Er trug eine Schachtel unterm Arm, die er von Trim fernzuhalten versuchte. Trim benahm sich äußerst merkwürdig, stellte sich auf die Hinterbeine, um die Schachtel mit der Schnauze anstupsen zu können, und ignorierte ausnahmsweise sogar Donalds Befehle.

Ein Fasan? Wild? Oder war es die Hirschleber, die er ihr versprochen hatte, als sie sagte, sie habe noch nie welche gegessen? Aber seit wann spielte Trim deswegen so verrückt? Donald hielt die Schachtel zur Seite, um die Stufen von der Mole hinaufzusteigen, und Clare spürte ein warmes Glücksgefühl, als er sie anlächelte.

»Habt ihr alle Bohnen gezählt?« fragte er, als sie zum Haus hinaufgingen.

»Hör mir auf mit Bohnen, ich kann keine mehr sehen.«

»Und hinterher habt ihr gefeiert?«

»Sieht man mir das an? Wir haben uns aber vor allem unterhalten.«

»Tatsächlich?«

»Tatsächlich. Was ist in der Schachtel?«

»Platz, Trim, hörst du jetzt wohl!«

Trim tänzelte auf den Hinterpfoten neben ihm durchs Wohnzimmer, taub und völlig aus dem Häuschen. Clare sah, wie sich die Schachtel bewegte, als Donald sie auf dem Tisch abstellte.

»Da ist doch nichts drin, das ich zum Abendessen schlachten muß?« fragte sie besorgt.

»Och, ich glaube nicht, daß er dir schmecken würde«, antwortete Donald und hob ein winziges, stupsnasiges Hündchen heraus. Es hatte dichtes, fuchsrotes Fell und quiekte empört, als Donald es in Clares Hände legte, beruhigte sich jedoch gleich wieder, weil es einen warmen, lebendigen Körper spürte. Clare atmete den milchigen

Hundebabygeruch ein, strich über das seidige, rote Köpfchen, das sich an ihre Brust drängte, und war sprachlos.

»So, jetzt wirst du wohl aufhören zu jammern«, sagte Donald streng zu dem Hündchen, knickte die Ränder der Schachtel ein und stellte sie vor den Kamin. »Das wird es erstmal tun, bis wir etwas Besseres für ihn finden. Was hältst du davon, Trim?«

Trim zuckte bloß mit einem Ohr und streckte sich immer noch nach dem Kleinen.

»Aber es ist doch nicht ihres, oder?«

»Von ihrer Schwester. Eine gute Arbeitshündin, wenn ich auch nichts über ihr Privatleben sagen will, nach dem, was sie da geworfen hat.«

»Hör mal, ich will gar keinen Hund.«

»Dann gib ihn mir zurück, wenn ich gehe.«

»Ich weiß überhaupt nicht, womit ich ihn füttern soll. Ich habe nichts da für einen kleinen Hund. Und wo soll er bleiben, wenn ich weggehe ...«

Donald machte sich nicht die Mühe zu antworten und baute am vernachlässigten Kaminfeuer weiter, da es auszugehen drohte. »Ich setze den Kessel besser auf den Gasofen. Das hier dauert noch eine Weile.«

»Donald ...«

»Wie willst du ihn nennen?«

Das Hündchen hakte seine kleinen Pfoten in Clares Pullover, sein Fell fühlte sich daunenweich an.

»Der Name müßte etwas mit Rot zu tun haben bei diesem Fell«, antwortete sie unverbindlich.

Donald sagte nichts.

»Wie wär's mit Rufus?«

»Rufus! Was ist das für ein Name für einen ehrlichen Colliemischling?«

»Wie lautet die gälische Version davon?«

»Ruaridh.«

»Rory. Das ginge auch.«

»Na ja, wenn du deine Zunge an die Aussprache gewöhnen kannst.«

Clare hätte nie gedacht, daß ein kleiner Hund ihr soviel Freude machen könnte. Er brachte Leben ins Cottage, war das i-Tüpfelchen, das dem Haus noch gefehlt hatte. Aber vor allem war Rory ein Geschenk von Donald, ein kleiner, aber wertvoller Ersatz für das, was sie nicht haben konnte.

KAPITEL 29

Ein paar Tage später starb Ishbel, und Donald verschwand. Hatte er gewußt, daß Veränderungen bevorstanden, als er Rory brachte? fragte sich Clare oft in diesen dunklen Novembertagen, in denen ein Sturm nach dem anderen über die Küste hereinbrach und die Wellen des Sees vor sich herjagte, so daß die wirbelnde Gischt die Mole unter sich begrub und die Fenster mit Salz überkrustete. Das Haus trocken und warm zu halten wurde zu einem täglichen überlebenswichtigen Kampf. Mehrmals am Tag schickte sie einen stillen Dank an Donald, weil er dafür gesorgt hatte, daß das neue Fenster noch rechtzeitig eingesetzt wurde. Die an die Ostseite des Hauses verlegte Eingangstür stellte eine ungeheure Verbesserung dar, vor allem, weil sie Rory stubenrein machen und mehrmals am Tag mit ihm hinausgehen mußte. Oft wenn sie zur Vorderseite des Hauses wollte, wurde sie von den Sturmböen zurückgetrieben und beinahe umgeworfen. Mit dem Arm voller Späne, Kohle und Holzscheite um diese Ecke zu biegen wäre wahrscheinlich ein Ding der Unmöglichkeit gewesen.

Auch so war der Weg zum Schuppen schon abenteuerlich genug, und wenn sie atemlos zurück ins Haus taumelte und schwach kichernd die Tür hinter sich zuschlug, dachte sie daran, daß sie die ursprüngliche Tür bei diesem wütenden Toben niemals zubekommen hätte.

Die ins Haus dringende Feuchtigkeit machte ihr keine Sorgen mehr. Sie wußte, sobald der Regen aufhörte, würde sie sich auf einen Grad einpendeln, mit dem sie leben konnte. Die Schimmelflecken tauchten wieder an den Küchenwänden auf, sie entdeckte Moder an unerwarteten Dingen, wie zum Beispiel an Holzlöffeln, dem Abtropfbrett und dem Nudelholz, und das Gasfeuerzeug, das sie gekauft hatte, um sich gegen feuchte Streichhölzer abzusichern, rostete und zündete nicht mehr, aber im allgemeinen zahlte es sich aus, daß sie sich die Mühe gemacht hatte, die Erde von den Außenmauern zu entfernen. Auf dem Küchenfußboden zeigten sich keine sichtbaren Pfützen – sie wagte es nicht, den Teppichrest, den Donald hineingelegt hatte, anzuheben und darunter nachzusehen –, und in den Zimmern hing nicht mehr diese feuchtkalte Luft, die sie anfangs zur Verzweiflung getrieben hatte. Das Feuer war jetzt ihr Freund, und sie beherrschte längst die Kunst, es neun bis zehn Stunden hintereinander am Brennen zu halten. Sie hatte riesige Vorräte an trockenen Spänen und Holz zur Hand, und da die undichte Vordertür nun beseitigt war, trieb auch der Rauch an stürmischen Tagen nicht mehr im Zimmer herum.

Clare quälte sich mit der Frage, ob sie zu Ishbels Beerdigung gehen sollte oder nicht. Sie hatten sich nie kennengelernt, aber sie wußte, daß die Teilnahme an Beerdigungen in diesem Landstrich ein wichtiger Teil des Gemeinschaftsleben war. Andererseits war sie keine Einheimische, stammte noch nicht einmal aus den Highlands. Sie würde sich als Eindringling fühlen, wenn sie ginge – aber würde Donald das verstehen? Würde es ihm überhaupt auffallen, wenn sie nicht kam? Sie hatte mit diesem Teil seines Lebens nie etwas zu tun gehabt, und er würde seine Existenz auf Rhumore möglicherweise sowieso bald hinter sich lassen. Wann würde er gehen? Sie hatte keine Ahnung von Quartalstagen oder wann die rechte Zeit war, eine Herde zu verkaufen, oder wieviel Zeit der Verkauf einer Farm in Anspruch nahm.

Der Trauerzug war sehr lang, wie Lilias hinterher berichtete. Sie und Gerald kamen blaugefroren und bibbernd nach Hause, trotz der belebenden Brandys, die Ina ausgeschenkt hatte, und Clare war froh, daß sie daran gedacht hatte, die beiden in Tigh Bhan zu empfangen und sich um sie zu kümmern.

»War Ishbel denn so beliebt?«

»Ishbel? Überhaupt nicht«, antwortete Lilias in ihrer üblichen direkten Art. »Aber Donald ist es, wegen ihm sind sie alle gekommen.«

»Und wegen Ishbels Familie«, warf Gerald ein.

»Sicher«, stimmte Lilias zu, und Clare sehnte sich beinahe ein wenig nach ihren alten Zankereien.

»Aber warum nicht Ishbels wegen?« Es war die Sorte Frage, von der man eigentlich weiß, daß man sie nicht stellen soll.

»Weil sie die faulste und selbstsüchtigste Person war, die je auf Erden wandelte, wenn man mal davon absieht, daß sie möglichst nie wandelte, jedenfalls nicht zu Fuß. Nein Gerald, du brauchst gar nicht was von ›De mortuis‹ und so weiter zu murmeln. Ich habe nie etwas gesagt, solange Ishbel lebte, und nun, wo sie tot ist, kann es ihr nicht mehr schaden.«

»Aber ich dachte immer, sie würde tatkräftig auf der Farm mitarbeiten?« Keine aushorchende Frage diesmal, sondern ehrliche Überraschung. Das stimmte nicht mit dem Bild von Ishbel überein, daß Clare sich in einsamen, neidvollen Stunden gemacht hatte.

»Auf der Farm? Keine Spur. Vermutlich hatte sie noch aus ihrer Jugendzeit gründlich die Nase voll davon, obwohl sie als jüngste leichter davonkam als ihre Schwestern. Auf Rhumore rührte sie keinen Finger mehr. Wollte noch nicht mal Autofahren lernen. Kannst du dir das vorstellen, bei dem Leben dort draußen? Sie überließ das Aufziehen der Lämmer mit der Flasche Peggy Macdonald, ebenso die Mahlzeiten für die Männer während der Schur und der Treibjagd. Und sobald irgend etwas schief lief, schrie sie nach einer ihrer Schwestern. Sie war durch und durch verwöhnt, diese Ishbel Macrae.«

Mit der Zerstörung ihres konventionellen Bildes von Donalds Frau tauchten in Clares Kopf verführerische Phantasien auf. Wie anders wäre es gewesen, wenn sie ... Aber sie rief sich schnell zur Ordnung. Was für ein Unsinn. So faul Ishbel auch gewesen sein mochte, sie hatte trotzdem mehr über Donalds Welt gewußt, als sie selbst je lernen würde.

Sie versuchte, nicht daran zu denken, daß Donald nun allein auf Rhumore war. Margaret nahm kein Blatt vor den Mund, was Fiona betraf, die ihrem Vater in keiner Weise beistand, und Ina Morrison gestattete sich, wenn auch nicht ganz so freimütig wie Lilias, ein paar wenig schmeichelhafte Bemerkungen über Ishbel und ihre Schwestern, mit denen sie zur Schule gegangen war.

Aber niemand erwähnte etwas über Donalds Pläne. Clare wartete wie gelähmt ab und fürchtete jedesmal, wenn sie Margaret oder Dougie, Angus oder Nicol traf, die Nachricht von seiner Abreise zu hören.

Die letzten Sturm- und Regentage hatten ihr eine Vorstellung davon vermittelt, wie das Leben im Cottage ohne Donalds beruhigende Gegenwart sein würde. Sie betrachtete diese Zeit als eine Art Test, doch tief im Innern, unabhängig von jedem ängstlichen Abwägen des Für und Wider, wußte sie, daß sie in nächster Zeit nirgendwo anders hingehen würde. Ohne Donalds übermächtigen Einfluß würde sie vielleicht sogar mehr über ihre Verbundenheit mit der Landschaft erfahren und über den Wert der anderen Beziehungen, die sie hier geknüpft hatte. Außerdem war da noch Rory. Mit ihm war es nicht mehr ganz so einfach, wegzuziehen und etwas Neues zu beginnen, während er in ihr gegenwärtiges Leben sehr gut hineinpaßte.

An einem Tag, der so mild war, daß man kaum noch an die Stürme der vergangenen Woche glauben oder die weißen, winterlichen Kappen der Berge im Binnenland ernst nehmen konnte, fuhr sie mit Lilias nach Ardlonach. Rory saß auf Lilias' Schoß, wo Topsy und Poppy ihn nicht erreichen konnten, die die Rolle wohlmeinender, aber unbeholfener Tanten übernommen hatten.

Ardlonach war wunderschön gelegen. In auffälligem Gegensatz zu dem von düsteren, sturmumwehten Granitfelsen umgebenen Rhumore lag es in einer lieblichen, waldbewachsenen Bucht am südlichen Strand der Luig-Halbinsel. Das weitläufige Haus hatte einen hellen Anstrich, und an seiner Fassade blühten immer noch Kletterrosen. Steinerne, an den Rändern abbröckelnde Terrassen fielen zwischen dichten Büschen und Ziersträuchern zu einem schmalen Sandstrand mit Bootshaus und Steg ab. Selbst zu dieser Jahreszeit schien die Bucht ein Hort der Wärme und üppiger Pflanzenpracht zu sein.

Una, sehr attraktiv in einem karierten Hemd und Arbeitshosen, stand auf halber Höhe des Hangs und attakkierte mit einer Gartenschere eine wild wuchernde Kletterrose, die eine Steinbank mit Blick über den See schon beinahe unter sich begraben hatte. Zwei Möpse stürmten mit wütend hervortretenden Augen auf Clare und Lilias zu, und Topsy und Poppy zogen sich ohne jede Diskussion vornehm zum Auto zurück. Rory dagegen streckte sich über Clares Arme hinweg und bebte vor Neugier.

»Ein Segen, daß ihr mich erlöst«, rief Una, als sie sich einen Weg zu ihr bahnten. Sie hatte einen blutigen Striemen auf einer Wange, und ihre Handgelenke waren über den zu kurzen Handschuhen ordentlich zerkratzt. Lilias kannte Ardlonach noch aus alter Zeit, und sie und Una begannen sofort ein angeregtes Gespräch über Gartenarbeit. Clare sah die zierliche Una an, die selbst in ihrer Arbeitskleidung eine gewisse Eleganz ausstrahlte, und war tief beeindruckt von dem Ausmaß und der Schwere der Arbeit, über die sie so nonchalant sprach.

Una führte sie durch einen Seiteneingang ins Haus, streifte ihre schmutzigen Stiefel ab und tapste auf Socken voran in die große Küche, eine Mischung aus grellem Fünfziger-Jahre-Stil und moderner Edelstahlausstattung. Tony Urquhart, in Marineuniformhosen und Troyer, ganz der farbbekleckste Hotelier in der Nebensaison, nahm gerade zwei Weinflaschen aus dem Kühlschrank.

»Wie heißen die Möpse?« fragte Clare und hielt Rory gut fest, während die beiden sie umkreisten, sich mit kalten, kleinen Pfoten an ihren Knien abstützten und nicht sehr vertrauenerweckend aus den schimmernden Augen glotzten.

»Jolanthe und Hermia«, sagte Una mit einem Schielen zu Tony.

»Eher Joghurt und Himbeermus, nachdem ich sie durch die Küche gekickt habe«, knurrte er und jagte die Hunde mit einer nach Terpentin riechenden Damastserviette von Clare weg.

Ein nicht neuer, aber beliebter Scherz zwischen den Urquharts, mutmaßte Clare angesichts des zärtlich-genervten Blicks, mit dem Tony seine Frau bedachte, als diese übertrieben flötete: »Sind sie nicht süüüß?«

Das Mittagessen war köstlich – Selleriesuppe mit Stiltonkäse, Pastete aus geräucherten Makrelen, Brot aus der Alten Spinnerei. »Sollte besser Mopspastete geben«, murmelte Tony, als Jolanthe und Hermia unter gierigem Schlucken und Schnaufen abwechselnd zufriedengestellt wurden.

Nach dem Essen führte Una sie durch das Hotel, das gerade einer Baustelle glich, wenn auch zu erkennen war, daß man sich trotz aller notwendigen Modernisierungen und Umbauarbeiten bemühte, den leicht dekadenten Charme eines alten Landhauses beizubehalten.

Anschließend gab es keinen weiteren Grund, die Arbeit aufzuschieben. Während Lilias sich in die Bibliothek zurückzog, unter vorgeblichem Interesse für eine Sammlung lokaler Zeitungsausschnitte von Tonys Großvater, aber mit deutlich größerem Interesse an einem Nickerchen, wurde Clare von Una seufzend ins Büro geleitet.

»Ich hasse diesen Raum«, gestand sie. »Immer sitzt dieser arrogante Computer da und glotzt mich an, als wolle er sich über mich lustig machen. Tony würde vielleicht mit ihm fertig werden, aber er hat im Moment genug mit Trockenfäule und Naßfäule und nicht funktionierenden Klos zu tun. Ich dachte, wenn du mir vielleicht über die Anfangsschwierigkeiten hinweghelfen könntest ...«

Das Büro war ein Raum mit großen Fenstern, weißer Wandtäfelung und einer Ansammlung verschiedenster Gegenstände – Kisten voller Ramsch, der nach Rory McMunns Auktionssaal aussah, ein paar dünnbeinige Rosenholzstühle ohne Sitzpolster, Ferngläser, Gewehrpatronen (zu denen Donald sicher bemerkt hätte, daß sie weggeschlossen gehörten), Jagdtaschen, Angelruten, ein Ölporträt der Möpse, das darauf wartete, gerahmt zu werden, und eine große Schachtel voll vergilbter Spitze und Leinen, in der Clare gern herumgestöbert hätte. Auf einem lederbezogenen, herrschaftlichen Schreibtisch thronte der Computer wie ein feindlicher Außerirdischer.

»Wir haben ein Softwarepaket bestellt«, erklärte Una geschäftsmäßig, fügte jedoch sofort mit einem sympathischen Kichern hinzu: »Ich weiß bloß nicht, was drin ist.« Sie führte ihr gegenwärtiges Buchführungssystem vor, und Clare schloß die Augen.

»Du wirst dort nicht mehr wegkommen«, prophezeite Lilias, als sie den längeren Weg über die Uferstraße nach Hause fuhren, auf der jetzt kein Touristenverkehr mehr herrschte.

»Una will nur, daß ich ihr eine Einführung gebe.«

»Keiner von beiden wird sich mehr im Büro blicken lassen, du wirst sehen.«

Möglichkeiten, Türen, die sich öffneten. Clare dachte an die verwunschene Schönheit von Ardlonach, die zum Ärmelaufkrempeln anregende Arbeit, das großzügige Büro, Unas schüchterne Freundlichkeit, ihr hingebungsvolles Engagement. War Tony genauso engagiert? Er hatte jedenfalls eine Menge intoleranter Bemerkungen über die Touristen von sich gegeben.

Die Möpse allerdings waren ein eindeutiger Minuspunkt. Auch die offensichtliche Verliebtheit von Una und Tony, die sich sowohl in ihren Wortgefechten als auch in häufigem körperlichem Kontakt äußerte, würde möglicherweise schwer zu ertragen sein.

Clare fühlte sich emotional nicht in bester Verfassung. Trotz all der Gründe, die dafür sprachen, in ›The Larach‹ zu bleiben, trotz ihrer vielen kleinen Aufgaben und der Halt gebenden Freundschaften vermißte sie Donald schmerzlich. Würde er kommen und sich verabschieden? Er würde doch sicher nicht einfach abreisen und sie von jemand anderem erfahren lassen, daß Rhumore verkauft und er für immer fort war? Sie schlief nicht gut, und in den ruhelosen Nächten hing sie Phantasien nach, derer sie sich bei Tag schämte: Donald gestand ihr, er könne nicht ohne sie leben und nahm sie mit nach Kanada; Donald sagte, er könne nicht ohne sie leben, und gab die Farm auf, um im Cottage ein einfaches Leben mit ihr zu führen (Pläne für die notwendigen Erweiterungen zu machen war eine der besseren Methoden, um den Schlaf herbeizulocken); Donald konnte es in Kanada nicht ohne sie aushalten und tauchte eines Tages unerwartet auf wie Joe, eine strahlende Gestalt im Sonnenuntergang. Und so weiter und so fort.

Bei Tag vermißte sie ihn auch aus praktischen Gründen, zum Beispiel, wenn es um Rory ging. Lilias gab ihr Ratschläge – nicht sämtlich von Gerald widersprochen –, was Impfungen, Fütterung und Erziehung betraf, doch Clare hatte zumindest in letztere nicht viel Vertrauen, weil sie wußte, was Donald von Poppy und Topsy hielt.

Auch die Überlegung, ob sie Una bei der Verwaltung helfen sollte, hätte sie gern mit ihm diskutiert. Lilias hatte vermutlich recht damit, daß sich in Ardlonach für sie eine dauerhafte Jobperspektive auftat. Ihre Gedanken wanderten über den Winter hinaus zum kommenden Sommer ohne Donald, und eine Abfolge von Bildern tauchte in ihrem Kopf auf: Donald in Jeans, mit aufgerollten Hemdärmeln über den gebräunten, muskulösen Unterarmen, der über ihre Versuche lachte, den Traktor an die richtige Stelle zu manövrieren, um Heuballen aufzuladen; Donald, der mit seinen langen Beinen einem flüchtenden Mutterschaf den Weg versperrte; Donald, der sie neben sich an eine windgeschützte Stelle zog, um den Sonnenaufgang zu beobachten, oder sie aus dem Boot auf den Anleger hob, als wäre sie so leicht wie eine Einkaufstüte. Diese Erinnerungen lösten eine derart heftige Sehnsucht in ihr aus, daß es ihr manchmal als der reinste Wahnsinn erschien, in der Nähe von Rhumore zu bleiben und sich solchem Schmerz auszusetzen.

Doch sie zwang ihre Gedanken immer wieder entschlossen in die Gegenwart zurück. Die Umstände hatten sich verändert, und sie mußte sich ihnen anpassen. Es war Zeit, ein Auto zu kaufen, und noch ehe sie auf Catrionas Angebot, Watty Duff sich nach einem für sie umsehen zu lassen, eingehen konnte, bot Lilias ihr den Metro an.

»Ich werde nie wieder fahren, und Gerald sollte es auch nicht mehr, aber er will es sich noch nicht eingestehen.«

»Aber ich kann dich jederzeit überall hinfahren.«

»Sicher, und das kannst du genauso gut, wenn das Auto dir gehört.«

Abgesehen von der Bequemlichkeit dieser Lösung war es Clare ganz recht, einen Wagen zu kaufen, den sie an der Farm stehen lassen mußte. Das kleine Haus sollte seine Abgeschiedenheit bewahren, bis andere Veränderungen ihr Leben dort einholten.

Catriona allerdings fand, daß schon eine Menge Veränderungen im Cottage stattgefunden hatten, und war voll verblüffter Bewunderung, als sie schließlich in Gesellschaft der Hunde zu Besuch kam. Sie konnte nicht länger vorschieben, Fergus nicht allein lassen zu können, denn er und Gerald arbeiteten so vertieft zusammen, daß sie höchstens zum Essen aus dem Zimmer gelockt werden konnten. An diesem Tag hatte Gerald Steak-and-Kidney-Pie zum Aufwärmen von Lilias mitbekommen, so daß die beiden bestens versorgt waren.

»Ich weiß noch genau, wie es aussah, als Murdo hier lebte. Alles war mit einer braunen Schicht überzogen.

Und die Decke kam mir viel niedriger vor, und der Kamin nahm die ganze Wand ein, und man konnte kaum etwas sehen.«

Clare dachte bei sich, daß Murdo auch nicht der Eigentümer des Cottages gewesen war.

»Hast du ein Glück«, fuhr Catriona neidisch fort, »in so einem gemütlichen, kleinen Haus zu wohnen. Das will ich auch eines Tages.«

Zum ersten Mal hörte Clare sie eine Andeutung über ihre Zukunft machen. »In einem der Cottages, die zum Gut gehören?« fragte sie nach.

Catriona zögerte, runzelte ärgerlich die Stirn über sich selbst, weil es ihr schwer fiel, über solche Angelegenheiten zu sprechen, und antwortete linkisch: »Wo sonst?«

»Es gibt viele Möglichkeiten«, antwortete Clare.

»Wie könnte ich irgendwo anders leben? Ich passe nirgends hin. Hier kennt mich jeder, aber woanders würden sie mich für eine Irre halten.«

So sieht sie sich also selbst, dachte Clare mitfühlend.

»Kaum«, widersprach sie entschieden und wurde mit einem verhaltenen Grinsen belohnt. »Hast du es so lange aufgeschoben, mich zu besuchen, weil es schwer ist, das alte Muster zu durchbrechen?«

Catriona sah sie plötzlich scharf an, ihr kleines Gesicht wirkte spitz und aufsässig. Dann gab sie sich einen Stoß und erklärte: »Ich fühle mich, als hätte ich unter einer Glasglocke gelebt, die auf einmal zersprungen ist. Jetzt zieht es von allen Ecken herein, und ich weiß nicht, wie ich damit fertig werden soll.«

»Wünschst du dir, die Glasglocke wäre noch intakt?«

»Oh *nein*, Clare. Es mußte eines Tages passieren, und ich bin so froh, daß du gekommen bist und etwas Neues hereingebracht hast, aber ich weiß nicht, wie es weitergehen soll. Ich sehe, wie Großvater jeden Tag schwächer wird. Nicht sein Geist, aber seine Gesundheit. Er ißt kaum noch etwas, manchmal schwankt er neuerdings, wenn er aufsteht, und ich habe ihn schon ein paarmal auf der Treppe stolpern sehen. Er hat Schwierigkeiten, Dinge zu greifen und festzuhalten, und regt sich dann immer auf, weil er so ungeschickt ist. Ich weiß, ich sollte jemanden einstellen, der ihn richtig pflegen kann, aber Mr. McInnes sagt immer, wir haben kein Geld ...«

Sie wandte sich ab und sah zu dem neuen, langen Fenster hinaus, die Lippen aufeinandergepreßt. Clare ließ ihr etwas Zeit und ging derweil zum Ofen, um die gebackenen Kartoffeln und den Kaninchentopf herauszuholen, den sie Dougie Stewart zu verdanken hatten – Margaret wollte noch nicht einmal den Hunden Kaninchen vorsetzen, geschweige denn der Familie.

»Sprechen wir vom Geld«, sagte Clare munter, nachdem sie siegreich aus einem kurzen Kampf mit Braan um den Ofenhandschuh hervorgegangen war.

Catriona lachte. »Warum nicht? Es ist keines da.«

»Tja, das klingt ziemlich eindeutig.«

»Der ganze Besitz ist verschuldet, wie du dir vorstellen kannst. Er kostet mehr, als er einbringt, egal, wie sparsam wir leben. Mein Vater hat alles verjubelt, die Einkünfte und die Rücklagen, und das Gut hat sich nie wieder davon erholt. Ich kann nur hoffen, daß wir durchhalten, solange Großvater noch lebt. Es ist einfach undenkbar, ihn noch zu verpflanzen. Ich wünschte nur, wir könnten uns eine Hilfe für ihn leisten.«

»Eine Pflegerin?«

»Dagegen würde er sich wehren, er verabscheut schon das Wort allein. Nein«, sagte sie langsam, »eine Lösung wäre vielleicht eine Art Butler oder Kammerdiener. Aber wir könnten so jemanden natürlich niemals bezahlen. Es gibt noch etwas, das Großvater bestimmt gefallen würde, wenn wir uns die Anschaffung leisten könnten – es wird dich vielleicht überraschen.«

Clare hatte keinen Schimmer, wie Fergus' geheimste Wünsche aussehen mochten. »Was?«

Catriona grinste sie an. »Ein Fernseher.«

»Ein Fernseher! In Glen Righ House?«

»Wäre interessanter für ihn als der Computer – glaube ich zumindest. Und ich könnte gleichzeitig ein paar soziale Studien betreiben«, fügte sie selbstironisch hinzu, obwohl es ihr mit der Idee ernst war und es sie Mut gekostet hatte, sie auszusprechen.

»Also, ein Fernseher kostet gar nicht soviel«, sagte Clare, die vollkommen verstand, daß das Gerät für Cartiona einen Zugang zur Welt darstellen würde. »Das wird der Besitz sicher abwerfen.« Soll ich ihnen einen kaufen? überlegte sie. Aber diesmal wäre es schwierig, einen Vorwand zu finden.

»Ach, ich höre von Mr. McInnes immer nur, wie hoch unsere Verschuldung ist. Er wäre bestimmt nicht einverstanden.«

Clare bekam den Eindruck, daß man Mr. McInnes vielleicht mal auf die Finger klopfen sollte. »Was ist mit dem Bentley?« schlug sie vor.

Catriona starrte sie an.

»Hängst du sehr an ihm?« fragte Clare.

»Ich hasse ihn«, antwortete Catriona. »Iain und ich haben ihn schon immer gehaßt. Uns wurde immer schlecht von dem Ledergeruch und dem Herumrollen auf der Rückbank, als unsere Beine noch nicht auf den Boden reichten.«

»Dann verkauf ihn doch.«

»Aber Großvater würde ... Hm, eigentlich kann es ihm egal sein, weil er ihn sowieso nie zu Gesicht bekommt, oder?« Clare wartete. »Gott, wäre ich froh, wenn ich dieses

Riesending nicht mehr fahren müßte. Ich beneide dich immer, wenn ich dich in Lilias' kleinem Auto – nein, deinem kleinen Auto herumflitzen sehe. Allerdings würde Watty wohl kündigen.«

»Der Wagen muß ein Vermögen wert sein.«

Catriona sah Clare mit wachsender Hoffnung an. »Meinst du, es gibt einen Händler in Fort William, dem wir den Bentley anbieten könnten?«

»In Fort William! Du machst wohl Witze. Nein, ich wüßte da schon jemand ...« Einer der Carlini-Brüder konnte sich hierbei ein wenig nützlich machen – es war das erste Mal seit Magdas Abreise, daß Clare das Bedürfnis hatte, den Kontakt wiederaufzunehmen.

»Ist er denn wirklich etwas wert? Er ist ziemlich alt«, zweifelte Catriona und sah verwirrt drein, als Clare lachte.

Der Bentley erzielte einen Preis, der die ganze Glen erschütterte, und Watty Duff mußte in eines von Inas kalten Betten getragen werden, nachdem er einen weinerlichen Abend in der Bar damit gekrönt hatte, sich vom Inverbuie-Pier in das zwei Fuß tiefe Wasser zu stürzen, zur großen Erheiterung seiner Kumpels.

Gerald war es, der auf die zündende Idee kam. »Laßt Watty sich doch um Fergus kümmern. Das könnte die Lücke füllen, die der Bentley gerissen hat. Und er geht sowieso ständig im Haus aus und ein, ohne daß jemand behaupten könnte, er sei ausreichend beschäftigt.«

Eine einfache Lösung, die allen zum Vorteil gereichte. Fergus schien nichts Merkwürdiges an Wattys häufigerer Anwesenheit zu finden. Er hatte für Catriona einen Fiat Uno besorgt, den er nur mit Verachtung behandelte, doch um das große Haus und den Gutsherrn kümmerte er sich von nun an so gut wie früher um den Bentley.

Clare fuhr mit Catriona nach Fort William, wo sie einen Fernseher kauften, nachdem das Mädchen gelernt hatte, wie man einen Scheck ausstellte. Mr. McInnes würde zufrieden sein. Langsam und behutsam wurde Catriona aus ihrem einsamen Turm herausgelockt.

Sie nahm am Kaffeeklatsch in der Alten Spinnerei teil, wo Ben nie zu sehen war und nicht erwähnt wurde, und schaute bei Clare im Cottage vorbei, wann immer ihr danach war, indem sie einfach ihren täglichen Ausritt etwas ausdehnte. Sie konnte stundenlang mit Rory spielen, stürzte sich begeistert auf Clares Bücher und bemühte sich pflichtbewußt, ihre Kochkünste zu erweitern, obwohl auch die einfachsten Grundregeln sie immer wieder verblüfften. Sie war oft in Tigh Bhan und liebte es, mit der stets gut informierten Lilias über Leute und Ereignisse im Tal zu klatschen.

»Es ist schön, sie so ungezwungen reden zu hören«, bemerkte Clare zu Lilias.

»Ich habe sie noch nie so lebhaft gesehen. Du hast ein wahres Wunder an ihr vollbracht.«

»Ich habe sie gebeten, mir das Reiten beizubringen.«

»Hervorragend. Eine klassische Therapie, dir zur Abwechslung einmal etwas von ihr zeigen zu lassen. Außerdem wirst du feststellen, daß es eine ganz neue Art ist, die Glen kennenzulernen.«

Sie hatte recht. Die kräftigen Highland-Ponys, auf denen sie ausritten, zeigten zwar die Tendenz, ihren eigenen Pfaden zu folgen, die oft im Dickicht endeten, hatten aber einen sicheren Tritt und einen angenehm schaukelnden Gang.

Clare liebte die langen Ritte durch die Hügel an den frühen Wintertagen, bei denen Rory aus dem Reißverschluß ihrer Jacke herausschaute oder nebenher hoppelte und versuchte, mit den anderen Hunden Schritt zu halten. Catriona war glücklich, weiter hinausschweifen zu können, als sie es lange Zeit gewagt hatte, und erzählte oft von ihrem Bruder Iain und von einem jüngeren Fergus, der der einzige geliebte und zuverlässige Erwachsene in ihrer Kinderwelt gewesen war.

Soviel Gutes geschah um sie herum, doch trotz all ihrer neuen Freundschaften und Verbindungen fühlte Clare sich wieder allein, ein Einzelgänger.

KAPITEL 30

Weihnachten nahte und unterbrach den normalen Alltag, aber Clare hatte Donald immer noch nicht gesehen und kaum Neuigkeiten über ihn gehört. Alle im Tal schienen seine Zurückgezogenheit zu respektieren und sahen es als normal an, daß er in den ersten Wochen nach dem Tod seiner Frau auf Rhumore allein sein wollte. Daneben hatte man sich mit den Jahren an seine zunehmend ungesellige Existenz dort gewöhnt. Lilias überlegte, ihn zu Weihnachten nach Tigh Bhan einzuladen, doch Gerald widersprach dem Vorschlag ganz entschieden, während Clare, die bereits eingeladen war, vor Sehnsucht und gleichzeitiger Panik davor, ihn unter solchen Umständen wiederzusehen, der Atem stockte.

»Aber ich fühle mich schuldig, weil wir nichts tun, um ihm zu helfen«, klagte Lilias. »Es kommt mir so herzlos vor, ihn einfach sich selbst zu überlassen.«

»Wann hat er denn zuletzt eine Einladung hierher angenommen?« wollte Gerald wissen.

»Als junger Mann war er so gesellig und unternehmungslustig«, bemerkte Lilias zu Clare und wich Geralds Frage geschickt aus. »Donald und Stephen waren gute Freunde, er kam oft zu uns, und beide verbrachten viel

Zeit in Ardlonach bei den zahlreichen Urquhart-Cousins. Ich würde nicht behaupten, daß Donald geradezu wild war, aber er liebte die Ceilidhs, die schottischen Sing- und Tanzveranstaltungen, und er ging viel auf Partys und war ein großer Shinty-Spieler.«

»Diese attraktive, kleine Blondine, die er eines Tages mit nach Hause brachte, hat alles verändert«, brummelte Gerald.

Blond, dachte Clare voll unsinniger Eifersucht. Ich will nicht, daß sie blond war.

»Ja, ich habe mich oft gefragt, was wohl aus Donald geworden wäre, wenn diese Geschichte ihn nicht so hart getroffen hätte. Ishbel hat er natürlich nur aus Enttäuschung geheiratet. Er war trotz seines Freiheitsdrangs schon immer sehr verantwortungsbewußt, und Mary, seine Schwester, hatte die Farm bereits verlassen. Er sah es als seine Pflicht an, Rhumore zu übernehmen und weiterzuführen.«

Würde er es jetzt aufgeben? Clare brachte es nicht über sich, die Frage zu stellen.

Trudy und Ben fuhren über Weihnachten und Neujahr nach England, um ihre geschäftlichen Angelegenheiten und die Trennungsformalitäten zu regeln, wie Clare wußte. »Ich sehe dich im neuen Jahr«, hatte Trudy gesagt und sie mit ihrer Umarmung fast erdrückt. »Sei also gefälligst hier.«

»Das werde ich«, hatte Clare versprochen. Soviel stand immerhin fest.

Lilias hatte sie nicht nur zu Weihnachten nach Tigh Bhan eingeladen, sondern sie auch gebeten, noch ein paar Tage länger zu bleiben. »Wenn du da bist, falle ich Stephen nicht die ganze Zeit auf die Nerven«, erklärte sie mit kalkulierter Offenheit, so daß Clare nicht ablehnen konnte. »Vielleicht können wir auch Catriona überreden, mit Fergus am Weihnachtstag zum Mittagessen zu kommen«, fügte sie als weiteren Anreiz hinzu.

»Schon geschehen!« rief Clare aus, begeistert von dem Vorschlag.

Sie war inzwischen mehrmals in Ardlonach gewesen und hatte so viel von dem Buchführungsrückstand aufgearbeitet, wie sie konnte, aber Una fiel es schwer, sich auf die einfachsten Erklärungen zu konzentrieren, so daß Clare versprechen mußte, nach den Feiertagen wiederzukommen und weiterzumachen. Zunächst aber kümmerte sie sich vor allem um Lilias und half ihr bei den Weihnachtseinkäufen und den umfangreichen Essensvorbereitungen, die eines Restaurants würdig gewesen wären. Außerdem fuhr sie mit Margaret, Lynn und Sheena zum Einkaufen nach Inverness, eine Nervenprobe, von der sie völlig entkräftet zurückkehrte.

Angus kam mit einer Ladung Kohlen, Gas, Lampenöl und anderen sperrigen Vorräten über den See gefahren.

»Na, sind Sie auch sicher, daß Sie damit über den Winter kommen?« neckte er sie, aber es lag auch Anerkennung in seinem Ton. »Ich wünsch' Ihnen jedenfalls viel Glück. Es sind schon 'ne Menge Leute hier heraufgekommen, um ein einfaches Leben zu führen und so, und wir mußten ihnen ständig helfen, weil sie von nix 'ne Ahnung hatten, und trotzdem sind die meisten beim ersten Wintersturm wieder abgehauen. Aber Sie versuchen wenigstens durchzuhalten.«

Von ihm erfuhr Clare auch, daß Donalds Mutter auf Rhumore war und Fiona und ihr Mann zu Weihnachten erwartet wurden. Donalds wirkliches Leben, sein Familienleben, ging also weiter, und für sie war darin kein Platz. Sie gestand sich ein, daß sie während all dieser Wochen innerer Einsamkeit darauf gehofft hatte, er würde zum Cottage kommen, würde ihre Gesellschaft suchen, wie er es so oft getan hatte, als Ishbel krank war. Doch er war nicht gekommen, und jetzt würde er ihre Hilfe nicht mehr brauchen.

Clares einzige Verbindung zu ihm war Rory, der sie immer wieder entzückte. Für dieses intelligente kleine Wesen mit seiner vorbehaltlosen Zuneigung die Hauptbezugsperson zu sein, war eine neue, glückbringende Erfahrung. Sie konnte sich das Leben im Cottage ohne Rory nicht mehr vorstellen.

Catriona erklärte sich zuerst einverstanden, mit Fergus an Weihnachten nach Tigh Bhan zu kommen, versuchte dann aber mit allen Mitteln, den Rückzug anzutreten. »Er haßt es, unter so vielen Menschen zu sein. Er ist seit Jahren nicht aus dem Haus gekommen. Er wird sich fragen, was mit dem Bentley ist, und wenn wir es ihm erklären, wird er sich schrecklich aufregen ...«

»Sag mal«, bohrte Clare nach, »ist diese Sorge um Fergus vielleicht ein Vorwand, hinter dem du dich selbst versteckst?«

Catriona wurde rot, und Clare fürchtete, zu hart gewesen zu sein, aber der jungen Frau fehlte es nicht an Mut, und nach einem Moment des Schluckens antwortete sie: »Ja, so ist es wohl.«

Mit mehr Zartgefühl argumentierte Clare: »Dein Großvater hat es ohne weiteres akzeptiert, daß Gerald und ich nach Glen Righ kommen und daß Watty sich um ihn kümmert. Er ist so sanftmütig und freundlich und wird auch alle anderen Neuerungen auf die gleiche Weise begrüßen.«

»Wie den Fernseher, meinst du«, entgegnete Catriona trocken, und Clare lachte.

Fergus war sofort der Fernsehsucht verfallen, wunderte sich stundenlang über die Possen einer fremdartigen Welt, schüttelte sein silbernes Haupt und murmelte: »Merkwürdige Menschen, sehr merkwürdig. So grob zueinander, so unglücklich und so unfreundlich.«

»Ihr kommt also nach Tigh Bhan? Falls es zuviel für Fergus werden sollte, kannst du ihn ja früher nach Hause bringen. Alle würden das verstehen.«

Der Weihnachtstag wurde ein einziges Fest. Die Bescherung fand nach dem Frühstück statt, wobei auch die tapsigen »Mädels« Knochen mit Schleifen darum bekamen und Rory wie wild durch die Berge von Geschenkpapier hoppelte, bis die Kinder vor Lachen nicht mehr konnten. Lilias durch Stephen, die Kinder und sogar die Hunde vertreten überhäufte Clare mit Geschenken. Trudy hatte eine Flasche Schlehenlikör vorbeigeschickt mit der Botschaft: »Bewahr ihn für unsere nächsten Herzensergüsse auf!«, und Una hatte einen Terminkalender zwischen ein Glas Minzgelee und ein Glas eingesalzene Kapuzinerkressesamen gesteckt und die Anweisung beigefügt: »Trag SOFORT die Tage ein, an denen du nach Ardlonach kommst.« Gerührt und dankbar sehnte sich Clare trotzdem nach Donald und danach, auch von ihm etwas zu bekommen und ihm etwas geben zu können.

Nach den Geschenken gingen sie im milden, blassen Wintersonnenschein durchs Dorf und begrüßten Leute, denen man sonst nie auf der Straße begegnete und die seltsam sauber und ordentlich aussahen. Die Kirche war erfüllt von diesem unerklärlichen Weihnachtsglanz, verstärkt durch beste Festtagskleider, inbrünstiges Singen und allgemeines Wohlwollen sowie die Freude über die gerade erhaltenen Geschenke und die Aussicht auf üppige Festmahlzeiten.

Als Catriona und Fergus mitten in dem aufgeregten Durcheinander vor dem Essen in Tigh Bhan erschienen, war Clare nicht die einzige, der es das Herz zusammenzog, als sie Fergus in einem abgetragenen Kilt-Jackett sah, das lose von seinen Schultern hing, und Catriona in einer Art Sonntagskleid, das offenbar aus ihrer Schulzeit stammte und ihrer kindlichen Gestalt immer noch paßte. Sie war stumm vor Nervosität, doch Fergus fühlte sich in der familiären Umgebung wie zu Hause, unterhielt sich interessiert mit Libby und Oliver über ihre Geschenke, sprach mit Stephen über den Fasanenbestand im Tal und stellte nichts in Frage.

Das Weihnachtsessen war überreichlich und vorzüglich. Während sie in die lächelnden Gesichter um den sich biegenden Tisch blickte, fragte sich Clare, wie die Stimmung wohl in Rhumore war, und wünschte sehnsüchtig, sie könnte nur einen kurzen Blick auf Donald erhaschen, einmal den Klang seiner Stimme hören. Dann fiel ihr ein, daß sie nicht die einzige an diesem Tisch war, die mit Kummer zu kämpfen hatte. Sie dachte an Lilias' Worte, als sie am Vorabend in Clares Zimmer gekommen war, um gute Nacht zu sagen: »Ich bin bloß dankbar, daß ich noch rüstig genug bin, um sie hierher einzuladen, vor allem jetzt.« Clare beobachtete, wie Stephen anstelle seines Vaters den Braten anschnitt, Wein einschenkte, die passenden Dinge sagte und tat. Die Kinder waren laut und ausgelassen und daher vermutlich glücklich, Fergus blieb umgänglich und ruhig, und Catriona entspannte sich allmählich, als Gerald eine lange Geschichte über Weihnachten 1943 auf Sizilien begann und sie merkte, daß sie kein Wort zu sagen brauchte.

Catriona wurde sogar leicht beschwipst von der Wärme und dem Wein und vor Erleichterung, und Clare merkte, daß sie für alle jemand war, auf den sie ihre Zuneigung und Fürsorge richten konnten, auch die Kinder, die spürten, daß diese Erwachsene nicht richtig zur Erwachsenenwelt gehörte. Ich werde nie wieder von hier fortgehen, dachte Clare, selbst beschwipst und euphorisch, und lächelte eine glückliche Catriona mit rosigen Wangen über den Tisch hinweg an. Ich will für sie da sein, wenn Fergus stirbt und ihre Welt auseinanderbricht.

Zwischendurch gingen alle ins Wohnzimmer, um der Weihnachtsansprache der Queen zuzuhören. Man erhob sich für die Hymne, und Rory brachte einen Luftballon zum Platzen. Anschließend machte die ganze Gesellschaft samt Hunden einen Spaziergang über die Felder am See, und Clares Gedanken wanderten über den silbernen Spiegel zur Landzunge, wo sich das letzte Abendlicht brach. Als sie zurückkamen, gab es höllisch scharfe Hackfleischpastetchen und Weihnachtskuchen am Kamin.

Fergus sah müde, aber wohlgemut aus, als Stephen ihm in den Fiat half. Clare spürte Catrionas Dankbarkeit in ihrer überschwenglichen Umarmung. Sie war sehr bewegt und aufgewühlt, und Clare hoffte, das kalte, stille Haus, das auf sie wartete, würde kein allzu herber Kontrast sein. Aber es war ihr Zuhause, sie würde damit schon zurechtkommen.

Selbst Lilias sah ein, daß von niemandem erwartet werden konnte, ein richtiges Abendessen zu verkraften, und sie erklärte sich bereit – als handelte es sich um eine revolutionäre Neuerung –, Stephen und Clare Truthahnsandwiches machen zu lassen. Oliver briet unterdessen Scheiben aus Plumpudding, um die leckere Brandybutter aufzubrauchen. Bald danach zogen er und Libby mit der Ausbeute des Tages in die Betten ab, gefolgt von den sich entschuldigenden, erschöpften Großeltern.

Stephen und Clare blieben apathisch im warmen, sanft beleuchteten Wohnzimmer zurück, noch nicht bereit für den Schlaf oder die Einsamkeit ihrer Zimmer.

»Ich kann dir gar nicht sagen, wie dankbar ich dir bin«, unterbrach Stephen recht förmlich das dösige Schweigen. »Ich weiß, daß ich mich bald um eine dauerhafte Lösung kümmern muß, aber es ist eine große Beruhigung zu wissen, daß du in der Nähe bist und nach meinen Eltern siehst.«

»Ich komme gern hierher, das weißt du doch, und sie haben viel für mich getan.«

»Ich habe den Verdacht, daß Mutter uns verkuppeln will«, sagte er nach einer weiteren Schweigepause.

»Uns? Nein, das kann nicht sein«, rief Clare, plötzlich hellwach.

Er lachte. »Sehr schmeichelhafte Reaktion.« Aber es war kein Flirten dabei, sie wußten beide, woran sie miteinander waren. »Sie erreicht nur, daß ich Lucy noch mehr verteidige.«

Clare war erstaunt, ihn so ohne weiteres über Lucy sprechen zu hören, aber die wohlige Trägheit nach gutem Essen und Trinken regte offenbar auch die zurückhaltendsten Menschen zu Vertraulichkeiten an. »Lilias will eben nur deine Seite sehen, das mußt du verstehen«, sagte sie.

»Trotzdem weiß sie, was für ein wunderbarer Mensch Lucy ist. Es lag an mir, ich konnte ihr nie genug sein, konnte ihr nie geben, was sie brauchte ...«

Es war tragisch. Vor ihr saß ein grundehrlicher Mann, der seine Unzulänglichkeiten kannte, seinen Mangel an Phantasie und künstlerischer Sensibilität. Er wußte, was ihn geprägt hatte, wußte, daß er sich nicht ändern konnte, und war trotz allem immer noch in eine Frau verliebt, die von einem ganz anderen Stern kam. »Ich habe sie überredet, mich zu heiraten, habe ihr so lange zugesetzt, bis sie ja sagte. Sie hat mich unzählige Male abgewiesen. Ich habe einfach nicht locker gelassen.« Er gab sich keinen Illusionen darüber hin, daß sie zurückkommen würde, und wollte versuchen, die Trennung für die Kinder so leicht wie möglich zu machen.

»Werden sie Lucy besuchen?«

»Sie hält es für besser, wenn sie es vorläufig nicht tun. Sie sieht sich selbst als die Außenseiterin, das störende Element. Aber sie sind auch ein Teil von ihr ...« Er biß sich vor Schmerz auf die Lippen.

Sie unterhielten sich noch lange weiter, vertraut und ungezwungen, mit ausgedehnten Pausen dazwischen. Stephen fand ganz offensichtlich Trost im Reden, wenn es ihm auch keine Antworten gab und er seine Gedanken und Gefühle nur begrenzt in Worte fassen konnte. Clare bemerkte es zuerst kaum, als er das Gespräch auf ihre eigene Ehe lenkte.

Es fiel ihr jetzt leichter, geradeheraus zu sagen, daß Martin homosexuell gewesen war, und auch über die Sache mit Joe konnte sie mit Stephen gut sprechen, weil er das Leben beim Militär aus eigener Erfahrung kannte. Sein ruhiges Zuhören, seine sachliche Reaktion auf die tragische Geschichte ermutigten sie, ihren schlimmsten Befürchtungen Ausdruck zu verleihen.

»Ich glaube – ich bin fast sicher –, daß Martin erpreßt wurde. Ach, ich weiß nicht, es klingt so verrückt, wenn ich das sage.«

»Hast du irgendwelche Anhaltspunkte?«

»Er hat regelmäßig ziemlich große Geldsummen an jemanden gezahlt. Und er trank immer mehr. Es wurde zu einem regelrechten Kampf für ihn, sich morgens vernünftig herzurichten und zur Arbeit zu gehen. Möglicherweise wurde seine Arbeit bereits durch den Alkohol beeinträchtigt. Er mußte immer wie aus dem Ei gepellt sein und sprach ständig davon, mit welch ungeheuren Mengen an Informationen er es zu tun hatte.«

»Was für einen Posten hatte er zu der Zeit inne?«

Stephen wußte sehr genau, wie wichtig ein unantadeliger Ruf für die höheren Dienstränge war, und begriff nur zu gut die Auswirkungen, die ein Skandal nicht nur auf Martins Karriere, sondern auch auf die seiner Vorgesetzten gehabt hätte. Er zweifelte nicht daran, daß Martin den einzigen Ausweg gewählt hatte, der für ihn in Frage kam. Er hatte keine Möglichkeit, reinen Tisch zu machen, konnte sich an niemanden um Hilfe wenden oder sich auf ein ruhiges Abstellgleis zurückziehen – was für einen rasend ehrgeizigen Menschen wir Martin sowieso keine Lösung gewesen wäre.

»Er wurde mit allen militärischen Ehren begraben, stell dir das vor.« Clare hatte nie mit jemandem über diesen furchtbaren Tag und den bitteren Hohn des Begräbnisses gesprochen. »Das ganze Geschwätz – hoffnungsvoller, junger Offizier, vielversprechende Karriere tragisch beendet und so weiter. Nationalflagge über dem Sarg, Gewehrsalven am Grab.« Sie erschauerte immer noch, wenn sie an den kalten Friedhof in Cambridgeshire dachte, den beißenden Ostwind, den Reif auf den ausgehobenen Erdschollen, das Krachen, als sie auf den Sarg fielen, der den Körper des Mannes enthielt, den sie einmal ...

Stephen legte ihr seine Hand auf den Arm. »Halt durch«, sagte er in aufmunterndem Ton, und Clare verstand trotz ihrer Dankbarkeit für sein verständnisvolles Zuhören, warum Lucy geflohen war.

Dennoch erzählte sie ihm sogar etwas, das sie noch tiefer in ihrem Gedächtnis vergraben hatte – ihr schändliches Verhalten gegenüber Martins Eltern.

»Die ganze Sache war eine qualvolle Farce, und ich hatte schreckliche Angst, daß ich mich irgendwie verplappern, etwas Falsches sagen könnte. Sie waren so stolz auf ihn, und ich hätte versuchen sollen, sie zu trösten. Sie konnten sich kaum aufrecht halten vor Schmerz und Trauer, und alles, woran ich dachte, war die quälende Frage, ob Martin sich mit Absicht zu Tode gefahren hatte.

Und was er durchgemacht haben mußte, um an diesen Punkt zu gelangen. Ich war ahnungslos, unternahm keinen Versuch, ihm zu helfen. Weißt du, was ich mir nicht verzeihen kann? Ich ließ seine Eltern noch nicht einmal zu uns ins Haus. Kannst du dir ein derart selbstsüchtiges Verhalten vorstellen? Nach dem Essen im Kasino fuhr ich sie sofort zum Bahnhof. Ich kann kaum noch glauben, daß ich das getan habe. Ich sehe immer noch ihre verwirrten Gesichter vor mir, als ich sie in den Zug setzte ...« Das war der Kern ihrer Schuldgefühle, wie sie wußte. Das und die Tatsache, daß sie sich nie wieder bei ihnen gemeldet hatte, sie aus ihrem Leben gestrichen hatte, weil sie es nicht ertragen konnte, mit ihnen zu sprechen.

Nun war es heraus, nun hatte sie die tief vergrabenen, nagenden Erinnerungen mit jemandem geteilt, dachte sie, als sie sich endlich in das weiche Bett im Gästezimmer kuschelte, dessen alte Damastbezüge schwach nach Verbene rochen. Stephen war der letzte, dem sie zugetraut hätte, diese Teufel austreiben zu können, doch seine phlegmatisch-gelassene Reaktion, als hätte er ähnliche Geschichten schon hundertmal während seiner Dienstjahre gehört, rückten das Geschehene in eine erträgliche Perspektive. Sie konnte ihre Fehler, den Mangel an Großzügigkeit und Mut, nicht ungeschehen machen, aber sie konnte sie endlich hinter sich lassen.

KAPITEL 31

Als sie zwei Tage nach Weihnachten von Tigh Bhan nach Hause zurückkehrte, machte Clare in ›The Birks‹ Halt, um Margaret für den Blumenübertopf mit dem in Brandmalerei dargestellten Kegelberg von Glencoe zu danken. Margaret war allein mit den Kindern (Dougie hatte sich aufgemacht, um in aller Ruhe ein paar Zäune zu reparieren, was man ihm nicht verdenken konnte), so daß Clare ein Weilchen blieb, um ihr vom Weihnachtsfest bei den Markies zu erzählen. Ihr Bericht wäre sicher auf noch mehr Interesse gestoßen, hätte sie vermelden können, daß Fergus mit seinem Spazierstock auf jemanden losgegangen sei.

Als sie an der Farm vorbeiging, sah sie nach Post und fand eine Karte von Joe. Sie öffnete sie begierig, weil sie ihrer Weihnachtskarte einen langen Brief beigefügt hatte. Auf Joes Karte stand: »Frohe Weihnachten, alles Gute, Joe.« Sie wußte nicht, ob sie sich ärgern oder ihn bedauern sollte.

Als sie das Cottage erreicht hatte und hinausging, um Holz zu holen, fand sie einen großen Karton im Schuppen. Ein Umschlag hing daran, auf dessen Rückseite stand: »Schade, daß ich dich nicht angetroffen habe. Dachte, du würdest heute zurückkommen.«

Clare stöhnte auf, wurde furchtbar wütend auf die arme Margaret und bebte vor Enttäuschung bei dem Gedanken, daß Donald da gewesen war, vielleicht gerade vor einer halben Stunde. Endlich eine Chance, ihn zu sehen, und sie hatte sie verpaßt.

Auf seiner Karte waren graue Seehunde, gemalt von einem Künstler aus der Gegend. Er schrieb: »Ich hoffe, dein erstes Weihnachtsfest bei uns im Tal war ein frohes und das neue Jahr wird dir Glück und Zufriedenheit bringen, wo immer du bist. Alle guten Wünsche, Donald (Ich schätze, dein kleiner Hund ist inzwischen sowieso hoffnungslos verzogen).«

So viel, aber nicht genug. Tränenblind kniete sich Clare auf den mit Rinde und Holzsplittern bestreuten Schuppenboden und öffnete den Karton. Ein mit Bohnen gefüllter Sitzsack für Rory war um einen schönen, alten Mehlkrug gestopft. Als sie den blau glasierten Deckel anhob, entdeckte sie ein schmales, hübsch verpacktes Buch darin. Gedichte von Naomi Mitchison. Als sie später vor dem Kamin darin las, machten sie sie so traurig, daß sie aufhören mußte. Schottland, Donalds Schottland, sehnsüchtig besungen und beklagt, seine Schönheit mit Wehmut durchzogen.

Sie hätte ihm so gern das Geschenk gegeben, das sie liebevoll für ihn ausgesucht hatte – zwei Fotografien, die sie freudig überrascht in einem Trödelladen in Inverness entdeckt hatte. Die eine zeigte eine Schafschur auf einem Hang an der östlichen Seite der Glen, der jetzt mit Baumschonungen bedeckt war, die andere ein Highlandpferd, das einen Pflug über ein Feld bei der buckeligen Brücke zog. Sie hatte sie rahmen lassen und war dann ständig hin- und hergerissen zwischen der Überzeugung, daß Donald sich freuen würde, und der nicht minder starken Überzeugung, daß er die Bilder bereits kannte, daß alle sie kannten und überall Reproduktionen hingen und daß sie ihm nicht Dokumente seiner eigenen Geschichte schenken sollte.

Sie wollte ihm für seine wunderbaren, sehr persönlichen Geschenke danken und überlegte, ob sie ins Dorf gehen und ihn anrufen sollte, aber sie fürchtete, ihre Stimme nicht unter Kontrolle halten zu können. Schreiben konnte sie ihm aber wenigstens. Der erste Brief war zwölf Seiten lang und tat ihr gut. Das endgültige, deutlich kürzere Ergebnis traf mehr den Ton seiner eigenen Botschaft und stellte sie nur insofern zufrieden, als man absolut nichts hineinlesen konnte.

In den ersten Tagen des neuen Jahres mußte Clare sich viel Mühe geben, nicht den Kopf hängen zu lassen. Trudy war noch nicht wieder zurück, und die Urquharts wurden von Freunden und Verwandten belagert, die glaubten, keine Umstände zu machen, weil das Ardlonach doch sowieso ein Hotel war. Nur Lilias brauchte ihre Unterstützung und Hilfe. Stephen war wieder nach England gefahren, während Libby und Oliver für den Rest der Ferien in Tigh Bhan blieben. Clare verbrachte viel Zeit mit ihnen, froh über ihre unkomplizierte Zuneigung und Fröhlichkeit. Sie fuhr mit ihnen in die Stadt, um Büchergutscheine einzulösen und das Weihnachtsgeld auszugeben, sie brachte sie zum Skifahren nach Glencoe und zum Reiten nach Glen Righ.

Catriona begrüßte die Kinder zuerst etwas nervös, doch deren Begeisterung steckte sie an, und Watty Duff war gleich mit Feuereifer dabei und half. Eines Tages, als er mit seinem Tee und der Zeitung vom Vortag am Küchentisch saß, während Clare, Catriona und die Kinder um ihn herum mit der Zubereitung eines Fasans beschäftigt waren, ließ er verlauten: »Ich wollte schon immer mal ein bißchen Kochen lernen.« Daraufhin faltete er die Zeitung zusammen und stürzte sich mit ins Geschehen. Ab da gab es kein Halten mehr für ihn, und er stellte sich als viel gelehrigerer und talentierterer Schüler heraus als Catriona. Er brachte den Herd zum Glühen, daß es eine wahre Pracht war, und die Küche wurde fast so warm wie Margarets.

Oliver ging mit MacGillivray auf die Pirsch, während Libby, die gerade mitten in ihrer Pferdephase steckte, die Überreste alter Hindernisse aus dem Stall zerrte und sie mit Catrionas Hilfe zusammennagelte. Die Ponys zogen es zwar vor, durch sie hindurchzulaufen, statt zu springen, aber sie meinten es nicht böse.

Ein paar verregnete Nachmittage verbrachten sie damit, die unbenutzten Flügel des großen Hauses zu erkunden, was bei den Kindern ein Riesenerfolg war. Clare befürchtete anfangs, die Expedition könne Catriona traurig machen, aber sie schien die ehemaligen Kinderzimmer und verwahrlosten Räume mit dem distanzierten Blick einer Touristin zu betrachten und genauso viel Spaß zu haben wie die anderen.

Clare brachte ihre Übersetzung von Großtante Sofias Aufzeichnungen ohne weitere Zwischenfälle zu Ende und druckte sie aus. Dann begann sie, Fergus' weitschweifige Familiengeschichte abzutippen. Er schrieb jetzt nicht mehr viel und war damit zufrieden, stundenlang in den von Clare produzierten Texten zu lesen.

Als die Kinder wieder zur Schule mußten, gestand Lilias, daß sie froh war, das Haus wieder leer zu haben, so schön sie den Besuch der Enkel auch gefunden hatte. Trudy kehrte ohne Ben zurück, und die Töpferei blieb still und verlassen. Im Winter herrschte im Laden deutlich weniger Betrieb, obwohl Trudy dankbar und beruhigt feststellte, daß sie eine treue Stammkundschaft gewonnen hatte. Clare kam genauso häufig zur Alten Spinnerei wie zuvor, aber eher wegen Trudys Gesellschaft als um zu helfen.

Auch nach Ardlonach fuhr sie regelmäßig und hatte Una sehr ins Herz geschlossen, so flatterhaft und unkonzentriert sie manchmal auch sein konnte, vor allem, was das Geschäftliche betraf. Über Tony war sich Clare nicht ganz im klaren; er verhielt sich stets charmant und freundlich, flirtete sogar ein wenig mit ihr, aber sie beobachtete, daß er es mit der Arbeit nicht so genau nahm und so oft er konnte auf die Jagd oder zum Skifahren oder – seine neueste Leidenschaft – zum Gletscherklettern ging.

Anfang Februar kam der erste richtige Schnee, herbeigetrieben von einem heulenden, unablässigen Sturm, der alles im Tal zum Stillstand brachte, die Straße über das Moor unpassierbar machte und Clare für mehrere Tage im

Cottage einschloß. In gewisser Weise genoß sie die Erfahrung regelrecht. Auf praktischer Ebene wußte sie, daß sie genug Vorräte hatte und sich helfen konnte, aber viel wichtiger noch war es zu merken, wie gut sie sich angepaßt hatte. Sie spürte weder Angst noch Unruhe noch Langeweile. Sie laß viel (ich habe *Krieg und Frieden* zu Ende gebracht, Donald), strich die Badezimmerdecke und ersetzte die ausgefranste Einfassung einer schönen (und schön dicken) Tagesdecke, die Lilias ihr geschenkt hatte. Sie hörte stundenlang Musik und dachte an Donald, wobei Rory so tat, als sei er noch klein genug, um auf ihrem Schoß zu liegen, und sie schlief tief und warm eingehüllt, während der Schneesturm tobte und vergeblich an dem stabilen kleinen Haus rüttelte.

Nachdem sich der Sturm gelegt hatte, trat sie verzückt in eine völlig veränderte Welt hinaus; alles war mit einem dicken, weißen Mantel überzogen, und die blendend helle Sonne ließ den See postkartenblau erstrahlen.

Rory schlug Purzelbäume vor Freude und war unglaublich komisch bei seinem Toben in dem neuen Element, und Clare sehnte sich danach, ihr Lachen und diese glitzernde Schönheit teilen zu können. Selbst in diesem Moment bedrückte sie der Gedanke, daß ihr jeder Tag die Nachricht von Donalds Abreise bringen konnte. Als der Schnee so schnell wieder verschwand, wie er gekommen war, und die ganze Landschaft tropfend und rauschend zu neuem Leben erwachte, war ihre größte Angst, daß dies die erste Neuigkeit war, die ihr zu Ohren kommen würde.

Und dann war es soweit. Sie begegnete ihm auf ganz normale, undramatische Weise, in Tigh Bhan. Sie hatte für Lilias eingekauft und parkte neben Donalds Landrover vor dem Haus. Trim preßte die Nase gegen das Heckfenster und begrüßte sie mit einem Bellen und Rory mit zärtlichem Winseln.

Clare öffnete die Hecktür und ließ Rory zu seiner aufgeregten Tante in den Wagen, dann ging sie mit zittrigen Knien ins Haus. Donald wollte gerade zu einer Schonung in der Nähe der Schlucht aufbrechen, wo die Kaninchen großen Schaden unter Geralds jungen Bäumen angerichtet hatten. Sie wußte später nicht mehr, was sie gesagt hatte oder wo sie die Einkäufe abgestellt hatte oder wie überhaupt beschlossen worden war, daß sie ihn begleiten sollte. Es gab ein solches Stimmengewirr aus Begrüßungen, Anweisungen und Fragen über das richtige Schuhwerk (Clare hatte sowieso immer Stiefel im Auto für den Weg über die Landzunge), daß sie hoffte, sich nicht allzu sehr verraten zu haben. Sie konnte sich nur noch an Donalds Lächeln erinnern und an seine ruhige Stimme, mit der er sagte: »Du kommst gerade rechtzeitig zu einer weiteren Lektion über das rauhe Landleben«, als ob es die Wochen des Schweigens und der Furcht nicht gegeben hätte.

Dann wartete sie mit ihm in der Stille des Waldes, spürte plötzlich eine Vibration im Untergrund, die Panik der flüchtenden Kaninchen. Sie warf Donald einen Blick zu und stellte fest, daß er sie beobachtete, um zu sehen, ob sie verstanden hatte. Er nickte zufrieden. Bewegungslos an eine kahle Eberesche gelehnt starrte Clare die Netze an und wartete mit gemischten Gefühlen darauf, daß sie sich mit verzweifelt strampelnden Kaninchen füllten.

Ich esse selbst Kaninchen, also kein falsches Mitleid, ermahnte sie sich. Ihr war erklärt worden, daß sich die Tiere nach einigen milden Wintern (milde?) bedrohlich vermehrt hatten. Die Jagdfrettchen, die die Kaninchen aus ihren Bauen trieben, folgten ihrem natürlichen Instinkt, und sie konnte eine gewisse primitive Erregung nicht leugnen, wenn wieder ein Opfer in die wartende Falle ging. Dennoch wäre sie nicht fähig gewesen, selbst eines zu töten, und sie hielt sich die Ohren zu und mußte die Augen vom Todeskampf der Kaninchen abwenden.

Mit hellwachen Sinnen verfolgte Clare das Drama und die methodischen, geübten Bewegungen, mit denen Donald die Netze zusammenraffte und wieder auslegte, und sie genoß die Stille des Wartens und Horchens. Die Frettchen fand sie unerwarteterweise entzückend, obwohl sie ihre ganze Selbstbeherrschung aufbringen mußte, als Donald ihr eines in die Hände legte. Sie zwang sich, das zierlich gebaute, aber erstaunlich kräftige Wesen genau anzusehen; ihr gefiel sein sauberes, hellgelbes Fell, die glänzenden, rötlichen Augen, das neugierige Schnuppern, als ob es ihr großzügig ein paar Minuten seiner Zeit widmete, ehe die eigentliche Arbeit begann. Sie waren wirklich possierlich anzusehen, wenn sie zuerst ein wenig vor einem Erdloch spielten, mit flinker Gelenkigkeit übereinanderkugelten und Donalds geflüstertes Schimpfen ignorierten, bis sie bereit waren, wieder an ihre Arbeit zu gehen.

Die meiste Zeit über regnete es feinsilbrig aus weichen, weißen Wolkenbergen vor einem blaugrauen Himmel. Der würzige Geruch von Erde und altem Laub und der durchdringendere von nassem Rhododendron und verfaulendem Holz umfing Clare, als sie durch das Unterholz kroch, um eventuelle Hinterausgänge zu versperren. Sie war sich eines vollkommenen Glücks bewußt und wollte nirgendwo anders sein, nichts anderes tun.

Die Augen auf die Netze gerichtet, bewegungslos, trotz der Kälte, die von dem feuchten Boden durch ihre Stiefelsohlen drang, die klammen Finger in der Jackentasche vergraben, ließ Clare ihre Gedanken wandern. Bevor sie

Donald kannte, hatte sie die Zukunft als eine Straße betrachtet, auf der sie sich einem ersehnten, aber nicht näher definierten Ziel näherte. Für kurze Zeit hatte sie geglaubt, es mit Martin erreicht zu haben. Ein Ehemann, ein Haus, eine angesehene Stellung in der Gesellschaft, eine klar umrissene Zukunft. Doch das Gefühl des Wartens und Suchens war bald zurückgekehrt. Unerfülltheit. Gab es dieses Wort überhaupt? Dann hatte sie Donald getroffen, und wenn sie mit ihm zusammen war, verschwand das Hoffen auf die Zukunft. Ihr Leben hatte Sinn und Zweck, alles schien ganz einfach. Diese Stunden mit ihm waren ihr überraschend geschenkt worden, und obwohl sich zwischen ihnen nichts verändert hatte, genügte das, um sie glücklich zu machen.

»Ich glaube, das reicht für heute«, sagte Donald schließlich in die undurchdringlicher werdende Dämmerung hinein. Clare hatte von den letzten, aus ihrem Bau geflüchteten Kaninchen nur noch das weiße Bauchfell gesehen, als Donald sie zu ihren toten Freunden und Verwandten warf. Sie wickelten zum letzten Mal die Netze auf und setzten die Frettchen in ihre Transportkisten. Die Abendluft war wie ein Destillat der Gerüche des Tages, der für Clare immer etwas Besonderes bleiben würde. Als sie auf dem Pfad am Bach entlang auf die Lichter des Hauses zugingen, legte Donald ihr einen Arm um die Schultern und drückte sie kurz an sich.

»Du würdest eine gute Kaninchenfängergehilfin abgeben.«

Clare lachte, versteifte sich aber unwillkürlich in seinem Arm. Sie wußte, ihr Körper würde sie verraten, wenn sie auf diese Geste reagierte, würde sich ihm zuwenden und sich auf unmißverständliche Weise an ihn schmiegen.

Trim tat unbeeindruckt, als sie die Kaninchen in den Laderaum des Land Rovers warfen, doch Rory war entsetzt über die zwanzig noch warmen Leichen und nicht begeistert von dem Geruch, der von Clare ausging.

»Ich schätze, du willst ihn mit nach vorn nehmen«, sagte Donald und hob Rory am Nackenfell heraus.

»Trim aber auch. Gerechtigkeit muß sein.«

»Der Hund wird noch ganz verdorben«, grummelte er, machte Trim aber resigniert ein Zeichen mit dem Kopf und suchte zwei Kaninchen für Lilias aus.

»Hier ist ein hübsches junges für dich. Kannst du es nach Hause tragen, wenn ich es dir in den Kofferraum lege?«

Tee in der warmen Küche von Tigh Bhan, dampfende, verdreckte Hosen, kältesteife Finger um dünne, durchscheinende Tassen, frisch gebackenes Teegebäck, Himbeermarmelade und riesige Stücke Mokka-Walnuß-Kuchen. Trim, die warnend eine Lefze hob, als Topsy und Poppy ungeschickt mit Rory spielen wollten, Gerald, der wieder einmal tönte, Donald müsse ihn das nächste Mal mit dem Gewehr mitkommen lassen, das sei sowieso die einzig wahre Methode. Donald, der den Kaninchen flink das Fell abzog und sie ausnahm, dabei Lilias' Einwände überhörte, daß sie sehr gut selbst dazu in der Lage sei. Reinstes Glück. Ein Glück, von dem Clare wußte, daß sie es nicht festhalten oder zurückholen konnte. Ohne Vorwarnung brannten plötzlich Tränen in ihren Augen, ihre Kehle wurde eng.

Dann stand Donald auf, Trim war schon an der Tür. Hin und Her von Dankes- und Abschiedsworten, gebrüllte Befehle an Topsy und Poppy, im Haus zu bleiben. Er ging. Aber wir haben doch noch gar nicht miteinander geredet, haben uns nicht gesagt ... ja, was gesagt? Hätte sie doch bloß nicht dieses Auto, dann hätte er sie zur Farm mitgenommen, und dann vielleicht ... Als sie ein paar Minuten später durchs Tal fuhr, wobei Rory auf dem

Rücksitz Männchen machte und seine zuckende Nase auf diesen unwiderstehlichen Geruch aus dem Kofferraum richtete, fiel ihr auf, daß niemand etwas von einer bevorstehenden Abreise Donalds gesagt hatte.

KAPITEL 32

Der nächste Tag war sonnig und kalt, mit einem frischen Wind, der die Wiesen schnell trocknete. Es war ein Tag, um draußen zu sein, und Clare hätte es sowieso nicht in ihren vier Wänden gehalten, ruhelos und aufgewühlt wie sie durch die Begegnung mit Donald war. Sie hatte ihren Vorrat an Anmachholz während der Winterwochen stark dezimiert und entschied, daß unter den Kiefern auf der felsigen Anhöhe hinterm Haus der beste Ort war, um ihn aufzustocken.

Der gestrige Tag war merkwürdig gewesen, wie ein Echo aus dem vergangenen Jahr, wunderbar, aber nur von kurzer Dauer. An Donalds Verhalten hatte sich nichts geändert – freundlich, gelassen, sanft neckend wie immer. Es war der beste Beweis, daß die Wochen, in denen sie sich nicht gesehen hatten, ihm nichts weiter bedeuteten. Seltsam, daß ihre erste gemeinsame Unternehmung nach so langer Zeit vor allem aus stillen Stunden des Abwartens bestanden, in denen Reden unmöglich war. Es war ein traumartiger, beinahe zeitloser Nachmittag gewesen. Und er hatte keine Veränderung gebracht.

Rory liebte die Kiefernzapfen und spielte glücklich in Clares Nähe. Er stieß einen mit den Pfoten vor sich her, rollte sich auf den Rücken, um damit zu jonglieren, und knurrte enttäuscht, als er ihn fallen ließ. Sie waren ein ganzes Stück vom See entfernt, drei große Felsterrassen darüber, und Rory folgte ihr, während sie ihren Korb füllte.

Es geschah unglaublich schnell. Ein Windstoß rollte den Kiefernzapfen davon, und Rory hoppelte über eine abschüssige Felsplatte hinterher. Clare rief ihn, aber er war schon auf der darunterliegenden Terrasse, und als sie ihm folgte, raste er in blindem Jagdeifer den glatten Hang hinunter. Sie schrie jetzt, rutschte hinter ihm her, war aber noch meterweit entfernt, als er mit einem angstvollen Aufjaulen über den Rand der untersten Klippe in den See stürzte. Kurz war noch ein Büschel roten Fells zu sehen, ehe die dunklen Wasser über ihm zusammenschlugen. Clare rannte weiter und wäre beinahe hinterhergesprungen, bis sie die Gefahr erkannte und sich an einen spitz vorstehenden Stein klammerte. Schluchzend kroch sie rückwärts an eine sichere Stelle zurück, konnte nicht fassen, was passiert war.

Mit zitternden Beinen kletterte sie das Felsgesims wieder hinauf und taumelte an der Flanke des Hügels zum Strand hinunter. Sie suchte verzweifelt nach dem kleinen Körper, aber ihr Verstand sagte ihr, daß Rory in der starken, zum Meer hinfließenden Strömung nicht überlebt haben konnte und daß seine Leiche, wenn überhaupt, entfernt angespült werden würde. Trotzdem suchte sie weiter, rief und schrie, außer sich vor Kummer und Schuldgefühlen.

Schließlich schleppte sie sich zum Cottage zurück. Sie mußte jemandem davon erzählen, mußte den Schrecken mit jemandem teilen. Donald. Doch von dieser Seite konnte sie keinen Trost erwarten. Sie hatte sich schon nach Tigh Bhan aufgemacht, als ihr einfiel, wie sehr es Lilias belasten würde, sie in diesem Zustand zu sehen. Blind vor Tränen wandte sie sich in die Richtung von ›The Birks‹.

Es war wohl die beste Entscheidung. Dougie saß gerade beim Abendessen, und er und Margaret zeigten zwar Verständnis und trösteten sie, aber ihre Betroffenheit hielt sich in Grenzen. Rory war schließlich nur ein Hund, und junge Hunde gab es reichlich. Außerdem glotzten die Kinder sie fasziniert an, wodurch ihr klar wurde, wie aufgelöst sie aussehen mußte. Und der widerliche Geschmack der Dosentomatensuppe, die Margaret auftischte, war ebenfalls eine heilsame Ablenkung. Dankbar, weil sie die Tragödie auf ein alltägliches Geschehen reduziert hatten, machte sich Clare auf den Heimweg. Dort würden all die Sachen auf sie warten, die an Rory erinnerten, doch das konnte ihr niemand ersparen. Sie würde mit der Tatsache leben müssen, daß dieses muntere, anhängliche kleine Wesen durch ihre Dummheit und Fahrlässigkeit zu Tode gekommen war.

Mit starrem Gesicht und zitternden Händen sammelte sie Rorys Gummiknochen, einen alten Hausschuh, seinen Ball, ein zerkautes Stöckchen, Leine und Näpfe ein. So viele Dinge. Das Problem in ›The Larach‹ war, daß man Sachen nicht einfach in die Mülltonne werfen konnte und sie nie wieder zu sehen brauchte. Der Sitzsack von Donald mußte vorläufig auf dem Dachboden untergebracht werden. Vielleicht würde er Chippy gefallen – in Glen Righ House gab es solche Luxusartikel nicht.

Wieso hatte sie die Gefahr nicht erkannt? Wie hatte sie ihn auf die Klippen mitnehmen können? Nein, nicht darüber nachdenken, einfach weitermachen.

Sie hörte nicht, wie sich die Tür öffnete, war viel zu sehr in ihren Kummer versunken. Plötzlich stand Donald in der Küche, und sie raffte sich vom Boden auf und ging ohne nachzudenken zu ihm und ließ sich umarmen und trösten. Er drückte sachte ihren Kopf an seine Brust, seine warmen, kräftigen Finger streichelten beruhigend ihren Nacken.

»Ich konnte ihn nicht aufhalten. Es ging alles so schnell.« Tränenbäche stürzten aus ihren Augen, die Worte kamen als Schluchzer heraus. »Ich hätte ihn nie dort mit hinauf nehmen dürfen. Aber wir waren so weit vom Wasser entfernt, ganz oben zwischen den Bäumen. Dann kam der Wind, und er spielte mit den Zapfen, und ich hätte besser auf ihn aufpassen müssen, ich hätte merken müssen ...«

»Ach, Mädchen, gräm dich nicht so«, beschwichtigte Donalds tiefe Stimme. »Gräm dich doch nicht so.«

»Er war so glücklich. Er war so ein lieber, kleiner Hund.«

»Ich weiß.«

Sie wich ein Stück zurück und sah ihn an, versuchte, ihre Tränen unter Kontrolle zu bringen. »Donald, daß du gerade jetzt gekommen bist, wo ich dich so sehr brauche.«

»Dougie hat mich angerufen. Sagte, du hättest Kummer.«

»Oh, wie lieb von ihm.« Neue Tränen, diesmal der Dankbarkeit. Ihre Stimme bebte immer noch. Wie gut von Donald, daß er sofort gekommen war. Auf einmal wurde sie sich der Situation bewußt, machte einen Schritt zurück, und Donald ließ sie los. In seiner gelassenen Art sagte er: »Das hier willst du im Moment sicher nicht sehen.« Dann bückte er sich, warf die traurige Sammlung von Lieblingsspielzeugen auf den Sitzsack und trug alles hinaus. Clare fragte nicht, was er damit vorhatte.

»Wo ist Trim?« erkundigte sie sich, als er zurückkam.

»Im Boot. Dort ist sie gut aufgehoben.«

»Rücksichtsvoll von dir, sie nicht mit herein zu bringen«, sagte Clare erstickt, trotz aller Bemühungen, sich zusammenzureißen.

Donald ließ ihr einen Moment Zeit, dann spürte sie

seinen festen Griff an der Schulter. »Komm, Clare, hol deine Jacke, du kannst jetzt nicht allein hier bleiben.«

»Fährst du ins Dorf?«

»Ich bringe dich nach Rhumore.«

Auf dem See war es bitterkalt. Der Wind strich wie eine eisige Hand über Clares Gesicht und ließ es zu einer Maske erstarren. Sie kuschelte sich in seine Arme, wandte den Blick von den dunklen, bedrohlichen Wellen ab und atmete den tröstlichen Geruch seiner Jacke ein.

Nach Rhumore, in Donalds Welt. Ihre gestrige Begegnung in Tigh Bhan schien aus ihrer beider Leben herausgelöst gewesen zu sein, nur das Hier und Jetzt hatte gezählt. Sie hatte ihm gleich zu Anfang ihr Beileid wegen Ishbel ausgedrückt, und er hatte es mit der gleichen Förmlichkeit entgegengenommen. Jetzt aber rückte die Realität wieder näher.

»Donald, ich wollte dir schon die ganze Zeit erklären ... Wegen Ishbels Beerdigung. Ich bin nicht gekommen, weil ich nicht sicher war, ob ...«

»Mach dir deswegen jetzt keine Gedanken.«

»Ich wollte mich nicht aufdrängen – als Neuankömmling und so ...«

»Schon gut. Ich habe es verstanden.«

»Und es hat mir so leid getan, dich zu verpassen, als du nach Weihnachten kamst. Bloß, weil ich auf dem Heimweg noch bei Margaret war. Ich habe dir noch nicht einmal richtig für deine wunderbaren Geschenke gedankt.«

Er drückte sie an sich. »Denk nicht mehr darüber nach. Du hast mir geschrieben, weißt du nicht mehr?«

Diese vorsichtigen, abgeschwächten Zeilen. Und ihr Geschenk wartete immer noch auf ihn, sie hatte es völlig vergessen.

Er nahm sie mit nach Rhumore – sie hätte nie gedacht, daß das je geschehen würde. Sicher würde er jetzt über seine Zukunftspläne sprechen. Sie fröstelte, konnte an diesem Tag keinen weiteren Schlag ertragen. Aber sie durfte nicht überreagieren, warnte sie sich, egal, was er sagte. Wahrscheinlich tat sie ihm nur wegen Rory leid, nur deshalb kümmerte er sich so um sie.

Vom Bootsanleger führte ein Fahrweg in weitem Bogen zur Klippe nach Rhumore hinauf, doch Donald nahm Clare bei der Hand und zog sie auf einen steilen Pfad, den sie mit regelmäßigen Schritten erklommen. Sie kamen auf einem von Schafen kurz gehaltenen Wiesenstück heraus, wo ihnen der Wind entgegenblies und sich ein phantastischer Blick über die Inseln und den Sund eröffnete. Hinter einer Lücke in einer Schutzmauer waren die Wirtschaftsgebäude zu sehen, und das große, aus Granitblökken erbaute Wohnhaus blickte über ihre schieferblauen Dächer hinaus aufs Meer. Trotz allem, was passiert war, spürte Clare plötzlich so etwas wie Aufregung, als Donald sie zu einem Steinportal an der Seite des Hauses führte, wo Trim in eine mit Säcken ausgelegte Holzkiste sprang und mit interessiert aufgerichteten Ohren zusah, wie sie hineingingen.

Ein enger Flur, dunkel vor Jacken und Mänteln. »Ich ziehe besser meine Stiefel aus«, schlug Clare vor. Sie hatte sie zum Feuerholzsammeln angezogen, es schien Tage her zu sein.

»Nicht nötig«, entgegnete Donald brüsk und öffnete die Tür zu einer Küche, die Clare mit offenem Mund verstummen ließ. Sie war ganz in klinisch-sterilem Weiß gehalten und von kalten Neonröhren beleuchtet, die ihre Augen blendeten. Alles darin bestand aus funktionellen Einbauelementen, mit Ausnahme eines armseligen Resopaltischchens und zwei röhrenbeinigen Metallstühlen, die verloren in der Mitte des Raums standen. Bestürzung und Enttäuschung machten sich in ihr breit..

Donald gab ein heiseres Geräusch von sich, das möglicherweise ein Lachen sein sollte. »Wie wär's mit etwas zum Aufwärmen? Brandy? Sherry? Ich könnte auch eine Suppe machen.«

»Nur einen Kaffee, danke. Oder hast du dein Mittagessen ausfallen lassen, weil du zu mir gekommen bist?« Sie hatte keine Ahnung, wie spät es war.

»Ich werde nachher etwas kochen.« Er ging, um den Kessel zu füllen, und Clare sah sich weiter um. Keine Farbe, keine Seele. Donalds Frühstücksgeschirr stand auf dem Ablaufbrett, auf der Arbeitsplatte lagen eine Zeitung, ein paar braune Umschläge, ein Katalog. Der Raum war gut geheizt, aber sie fror.

»Donald?«

»Ja?«

»Könnte Trim vielleicht hereinkommen?«

Donald warf ihr über die Schulter einen forschenden Blick zu, stellte die Tassen ab, die er aus einem Schrank genommen hatte, und ging wortlos hinaus. Trim zögerte an der Türschwelle und bleckte die Zähne zu einem einschmeichelnden Lächeln, dann tapste sie über den glänzenden Fußboden zu Clare und ließ sich auf ihren Füßen nieder. Sie preßte sich gegen ihre Beine und stupste sie mit der Schnauze an, weil sie am Kopf gekrault werden wollte.

Dann saßen sie an dem absurden Tisch und tranken ihren Kaffee, hölzerne Gestalten in einem schwarzweißen Gemälde. Zum ersten Mal hatten sie sich nichts zu sagen.

»Möchtest du den Rest des Hauses sehen?«

Wie sehr hatte sie sich gewünscht, sein Zuhause zu sehen, aber jetzt war sie sich nicht mehr so sicher, verwirrt durch diese furchtbare Küche und die spürbare Präsenz feindlicher Geister. Das Haus hatte eine unbehagliche Atmosphäre, seine solide Bauweise und die ursprüngliche, rustikale Innenausstattung wurde von diesem Zeug erstickt, das auch Martin gemocht hatte – Rauchglascouchtische und gerüschte Sofakissen, gefärbtes Pampasgras und marmorne Tischfeuerzeuge. Das Badezimmer war in Flieder und Aubergine gehalten, einschließlich des Bidets und der Plastikmatten um die Badewanne. Das Hauptschlafzimmer, mit Flügeltür, Spiegeln und weißen, kunstharzbeschichteten Möbeln mit Goldverzierungen gab keinerlei Hinweis darauf, daß der Hausherr es benutzte, wie Clare erleichtert feststellte. Donald schlief in einem unpersönlichen Raum, der beunruhigend nach Übergangslösung aussah. Nirgends war eine Spur von seiner Kindheit und Jugend zu entdecken, auch nicht von Fionas Kindheit. Die unbenutzten Räume waren kalt, finster und abweisend.

Clare fühlte sich deprimiert und einsam, als sie Donald eine gewundene Treppe mit einem eleganten, schmiedeeisernen Geländer hinunterfolgte, über deren glänzend gebohnerten Holzstufen ein Teppichläufer lag, nicht unähnlich dem in Inas Aufenthaltsraum.

Dann öffnete Donald eine weitere Tür und trat beiseite, um sie in einen kleinen Raum vorangehen zu lassen, der wie eine Bühnendekoration wirkte, weil er so gar nichts mit dem Rest des Hauses zu tun hatte. Vor allem war er gemütlich warm, dank eines großen Feuers in dem gekachelten viktorianischen Kamin mit Holzeinfassung. Es gab einen hohen Sekretär, dessen Klappe heruntergelassen und mit Papieren bedeckt war, einen abgetretenen türkischen Teppich, tiefe Ledersessel, Bücherregale an einer Wand, Fensterläden aus Eichenholz, die nie mit Farbe malträtiert worden waren, verstreut herumliegende Farmerzeitschriften.

Dieses Zimmer war ganz Donald, roch nach ihm, spiegelte sein ganzes Wesen wider, und sie drehte sich überaus erleichtert zu ihm um. Er beobachtete sie, sein Gesicht verriet nichts. Sie wußte nicht, was er in ihren Zügen las, aber im nächsten Moment lag sie in seinen Armen.

Clare konnte sich kaum auf den Beinen halten, als er sie losließ, in ihrem Kopf drehte sich alles, ihr Körper war kraftlos. Mit einem Ausruf des Ungehaltenseins über sich selbst hob Donald sie auf seine Arme und sank mit ihr in den großen Sessel neben dem Kamin. »Tut mir leid, Liebling, ich hätte etwas sanfter sein sollen.« Er drückte sie an sich, seine Wange an ihrem Haar, und sie war gerührt und erstaunt über den Gefühlsaufruhr in seiner rauhen Stimme.

»Oh nein, Donald, das wollte ich doch. Ich habe mich so sehr nach dir gesehnt.«

»Meinst du das ernst?« Er lehnte sich zurück, um sie anzusehen, und sein Gesicht war so verändert, so verletzlich und voll von Gefühl, daß ihr Herz einen Moment lang aussetzte.

»Oh Donald.« Seine kräftigen Haare unter ihrer Hand, der unnachgiebige Arm, der sie hielt. Ihre Augen suchten einander, lasen dieselbe Botschaft.

»Hey, kein Grund zu weinen!« Er schlug einen leichteren Ton an, mit einer neuen, liebevollen Note darin, die für sie die reine Musik war.

Dann fiel ihr wieder ein, warum ihre Tränen an diesem Tag so leicht flossen. »Du willst mich nicht nur wegen Rory trösten?« fragte sie plötzlich zweifelnd.

»Nein. Ich wollte sowieso zu dir kommen.«

»Wirklich?« Vermutungen rasten durch ihren Kopf.

»Ich traute meinen Augen kaum, als du gestern in Tigh Bhan zur Tür hereinkamst. All die Wochen habe ich mich gefragt, wie bald ich dich wieder besuchen kommen könnte, aber ich war unsicher, ließ immer noch ein bißchen mehr Zeit verstreichen. Ich zwang mich zu warten, wie du dich entscheiden würdest, wegen ›The Larach‹ und deiner Zukunft im allgemeinen. Aber als ich gestern mit dir dort oben in der Schonung war, in dieser Stille, und sah, wie gut du mit allem zurechtkamst, wie gut du hierher paßt, wußte ich, daß ich nicht länger warten konnte. Nur war es nicht ganz der richtige Ort und Zeitpunkt für eine Aussprache – vor allem hätten wir keine Kaninchen gefangen, soviel steht fest. Und im Grunde war es perfekt, so wie es war – wieder zusammenzusein, zu wissen, daß wir bald miteinander reden würden. Na ja, und dann in Tigh Bhan bei den Markies war es schlecht möglich ...« Er lachte glücklich und drückte sie fest an seinen großen Körper. »Du weißt verdammt gut, daß es nicht nur um Rory geht.«

Sie vergaßen die Zeit und die Welt außerhalb des Zimmers und fügten Stück für Stück alles zusammen.

»Ich hatte solche Angst, jeden Tag von deiner Abreise erfahren zu können.«

»Es war mir unmöglich, etwas zu planen, solange ich dich im Cottage wußte.«

»Aber ich dachte, du hättest beschlossen, nach Kanada auszuwandern?«

»Das war eine Möglichkeit, die ich mir offenhielt. Wenn du nicht geblieben wärst, hätte ich es hier nicht mehr ausgehalten, ganz allein, ohne einen Grund weiterzumachen.«

»Und ich wußte nicht, ob ich es im Cottage aushalten könnte ohne dich – mit all dem, was mich ständig an dich erinnert. Aber ich wollte auf keinen Fall ganz aus der Gegend wegziehen.«

»Wirklich? Ist das dein Ernst?« Donald klang auf einmal

ganz erregt, und Clare merkte, daß er keine Ahnung hatte, wie fest sein Griff war.

»Ich möchte nirgendwo anders mehr leben«, antwortete sie schlicht. »Wohin sollte ich gehen? Wo könnte ich es besser treffen?«

»Das wollte ich hören«, seufzte er erleichtert und zufrieden. »Daß du dich ganz unabhängig für das Leben hier entscheidest.«

Sie nickte. »Ich weiß. Ich mußte mir selbst erst ganz sicher sein. Alles hier war von Anfang an so eng mit dir verbunden. Als ich dachte, du würdest weggehen, stand ich erneut vor der Frage, was ich wollte und wohin ich wollte. Ich hätte vielleicht ›The Larach‹ aufgegeben – ohne dich wäre es nie wieder dasselbe gewesen –, aber ich wäre im Tal geblieben, entweder im Dorf oder in der Nähe von Luig.«

»Darauf habe ich so sehr gehofft, ich habe ständig versucht, mich davon zu überzeugen.«

»Du dachtest, ich sei wie Annabel.« Es war nicht leicht das auszusprechen, selbst jetzt nicht.

Donald bestritt es nicht. »Ich fürchtete, du würdest hier am Ende doch nicht zufrieden sein, genau wie sie. Dachte, dir würde dieses Leben vielleicht eine Weile gefallen, aber dann würdest du rastlos werden und wieder weg wollen.«

»Aber du mußt doch wissen, wie wohl ich mich hier fühle.«

»Na ja, du wolltest dich nie festlegen. Ich wußte nie so recht, woran ich mit dir war. Du hast Freundschaften geschlossen, schienst dich einzuleben, aber dann machtest du Bemerkungen wie: ›Bis zum Winter bin ich wieder weg‹. Das war ein schwerer Schlag für mich. Und als ich dich fragte, ob deine Umbauarbeiten am Cottage bedeuten, daß du vorhast zu bleiben, kam die schnippische

Antwort, das würde schließlich den Verkaufswert steigern. Ich hätte dir den Hals umdrehen können.«

»Ich hatte einfach solche Angst, meine Gefühle zu verraten. Du hast mir nie den leisesten Hinweis gegeben, daß du dir etwas aus mir machst.«

Donald rieb sich mit beiden Händen übers Gesicht und starrte ins Feuer. »Ich wollte Ishbel nicht hintergehen. Sie hatte ja mit mir auch nicht gerade das große Los gezogen. Ich habe sie geheiratet, weil sie mir aufgedrängt wurde und weil ich nach Annabel sowieso nicht mehr an die Liebe glaubte, aber es war trotzdem meine freie Entscheidung. Außerdem macht einem der Gedanke, daß der Tod der eigenen Frau eine Erlösung bedeuten wird, eine Menge Schuldgefühle. Es ist nicht leicht, damit zu leben. Aber wie kannst du nur sagen, ich hätte dir nie gezeigt, was ich fühle? War ich nicht ständig bei dir im Cottage, habe nach jedem Vorwand gegriffen, um dich zu sehen? Und dir muß doch aufgefallen sein, daß ich es nicht gerade eilig hatte, wieder wegzukommen. Noch nie bin ich während des Lammens so gern früh aufgestanden wie im letzten Jahr.«

»Wann hast du gemerkt, daß du ...?«

Er lachte sie an. »Gleich am ersten Tag, als ich dich sah. Du kannst dir nicht vorstellen, wie schwer es mir fiel, dich in dieser heruntergekommenen Hütte allein zu lassen. Du sahst so einsam und verloren aus. Ich wollte noch am selben Abend wiederkommen und nach dir sehen, weil ich Angst hatte, du könntest am nächsten Morgen verschwunden sein.«

»Es hat nicht viel gefehlt. Du bist dann aber doch nicht gekommen?«

»Nein, aber dafür eine Menge anderer Leute, nicht wahr? Oh, ich habe schon ein Auge auf dich gehabt. Du hast zum Glück durchgehalten, und es war eine Freude mitanzusehen, wie du dich angepaßt und verändert hast. Du hast deine trotzige Abwehrhaltung abgelegt und dein Alkoholproblem überwunden und die Dinge allmählich akzeptiert, wie sie waren. Und deine neuen Kleider – du sahst auf einmal um Jahre jünger aus und so verdammt attraktiv! Nur als du an deinen Haaren herumgesäbelt hattest, war ich nicht ganz so angetan.«

»Ich kann mich noch an dein Gesicht erinnern, als du es sahst. Trotzdem hast du mir so viel geholfen, du warst sehr gut zu mir.«

»Ich mußte mich doch um dich kümmern. Du wärst nicht geblieben, wenn ich dir das Leben hier nicht halbwegs erträglich gemacht hätte.«

»Ganz schön raffiniert.«

»Es war ein ziemlicher Schock für mich, als dein Freund auftauchte, obwohl ich mir hätte denken sollen, daß es da jemanden gibt. Aber als ich ihm dann an jenem Morgen bei Angus begegnete, hätte ich am liebsten laut losgelacht vor Erleichterung, weil ich sah, daß ich von ihm nichts zu befürchten hatte – ich machte mir bloß Sorgen, daß du wieder verletzt werden könntest.«

»Haben Pete und Ewan es dir gleich erzählt, als er ging?«

Donald grinste und gab keine Antwort. »Ich habe mir endlose Gedanken gemacht, ständig alles abgewogen. Du halfst Fergus mit den italienischen Texten, aber das konnte nicht lange anhalten. Du hattest die Jobs in der Alten Spinnerei und in Ardlonach, aber keiner von beiden war eine dauerhafte, sichere Sache. Du hattest dir ein Auto angeschafft, aber keines, mit dem du bis zum Cottage fahren konntest.«

»Ich wollte doch sicher sein, daß du mich weiterhin mit dem Boot abholst.«

Er lachte laut und küßte sie mit einer Überschwenglichkeit, die sie von ihm nicht erwartet hätte. Dann wurden die Küsse anders, aufmerksamer, forschender, als wolle er alles über sie erfahren, und sie fühlte eine nie gekannte Erregung und Leidenschaft. Hatten alle anderen Männer diese Phase einfach übersprungen oder lag es daran, daß sie noch nie annähernd so etwas wie Liebe empfunden hatte?

»Mein Gott, Clare«, sagte Donald mit belegter Stimme, und sie spürte, wie er sich bemühte, die Kontrolle über sich zurückzugewinnen, »Ich dachte immer, du seist so kühl, so diszipliniert.«

»Ich war mir eben sicher, daß du meine Gefühle nicht erwiderst. Und dann ...« Voll Furcht fragte sie sich, was er von ihrem Leben im Carlini halten würde. »Donald, ich bin nicht gerade ... ich meine, du solltest vielleicht wissen, daß ich ein ziemlich ausschweifendes Leben geführt habe, bevor ich hierherkam, und ...«

Er unterbrach sie entschlossen. »Ich will es nicht wissen. Du hattest immerhin den Mut, dein Leben zu verändern, während ich jahrelang eine Lüge aufrecht erhalten habe. Außerdem ...«

Er verstummte, und sie richtete sich auf, überrascht von seinem grimmigen Ton. »Außerdem was?«

»Es gibt etwas, das ich dir erzählen muß. Niemand sonst weiß davon – ein echtes Wunder in diesem Winkel der Welt –, aber zwischen uns will ich keine Geheimnisse, ich will nicht auf Unehrlichkeiten aufbauen.« Das Versprechen klang gut, fand Clare, was immer danach kommen mochte. »Ich hatte ein paar Jahre lang eine Beziehung zu einer anderen Frau. Ich traf mich mit ihr, wenn ich zu den Versteigerungen nach Stirling fuhr. Es war ... ich brauchte eben jemanden. Sie war verheiratet, hatte Kinder, es wäre nie mehr daraus geworden, aber sie gab mir Wärme und Zärtlichkeit. Ich brauchte etwas außerhalb von Rhumore.«

Clare empfand eine kurze, brennende Eifersucht, die

sie jedoch mit einer bewußten Anstrengung erstickte. In Donalds Stimme hatte diesmal keine wehmütige Sehnsucht mitgeklungen; sie konnte diese Frau akzeptieren, so wie er Joe akzeptiert hatte. Sie wollte nicht mehr über sie erfahren, aber sie konnte mit dem Wissen um ihre Existenz leben.

»Sag mir nicht, wie sie heißt, das ist alles, was ich will«, erwiderte Clare, und Donald hob bei ihrem pragmatischen Ton die Augenbrauen.

»Denk nicht, daß ich es mir zur Gewohnheit machen werde, von ihr zu sprechen«, antwortet er, erleichtert über ihre Reaktion. »Aber ich wollte dich nicht in dem Glauben lassen, daß ich der perfekte Ehemann war, der seiner Frau durch dick und dünn treu blieb. Vor allem wollte ich dir erklären, wie sehr mir mein Leben mit Ishbel als Lüge erschien, wie sehr ich mit mir selbst im Unfrieden war. Als Ishbel krank wurde, hörte ich auf, mich mit ... dieser Frau zu treffen. Um mein Gewissen zu beruhigen, schätze ich. Aber zwischen uns soll von Anfang an Klarheit und Offenheit herrschen. Wir wissen jetzt voneinander, was wir wissen müssen, und das ist eine gute Basis.«

Ablehnung, Täuschung, Schuldgefühle. Die Vergangenheit. Sie hatten an diesem Tag einen großen Schritt getan, um all das hinter sich zu lassen.

KAPITEL 33

»Auf geht's, Clare, raus hier, es gibt Arbeit für mich.«

Unsanft aus ihrer träumerischen Zweisamkeit gerissen, fragte Clare benommen: »Arbeit? Was für Arbeit? Kann ich helfen?« Hauptsache, sie war in seiner Nähe.

»Du bleibst im Warmen. Könntest höchstens was zum Abendessen vorbereiten. Ich bin am Verhungern.«

»Was?« rief Clare empört. So hat sie sich das nicht vorgestellt.

»Ich muß die Hunde füttern, Liebling«, erklärte Donald sanft.

Sie lehnte sich einen Moment an ihn, die Erinnerung kehrte zurück. Der arme Rory. »Ich möchte mitkommen. Ich will bei dir sein.«

Er strich ihr übers Haar. »Ich will dich ja auch bei mir haben. Ich dachte nur, es würde dich traurig machen.«

»Ist schon in Ordnung.« Solange er da war, konnte sie alles verkraften.

»Dann komm.«

Sie erhielt den ersten richtigen Eindruck vom Leben auf Rhumore, als sie mit Donald in der Abenddämmerung zu den Hundezwingern ging. Der Wind hatte nachgelassen, war aber beißend kalt, am frostigen Himmel erschienen die ersten Sterne. Der Geruch von Sägemehl, der warme, angenehme Geruch von Hunden, die draußen leben, die eingedellten Blechnäpfe, eisig an ihren Fingern. Trauer um Rory und neue Tränen, die Donald fortwischte.

Wieder im Haus verschlangen sie riesige Mengen Eier mit Speck in der Küche, ohne sich an deren gleißender Sterilität zu stören, dann gingen sie in das vom Kaminfeuer erwärmte Arbeitszimmer zurück und redeten und redeten. Donald bat sie nicht, über Nacht zu bleiben. Statt dessen setzte er sie gegen Mitternacht in den Landrover und fuhr sie ins Cottage, und Clare sagte sich, daß er recht hatte, daß es wohl am besten war, alles langsam anzugehen.

Diese vernünftige Überlegung war jedoch ein geringer Trost, als sie im kalten Cottage allein in ihrem Bett lag und ihr die Wärme und die Laute eines kleinen Hundes fehlten.

Abrupt fuhr sie aus dem Schlaf. Blasses Licht schimmerte durch die Vorhänge, sie hörte ein Geräusch im Nebenzimmer. Rory – nein, nicht Rory. Dafür Donalds Stimme: »Platz, Trim, bleib, wo du bist.« Eine sinnliche Vorfreude erfüllte Clare, als sie ihn an der Schlafzimmertür hörte.

»Bleib unter der warmen Bettdecke. Ich setze den Kessel auf.«

Er war hier, war beim ersten Tageslicht über den See gekommen, um sie zu sehen. Und er würde auf absehbare Zeit in Rhumore bleiben; das sollte ihr für den Moment genügen.

Der Tag gehörte ihnen. Nach einem ausgedehnten Frühstück, was für Donald an sich schon ein großes Zugeständnis war, kehrten sie mit dem Boot zur Farm zurück, wo er einiges zu erledigen hatte und mit Dougie und Calum über ein Zündungsproblem an einem der Traktoren sprach. Dann nahmen sie den Landrover und fuhren nach Righ Bay, um zu überprüfen, ob mit den Mutterschafen dort alles in Ordnung war.

»Macht es dir etwas aus, daß die Leute uns zusammen sehen?« fragte Clare, als sie über den Klippenweg schaukelten und die Farm hinter sich ließen. Zu ihrer Überraschung trat er heftig auf die Bremse und donnerte: »Was soll die Frage?«

»Wegen Ishbel, meine ich«, sagte Clare verwirrt. »Ich dachte ... weil es noch nicht lange her ist.«

Er griff nach ihrer Hand. »Tut mir leid, daß ich dich so angefahren habe. Es ist nur ...« Er schwieg, sah hinaus über die immer noch reifbedeckten Wiesen, die sich zu einer geschützten Bucht und den dunklen Überresten ehemaliger Behausungen absenkten. Jetzt werden dort erst einmal keine Ferienhäuser gebaut, Gott sei Dank, schoß es Clare durch den Kopf.

»Sag's mir«, forderte sie ihn auf.

Er schüttelte kurz den Kopf, wie um einen Anflug von Schwermut zu verscheuchen. »Mir kommt es so vor, als hätte ich den größten Teil meines Lebens damit zugebracht, mich nach anderen Leuten zu richten. In den vergangenen Monaten seit Ishbels Tod habe ich alles getan, was sie und ihre Familie und Fiona für angemessen halten würden, ich habe alle Regeln befolgt, die mir von klein auf beigebracht wurden. Als müßte ich eine Aufgabe zu Ende bringen«, sagte er wie zu sich selbst. Dann sah er sie an und sagte grimmig: »Kannst du dir vorstellen, wie es war, allein in diesem verdammten Haus zu sitzen, obwohl du ganz in der Nähe warst, nicht zu wissen, ob du vorhattest zu bleiben oder wegzugehen, mir den Kopf zu zerbrechen, wie bald ich dich *schicklicherweise*« – dies mit triefendem Sarkasmus – »besuchen kommen könnte. Ich brauchte dich, wollte mit dir reden, wollte endlich Klarheit zwischen uns schaffen. Gestern, als ich mit dir dort in dieser friedlichen Stille zusammen war, wußte ich, daß ich genug getan hatte. Jetzt ist Schluß. Von nun an zählen nur noch wir beide und mein eigenes Gewissen.«

Die Worte schienen ein Versprechen zu enthalten, doch in den darauffolgenden Tagen mußte Clare erkennen, daß sie ihn wohl falsch verstanden hatte. Da nun zwischen ihnen alles geklärt war, wollte sie mit Donald schlafen, konnte keinen einleuchtenden Grund erkennen, warum sie es nicht tun sollten. Sie rief sich in Erinnerung, daß er andere moralische Grundsätze hatte, er würde Zeit brauchen, um sich auf die neue Situation einzustellen. Außerdem wollte sie ja nicht, daß er sich wie einer ihrer leichtfertigen Liebhaber in der Vergangenheit verhielt, oder?

Oh doch, das wollte sie, gestand sie sich ein, als sie nach einem Abend voll Nähe und Zärtlichkeiten wieder einmal mit entflammten Sinnen allein in ihrem Bett lag.

Das Warten tut dir ganz gut, sagte sie sich fest, aber es war schwer einzusehen, inwiefern.

Abgesehen davon, daß sie Donald jeden Tag sah und oft bei ihm auf Rhumore war, verlief ihr Leben in ganz ähnlichen Bahnen wie im letzten Sommer. Sie fuhr weiterhin nach Ardlonach und nach Glen Righ House, sie brachte Lilias nach Fort William zum Einkaufen und nach Inverness zum Augenarzt. Trudy kam zum Abendessen ins Cottage und blieb über Nacht; sie hatten diesen gemeinsamen Abend schon vor Wochen geplant und wegen des Wetters und anderer nebensächlicher Gründe immer wieder verschoben. Doch selbst Trudy wagte Clare nichts von der aufregenden neuen Entwicklung anzuvertrauen, weil ihr nicht klar war, ob Donald bereits öffentlich machen wollte, wie die Dinge zwischen ihnen standen.

Aber wie stand es denn zwischen ihnen? Ihre Zweifel wuchsen. Sie sahen sich, so oft es ging, sie waren sich ihrer Gefühle zueinander sicher, und doch wurde Clare immer rastloser, weil im Grunde nichts entschieden war. Sie ärgerte sich über sich selbst, weil sie so frustriert war, und sie schämte sich auch. Noch vor ein paar Wochen hätte sie nicht mehr vom Leben verlangt als zu wissen, daß Donald sie liebte. Was ihr vor allem Sorgen machte, war eine zunehmende körperliche Unruhe, das schreckliche Gefühl der Enttäuschung, das sie jedesmal überkam, wenn sie allein in das stille Cottage zurückkehrte, und ihre wachsende Gereiztheit. Manchmal schien es ihr, als würde sie wieder zu der ungeduldigen Person werden, die sie bei ihrer Ankunft gewesen war. War ihr Bedürfnis nach Sex doch eine Sucht gewesen, die sie nicht wie das Bedürfnis nach Alkohol überwunden hatte? Hatte sie diese Abhängigkeit nur unterdrückt, so daß sie wieder auftauchte, sobald jemand die vertrauten sinnlichen Regungen weckte? Unsinn, rebellierte es in ihr, schließlich waren ihre Gefühle nur natürlich. Sie hatte noch nie für einen Mann so empfunden, wie für Donald; er zog sie ungeheuer an und verkörperte alles, was sie sich je erträumt hatte. Es fiel ihr einfach schwer abzuwarten und nicht die Initiative zu ergreifen, weil sie so überzeugt gewesen war, daß das Bedürfnis, das er in ihr weckte, rasch befriedigt werden würde.

Dennoch wollte ein Teil von ihr sich ebenfalls Zeit lassen und Donalds Skrupel respektieren. Allerdings stellte sie zu ihrer Besorgnis bei ihm eine wachsende Befangenheit fest, die sich auch auf sie übertrug. Sie waren noch nicht in der Öffentlichkeit als Paar aufgetreten, obwohl sie das nach diesem ersten himmlischen Tag der gegenseitigen Geständnisse eigentlich erwartet hatte. Fand er nun doch, daß Ishbel eine angemessene Zeit der Trauer und des Abwartens verdiente? Oder machte ihm etwas anderes Sorgen? Oder hatte sie viel mehr in seine Worte hineingelegt als sie bedeuten sollten?

Dann quälte sie plötzlich eine noch viel beängstigendere Frage: Hatte Donald vielleicht kein Interesse an Sex? Als Ergebnis einer konservativen, schottisch-katholischen Erziehung? Oder war ihr Appetit einfach übermäßig? Martin und Joe geisterten wieder durch ihre Gedanken.

Mit großer Erleichterung, deren paradoxe Seite ihr nicht entging, fielen ihr Donalds Beziehungen zu Annabel und jener namenlosen Geliebten ein, die ihm kurze Fluchten aus seiner unglücklichen Ehe ermöglicht hatte. Sie dachte daran, wie schön es war, einfach nur in seinen Armen zu sein, und verglich ihre jetzige Situation mit den einsamen Wochen, in denen sie bang auf die Nachricht von seinem Weggang gewartet hatte. Sie befahl sich, kein Dummkopf zu sein, sich zu beruhigen und jeden Tag zu genießen; sie hatten alle Zeit der Welt.

Als Stephen und Libby während einer kurzen Ferienwoche zu Besuch kamen, wurde Clare zum Abendessen nach Tigh Bhan eingeladen. Es kam ihr bereits merkwürdig vor, allein dorthin zu gehen, und sie hatte Mühe, den Abend mit Anstand hinter sich zu bringen, trotz eines Gefühls der Undankbarkeit gegenüber ihren Freunden, weil sie sich so schnell wieder wegsehnte. Auf dem Nachhauseweg unter den Sternen dachte sie über sich und Donald nach. Sie mußte mit ihm reden, mußte ihn geradeheraus fragen, was nicht stimmte. Es war absurd, nicht darüber zu reden. Ein Mangel an Verständigung schien das grundlegende Problem in Donalds Ehe gewesen zu sein; sie hatte nicht vor, es zwischen ihnen so weit kommen zu lassen. Oder war es nur natürlich, daß Donald Zeit brauchte? Sollte sie den Dingen einfach ihren Lauf lassen? Womit sie wieder am Anfang ihrer Grübeleien angelangt war.

Obwohl es querfeldein über den Hügel nicht viel weiter nach Tigh Bhan war als bis zur Farm, hatte sie an diesem Abend das Auto genommen, vor allem um Stephen daran zu hindern, sie nach Hause zu bringen. Als sie auf den Hof der Farm einbog, entdeckte sie im Scheinwerferlicht einen wartenden Wagen, den sie nach kurzem Schrecken als Donalds Landrover erkannte. Er öffnete ihre Tür, und sie sprang heraus und in seine Arme.

»Was für eine schöne Überraschung! Wie lange wartest du schon auf mich?«

»Hast du noch irgendwas dabei?« Donald erwiderte ihre Umarmung mit deutlicher Zurückhaltung und klang kurz angebunden.

»Was ist los, Donald, ist etwas passiert? Deine Mutter? Fiona?«

»Alles in Ordnung. Komm, steig ein, ich fahr dich runter.«

Gegen ihren Willen von seinem Ton und seiner Miene

eingeschüchtert, verstummte Clare. Er schaltete auf Allradantrieb und jagte den Wagen den Hang hinauf; es war wohl nicht der rechte Moment, um auf eine offene Aussprache zu bestehen.

Im Cottage angekommen machte er keinerlei Anstalten zu helfen, wie es sonst seine Art war, sondern stand breitbeinig vor dem Kamin und war sogar im Weg, als Clare das Feuer schürte und den summenden Kessel weiter über die Flammen schob. Es herrschte ungewohntes Schweigen, während sie Kaffee machte. Donald nahm an diesem Abend sogar das angebotene Glas Whisky an.

»Also, was hast du?« fragte Clare schließlich, als Donald sich in Murdos Sessel niedergelassen hatte und sie vor dem Kamin stand und sich den Rücken wärmte. Seine seltsame Stimmung machte sie zu nervös, als daß sie sich hätte setzen können.

»Hattest du einen netten Abend?« fragte Donald. Er klang eher aggressiv als interessiert.

Von seinem Ton und der ausweichenden Gegenfrage provoziert, antwortete Clare betont unbekümmert: »Ganz reizend, danke.«

»Reizend. Was für ein blödsinniges Wort für eine Dinnerparty.«

»Nun, es war keine richtige Dinnerparty«, verbesserte sie ihn, immer noch munter. »Nur die Familie und ich.«

»Libby ging bestimmt früh zu Bett, und die alten Leutchen gingen auch früh zu Bett – und jetzt ist es nach ein Uhr morgens, verdammt nochmal!«

Clare starrte ihn ungläubig an. »Bist du etwa deswegen sauer? Weil ich spät nach Hause komme? Weil ich ohne dich weg war?«

Donald starrte zurück, sein Gesicht steinern, seine Augen kalt.

»Weil Stephen dabei war? Das ist nicht dein Ernst. Bitte sag mir, daß ich träume!«

»Findest du nicht, du hättest mir davon erzählen sollen?« fragte er schneidend, aber seine Miene verriet, daß er die Worte am liebsten wieder zurückgenommen hätte.

Clare sank auf das Sofa, ihr Herz begann zu klopfen, aber sie wollte den Streit nicht eskalieren lassen. »Das mußt du mir erklären«, sagte sie so ruhig sie konnte. »Ich verstehe dich nicht.«

»Du hättest mir von Stephen erzählen sollen.«

»Stephen?« Plötzlich war ihr alles klar. »Hat Lilias dir gegenüber irgendwelche Andeutungen gemacht? Donald, was hat sie dir gesagt?«

»Etwas, das ich lieber von dir gehört hätte.« Er funkelte sie zornig an, aber sie sah, daß er dahinter tief verletzt war.

»Ach, Donald.« Sie ging zu ihm, setzte sich auf die Sessellehne und nahm seine Hand. »Hat Lilias dir erzählt, daß Stephen und ich ... wie immer sie es ausgedrückt hat? Du kannst das doch unmöglich für bare Münze genommen haben! Was hat sie dir gesagt?«

Donald schloß einen Moment lang die Augen, lehnte sich zurück, sein Gesicht angespannt. Dann gab er sich einen Ruck und wiederholte, was ihn seit jener zufälligen Begegnung mit Lilias vor Angus' Laden gequält hatte. »Daß du und er ein gutes Paar abgeben würdet, was für eine wunderbare Lösung es für alle wäre und so weiter.«

Clare sah ihn liebevoll an. »Donald, sie hat sich das nur ausgedacht, weil sie es nicht ertragen kann, Stephen unglücklich zu sehen. Diese Phantasie tröstet sie, das muß dir doch klar sein. Stephen und ich haben nicht das geringste Interesse aneinander. Er liebt Lucy noch immer abgöttisch. Wie konntest du nur glauben ...«

Die Ungeheuerlichkeit seines Verdachts begann ihr aufzugehen.

Donald erkannte es in ihren Augen. Wütend über sich selbst zog er sie in seine Arme und rief heiser: »Mein Gott, ich wußte nicht, was ich glauben sollte. Lilias klang so ... es klang einfach so plausibel.«

»Wie konntest du bloß auf sie hören? Wie konntest du auch nur einen Moment lang denken, daß ich ...?« keuchte Clare empört. »Ohne mich zu fragen, ohne mit mir darüber zu reden – wie konntest du nur?«

»Clare, hör mir zu ...« Er griff nach ihren Händen, doch sie entzog sie ihm und ballte sie zu Fäusten. »Hör mir zu. Es tut mir leid, ich war ein Idiot. Aber Lilias' Andeutungen warfen mich völlig um. Dann dachte ich, na ja, die Markies passen besser zu dir, ihr habt einen ähnlichen Hintergrund, während du und ich ... unsere Herkunft, unsere Vergangenheit ist so verschieden. Vielleicht habe ich zuviele Vermutungen angestellt. Aber wir haben auch nie über die Zukunft gesprochen.«

»Weil du nicht darüber reden wolltest!« fuhr Clare hitzig auf. »Du hast noch nicht einmal angedeutet, daß es eine Zukunft für uns gibt.«

Er sah sie verständnislos an. »Aber du weißt doch, was ich will.«

»Nein, das weiß ich nicht«, gab sie zurück.

»Großer Gott, Clare, noch nie im Leben habe ich mir etwas mehr gewünscht als dich zu heiraten. Aber ich war mir nicht sicher, ob du das auch wolltest. Ich dachte, ich sollte uns ein bißchen Zeit lassen, um uns aneinander zu gewöhnen. Ich hatte Angst, etwas zu überstürzen. Aber ich würde auch unverheiratet mit dir zusammenleben, wenn dir das lieber ist. Auf Rhumore, im Cottage oder in Timbuktu, wo du willst. Hauptsache, wir sind zusammen.«

Clare konnte nicht sprechen, konnte ihre Gesichtsmuskeln nicht unter Kontrolle halten. Sie sah den vertrauten, liebevollen Schalk in seinem Blick, als er sagte: »Soll ich das erstmal als eine Art von allgemeiner Zustimmung auffassen?«

Sie vergrub ihr Gesicht an seiner Schulter, die geballten Fäuste immer noch gegen seine Brust gestemmt. »Donald, ich würde überall auf der Welt mit dir leben.«

»Auch auf Rhumore?«

»Besonders gern auf Rhumore, aber nicht, wenn du davon frei sein willst.«

»Mit dir wäre es anders. Du würdest wieder Leben ins Haus bringen, es wäre wieder ein richtiges Zuhause.«

Bald wurde jedoch ziemlich deutlich, daß er an diesem Abend keine Absicht hatte, nach Rhumore zurückzukehren. Wie nützlich ein wenig Eifersucht doch sein kann, dachte Clare. Stephen, ich bin dir etwas schuldig.

»Ich hoffe nur, Murdos altes Bett verkraftet mein Gewicht«, grinste Donald, als er sich zu ihr legte. Er hatte sie bereits vor dem Kamin entkleidet und zog nun ihren warmen Körper mit einem glücklichen Seufzer an sich.

»Ich habe mich so nach dir gesehnt«, flüsterte Clare.

»Ich muß verrückt gewesen sein. Komm her.«

Clare hatte auch schon in der Vergangenheit schöne Liebesnächte erlebt, gespendete und empfangene Lust, phantasievolle Techniken und manchmal auch Zärtlichkeit, aber noch nie dieses liebevolle Vertrauen, diese Gewißheit von tiefem, erwidertem Gefühl. Noch nie hatte sie sich selbst so vergessen können, noch nie diese gegenseitige Hingabe, dieses Verschmelzen erfahren. Als sie wieder zur Erde zurückkehrten, waren sie keine getrennten Wesen, die sich in den Schlaf zurückzogen oder allein sein wollten, sondern verbunden in einer köstlichen Losgelöstheit, einem wundervollen Frieden.

Viel später sagte Donald: »Ich wünsche mir zwei Dinge.«

»Was du willst«, murmelte Clare.

»Ha, möge das immer so bleiben«, flachste er. »Das erste ist, mit dir zusammen meine Mutter zu besuchen.«

Der kalte Hauch der Außenwelt. »Sie wird nicht einverstanden sein, oder?«

»Ehrlich gesagt, ich bin mir nicht sicher, aber ich will, daß sie es vor allen anderen erfährt. Wirst du mitkommen?«

»Natürlich. Und das zweite ist, es Fiona zu sagen?«

»Quatsch«, schnaubte er. »Es ist mir vollkommen schnuppe, was sie denkt. Nein, es geht mehr um die Zukunft. Ich möchte, daß du dich weiterhin mit deinen Freunden hier triffst, Catriona mit Fergus hilfst und Trudy und den Urquharts unter die Arme greifst.«

»Aber ich möchte mir dir zusammensein.«

»Das kann ich verstehen, aber ich will nicht, daß du dich auf Rhumore einschließt. Ich habe beobachtet, wie du dich von einem hilflosen Greenhorn – schon gut, schon gut –, dem alle beistehen müssen, in jemanden verwandelt hast, der anderen hilft, und ich weiß, wie gern du unter Leuten bist und dich engagierst. Nein, laß mich ausreden, diese Sache ist mir wichtig. Ich bin hier aufgewachsen, aber ich habe mich total von meiner Umgebung isoliert, und das nicht nur wegen Ishbels Krankheit. Es hat schon viel früher angefangen. Außer ihren Verwandten haben wir nie Leute zu Gast gehabt und sind auch selbst nirgends hingegangen. Als wir jung waren, haben Stephen Markie und ich viel zusammen unternommen, sind mit Tony Urquhart und John Irvine jagen und fischen gegangen, aber jetzt habe ich überhaupt keinen Kontakt mehr zu ihnen. Ich möchte, daß sich das ändert. Ich möchte wieder Freunde um meinen Tisch versammeln, und dieses traurige Haus zu einem gastfreundlichen Ort machen.«

»Das wäre wunderbar.«

»Das wird es auch. Und dazu gehört, daß du weiterhin herumkommst und dich mit anderen triffst.«

»Der arme Fergus wird es wohl nicht mehr lange machen, fürchte ich, aber Catriona braucht auf jeden Fall Gesellschaft, soviel steht fest. Und Trudy hat den ganzen Umzug vor sich, sie wird ebenfalls meine Unterstützung brauchen.« Sowie eine gute Freundin nach der Trennung von Ben. »Ardlonach ist allerdings ziemlich weit weg von Rhumore.«

»Nicht, wenn ich dich über den See fahre.« Mit diesem einen Satz nahm die Zukunft Gestalt an – Rhumore ihr Zuhause, ein gemeinsames Leben mit Donald, an einem Sommermorgen (oder auch an weniger idyllischen Tagen) mit ihm hinaus auf den See fahren – Alltag und pures Glück.

Clare fühlte sich schrecklich nervös, als Donald am Ende einer Sackgasse mit ordentlichen kleinen Bungalows im westlichen Teil von Fort William parkte und sie den betonierten Pfad zum Haus hinaufgingen.

Alles war furchtbar bemüht, die Unterhaltung gestelzt. Donalds Mutter war aufs Sorgfältigste frisiert und gekleidet und mußte den ganzen Vormittag geputzt und gewienert haben, so wie jeder Gegenstand in der Wohnung glänzte. Der Tisch, geschmückt mit Spitzendeckchen und bestem Porzellan und winzigen, handbestickten Servietten, bog sich vor köstlichem Kuchen, den Clare vor Anspannung gar nicht genießen konnte. Immerhin verdrückte Donald genug, um seine Mutter zufriedenzustellen.

Er hatte sie bereits vor ein paar Tagen besucht, um ihr

die Neuigkeit schonend beizubringen, bei seiner Rückkehr jedoch berichtet, daß er ihre Reaktion nicht richtig einschätzen könne. Jetzt war die alte Dame so eifrig um eine positive Haltung bemüht, daß sie Donald nie ausreden ließ, und Clare merkte wie er immer frustrierter wurde. Nach dem Tee stockte das Gespräch. Sie hatten das Leben im Cottage abgehandelt, die Neuigkeiten aus dem Tal, den letzten Sturm; die Stichworte Fiona und Rhumore waren tunlichst vermieden worden. Schließlich verkündete Donald, er werde nun mal das Laub aus dem Rinnstein entfernen, weil er das beim vorigen Besuch vergessen habe, und ging hinaus. Clare wäre ihm am liebsten hinterhergerannt.

Mrs. Macrae begann den Tisch abzuräumen. Sie erhob zwar höflichen Protest, als Clare ihr half, ließ sie aber das Tablett in die Küche tragen. Clare war froh, einen Blick durch das Fenster auf Donalds breiten Rücken zu erhaschen.

»Damit werden Sie wenigstens keine Probleme haben«, sagte seine Mutter. »Mit dem Laub, meine ich. Auf Rhumore.«

Wie tapfer. Clare ergriff die Gelegenheit. »Mrs. Macrae, ich weiß, ich bin wahrscheinlich nicht die Frau, die Sie sich für Donald wünschen ...«

Donalds Mutter knallte das Milchkännchen auf den Tisch und wirbelte herum. »Wie kommen Sie dazu, mir Worte in den Mund zu legen?« fragte sie streng.

Clare war erschrocken, glaubte für einen Moment, es handele sich um eine offene Kriegserklärung.

»Ich werde jetzt sagen, was ich zu sagen habe, solange Donald draußen ist.« Mrs. Macraes verblaßte Augen in ihrem kleinen, faltigen Gesicht hatten den gleichen konzentrierten Blick wie die ihres Sohnes. »Er hätte Ishbel nie heiraten dürfen. Da, nun ist es gesagt. Ich will nicht schlecht über eine Tote sprechen, und es war auch nicht allein ihre Schuld. Ich habe es zugelassen und mache mir deswegen heute noch Vorwürfe. Donalds Vater war sehr für die Verbindung und Ishbels Vater ebenfalls – sie waren Freunde von Kindesbeinen an –, aber das macht die Entscheidung nicht richtiger. Außerdem hätten wir Donald eine Wahl lassen sollen, was die Farm betraf, das sehe ich heute ein. All diese Jahre hat er das Beste daraus gemacht, aber er war keinen einzigen Tag wirklich glücklich.« Ihre schmale, knochige Hand umklammerte Clares Arm. »Ich habe euch vom Fenster aus beobachtet, als ihr den Pfad heraufkamt, und ich habe bemerkt, wie er dich angeschaut hat. Noch nie zuvor habe ich einen solchen Ausdruck auf seinem Gesicht gesehen.« Sie drückte Clares Arm und ließ ihn dann los. »Niemand von uns weiß, was die Zukunft bringen wird, aber wenn er endlich sein Glück gefunden hat, dann will ich, daß er es festhält. Und ich habe noch etwas zu sagen – ich werde es wiederholen, wenn er hereinkommt: Falls er Rhumore aufgeben will, werde ich darüber nicht unglücklich sein. Es ist schließlich nur ein Haufen Steine. Es gibt Wichtigeres im Leben, obwohl ich weiß Gott lange genug gebraucht habe, um das zu begreifen.«

»Aber wir wollen auf Rhumore bleiben«, sagte Clare und sprach das Einfachste von den vielen Dingen aus, die ihr nach der mutigen, offenen Rede von Donalds Mutter durch den Kopf gingen.

»Dort bleiben?« Das alte Gesicht erhellte sich. »Aber nicht, weil Donald es für seine Pflicht hält, oder? Die Schafzucht lohnt sich nicht mehr. Überall verkaufen die Leute ihre Tiere und Farmen.«

»Wir möchten wirklich dort leben. Ich glaube, Donald hat ein paar neue Ideen. Er wird Ihnen davon erzählen.«

»Wirklich?« rief Mrs. Macrae erfreut. »Das wäre natürlich wunderbar. Diese Woche habe ich Mary in meinem Brief aber etwas zu berichten.«

Mary, die Schwester in Kanada, die Rhumore entflohen war und zu der Donald hatte fahren wollen. Der Gedanke daran ließ Clare immer noch zusammenzukken. Sie wollte seiner Mutter sagen, sie könne nach Rhumore kommen, so oft sie wolle, traute sich aber nicht, weil die Farm über vierzig Jahre lang das Zuhause dieser Frau gewesen war und sie selbst noch nicht einmal dort wohnte. Später würde sie dafür sorgen, daß sie häufig zu Besuch kam.

Clare war froh, daß sie und Donald beschlossen hatten zu heiraten und nicht einfach nur zusammenzuleben. Sie wußte, daß es ihm so lieber war, und sie selbst machte es ebenfalls glücklich, aber erst jetzt verstand sie, wieviel es seiner Mutter bedeuten würde.

Bis zur Hochzeit bewegten sie sich nach Lust und Laune zwischen den beiden Häusern hin und her, wenn auch ›The Larach‹ zu ihrem bevorzugten Liebesnest wurde. Diese Übergangszeit zwischen Winter und Fühling wurde von langen Abenden vor dem Kamin und Nächten auf Murdos eisernem Bettgestell bestimmt. Clare fragte sich, ob Rhumore je zu einem Ort werden konnte, an dem sie sich genauso zufrieden und geborgen fühlen würde. Sie plagte sich lange mit diesen Zweifeln, ehe sie Donald darauf ansprach, denn sie fand es schwer, taktvolle Worte zu finden, um ihm klar zu machen, was sie von der Atmosphäre in seinem Haus hielt. »Würde es dir etwas ausmachen, wenn ich hier Vorhänge anbringe?« fragte sie ihn eines Tages vorsichtig in der Küche. »Oder ein paar Läufer auf den Boden lege?«

Donald sah sich um. »Nachdem wir den Kram hier rausgerissen haben, meinst du?«

Clare sah ihn mit großen Augen an, und er lachte. »Komm, ich will dir etwas zeigen«, sagte er und nahm sie bei der Hand.

Er führte sie in die alte, steingemauerte Scheune und hinauf auf den Heuboden. Gegen eine Wand gelehnt standen die Tischplatte und der Unterbau eines enormen Eßtischs. »Er muß direkt in der Küche geschreinert worden sein, denn wir mußten ihn zerlegen, um ihn herauszuschaffen. Der Kohleherd ist auch noch irgendwo, aber du kannst selbst entscheiden, was du für ein Gerät haben willst. Und was hältst du davon?« Er zeigte auf einen hohen Geschirrschrank aus Kiefernholz, dessen Narben von langem Gebrauch zeugten.

»Er ist wunderbar und der Tisch auch. Aber wäre es nicht etwas radikal, die ganzen Einbauelemente herauszureißen?«

»Das liegt an dir, aber die Küche war früher das Herz des ganzen Hauses, und es würde mich glücklich machen, sie wieder in ihrem alten Glanz zu sehen. Das gilt übrigens auch für die übrigen Räume.«

Clare war überrascht, welch großen Anteil er an den Veränderungen im Haus nahm, wie gut sie mit ihm über jedes Detail sprechen konnte und wieviel Arbeit er mit Hilfe von Dougie und Calum und gelegentlich Pete investierte. Je mehr von den modernen Furnierholzmöbeln entfernt wurde, desto mehr kam das Zuhause zum Vorschein, das er einmal geliebt hatte, und es wiederherzustellen machte ihm viel Freude. Er war sehr viel skrupelloser als Clare es gewesen wäre, vor allem was das ehemalige Schlafzimmer von ihm und Ishbel betraf – das zuvor auch das seiner Eltern und Großeltern gewesen war.

»Warum sollten wir uns von diesem Zeug daraus vertreiben lassen? Es ist groß und hell mit einer schönen

Aussicht. Wir werden neue Sachen dafür kaufen, genauso wie für das verdammte Badezimmer.«

»Was ist mit den ursprünglichen Möbeln passiert?«

»Meine Mutter hat mitgenommen, was sie konnte, aber du hast ja gesehen, wie klein der Bungalow ist. Der Kleiderschrank steht in einem der hinteren Schlafzimmer. Komm und sieh ihn dir an.« Er war aus Mahagoni, breit und hoch, mit zahlreichen, leichtgängigen Schubladen, Messinggriffen und einem riesigen Spiegel.

Heraus flogen also der Kunstharzschrank, das kitschig verzierte Kopfbrett des Bettes, die gemusterte Tapete und der grau gewordene und abgetretene Teppichboden. Hinein wanderte ein Toilettentisch aus einem der unbenutzten Zimmer, eine Kommode mit Aufsatz aus einem anderen, und der große Mahagonischrank kehrte an den ihm ursprünglich zugedachten Platz zurück. Lange Brokatschals von verblaßtem Gold, die Trudy und Clare Rory McMunn abschwatzten, noch bevor sie den Auktionssaal erreichten, wurden vor dem großen Fenster angebracht. Donald war begeistert.

»Bist du sicher, daß deine Mutter nichts dagegen haben wird?«

»Warte, bis du ihr Gesicht siehst.«

Sie hielt sich zittrig am Arm ihres Sohnes fest, als sie kam, und wirkte in den hohen Räumen winziger denn je. »Ich hätte nie gedacht, daß ich das Haus noch einmal so erleben würde.« In der Küche setzte sie sich und weinte vor Freude, und später, als sie an dem großen Tisch Tee tranken, sah Clare, wie sie mit liebevoller Hand über die von der Zeit geglätteten Kanten des großen Geschirrschranks fuhr.

Fiona kam und stolzierte wütend durchs Haus, besaß aber Verstand genug, um sich halbwegs zu beherrschen. Von Donalds starrem Gesicht ging eine unmißverständliche Warnung aus, und trotz einiger dummdreister Äußerungen wagte Fiona keinen offenen Angriff gegen Clare oder die neue, alte Einrichtung. Ihre Abneigung war verständlich, und Clare hätte gern eine Grundlage für ein späteres, besseres Verhältnis gelegt, aber Fionas Feindseligkeit war zu irrational und verbohrt, um dem eine Chance zu geben.

Ihr Mann Norrie sah sich in der Rolle des Vermittlers und machte die ganze Zeit Bemerkungen, die er für taktvoll oder versöhnlich hielt. Clare vermutete, daß er auf dem Heimweg für jede einzelne davon bezahlen würde.

»Nimm dir ihr Geschwätz nicht zu Herzen, Liebes«, sagte Donald, als der zerbeulte Jaguar davonschoß.

»Es hat mir wegen dir leid getan.«

»Das braucht es nicht. Ich habe schon lange aufgehört, mich über solche Dummheiten zu ärgern.«

KAPITEL 34

Trudy hatte ein Kaufangebot für die Alte Spinnerei erhalten und ihrerseits ein Angebot für eines der Cottages am Hafen abgegeben. Ben war gekommen, um seine Sachen aus der Töpferei zu holen, während er die gesamte übrige Abwicklung Trudy überließ. Clare befürchtete, die Freundin könnte glauben, sie würde sie auch verlassen, wenn sie ihr die Neuigkeiten erzählte, aber Trudy sah das ganz anders.

»Gott sei Dank, das bedeutet, daß du hierbleiben wirst«, sagte sie, als sie sich nach dem ersten Jubel ein wenig beruhigt hatten.

»Aber ich werde vielleicht nicht mehr genug Zeit haben, um dir so viel im Laden zu helfen wie bisher.«

»Was soll's, eine Aushilfe finde ich jederzeit. Nur daß ich sie natürlich bezahlen muß, das ist ein Nachteil. Aber die Hauptsache ist, daß du nicht mehr auf die Idee kommst, zurückzugehen – wo immer das sein soll – oder etwas ›Wertvolles‹ mit deinem Leben anzufangen.«

»Zum Glück kenne ich dich gut genug, um zu wissen, was du meinst. Jedenfalls werde ich dir beim Umzug helfen.«

»Das möchte ich aber auch meinen. Und dein Liebster kann in Zukunft sein Hundefutter bei mir kaufen.«

Lilias reagierte ganz ähnlich. »Oh, meine Liebe, was könnte schöner sein als zu wissen, daß du in der Nähe bleibst und dich endgültig im Tal niederläßt?« Es war sicherlich besser, als mit Stephen verheiratet zu sein und woanders zu leben, dachte Clare amüsiert. »Und es ist so wunderbar zu wissen, daß Donald endlich glücklich sein wird.«

»Hab' ich gleich gewußt, als ihr nach der Frettchenjagd hier wart«, behauptete Gerald überlegen. »Wußte es in dem Moment, als ihr beiden mit den Hunden in die Küche kamt.«

»Ach, der arme, kleine Rory«, warf Lilias ein. »Aber Gerald hat recht« – habe ich richtig gehört? fragte sich Clare – »ihr saht wirklich sehr vertraut miteinander aus.«

»Habt ihr schon einen Termin für die Hochzeit festgelegt?« fragte Gerald, als wäre er der Brautvater.

»Es wird erst nach dem Lammen sein können ...«, begann Clare ernsthaft, was die beiden Alten sehr komisch fanden.

Bei Margaret kam Clare nicht so leicht davon. Sie konnte sich gar nicht wieder beruhigen und sagte alle zwei Minuten: »Und wir haben die ganze Zeit nichts geahnt ... Dougie sagte zwar, Donald wär dauernd unten im Cottage, aber ich hab' nicht geglaubt, daß da was dahintersteckt. Ich meine, weil Ishbel doch krank war und so und Donald eigentlich nicht der Typ ist, oder? Außerdem ist er so alt ... na ja, nicht *zu* alt, meine ich natürlich, du weißt schon. Oh je, ich sollte besser den Mund halten. Aber ich freu' mich wirklich für dich, weißt du. Wart mal, wir sollten uns einen Kleinen genehmigen zur Feier des Tages. Da war doch noch dieser Sherry von Tante Bella, wo hab' ich den bloß ...?«

Margaret war so glücklich über ihren Einfall, daß Clare das süße braune Zeug widerstandslos herunterkippte und ihren Weg die Glen hinauf mit glühenden Wangen fortsetzte.

»Wir werden Nachbarn!« rief Catriona. »Richtige, echte Nachbarn, das ist großartig.« War sie zuvor in ›The Larach‹ keine Nachbarin gewesen? »Das ist so perfekt, daß ich es kaum glauben kann. Donald ist der netteste Mann auf der Welt, und ich freue mich so für euch beide. Vielleicht kauft ihr das Gut, wenn Großvater stirbt, und bringt Glen Righ und Rhumore wieder zusammen. Dann könnt ihr *mir* ein Cottage verkaufen.«

Clare wußte, daß Donald zumindest einen Teil des Besitzes gern kaufen würde. Er hatte ihr die Vorteile anhand der Gebietskarte an der Wand seines Arbeitszimmers erklärt. Für Rhumore war es wichtig, in der Jagd eine zweite Ertragsquelle neben der Schafzucht zu haben, wenn sie die Herde weiter reduzierten, würde das noch mehr Wild anlocken, das sowieso schon durch die Aufforstung an der östlichen Seite der Glen gezwungen war, nach neuen Äsungsplätzen zu suchen.

»Wenn Carn Righ und der Talkessel darunter zu Rhumore gehören würden, hätte das Wild genug Nahrung und Schutz bei jedem Wetter, und die Bedingungen für die Pirschjagd wären sehr viel besser. Und wenn ich etwas Geld flüssig machen könnte, könnten wir diese Cottages über dem der MacDonalds in Ferienhäuser für Selbstversorger verwandeln. Oder was würdest du davon halten, wenn wir zur Saison Jagdgäste im Haus aufnehmen würden? Es ist weiß Gott groß genug.«

»Gute Idee«, stimmte Clare begeistert zu. »Kochorgien in unserer wunderbaren Küche. Aber wir könnten trotzdem die Cottages renovieren und vermieten. Das würde bestimmt Spaß machen.«

»Das wird es«, sagte er und umarmte sie. »Es wird viel Spaß machen, und ich werde wieder Freude an diesem Gut haben. Aber macht es dir nichts aus, daß unsere wirtschaftliche Grundlage darauf beruht, Tiere zu töten?« fügte er hinterhältig hinzu.

»Ich vermute, auch die Schafe sterben nicht an Altersschwäche.«

»Du lernst allmählich.«

Er wollte nichts von ihrem Geld, war allerdings ein wenig verblüfft, als sie ihm sagte, wieviel sie besaß.

»Du würdest dir also lieber zu exorbitanten Zinsen bei der Bank Geld leihen? Das ist wirklich eine intelligente Entscheidung und gibt mir das Gefühl, an allem beteiligt zu sein«, entgegnete Clare spöttisch.

»Ich bin nicht an wohlhabende Karrierefrauen gewöhnt«, gab er zu. »Aber ich werde meine Einstellung wohl ändern müssen. Wir können dein Geld sicher gut anlegen, und wir werden alles miteinander teilen, das verspreche ich.«

Sie heirateten im Mai. Clare wäre mit einer standesamtlichen Trauung im Kreis einiger Freunde zufrieden gewesen, aber für Donald mußte eine richtige Hochzeit in der Kirche von Inverbuie stattfinden, wenn auch eher aus traditionellen als aus religiösen Gründen. Er warnte sie allerdings, daß es die unvermeidlichen Kommentare der Sorte »Und seine erste Frau ist kaum unter der Erde ...« geben würde, wenn sie im Dorf heirateten. Clare hielt es jedoch für unwahrscheinlich, daß jemand offen gehässige Bemerkungen machen würde.

Sie hätten sogar tapfer ein Hochzeitsfrühstück bei Ina über sich ergehen lassen, aber Lilias blieb unnachgiebig: Tigh Bhan war der richtige Ort dafür. Clare hatte Angst, daß die Vorbereitungen zuviel für sie sein könnten, aber alles wurde auf die übliche, nachbarschaftliche Art und Weise geregelt. Barbara Bailey und Mrs. MacGillivray (die sich als Schwestern herausstellten, was Clare sich auch gleich hätte denken können) kümmerten sich mit konkurrierender Tüchtigkeit um Speisen und Getränke.

Donald hatte Clare gefragt, ob sie ihren Vater einladen wolle, worauf sie zwei Tage lang mit dem Gedanken spielte und von rührenden Versöhnungsszenen träumte. Doch sie wußte, daß es keinen Zweck hatte, den Kontakt erneut aufzunehmen. Sie hatte sich um eine Aussprache bemüht und war gnadenlos abgewiesen worden. Sie brauchte sich nicht vorzumachen, daß er an ihrer Hochzeit Anteil nehmen würde.

Aber sie schrieb an Magda, die ein kleines modernes italienisches Gemälde als Geschenk schickte. Es gefiel Clare recht gut, und sie wanderte lange in Rhumore herum, um einen geeigneten Platz dafür zu finden.

An Joe schrieb sie nicht, weil sie überzeugt war, daß die Nachricht ihm mehr Schmerz als Freude bereiten würde.

Donalds Schwester Mary kam am Tag vor der Hochzeit mit ihrem Mann aus Kanada angereist. Sie kehrte zum ersten Mal nach Schottland zurück, seit der Streit mit ihrem Vater sie von zu Hause vertrieben hatte. Beim gemeinsamen Abendessen auf Rhumore erfuhr Clare die ganze Geschichte ihrer Rebellion. Ihr Vater hatte ihr mit der Begründung, sie werde auf der Farm gebraucht, verboten, ein Universitätsstipendium anzunehmen.

Das entschlossene, unabhängige Mädchen von damals war immer noch in der geradlinigen, lebensbejahenden Frau von heute zu erkennen, und sie verlor keine Zeit, ihrer Freude über die Hochzeit Ausdruck zu verleihen. Als sie gemeinsam mit Clare das Geschirr in die Spülmaschine räumte, die von der modernen Küchenausstattung übriggeblieben war, bemerkte sie: »Ich kann dir gar nicht sagen, wie froh ich bin, Donald so glücklich zu sehen. Aber um eins muß ich dich bitten: Laß nicht zu, daß er sich weiter mit der Farm belastet, es sei denn, ihr wollt wirklich hier leben. Er hat weiß Gott mehr als seine Pflicht getan. Erst Vater, dann Ishbel – und ich muß dir ehrlich sagen, ich konnte die Frau noch nie leiden. Entscheidet euch frei und genießt euer Leben.«

Clares erste deutliche Erinnerung an ihren Hochzeitstag war der Gang von der Kirche über die buckelige Brücke nach Tigh Bhan, Hand in Hand mit Donald. Darauf folgte ein Durcheinander unzusammenhängender Eindrücke – Poppy, die ihnen mit hängender Zunge entgegenkam, weil sie sich an einem Berg scharfer Curryteigtaschen vergangen hatte; Libby, die sehr weiblich und erwachsen aussah in ihrem Kleid; schmerzliches Bedauern, daß Lucy nicht da war, um sie so zu sehen; Gerald mit stolzgeschwellter Brust, weil er die Braut so würdevoll zum Altar geführt hatte; die wunderbaren Blumen, die Lilias in den aufgeräumten, sonnigen Zimmern verteilt hatte; Stephen, der sie beiseite nahm und flüsterte: »Ich weiß, dies ist nicht der rechte Moment, aber falls du je daran denken solltest, ›The Larach‹ zu verkaufen, laß es mich wissen, bevor du es öffentlich zum Verkauf anbietest ...«

Das Cottage zu verlassen war der einzige Wermutstropfen während der vergangenen Wochen gewesen, doch wenn sie es an Stephen verkaufte, würde es praktisch in der Familie bleiben. »Wir sprechen ein andermal darüber«, versprach er lachend, als Clare sofort handelseinig werden wollte. »Ich wollte mir nur schon mal die Option sichern.«

Fergus, der immer weniger von seiner Umgebung mitbekam, war in Wallys Obhut zu Hause geblieben, aber Catriona war gekommen und sah sehr hübsch aus. Trudy und Clare hatten sie nach Inverness mitgenommen und sie gezwungen, sich von einem Teil ihrer Mähne zu trennen, damit man ihre Augen sehen konnte. Anschließend waren sie einkaufen gegangen. Da Clare fast sofort ein Seidenkleid fand, das perfekt zu ihrer Haarfarbe paßte, und Trudy meinte, sie habe noch irgendwo etwas Geeignetes in einer Kiste und sei im Moment sowieso pleite, konnten sie sich ganz auf Catriona konzentrieren. Nach ein paar Stunden hatten sie sich auf ein Kleid geeinigt, das Catriona nicht nur zu tragen bereit war, sondern das auch wunderbar zu ihrer schmalen Gestalt und den dunklen Haaren paßte.

Sie wurde bald von einem jungen Mann in einem Kilt mit Beschlag belegt und machte ein zwar schüchternes, aber keineswegs unglückliches Gesicht. Clare war nicht darauf vorbereitet gewesen, daß die Männer Kilts tragen würden, und konnte kaum ihre Augen von Donald wenden. Immer, wenn sie ihn irgendwo in der Menge entdeckte, dachte sie: Wer ist dieser tolle Mann? und dann fiel ihr mit ungläubigem Erstaunen ein, daß sie ihn gerade geheiratet hatte.

Sandy Maitland war gekommen und hatte eine Freundin mitgebracht, deren Haar genauso rot war wie sein eigenes. Will Morrison, mit blühender Gesichtsfarbe und engem Kragen, sah aus wie ein Wirt auf Urlaub, während Ina entgegen strikter Anweisungen sofort in der Küche verschwand.

Una erschien in einem edlen, dunkelroten Kleid, wobei ihre Eleganz durch bunte Heftpflasterstreifen an den Fingern ein wenig beeinträchtigt wurde, und Trudy war in ein reich besticktes Hippiegewand gehüllt, das zu ihren braunen Haaren und ihrem gesunden Teint wirklich toll aussah. Clare wußte, daß der Tag für Trudy und Stephen auch schmerzliche Momente bringen würde, und war froh, die Freundin überredet zu haben, über Nacht in Tigh Bhan zu bleiben.

Donalds Mutter war zuerst sehr nervös und übereifrig darauf bedacht, allen klarzumachen, daß sie der Verbindung ihren Segen gab. Doch als sie merkte, daß sie gegen niemanden zu kämpfen brauchte, außer gegen ihre eigene Enkelin, die sich überraschenderweise herabgelassen hatte zu kommen, begann sie das Fest sehr zu genießen. Sie zwinkerte und strahlte zwischen gelegentlichen Tränen hindurch und ließ es zu, daß man viel Aufhebens um sie machte.

Clare fragte sie, wer der junge Mann war, der mit Catriona sprach.

»Das ist Donalds Neffe, Alan.«

Clare überlegte; Mary hatte keine Kinder.

»Nun, eigentlich Ishbels Neffe«, fügte Mrs. Macrae hinzu. (Clare konnte es immer noch nicht fassen, daß sie jetzt auch Mrs. Macrae war.) »Er hat schon immer sehr zu Donald aufgeschaut. Es gibt ein paar Leute in Ishbels Familie, die über ihre eigene Nasenspitze hinaussehen können, wie die da bald feststellen wird«, sagte sie mit einer geringschätzigen Kopfbewegung in Fionas Richtung. »Wenn sie glaubt, daß sie hier bei irgend jemandem Unterstützung findet, hat sie sich geschnitten.« Sie schien recht zu behalten. Falls einige der Gäste Fionas Haltung teilten, waren sie viel zu sehr damit beschäftigt, sich zu amüsieren, um Zeit mit unfreundlichen Äußerungen zu verschwenden.

Der geplante Ablauf, den Clare selbst festgelegt hatte, sah folgendermaßen aus: Kirche, Empfang, Buffet, Verabschiedung des Brautpaares und dann nichts wie weg, um die Fähre nach Mull zu erreichen. (Sie und Donald hatten zuerst die Karibik, Korfu und die norwegischen Fjorde in Erwägung gezogen.) Doch nun sah sie mit Verwirrung, die ihr allgemeines Gefühl der Unwirklichkeit noch steigerte, wie drei kleine Männer in dunklen Anzügen das Klavier aufklappten und Geige und Akkordeon hervorholten. Als sie die ersten Takte spielten, stand Donald plötzlich vor ihr und lachte sie an.

»Schau nicht so, als hättest du ein Schaf verschluckt. Komm.«

»Aber – was wird das denn?«

»Braut und Bräutigam eröffnen den Tanz wie es der Brauch ist.«

»Tanz? Müssen wir denn nicht weg?«

»Vergiß eure kalten, englischen Sitten. Das ist eine Highland-Hochzeit.«

»Aber die Fähre, das Hotel ...«

»Vertrau mir.« Das fiel Clare nicht schwer, so wie er sie anlächelte, so glücklich, so gutaussehend.

Die Teppiche waren aufgerollt und beiseite geschafft worden, und alle außer Clare schienen zu wissen, was vor sich ging.

»Komm jetzt, du kennst doch sicher den Gay Gordons?«

Auch wenn Clare den Tanz nicht gekannt hätte, hätte sie nicht viel falsch machen können. Der Rhythmus der Musik ging in die Beine, und Donald erwies sich als ausgezeichneter Tänzer, so daß sie an Lilias' Beschreibung von ihm als junger Mann denken mußte. Es wurde ihnen nur eine knappe Ehrenrunde gegönnt, ehe die anderen ebenfalls die Tanzfläche stürmten, und auf einmal wirbelten Gesichter vorbei, die Clare zuvor nicht bemerkt hatte: Angus und seine Frau, die Irvines, Peggy und Calum Macdonald, Kenny, der ein ebenso flotter Tänzer war wie Donald und ein Mädchen im Arm hielt, das einen höchstens fünfzehn Zentimeter langen Lederrock trug, Pete mit einer strenggesichtigen Frau, die offenbar seine Gattin war. Nicol McNicol schwenkte vorsichtig Lilias in einer ruhigeren Ecke herum, und Watty Duff hopste wild mit Libby.

»Was ist mit Fergus?«

»Gerald ist für zwei Stündchen hinaufgefahren. Watty hätte es uns nie verziehen, wenn wir es ihm nicht ermöglicht hätten, auf deiner Hochzeit zu tanzen.«

»Aber Donald«, protestierte sie atemlos, »wir dürfen nicht zu spät kommen.« Er drehte sie mehrmals, als der Tanz endete, und sagte dann durch den Applaus hindurch: »Wir fahren heute abend nicht mehr nach Mull. Ich habe ein Zimmer in Onich reservieren lassen. Dieser Abend sollte eine Überraschung für dich sein, ein Geschenk der Glen. Ist es dir recht?«

»Natürlich! Wie großartig! Aber die arme Lilias – muß sie jetzt die ganze Bande durchfüttern? Wußte sie davon?«

»Komm mit, ich zeig dir was.« Das halbe Tal schien in der Küche versammelt und packte Taschen und Körbe aus. Margaret, die inzwischen ihren Wagenradhut mit Stroheffekten aus Plastik abgelegt hatte, häufte Éclairs, die hoffentlich jemand anders gemacht hatte, nachlässig auf eine große Platte.

»Alle haben etwas mitgebracht«, rief sie aufgeregt und umarmte Clare stürmisch, was diese einen kleinlichen Gedanken an die Rückseite ihres Kleides verschwenden ließ. »Mrs. Markie darf keinen Fuß in die Küche setzen. Ist es nicht toll? Wer hätte das je gedacht, als du hierhergekommen bist? Ich hätte dir keine zwei Wochen gegeben ...«

Clare schwebte auf einer Wolke der Seligkeit, auf allen Seiten lächelten sie freundliche Gesichter an. Sie konnte sich kaum von ihnen trennen.

»Lilias, wie kann ich dir je für alles danken?«

»Mein liebes Mädchen, es war uns eine große Freude.«

»Ich hoffe, du bist nicht allzu erschöpft?«

»Es hat mich ja niemand etwas machen lassen. Und Trudy bleibt hier, um weiter auf mich aufzupassen.«

»Du kommst ja bald zurück, weißt du«, neckten sie Clare, als sie von Umarmung zu Umarmung weitergereicht wurde und die Tränen nicht zurückhalten konnte. »Ehe du dich versiehst, bist du wieder zu Hause ...«

Zu Hause. Als Donald die steile Serpentinenstraße hinter dem Dorf hinauffuhr und sie das Hochmoor durchquerten, wiederholte Clare die beiden kleinen Worte immer wieder, die bisher in ihrem Leben nicht viel Bedeutung gehabt hatten.

Gleich zwei psychopathische Serienkiller halten die Welt in Atem: Gary Soneji, seit seiner frühsten Kindheit fasziniert von »Jahrhundertverbrechen«, die er durch Intelligenz und Raffinesse noch zu übertreffen versucht, und der geheimnisvolle »Mr. Smith«, ein skrupelloser Mörder, dessen blutige Spur sich ohne erkennbares Muster durch Europa und die USA zieht. Beide Killer sehen in Alex Cross, Polizeipsychologe in Washington, DC, mit Sinn für Familie, Freunde und Musik, den einzig adäquaten Gegner in ihrem tödlichen Katz-und-Maus-Spiel. Und so beginnt Alex Cross' gefährlichster Fall, vor allem als Soneji schwört, ihn und seine Familie zu töten ...

»Die Story gleicht einer Fahrt mit einer Achterbahn, deren Bremsen versagen!«

Chicago Tribune

»Garantie: Spannung bis zur letzten Seite.«

Kölner Express

ISBN 3-404-14342-6

BASTEI LÜBBE